Gerd Brantenberg
Am Pier

Gerd Brantenberg

Am Pier

Roman

aus dem Norwegischen von
Gabriele Haefs

Frauenoffensive

1. Auflage, 1993

Originaltitel: Ved Fergestedet

ISBN 3-88104-240-7

Druck: Clausen & Bosse, Leck
Umschlaggestaltung: Frauke Bergemann, München

Inhalt

Erster Schultag

Schon seit vielen Jahren gingen die Jugendlichen durch die Stadt. Mit großen Schultaschen, die sie in der Hand trugen oder sich über die Schulter warfen, gingen sie in Gruppen, mit Fahrrädern, mit denen sie nicht fuhren, durch Fergestedsveien und durch Nygaardsgata, in einem großen Strom, um zwei Uhr. Jeden Tag. Sie redeten und gingen. Und wenn einige von ihnen doch fuhren, fuhren sie im Gehtempo neben denen her, mit denen sie redeten. Einige von ihnen waren fast schon Damen. Und am Ende machten sie das Abitur.

So war es schon seit vielen Jahren. Die Jugendlichen bekamen es nie über, auf die immer gleiche Weise um zwei Uhr durch die Straßen zu gehen oder langsam zu radeln und die Stadt zu füllen. Jetzt würden sie auch so sein. Jetzt würden auch die Kleinen aus der Volksschule ihre Ranzen an den Nagel hängen und sich in langsamen Gruppen auf den Straßen unterhalten.

Sie gehen durch das hohe gewölbte Tor in die Gebäude, in die die Jugendlichen gehören, das alte gelbe Haus mit Treppengiebel gegenüber dem Pier und das neue graue langweilige Gebäude nebenan. Es ist warm, die Sonne scheint auf den Asphalt, an allen ersten Schultagen sind fünfundzwanzig Grad im Schatten. Wieder sind sie die Kleinsten.

Von den dreiundzwanzig Mädchen, die vor den Sommerferien die Schule von St. Croix verlassen hatten, begegnen sich nun elf wieder. Sie drängen sich zusammen und warten. Alle anderen verschwinden in Türen und auf Treppen des gelben Gebäudes und des Neubaus und wissen, wohin sie gehören. Sie selber bleiben stehen und warten ab. Alle aus Trara auf einem Haufen, alle aus Gamlebyen, Seiersten, von überallher und sogar vom Land stehen und warten; sie wagen nicht, einander anzusehen, sehen nur hin, wenn die anderen das nicht merken, damit sich ihre Blicke nicht begegnen müssen. Die Jungs aus Trara sind so groß!

Der Rektor erscheint mit milder, ernster Miene auf der Treppe. Er wird ihre Namen verlesen. Und sie in sechs Klassen von A bis

F einteilen. Er hält ein Blatt Papier in der Hand und blickt über sie hinweg. Zögernd wenden sie sich ihm zu. Neben ihm stehen sechs Lehrer, sechs Studienräte, und halten in der Luft nach nichts Ausschau. Jetzt braucht niemand mehr „pst" zu sagen. Es ist still in der heißen Sonne auf dem Hof, wo alle nur auf ihren Namen warten.

„Alle, die in die A-Klasse kommen, kommen hier herüber, wenn ich sie aufgerufen habe", sagt der Rektor und nickt leicht zu einer unbestimmten Ecke bei der Treppe hinüber. Er ruft auf, einen Namen nach dem anderen, und bei jedem Namen verläßt jemand die dichtgedrängte Menge und geht zur Ecke bei der Treppe, wo die Gruppe wächst und wächst, bis sie zum Schluß die gesamte A-Klasse bildet. Die, die das Glück haben, schon jemanden aus dieser neuen Klasse zu kennen, lachen sich an, und einige fangen eifrig an zu reden. „Pst!" Die ursprünglichen Gruppen werden erbarmungslos getrennt. Drei bis vier aus jeder der großen Schulen kommen in eine Klasse. Jetzt verschwinden Lillian Oppegaard und Jorunn Johansen zusammen mit einem Schwall aus Seiersten, Lahellemoen, in einer der Türen des Neubaus, und Gott weiß, ob nicht auch welche aus Tørp in Børje dabei sind, angeführt von einem Studienrat mit unvorstellbar weit auseinanderzeigenden Füßen, Aktentasche und düsterem Gesicht.

Die B-Klasse wird aufgerufen. Das Ganze wiederholt sich. Was war hier los? Waren die Gerüchte ihnen vorausgeeilt? Hatte der Oberlehrer aus St. Croix irgendwann im Laufe des Sommers den Rektor angerufen und gesagt: „Ja, hallo? Also hör mal zu. Dieses Jahr haben wir hier in St. Croix eine Mädchenklasse, die wirklich alle Rekorde in schlechtem Benehmen schlägt. Sorg dafür, daß so wenige wie möglich von denen in dieselbe Klasse kommen."

Inger Holm wird zusammen mit einigen großen Jungen aus Trara aufgerufen. Nur Sølvi Andersen landet in derselben Klasse, und mit der hat Inger nie viel geredet. Sølvi ist vom lieben und ängstlichen Typ. Ansonsten kennt sie niemanden aus der neuen Klasse und weiß nicht, was sie sagen soll. Sie ist es gewöhnt, drauflos zu quatschen und zu lachen. Aber jetzt geht sie einfach nur mit der B-Klasse über den Schulhof und sagt kein Wort und tut so, als wäre überhaupt nichts los. Die Jungen sagen auch nichts, aber plötzlich rufen sie einander etwas zu und lachen. Inger versteht nicht, worüber. Hier gibt es nichts zu lachen.

Jetzt wird die C-Klasse aufgerufen, und darin landen nur zwei aus St. Croix. Schweigend ziehen sie davon. Kurz darauf stößt jemand ein Heulen aus. Nina Bøhmer und Liv Mo sind in dieselbe Klasse gekommen, sie umarmen sich und prusten sofort los, gehen Arm in Arm an der Spitze der D-Klasse neben einem flaschenförmigen Studienrat mit roten Haaren und unsichtbaren Augenbrauen, den sie in Englisch haben werden.

Derweil entsteht in der Ecke langsam die E-Klasse. Astrid Evensen, Marthe Rud und Vivi Strøm-Hanche landen darin. Am Ende sind neunundzwanzig übrig und bilden die F-Klasse.

Als die B-Klasse ihr Klassenzimmer im Erdgeschoß des Neubaus erreicht, stürmen die Trara-Jungen hinein und belegen die Tische am Fenster. Wer nicht rechtzeitig dort angekommen ist, läßt sich in der Nachbarreihe nieder, die Mädchen nehmen die restlichen Plätze. Siebenundzwanzig gehen in diese Klasse, zwölf Mädchen und fünfzehn Jungen.

Es ist seltsam, mit Jungen in einer Klasse zu sein. Inger ist nicht sicher, ob sie das so richtig findet. Sie geht seit sieben Jahren zur Schule. Aber sie war nie zusammen mit Jungen in einem Klassenzimmer. In St. Croix gab es getrennte Klassen. Inger sieht sie an. Sie können nicht still sitzen. Einige zuckten unaufhörlich mit den Beinen. Warum machen sie das? Inger glotzt die Beine von einem namens Sigvart Jespersen in der ersten Reihe an. Seltsam. Einige von den Jungen sind so klein, daß sie genausogut in die dritte Volksschulklasse hätten gehen können. Einer von ihnen heißt Yngve und hat eine Igelfrisur und eine rötliche Haut.

Inger sieht die Mädchen an. Ob die wohl lachen können? Ob sie mit ihnen so herumjuxen kann wie mit Astrid Evensen und Marthe Rud? Sie sehen allesamt aus wie die reinen Tugendengel. Die mit dem ärgsten Engelblick heißt Beate Halvorsen. Das wird entsetzlich werden.

Was soll sie machen? Aber sie kann nichts machen. Sie muß hierbleiben. Inger sieht ihren Klassenlehrer an und fragt sich, was sie von ihm halten soll. Er ist ein kleiner sanfter Langweiler und soll ihnen Deutsch beibringen. Er hat seinen Namen gemurmelt, aber es war nicht möglich, den zu verstehen. Hat er Ulrik gesagt? Aber so kann man doch wohl nicht mit Nachnamen heißen? Sie freut sich auf Deutsch. Sie werden eine ganz neue Sprache lernen!

Der Klassenlehrer hat eine seltsame Stellung eingenommen, er verschränkt hinter dem Kopf die Hände, als ob er dort etwas festhalten müßte. Aber dort ist nichts zu sehen, abgesehen von ein paar mit Pomade eingeschmierten Haarsträhnen, die nach oben wollen. Kein Lehrer in St. Croix hat sich je so hingestellt. Ab und zu geben seine Knie nach. Er diktiert in einem südnorwegischen Akzent den Stundenplan und teilt die Bücherlisten aus. Jetzt sollen sie einfach ruhig sitzenbleiben, dann kommen auch die anderen Lehrerinnen und Lehrer und erzählen ihnen, welche Bücher sie sich kaufen sollen, sagt er.

Und sie kommen, einer nach dem anderen. Mathematik, Englisch, Erdkunde. Ein Lehrer pro Fach! Kommen herein und stellen sich vor und reden erwachsen. Hat sich bisher jemals ein Erwachsener die Mühe gemacht, sich ihnen vorzustellen? Kommen herein und sind ihr Fach. Niemand hier kann alles. Denn das, was sie können, ist so schwierig, daß keiner mehr als ein Fach beherrscht. Rasch informieren sie über die Bücher. Søgaard und Lyche – Mathematik, Norwegisches Lesebuch für Höhere Schulen, Band I, Deutsche Grammatik, Statistische Tabellen, Skard und Midgaard – Weltgeschichte, Cappelens Schulatlas, Fjellbu – Entstehung des Christentums. Ankreuzen. Auf Wiedersehen. Manche kommen herein und öffnen die Tür nur einen Spalt breit, sehen sich um und lassen scheinbar zufällig ihren Blick durch die Klasse wandern. Ist hier die 1 B? Ja. Ach, ich dachte schon, ich hätte mich verirrt. Ich heiße Davidsen. Sich verirrt! Hat sich vielleicht irgendein Lehrer von St. Croix je verirrt? Das kann ja heiter werden.

Als sie die Klasse verlassen, fragt Inger so halb in die von Lärm erfüllte Luft hinein: „Wie heißt unser Klassenlehrer eigentlich? Ulrik?“ „Muldvig“, antwortet ein lockiger Trara-Junge, Leif heißt er wohl. „Ole Muldvig“, sagt er und blickt auf sie herab und ist fast genauso groß wie ihr Vater. Hinter ihnen kommt ein Junge mit hängenden Schultern und Brille. Offenbar will er etwas sagen, starrt aber nur in die Luft. Komischer Typ. Inger weiß nicht, wie er heißt.

Sie quetschen sich durch das große Tor und schwärmen durch Skolegata und um die Ecke zu Fergestedsveien, vorbei am weißen Holzgebäude der Seemannsschule. Sie finden einander und lachen und reden über all die Typen von Lehrern, die sie bekommen haben. Sie gehen in Gruppen und reden ununterbrochen, und plötzlich sind sie an einem warmen Sommertag die Jugendlichen geworden, die durch die Stadt wandern.

Als sie zu Hause angekommen waren, blieben Inger und Lillian vor den Schwingtüren des Restaurants Bjørnen stehen und redeten über all die seltsamen Leute, die sie jetzt unterrichten sollten. „Du hättest mal den sehen sollen, den wir in Mathe kriegen", sagte Lillian. „Den, der die ganze Zeit aussieht, als ob er bergab geht?" – „Ja, genau der. Waschfaß wird er genannt. Und dann die, die wir in Deutsch kriegen! Hast du die gesehen? Die ist total verrückt. Sie kam herein und hat sich als allererstes die Nase zugehalten, ist an die Fenster gestürzt, hat sie weit aufgerissen und gesagt: ‚Schtinkts, schtinkts!' Und als sie wieder weg war, hatte niemand kapiert, welches Buch wir kaufen sollen."

Sie bemerkten, daß die Kellnerinnen vom Bjørnen sich hinter den hohen Fenstern drängten und sie ansahen.

„Ne, ne, jetzt stehnse wieder da und quasseln über uns, Mönsch!" sagte Inger mit übertriebenem Fredrikstad-Tonfall. „Da stehen die Tochter von Doktor Holm und die Tochter von Zahnarzt Oppegård, und jetzt gehnse wieder zur Schule, sagense."

„Ganz schön neugierig sindse ja, nich?"

Inger hielt sich die Hand an die Stirn und starrte zu den Kellnerinnen hinein. Die starrten mit strammen Mienen zurück und wichen nicht eine Sekunde. Inger und Lillian lachten sie an und winkten ihnen begeistert zu, erlitten dann aber einen so heißen Lachanfall, daß sie sich krümmten. „Wir sehn uns nachher", sagte Inger. „Ja, um fünf, falls es kein Erdbeben gibt", antwortete Lillian.

„Die sind ja vielleicht groß geworden", sagte im Restaurant Iversen zu Ringstad.

„Ja, da sagste was Wahres", antwortete Ringstad.

„Aber se sind noch genauso frech wie früher."

„Da sagste auch was Wahres."

„Ja, genau", meinte Hauge. „Und die sollen nu aus besseren Kreisen kommen, meine Güte!"

„Ach", erwiderte Iversen. „Man ist bloß einmal jung."

„Ja, da sagste was Wahres", wiederholte Ringstad. „Ein wahres Wort."

„Aber als wir klein waren, sind wir doch nicht so rumgerannt und haben Faxen gemacht, oder?"

„Nein, ist noch gar nicht so lang her, daß sie uns einen Schneeball durchs Küchenfenster geschmissen haben. Und der ist im Suppentopf gelandet."

Das war die Köchin, die sich zu ihnen gesellt hatte. Als Iversen das hörte, lachte sie laut und herzlich. Wie ein junges Mädchen lachte sie, und die hohen Fenster klirrten dazu.

„Iversen! Und wenn jetzt der Chef kommt?!"

„Ja, ich sag's ja", das war Hauges Schlußfolgerung, „die Kinder von besseren Leuten sind die Schlimmsten."

„Warten wir's ab, Hauge. Aus denen kann auch noch was werden", sagte Iversen.

Mit diesem Urteil kehrten sie zu den Tischen zurück. Denn, ganz richtig, der Chef war im Anmarsch.

„Na, wie war's denn in der Schule?" fragte Mama.

„Ich hab' keine Bekannten von St. Croix in meiner Klasse. Nur Sølvi Andersen. Bestimmt, weil wir auf der Volksschule so frech waren. Jetzt bin ich in einer schrecklichen Klasse mit lauter Engelchen."

„Vielleicht wird das besser, wenn du sie näher kennengelernt hast?" fragte Evelyn.

„Und die Lehrer erst mal! Die sind das Ärgste, was ich in meinem Leben gesehen habe. Die waren alle total verwirrt. Und dann kriegen wir für jedes Fach einen Lehrer, stell dir das vor. Und wir sollen ‚Sie' zu ihnen sagen. Ich freu mich auf Deutsch. Aber der Deutschlehrer sieht total vertrocknet aus."

In diesem Moment läutete das Telefon. Inger nahm ab.

„Bei Dr. Holm, ja bitte?"

Am anderen Ende hörte sie Astrid Evensens Stimme.

„Ach, ist das schrecklich! Ich bin in einer total öden Klasse mit lauter Bauern gelandet! Nur Typen von Lahellemoen und Torp in Børje und Selbak und ein Haufen Leute aus Onsøy." Sie weinte fast am Telefon.

„Himmel, wie scheußlich! Bist du denn nicht mit Marthe und Vivi zusammen?"

„Doch, aber die wissen auch nicht, was sie machen sollen."

„Weißt du was? Ich glaube, die haben uns aus purer Bosheit getrennt."

„Wie ist denn deine Klasse?"

„Ach, da gibt's fast nur Trara-Menschen. Ich hab' noch nicht mit ihnen geredet. Aber vielleicht wird das besser, wenn wir sie näher kennenlernen?"

„Ja-a." Astrid hörte sich nicht sehr überzeugt an. „Wie heißen die denn?"

„Einer heißt Leif Bang Monradsen und einer Sigvart Jespersen und – nein, ich weiß auch nicht, wie die anderen heißen."

„Ich frage mich, ob ich nicht versuchen soll, in deine Klasse versetzt zu werden. Bei dir ist noch eine, die ich von früher her kenne."

„Ja, mach das."

Prokurist Evensen aus Cicignon sprach mit dem Rektor, und am nächsten Tag war auch Astrid in der B-Klasse. Gott sei Dank dafür, wenigstens.

Seit vier Jahren stand ein kleiner dunkelbrauner Koffer mit blanken Ecken im Kabuff. Seit Helgas Tod hatte niemand ihn geöffnet. Aber Inger hatte ihn oft betrachtet und nachgedacht. Kein Tag verging, an dem sie nicht an ihre große Schwester dachte. Jetzt ging sie mit der Liste, die sie in der Schule bekommen hatte, wieder zu Evelyn in die Küche. Ob sie vielleicht den Koffer öffnen sollten? Evelyn trocknete sich die Hände ab und nickte.

Zusammen holten sie den Koffer hinter Stiefeln und Pappkartons hervor und trugen ihn ins Kämmerchen. Inger öffnete ihn. Darin lagen die Bücher, eingeschlagen in glattes, gelbes Umschlagpapier, Helga hatte sie mit dunkelblauer Tinte in Schönschrift beschriftet. Englisches Lesebuch von Helga Gjarm Holm. Deutsche Grammatik von Helga Gjarm Holm.

Ach, wie neidisch war sie auf diese Bücher gewesen! Inger

spürte, wie es zu ihren Augen aufstieg, das Gefühl, das sie gehabt hatte, als sie die Bücher zum erstenmal sah. Damals waren sie auf Helgas Schreibtisch und Bett verstreut gewesen. Jetzt wurde Helga erwachsen. Ob Helga jetzt wohl keine Zeit mehr haben würde, mit ihr zu spielen?

Nun stand sie hier, am Rand der Welt, in die Helga nur kurz einen Fuß gesetzt hatte. Sie holte tief Atem und faltete die Buchliste mit den angekreuzten Büchern auseinander.

„Wollen wir mal nachsehen?" fragte sie Mama.

Evelyn dachte an alle Briefe, die sie damals bekommen hatten. Sie waren so erfüllt von echtem Mitgefühl gewesen. Und alle hatten versucht, einen Trost zu finden. Einige sagten, vielleicht sei Helga viel erspart geblieben, im Leben gibt es soviel Grausames, es ist gut, jung zu sterben. Andere schrieben: „Wen der Herr liebt, nimmt er früh zu sich."

War Helga ein Liebling Gottes? Aber was war dann mit allen anderen Kindern, die er nicht zu sich nahm?

Dennoch hatte sie in der Religion ihren größten Trost gefunden. Eine entfernte Freundin hatte ihr geschrieben, sie müßte ihr glauben, es hätte einen Sinn, wir wüßten ihn bloß nicht. Gott wüßte ihn, und zu guter Letzt war Sein Weg der einzige, den man gehen konnte.

Sie hatte es versucht. Und manchmal glaubte sie, einen Sinn zu sehen. Nein, keinen Sinn, sondern einen größeren Zusammenhang. Eine Glut, eine Hoffnung. Obwohl doch damals, vor vier Jahren, gerade die Hoffnung zerbrochen war.

„Mama?" fragte Inger, als sie in die Küche kam. „Weißt du, was ich mir so überlege?"

„Nein."

Inger redete nicht sofort weiter. Sie ging zum Küchenfenster, setzte sich auf den Rand des Spülsteins, stellte die Füße auf die Heizung, wie das so ihre Gewohnheit war, und blickte hinaus auf die halbfertige Kråkerøybrücke.

„Ich habe mir überlegt, daß ich jetzt genauso alt bin wie Helga."

„Ja", meinte Mama. „Das habe ich mir auch überlegt."

Sie schwiegen eine Weile.

„Ich frage mich oft, wie es wohl wäre, wenn Helga noch lebte“, sagte Inger.

„Das tue ich auch. Aber die Vorstellung, daß sie vielleicht in einem Rollstuhl sitzen müßte, nein... das wäre fast noch schlimmer gewesen.“

„Aber Mama, das finde ich überhaupt nicht. Sie hätte eine weltberühmte Malerin werden können! Ich hätte sie überallhin geschoben.“

Mama weiß nicht, daß Inger seit vier Jahren neben Helga im Rollstuhl lebt. Manchmal war sie auch ganz normal und ohne Rollstuhl. Aber manchmal saß sie im Rollstuhl, und das war überhaupt nicht so grausam, wie man denken könnte. Manchmal weinte Helga und war böse, aber sie konnte ja nicht ununterbrochen traurig sein. Und sie hatte doch Inger. Und wenn sie etwas brauchte, brauchte sie bloß Inger danach zu schicken. Nach der Palette und den Pinseln und der Staffelei und den Ölfarben, die sie kurz vor ihrem Tod bekommen hatte, nach dem Holzkasten mit den schönen Pastellkreiden. Und wenn sie die ganze Malerei satt hatte, dann konnte sie Inger bitten, für sie das Filmjournal und Motion Picture zu kaufen. Niemals würde sie sie vergeblich um etwas bitten müssen.

Denn es gab etwas, das Inger bereute, mehr als alles andere, was sie auf dieser Welt falsch gemacht hatte. Es war der letzte Tag, an dem sie und Helga zusammengewesen waren, und Inger hatte sich um sie kümmern müssen, weil Mama und Papa zu einem Fußballspiel wollten. Und dann hatte Helga im Bett gesessen und gesagt, daß sie genau 1,50 für ein Motion Picture hätte, gerade war eine neue Nummer erschienen, und sie hatte gefragt, ob Inger nicht eben zum Kiosk laufen und sie ihr kaufen könnte.

Inger hatte abgelehnt. Ohne besonderen Grund. Sie hatte einfach keine Lust, sie wollte lieber am Schreibtisch sitzen und sich langweilen und sauer sein und darauf warten, daß Mama und Papa von ihrem blöden Fußballspiel zurückkämen, damit sie zum Spielen nach draußen könnte.

Seither war sie immer total außer sich, wenn sie daran dachte. Sie wollte nicht daran denken. Aber es kam ihr immer wieder in den Kopf. Sie dachte, daß es ja nur eine kleine Nebensächlichkeit gewesen war und gar nicht wichtig, und Helga hatte ja auch nicht weiter herumgequengelt. Aber es half nichts. Sie konnte nicht vergessen, daß sie damals nicht zum Kiosk gelaufen war. Denn sie konnte es nie, nie, nie mehr wieder gutmachen.

„Mama?“ fragt Inger tief aus ihren Gedanken heraus. „Weißt du noch, der letzte Sonntag, an dem Helga gelebt hat? Als ihr zum Fußballspiel gegangen seid... ?“ Sie will von der Motion Picture-Zeitschrift erzählen, aber als sie dazu ansetzt, kann sie es doch nicht.

„Ja“, antwortet Mama, „ich habe mir nie verzeihen können, daß wir zu diesem Fußballspiel gegangen sind.“

„Aber ihr seid doch zurückgekommen.“

Wieder möchte Inger Mama von der Zeitschrift erzählen, aber noch immer schafft sie das nicht.

„Ja, wir dachten doch, es wäre einfach eine Sommergrippe oder sowas. Das hattet ihr doch so oft. Aber es hilft nichts.“ Mama schluckt. „Weißt du, in ihrer letzten Nacht zu Hause hat sie soviel Seltsames gesagt, sie phantasierte, und ich habe eine Weile bei ihr gewacht. Und da dachte ich, das werde ich ihr erzählen, wenn sie wieder gesund ist...“

„Aber am nächsten Tag mußte sie ins Krankenhaus.“

„Ja, und am Nachmittag wurde sie in den Respirator gelegt.“

„Und wir sind alle drei ins Wohnzimmer gekommen, nachdem das Krankenhaus angerufen hatte, und im selben Moment sind wir in Tränen ausgebrochen. Weißt du, was ich da gedacht habe, Mama? Jetzt sind wir drei, habe ich gedacht.“

„Das hast du gedacht?“ Mama wischte sich mit dem Fingerknöchel die Augen. „Du hast sicher viel gedacht, was wir nicht begriffen haben.“

Wieder verstummt Inger. Mama hat schon recht. Vor allem erinnert sie sich an das Gefühl, daß die anderen sie für ein Kind hielten. Daß das, was passierte, so grausam war, daß sie von einem Tag zum anderen erwachsen werden mußte. Aber das tat sie nicht. Sie war weiterhin kindlich wie ein Kind, hatte weiterhin Kinderfreuden und Kindergedanken und Kinderstimme und Kinderbewegungen. Deshalb glaubten sie, sie dächte überhaupt nicht. Sie glaubten, sie hätte nichts begriffen. Helga war fort. Was gab es da zu begreifen? Aber sie wußte, daß sie gedacht hatte: Für mich ist es am schlimmsten.

Eigentlich wußte sie nicht, wie sie diesen Gedanken gemeint hatte. Sie wußte nur, daß sie ihn für sich behielt, weil niemand ihn verstanden hätte. Sie war allein. Sie hatte ihre Gefährtin verloren. Alle Spiele verschwanden, die sie gespielt hatten. Sie versanken mit Helga. Inger hatte die Ulme draußen auf dem Hof angesehen und gespürt, wie sie versank.

Oder vielleicht hatte sie das gedacht, weil es Helga war, die ihr die Welt gezeigt hatte? Helga hatte ihr als erste beigebracht, wie alles hieß. Deshalb erinnerte seither alles an sie.

Später hatte sie gedacht: Für Mama ist es am schlimmsten. Ein Kind zu verlieren, ist das Schrecklichste, was passieren kann. Mama hatte Helga doch schon, als sie noch winzig klein war, hatte sie wachsen sehen, um dann zu erleben, wie sie damit aufhörte. Mama hatte ihr ganzes Leben ihren Kindern gegeben. Helga zu verlieren war wie das Leben selber zu verlieren.

Aber vielleicht durfte man nicht so denken, überlegte sich Inger. Für wen es am schlimmsten war. Denn es ist für jeden am schlimmsten.

Sie gehen ins Wohnzimmer. Keine kann an etwas anderes denken. Sie setzen sich und sprechen über die letzte Woche in Helgas Leben, sie gehen Tag für Tag durch, wie eine Geschichte, auch wenn beide wissen, was passieren wird, und auch wenn sie schon so oft darüber gesprochen haben. Jedesmal scheint Helga zu ihnen zurückzukehren, nur ein wenig.

„Mama? Es ist so schrecklich seltsam, daran zu denken, daß es nur vier Tage waren."

„Ja, das ist schrecklich seltsam."

Auch das haben sie schon früher gesagt. Trotzdem müssen sie es wiederholen. Denn noch nie haben sie erlebt, daß sich die Zeit so ausdehnen und kein Ende nehmen, daß sie wie eine eigene Epoche wirken kann, ein eigenes verzweifeltes Leben. Und jedesmal muß Inger hören, daß es für Mama ganz genau dasselbe war.

Sie hören Papa aus der Praxis. Er kommt zur Küchentür herein und dreht die Wasserhähne auf, läßt das Wasser lange fließen. Dann wäscht er sich die Hände, fährt sich mit Wasser durchs Gesicht, wäscht sich wieder die Hände. Sie kennen seine Geräusche. Wissen, was er macht, ehe er in seinem weißen

Arztkittel ins Wohnzimmer kommt. Er geht zu Evelyn und senkt den Kopf, damit sie ihn auf die Wange küssen kann. „Na, sitzt ihr hier herum und faulenzt?“

„Nein, wir denken an Helga.“

Papa richtet sich auf. Wird ernst. „Ja“, sagt er, „ich habe heute auch so sehr an sie gedacht.“

Inger holt Klein-Ellen mit dem Fahrrad aus dem Kindergarten ab. Sie fahren durch St. Croixgaten, vorbei an der Schule, über St. Croix plass und in den Park. In diesem Herbst gibt es unglaublich viele Eichhörnchen. Sie tauchen überall auf und rennen zu einem Baum, jagen den Stamm hoch und verschwinden im Nichts. Dann tauchen sie wieder auf und pressen ihre Schwänze an sich. Es gibt kein anderes Tier, das solche Ähnlichkeit mit einem Zeichentrickfilm über sich selber hat.

„Eicho!“ ruft Ellen. „Eicho, Eicho!“ Sie will sie aufhalten, damit sie eines streicheln kann. Aber wenn sie stehenbleiben und ein Eichhörnchen dicht an sie herankommt – sie sind so frech in diesem Jahr –, bekommt sie doch einen Schrecken und ruft: „Nein, Eicho! Nein, nein, nein.“ Es sind die ersten Tiere, mit denen sie gesprochen hat.

Beate aus Lahellemoen

Den Kindern aus St. Croix hat immer schon die Stadt gehört. Sie kommen aus den feinen grauen Villen von Cicignon oder aus den modernen weißen Steinhäusern der Nygaardsgata und erobern die Kinoschlangen vor der Blauen Grotte und der Roten Mühle, erobern alle Spielplätze und Karussells in der Stadt, nehmen sonntags Hatthütte und Skihütte ein, und im Winter kommen sie mit ihren schwarzweiß-gestreiften Hockeyschlägern und ihren rot und blau gestrickten Pullovern und Mützen und besetzen die Wiesenbahn und den St. Croix plass. Und als dann dunkelblaue Mützen in Mode kamen, hatten sie die auch. Sie spannten die Schlittschuhe stramm, probierten es ein paarmal kurz auf den Zehenspitzen, ehe sie übers Eis jagten, riefen einander zu, klopften einander dreimal auf die Schultern und machten im Handumdrehen die ganze Bahn zu einem Spielplatz für ihr Bockspringen, ihr Räuber und Gendarm, mit dem Gefängnis in der hintersten Ecke, Richtung Bydalen. Die anderen mußten sich mit den übrigen Ecken und dem Rand begnügen, wo sie auf ihren Klammerschlittschuhen in einer braunen Jacke mit Gummizug in der Taille, die sie von ihrer Kusine geerbt hatten, dahinstapften. Mit lautem Rufen und ohne etwas wahrzunehmen außer sich selber und die, die dazugehörten, glitten die Jungen und Mädchen aus St. Croix übers Eis, beugten sich vor und zurück, und immer hatten sie genügend Geld für eine Wurst und eine Cola, mit denen sie zu den Klängen des Schneewalzers und anderer Wiesenbahnschlager aus den knackenden Lautsprechern übers Eis tanzten. „Schneyschney schneyschneywalllzer!" sangen die Kinder von St. Croix und schwangen sich und wogten hierhin und dorthin, und plötzlich kam eins von ihnen angefegt und warf einen fast um, und im nächsten Moment stand man ohne Mütze da. Und dann durfte man sich nichts anmerken lassen. Der Versuch, in einer solchen Situation die Mütze zurückzuerlangen, war das Blödeste, worauf ein Kind aus Lahellemoen oder Lislebyveien verfallen konnte. Bald kamen sie dann wieder angefegt, mit ihren Vor- und Zurücktricks, bremsten ganz scharf und hielten einem die Mütze hin. „Willst du deine Mütze wiederhaben?“ fragten sie. Dann galt es, die Hand nicht auszustrecken. Und wenn man sich gleichzeitig noch umdrehen und ein Stück weggleiten konnte, als ob man Wichtigeres zu tun hätte als sich die Ohren abzufrieren, war die Schlacht gewonnen. Bald darauf würde die Mütze mit ihrem kleinen grauweißen Bommel einsam auf einer Schneewehe liegen.

Mit diesen Menschen sollte Beate Halvorsen aus Lahellemoen jetzt in die Schule gehen – in diese Schule, die unten im feinsten Stadtviertel lag, gleich bei Cicignon, und die manche immer noch „Mittelschule“ nannten, obwohl sie doch schon lange nicht mehr so hieß. Nur zwei aus Lahellemoen waren in diesem Jahr dorthin übergewechselt. Hartvig Gravdahl, der ganz oben in Bydalen bei der Brauerei wohnte, und Beate, die auf Kapellfjellet wohnte, durch den sich jetzt die Baumaschinen hindurchfraßen, um Fredrikstad die Fredrikstadbrücke zu bauen. Gravdahl. Eigentlich konnte Hartvig Gravdahl ihr gestohlen bleiben. Er war immer so arrogant, und er hatte selten mit ihr gesprochen, hatte nur gerufen, und auch das war jetzt schon lange her. Aber Beate war nur froh, wenn er die Ruferei auch weiterhin nicht wieder aufnahm. Am besten wäre überhaupt niemand aus Lahellemoen dabeigewesen.

Beate schleppte sich mit ihrer Tasche voller Bücher Kapellveien hoch. Nur gut, daß sie unten alte Bücher verkauft hatten, sonst hätte ihre Mutter einen Schock erlitten. 163 Kronen und 25 Öre kosteten die Bücher insgesamt, wenn sie alles neu kaufen mußte. Viele von den alten Büchern, die die großen Schüler verkauft hatten, waren so zerfleddert, daß sie kaum noch zusammenhingen, aber zum Glück hatte sie auch zwei erwischen können, die noch einigermaßen gut aussahen. Die deutsche Grammatik, schwarz und gelb, und dieses Christenheitsbuch von Fjellbu oder so hatte sie nicht bekommen, es kostete 4,70. Das norwegische Lesebuch kostete neu 17,50. Sie hatte es für fünf bekommen. Sie freute sich darauf, ihrer Mutter das zu erzählen. Das Erdkundebuch hatte sie nicht, auch das war schrecklich teuer, 8,85 stand auf der Liste. Aber sie würde Tone fragen, die letztes Jahr Abi gemacht hatte.

Beate nahm die Schultasche in die andere Hand und hoffte,

daß Tone dieses Erdkundebuch nicht hatte. Ein neues Buch wäre auch schön. Nur eines. Sie konnte doch an ihre Sparbüchse gehen. Aber dann würde es noch länger dauern, bis sie sich ein Fahrrad kaufen konnte, und jetzt hätte sie gut eins brauchen können. Wenn sie sich jeden Tag so abschleppen mußte, wäre ihre Schulter bald ausgerenkt.

Beate näherte sich ihrem Haus. Es war ein langes flaches hufeisenförmiges Haus, ungefähr auf halber Höhe des Hangs, weiß, wie so viele Häuser hier oben. Hier wohnte sie mit ihrer Mutter in zwei Zimmern und Küche in der Hälfte des einen Flügels. Sie ging auf den Hof, blieb bei der Pumpe stehen und trank einen Schluck, es war so schwül, es würde sicher ein Gewitter geben. Sie blickte hoch zu den blauschwarzen Wolken über dem Dach, dann stieg sie die beiden Treppenstufen hoch und erreichte den schmalen Flur. Hinter dem Fenster sah sie das kleine zerfurchte Gesicht ihrer Mutter.

„Schon wieder da? Ich habe noch nicht mit dem Mittagessen angefangen, aber jetzt dauert's nicht mehr lange." Wie üblich redete ihre Mutter mit dem Mund voller Stecknadeln.

„Laß dir ruhig Zeit. Ich hab' sowieso noch keinen Hunger."

Sie ging ins Wohnzimmer. Überall lagen Teile des dunkelblauen Gabardinestoffs für Frau Direktor Bøhmers neues Kostüm herum, das zum Empfang fertig sein sollte, den der Herr Direktor Ende des Monats geben wollte. Frau Bøhmer mit ihren weißen Haaren sah so elegant aus in schwarz oder blau.

„Nina hat heute auch in der Schule angefangen", sagte Beate und wanderte durch das Wohnzimmer ins andere Zimmer. Tone hatte ihr erzählt, ab jetzt würde sie ununterbrochen Hausaufgaben machen und dicke Bücher lesen müssen, die kein Ende nahmen, von dem Moment an, wo sie nach Hause kam, bis zur Schlafenszeit am Abend. Aber das machte Beate keine Angst. Sie freute sich darauf, die Welt der Bücher zu betreten, nahm sie aus der Tasche und legte sie auf den Tisch. Die Mutter schaute herein. „Jetzt wirst du wohl klug?"

„Ach, ich weiß nicht. Du hättest mal die Lehrer sehen sollen. Die sahen allesamt so aus, als ob sie nicht alle Tassen im Schrank hätten."

Fräulein Halvorsen dachte ein Weilchen darüber nach. Sie

beendete den Saum der Jacke und ging in die Küche. „Kennst du welche von den Kindern, mit denen du jetzt zur Schule gehst, Mädi?" rief sie Beate zu.

„Wir sind keine Kinder mehr, Mensch, falls du dir das eingebildet hast", kam die Antwort aus dem Schlafzimmer. „Aber ich kenne sie nicht. Nur Nina, natürlich, und die anderen aus St. Croix. Aber die wissen nicht, wer ich bin."

„Hast du denn mit irgendwem gesprochen?"

„Nein, ich hab' zu niemandem ein Wort gesagt. Was hätte ich denn auch sagen sollen?"

„Aber Nina kennt dich doch wohl?"

„Ja, aber ich glaub' nicht, daß sie mich gesehen hat, und außerdem ist sie sowieso in der D-Klasse gelandet. Ich bin in der B-Klasse. Dies Jahr gibt es nämlich sechs erste Klassen."

„Du bist also nicht in derselben Klasse wie Hartvig?"

„Doch. Aber ich könnte gut ohne ihn auskommen."

„Und mit wem bist du sonst noch zusammen?"

„Ach, mit der Hälfte von allen Bonzenkindern aus der Stadt. Mit der Tochter vom Oberingenieur Hauger – Gudrun heißt sie, sie ist schrecklich dick, und mit der Tochter von Inspektor Martinsen aus Trara, die heißt Sandra und ist schrecklich sportlich, und mit der Tochter von Dr. Holm unten in der Stadt, die hat sich getraut, etwas zum Klassenlehrer zu sagen. Und dann ist da noch einer, der heißt Rolf Magnor, Sohn von Granit-Magnor, und einer heißt Sigvart Jespersen, Sohn von der Kartonfabrik, und Kjell Grunder, Sohn von der Glommen-Kreditbank, und eine heißt Liv Abrahamsen. Die ist auch aus Trara. Und dann ist da noch ein ganz langer, der Leif Bang Monradsen heißt." Hiermit beendete Beate ihre Aufzählung.

„Ach? Wer ist das denn?"

„Der? Ach, einfach so ein Junge, natürlich."

Wieder dachte Fräulein Halvorsen eine Weile nach. Seit vielen Jahren hatte alles dem Ziel gedient, ihre Tochter in die Gelbe Anstalt zu bringen. Nichts durfte dabei schiefgehen. Aber gleichzeitig wußte sie, daß sie jetzt nicht mehr von früh bis spät auf sie aufpassen konnte. Das mußte sie jetzt selber schaffen. Das tat weh.

„Heute gibt's Erbsensuppe, Mädi."

„Schön", rief Beate. „Aber Mama, kannst du nicht anfangen, mich Beate zu nennen?"

Im kleinen Zimmer neben dem Wohnzimmer hatten sie ans Fenster neben dem Bett ein Tischchen gestellt. Hier konnte Beate hinter den Blumentöpfen sitzen und auf Kapellveien hinausblicken. Das Fenster war ziemlich niedrig, wenn Leute dicht vorbeigingen, konnte sie sie ungefähr von der Taille aufwärts sehen. Waren sie weiter entfernt, sah sie sie ganz. Es war schön, hinter dem kleinen Dschungel aus Topfblumen zu sitzen und einfach nur zu schauen. Auf dem Tisch lag ein großer neuer grüner Bogen Löschpapier als Unterlage, darauf Hefte und Kladden und ein kleiner hellgrüner Behälter für Bleistifte, Radiergummi und Bleistiftspitzer. Endlich hatte sie einen Ort für sich allein.

Beate fragte, ob sie keinen Vorhang haben könnte. „Wozu soll das denn gut sein?" fragte Mama, und darauf hatte Beate nicht sofort eine Antwort. „Einfach so", sagte sie.

„Ist denn das, was du jetzt machst, so schrecklich geheim?" hakte Mama nach. „Ach, Mama, du könntest doch gut so einen Vorhang nähen. Das macht doch wohl nichts." – „Aber wozu soll das gut sein, frage ich?" fragte Mama noch einmal. „Naja, nur so, nur so... es wäre schrecklich gemütlich, finde ich." – „Schrecklich gemütlich? Ich glaube nicht, daß sich das Zimmer gut machen würde mit einem Vorhang in der Mitte, Mädi. Dazu ist es nicht geschaffen." – „Macht es sich jetzt vielleicht gut?" fragte Beate. Aber sie gab nach. Denn eigentlich hatte sie nicht daran gedacht, wie sich das Zimmerchen vom Zimmer aus machen, sondern wie es drin sein würde. Aber das schien Mama nicht zu begreifen.

In diesen Zimmern hatten sie und ihre Mutter immer gewohnt. Nichts hatte sie bisher getrennt. Sie hatte ein schlechtes Gewissen. Die Mutter tat alles für sie. Sie hatte nur sie, hatte sonst keinen Menschen. Und daß sie nie einen Vater für Beate gehabt hatte, trug sie jeden Tag mit ihrem Namen mit sich herum.

Beate war Fräulein Halvorsens uneheliches Kind, das wußten alle, was aus dem Vater geworden war, das wußte niemand. Auch Beate wußte es nicht. Sie hatte sich oft den Kopf darüber zerbrochen, hatte wissen wollen, was eigentlich los war. Wann immer sie das Thema anschnitt, winkte ihre Mutter ab. „Dazu gibt es nichts zu sagen", erklärte sie. „Aber warst du mit ihm zusammen? Hast du ihn gekannt?" fragte Beate. „Darüber reden wir nicht, habe ich gesagt. Wir müssen ihn vergessen, Mädi, das ist das Beste."

Aber Beate konnte ihren Vater nicht vergessen, auch wenn er nur ein Schatten war. Er war ein Samenkorn gewesen, im Leib ihrer Mutter war er zu Beate geworden, und im letzten halben Jahr oder so hatte sie sich mehr den Kopf darüber zerbrochen als je zuvor. Sie träumte von ihm und hoffte, daß er zurückkommen würde. Er kam mit Geschenken aus Amerika. Ein andermal war er tot. Vielleicht war er im Duell gefallen. Oder er war ertrunken. Manchmal segelte er zwischen den Inseln des Stillen Ozeans, und auf den Inseln tanzte er mit Hula-Hula-Mädchen und trug einen Blumenkranz in den Haaren. Sie mußte einfach an ihren Vater denken; las sie „Die drei Musketiere", war er einer von ihnen, las sie „Der Graf von Monte Christo", war er das; er fand sich in allen Büchern Jack Londons, er umsegelte Kap Horn oder unterwarf sich König Alkohol, in den Flickabüchern ritt er über Wyomings Prärien, überall war er, denn Beate las ungeheuere Mengen von Büchern, und niemals hatte sie genug.

„Die Suppe ist fertig!" rief ihre Mutter aus der Küche. Beate las schnell noch einen Abschnitt in „Segen der Erde", ihrer derzeitigen Lektüre. Gerade hatte Inger Sellanraa ihr Kind umgebracht. Es hatte wie sie eine Hasenscharte. Beate weint innerlich, legt das Lesezeichen ins Buch und geht in die Küche. Sie füllt ihren Teller bis zum Rand mit Erbsensuppe. Erbsensuppe ist ihr Lieblingsessen. Es war klar, daß es das heute geben würde. Ihre Mutter sitzt an der anderen Seite des Küchentischs und bläst auf ihren Löffel. Auf dem leeren Hocker zwischen ihnen sitzt Beates Vater mit dichter schwarzer Mähne und lobt das Essen.

Die Stunden

Die Mädchen aus Trara hatten immer etwas zu lachen. Vor allem eine Else, die am vorletzten Tisch an der Tür saß und sich mit Lippenstift bemalte. Dann kicherte sie zusammen mit den anderen Mädchen in ihrer Ecke. Sie hatte in ihrem Mäppchen einen Spiegel. Darin betrachtete sie ihren Lippenstift und ihren Mund, wenn der Lehrer das nicht sehen konnte, und danach prustete sie los. Manchmal warf sie sich vor Lachen über den Tisch, und wenn sie sich wieder eingekriegt hatte und sich umdrehte, um der mit der Zahnklammer am letzten Tisch etwas zuzuflüstern, war das, was sie sagen wollte, so komisch, daß sie es einfach nicht herausbrachte. Einmal lachte sie so sehr, daß sie vor die Tür gestellt werden mußte. Das war im Norwegischunterricht, sie nahmen gerade einen Roman von Gabriel Scott durch.

„Gabriel Scott, du meine Güte!" sagten die Mädchen aus Trara, und dann gackerten sie los und wollten einfach nicht aufhören. Ob das denn wirklich so komisch sei, fragte Davidsen vom Pult herab. Aber das war es eben. Und deshalb mußte die mit dem Lippenstift vor die Tür gesetzt werden, sie war nämlich die Schlimmste. Sie kicherte den ganzen Weg vorbei an den Tischen und bis zur Tür, ihr Gesicht war rot vor Heiterkeit. Sie hieß Liv.

Inger mochte sie nicht, aber sie mußte doch immer wieder an sie denken. Auf dem Heimweg sagte sie zu Lillian: „Eine in meiner Klasse kann ich einfach nicht ausstehen." „Ach?" fragte Lillian. „Ja, diese Liv Abrahamsen. Die ist so albern, daß die Hälfte wirklich reichen würde."

Aber in jedem norwegischen Aufsatz bekam Liv ein Sehr gut. Wie war es möglich, sich mit Lippenstift zu bemalen und trotzdem Sehr gut im norwegischen Aufsatz zu bekommen?

Sie sollten beschreibende Aufsätze schreiben, erklärte Davidsen. Das war etwas anderes als in der Volksschule, sie waren schließlich älter. In der Volksschule hatten sie nur erzählende Aufsätze geschrieben, erklärte er. „Ein unvergeßlicher Ausflug" und so. Jetzt sollten sie folgenden Aufsatz schreiben: „Eine Straße bei Regenwetter."

Eine Straße bei Regenwetter, dachte Inger. Das war wie ein Bild. Sie dachte an Nygaardsgata, der Ecke Solheimhjørnet, wenn es regnete, und blickte zum Kirkepark hinüber.

„Es braucht keine bestimmte Straße zu sein", sagte Davidsen. Und auch kein bestimmter Zeitpunkt. Es sollte zeitloser sein. Wie sieht eine Straße bei Regenwetter gewöhnlich aus?

Na gut, dachte die 1 B und schrieb das Thema in ihr Aufgabenheft. Zeitloser Regen. In vierzehn Tagen abzugeben.

In den beiden letzten Stunden am Montag hatten sie Zeichnen oben im Zeichensaal im Neubau, bei einem Mann namens Konsul Saxeby. Der war ein zackiger glatzköpfiger Herr mit spöttischem Blick und Goldzahn. Wovon er Konsul war, wußte niemand. Jedenfalls war er kein Studienrat, aber das war auch nicht nötig, schließlich sollte er der heranwachsenden Generation Form und Schatten beibringen.

Schon in der ersten Stunde schockierte er alle, als er einen Blumentopf vor ihnen aufpflanzte. „Den sollt ihr zeichnen!"

Einen Blumentopf zeichnen, meine Güte! Sowas von öde. In der Volksschule hatten sie Aufgaben gehabt wie „Der Nationalfeiertag" oder „Die Zugvögel kommen zurück" oder „Kinderspiele im Frühling", wo sie das schwachsinnige Leben in Fredrikstad frei und in all seiner Farbenpracht zeichnen konnten. Aber einen Blumentopf!

„Ich lach' mich kringelig!" sagte Kjell Grunder. Das hätte er nicht sagen sollen. „Raus auf den Flur, Junge!" sagte der Konsul und zeigte mit seinem vergoldeten Drehbleistift auf die Tür. Hier herrschte vom ersten Moment an Disziplin.

Die Klasse 1 B minus Grunder senkte die Köpfe und zeichnete den Blumentopf. Inger war unglücklich. Sie konnte ohnehin nicht zeichnen, und wenn nun auch noch das Motiv blöd war? Sie strichelte und strichelte und sah bald, daß ihre Bemühungen einen schiefen und ziemlich unannehmbaren Blumentopf ergaben. Zu allem Überfluß mußte sie auch noch neben dieser Beate aus Lahellemoen sitzen, die nichts anderes tat als den Lehrern engelhafte Blicke zuzuwerfen, ohne ein Wort zu sagen.

Sie waren nämlich immer zwei und zwei auf große Zeichentische mit Schienen und Ständern verteilt worden, und hatten absolut nicht selber entscheiden dürfen, wo sie sitzen wollten.

Das hatte Saxeby übernommen. Inger spürte, wie Beate Halvorsen ihren Engelsblick auf den Blumentopf konzentrierte und neben ihr lange, gehorsame Striche zeichnete. Am Ende mußte sie einfach hinsehen. Ein prächtiger, naturgetreuer Topf erschien auf dem weißen Bogen – mit Schatten. „Du kannst das ja toll", sagte sie. „Ach was, kann ich gar nicht, ich zeichne bloß, was ich sehe." – „Was du siehst?" Inger war nicht einen Augenblick auf die Idee gekommen, einen Blick auf den blöden Topf zu werfen, sie hatte einfach ihren inneren Topf in ihrem Kopf gezeichnet. Beate sah Ingers Topf an und lächelte. „Du mußt genauer hinsehen", sagte sie.

Nun musterte Inger den Blumentopf. Sie betrachtete ihn aufmerksam mehrere Minuten lang. Er war rund. Sie kann also doch sprechen, dachte sie in den Topf hinein.

Wenn sie einen ganzen Satz zustande brachte, konnte sie vielleicht auch noch mehr sagen? Inger machte noch ein paar Striche, genauso unbeholfen wie die anderen. Dann hielt sie die Zeichnung hoch und sagte: „Das hier ist ein expressionistischer Topf." Den Expressionismus hatten sie gerade im Norwegischunterricht gehabt. „Der soll gar nicht aussehen wie ein echter Topf. Das Problem ist bloß, daß ich kein Talent habe." Beate lachte. Ach? dachte Inger. Lachen kann sie auch?

„Jetzt kommt eine Besprechung", sagte Konsul Saxeby und rief sie zu einem erhöhten Podium, einer Art Rednerpult mitten im langen, schmalen Raum. Sie wimmelten um ihn herum, und er streckte seinen vergoldeten Drehbleistift aus. „Ihr haltet den Bleistift so", sagte Saxeby und zeigte ihnen, wie sie beim Zeichnen den Bleistift benutzen sollten. Es war eine über alle Maßen gähnfördernde Vorstellung. Saxeby maß und wog, und es wollte und wollte einfach nicht schellen. Als das dann endlich seltsamerweise doch geschah, war die Befreiung ohrenbetäubender als nach jeder anderen Stunde.

Später ging Inger auf, daß sie sich auf den nächsten Montag freute. Dann würden sie einen Klotz zeichnen.

Markmo hielt einen riesigen Zirkel mit Kreide in der Spitze in der Hand und spähte über die 1 B hinweg. „Was machen wir jetzt?" fragte er, suchte sich aber nicht sofort sein Opfer aus. Er hielt die

Kniegelenke steif und spreizte die etwas zu kurzen Beine und sah dabei selber aus wie ein Zirkel. Manchmal versuchte er auch auszusehen wie ein Dreieck. Oder wie das Parallelogramm ABCD. „Sølvi Andersen", sagte Markmo, der Name detonierte über ihren Köpfen. „Ja?" fragte Sølvi, und Hitze überflutete ihr Gesicht. „Wir können die Zirkelspitze auf Null setzen." – „Wir können auch einen Ausflug zur Skihütte machen", antwortete Markmo und erntete den Applaus, den er für diese schlagfertige Antwort verdient hatte.

Anfangs stand Markmo mit rechtwinkligen Beinen und viereckigem Gesicht da und erklärte den ersten Quadratsatz. Wenn er erklärte, war das immer zu verstehen, denn er erklärte deutlich und logisch, und man begriff, daß er einfach recht hatte. Und außerdem konnte man ganz still am Tisch sitzen und einfach zuhören. Aber wenn man anwenden sollte, was man verstanden hatte, dann klappte das nicht. Das Ergebnis stimmte absolut nicht mit der richtigen Lösung überein. Die richtigen Ergebnisse waren immer rund und vor allem ganz.

Auf der Volksschule war mehr Ordnung in der Angelegenheit gewesen. Dort waren Buchstaben Buchstaben und Zahlen Zahlen. Aber jetzt führte Markmo ein, daß eine Zahl eine Zahl war, sobald jemand sie dazu ernannte, und daß a eine Zahl sein konnte, wenn jemand behauptete, es sei eine Zahl, und, schlimmer noch, a konnte jede beliebige Zahl sein. Damit nicht genug. Auf der Volksschule war die kleinste Zahl immer 1 gewesen. Vielleicht auch 0. In diesem Punkt hatte ein wenig Unsicherheit bestanden. War 0 eine Zahl oder einfach nur 0? Jedenfalls war die kleinste Zahl entweder 1 oder 0 gewesen. Und was könnte auch kleiner sein?

Aber jetzt sagte Markmo, daß die Zahlen hinter 0 in einer unendlichen Reihe weitergingen, genau wie die steigenden Zahlen über 0, man brauchte nur ein Minuszeichen davorzusetzen. 0 war eine Art Mittelpunkt für alles, nichts nahm je ein Ende.

Der reine Zirkus. Hokuspokus und Akrobatik. Aber es hieß Algebra.

Algebra war ja gut und schön, aber wozu sollten sie es verwenden, abgesehen davon, sich damit zu amüsieren, jedenfalls die, die das lustig fanden? Und die zu quälen, die das nicht schafften? Mathematik war eine feinere Form der Folter.

Die Mädchen büffelten. Nichts von allem, was jetzt in sie hineingestopft wurde, büffelten sie so wie Mathematik. Und bei den Quadratsätzen erreichte die Büffelmanie ihren vorläufigen Höhepunkt. Alles Dickgedruckte sollte auswendig gelernt werden. Die Mädchen standen auf dem Schulhof und sagten laut zu sich und den anderen: „Wenn wir die Summe zweier Zahlen quadrieren wollen, erhalten wir das Quadrat der ersten Zahl plus dem doppelten Produkt der beiden Zahlen plus dem Quadrat der letzten." Sie büffelten und sahen einander an. Aber in ihren Köpfen gab es nur Markmo.

Das Seltsame bei diesem fieberhaften Auswendiglernen war nämlich, daß eine nach der anderen erklärte, daß sie nicht das geringste begriff. Warum also lernen? Eine absolut überflüssige Frage. Die Quadratsätze mußten alle aus dem Ärmel schütteln können, und falls sie abgehört würden und es nicht schafften, würde das Schulgebäude über ihren Köpfen einstürzen. Die Glomma würde nicht mehr ins Meer fließen, es würde Erdbeben geben, Heulen und Zähneklappern, Pastor Spåvangs Armageddon würde über sie hereinbrechen, Fredrikstad würde zu Kleinholz zerschlagen werden. Das wußten alle.

Und Markmo, den Kopf gefüllt mit Buchstaben und Potenzen, das Jüngste Gericht in seinen tiefen Taschen, hielt, was er versprochen hatte. „Liv Abrahamsen. Schreib den ersten Quadratsatz an die Tafel." Liv sprang auf, blutrot im Gesicht, und schrieb mit prachtvoller Schönschrift, die sie aus der Trara-Schule mitgebracht hatte, wo alles noch verständlich gewesen war: $(a+b)^2 = a^2 + 2ab + b^2$. „Prächtig", sagte Markmo. Er sagte immer „prächtig", aber es stand nicht fest, ob er den Inhalt oder die Ausführung meinte oder das Gegenteil, immer ließ er sie in dieser Unsicherheit. Liv errötete, falls möglich, noch stärker.

„Kannst du erklären, was hier passiert ist?"

„Ja", antwortete Liv. Dann sagte sie nichts mehr, und Markmo grinste und meinte: „Ja und nein?" – „Nein, nein", sagte Liv, und nun lachte die Klasse. Liv errötete noch mehr. „Na?" fragte Markmo. „Der erste Quadratsatz?" Jetzt hatten sich mehrere Hände erhoben, langsame Jungenpulloverärmel, wache Augen richteten sich auf Markmo. „Wenn wir kadavrieren... nein, kadavieren... nein..." – „Jetzt mußt du aber wirklich in Gang kommen, ehe ich zum Kadaver werde." Der eine oder andere Bengel brüllte los, in der Hoffnung, Markmo werde gerade sein Lachen hören und begreifen, daß er den Quadratsatz beherrschte. „Wenn wir quadrieren", sagte Liv endlich und war so erleichtert darüber, daß sie das Wort geschafft hatte, daß sie eine kleine Pause einlegte. „Wollen wir das überhaupt?" fragte Markmo. „Oder wollen wir zum Ball gehen?"

Doch, es war wirklich eine Vorstellung, wenn Markmo abhörte. Selten wurde man enttäuscht. Liv räusperte sich und fing noch einmal an. „Wenn wir die Summe zweier Zahlen quadrieren", sagte sie, „erhalten wir das Quadrat der ersten Zahl plus dem doppelten Produkt der beiden Zahlen plus dem Quadrat der letzten." – „Prächtig", sagte Markmo. „Richtig prächtig. Und kannst du diese Verwandlung auch erklären?" – „Das ist einfach so", antwortete Liv. Sie wußte es nicht. Im Buch hatte das ja auch nicht gestanden. „Das weiß ich nicht", sagte sie. „Das ist eben so."

„Aber Liv", sagte Markmo, „wenn du eine weiße Soße kochst, sagst du auch nicht, ‚das ist einfach so'. Du weißt, welche Zutaten du dafür benötigst. Und die nennen wir in der Mathematik Faktoren." – „Aber bei weißer Soße braucht man kein unbekanntes Mehl in zweiter Potenz", warf Astrid Evensen ein. „Und auch keine unbekannte Menge." Jetzt kicherten die Mädchen hörbar.

Markmo schüttelte den Kopf. Er hatte es ja immer schon gewußt. Es hatte keinen Sinn, Mädchen Mathematik beizubringen. Aber wenn sie schon einmal da saßen, mußte man sein Bestes tun, um sie ihnen in den Schädel zu hämmern. „Rolf Magnor, bitte", sagte er. Und Rolf, der während der ganzen Szene mit Liv abwechselnd die linke und die rechte Hand hochgestreckt hatte, sprang jetzt voller Selbstsicherheit auf und bewies, daß es genauso sein mußte, wie es im Mathematikbuch stand. Denn $(a+b)^2$ war ja dasselbe wie $(a+b)\ (a+b)$, und wenn man das miteinander multiplizierte, dann kam $a^2 + ab + ab + b^2$ heraus, eine Verkürzung von dem, was an der Tafel stand. „Da sehen wir's, da sehen wir's", sagte Markmo, er hatte sich ganz hinten in die Klasse gestellt, um diesen Rechenvorgang richtig genießen zu können.

Inger hatte das Gefühl, daß das alles unverständlich war. Durch Rolf Magnors hinzugefügten Beweis wurde es auch nicht verständlicher. Sie glaubte auch nicht, daß die Jungen das verstanden. Sie lernten es einfach auswendig und gaben es weiter. Ohne rotzuwerden. Jeder konnte $(a+b)^2$ und was dabei herauskam auswendig lernen. Das war nicht schwieriger als das Alphabet. Und auch das Alphabet hatte nicht die geringste Bedeutung. A, b, c. Was bedeutete das? Man mußte es verwenden können, das war alles. Und es war nicht schwer zu begreifen, warum das nützlich war. Man konnte schreiben statt zu reden. Es war unendlich nützlich. Aber wozu brauchte man $(a+b)^2$? Selbst wenn man das ausrechnen konnte? Ja, daß die Verwendung so unklar war, schien daran schuld zu sein, daß es unverständlich wurde. Aber den Jungen schien das nichts auszumachen. Oder wenn es ihnen etwas ausmachte, dann versteckten sie es jedenfalls und sprangen über die Buchstabenzahlen, als ob das ihre besten Freunde wären. Und Markmo wurde nie spöttisch, wenn sie steckenblieben.

Was sonst war die Erklärung dafür, daß Jungen wie dieser Sigvart Jespersen, der den Unterschied zwischen erzählendem und betrachtendem Stil nicht begriff, der sich nie die Regel merken konnte, wann im Englischen das y am Ende des Wortes zu i wurde, und der nie das Wort *beautiful* zu buchstabieren lernte, eine Eins in Mathematik bekam? Gehörte vielleicht ganz einfach eine gewisse Portion Dummheit dazu, mit Mathematik fertigzuwerden?

„Ich begreife nichts", sagte Inger zu Papa.

„Das ist ja nichts Neues. Wieviel ist 2/3 mal 3/4?"

„Himmel, jetzt fang doch nicht wieder damit an!"

„Aber wieviel ist 2/3 mal 3/4?"

„Hör auf, hab' ich gesagt. Ich will darauf jetzt nicht antworten. Was soll das alles? Das will ich wissen. Was sollen diese ganzen Quadratsätze?"

„Mathematik läßt sich für vieles verwenden", sagte Papa.

Papa erklärte. Höhere Mathematik könnte beim Brückenbauen helfen. Er sprach voller Wärme. Davon hatte Markmo nichts gesagt. Brücken waren nützlich. Hier sahen sie zwei

Brücken, die sich wie ein in die Zukunft weisender Triumph über die Landschaft erhoben. Kein Zweifel, daß das über die Maßen nützlich war. Es war fast unmöglich, sich etwas Nützlicheres vorzustellen als eine Brücke. Und die Brücke entstand durch höhere Mathematik. Aber wie?

Ja, sagte Papa. Man brauche die Mathematik, um zu berechnen, wie man mit der Brücke gleichzeitig an zwei Seiten anfangen könne. Man fing ganz einfach bis zum I-Tüpfelchen richtig im selben Moment auf der Ostseite und auf der Westseite an und baute Monate und Jahre, und die beiden Halbbögen kamen sich immer näher, und schließlich erreichten sie einander über dem Fluß in der feierlichsten Umarmung der modernen Zeit, und schwupp! – die Schraube paßte perfekt ins Loch! Stahl von Westen und Stahl von Osten glitten auf ein hundertstel Millimeter genau ineinander. Es war phantastisch. Niemand konnte behaupten, daß die nutzlose Mathematik nicht fast schon himmelstrebende Ergebnisse erzielt hatte. Da stimmte Inger zu. Aber wie?

„Mit Hilfe der Mathematik können sie messen, wo sie zu stehen haben", sagte Papa.

„Aber wie?" fragte Inger noch einmal. „Wieso wissen sie, wo sie sich beim Messen hinstellen müssen?" Sie stellte sich vor, wie sie an West- und Ostufer standen, Ingenieure von der technischen Hochschule und ausländische Experten, mit komplizierten Meßgeräten und allen Quadratsätzen und Kongruenzsätzen und Gleichungen zweiten Grades im Kopf. Woher wußten sie, wo sie sich hinstellen sollten?

„Nein, das", sagte Papa. „Das kann ich dir nicht erklären. Das verstehst du nämlich nicht."

Und als er das sagte, wurde er nicht rot.

Torsrud war ein finsterer Typ mit weißer Mähne und trägem Teufelsblick, aber seine Augenbrauen waren immer noch schwarz und sträubten sich beunruhigend auf seiner Stirn. Es hieß, er sei während des Krieges so geworden. Jetzt kam er mit langsamen Schritten ins Klassenzimmer, nachdem er den Einmarsch der Klasse überwacht hatte, griff nach dem Zeigestock und skandierte von Reihe zu Reihe. „Ruhe", sagte Torsrud.

Sie nahmen das Kongobecken durch. „Das Kongobecken",

sagte Torsrud und blickte sie bedrohlich an. „Kannst du etwas darüber erzählen, Evensen?“ Astrid richtete ihren Filmstarblick auf die schwarzen Augenbrauen über dem Arbeitskittel. „Ich hab’ mich nicht vorbereitet.“ – „Hm“, meinte Torsrud, wieder durchforsteten seine Augenbrauen die Tischreihen. „Holm“, sagte er. „Was?“ Torsrud setzte sich hinter das Pult und rieb sich müde das Gesicht. „Was ist los?“ flüsterte Inger in die Runde. Beate drehte sich um und legte den Kopf auf den Tisch. „Du sollst was übers Kongobecken erzählen“, flüsterte sie, und gleichzeitig lief sie im Gesicht knallrot an und prustete in einem Lachen los, das sie zu unterdrücken versuchte. Inger spürte das Lachen in ihrem Hals. Es durfte nicht heraufkommen.

„Das Kongobecken“, sagte eine innere Stimme, und jetzt hatte das Lachen schon ihren Mund erreicht. Sie blickte auf ihr Mäppchen hinunter. An etwas Ernstes denken. Beerdigung.

„Ja“, sagte sie und sah Torsrud an. „Es liegt mitten in Afrika, im Westen, meine ich, und mittendurch fließt der Kongo. Der Fluß Kongo, meine ich. Das ist der wasserreichste in Afrika – oder ist das vielleicht der Nil?“

„Nicht du stellst hier die Fragen, sondern ich.“

„Ja, sicher.“ Einige lachten. „Vielleicht also der Nil. Aber jedenfalls wächst daran Urwald, bloß nicht die ganze Strecke. Ganz unten gibt’s Savanne.“ Hier unterbrach sie sich und sah Torsrud an. „Was ist Savanne?“ fragte Torsrud. „Das ist eine große Ebene. Wie eine Prärie, aber in Afrika nennen sie das Savanne. Eine Savanne ist ein Zwischending zwischen Urwald und Wüste. Und hier laufen Löwen und Elefanten herum.“

Einige von den Jungen lachten. Was war denn daran bloß so komisch? „Ja, stimmt das denn nicht?“ – „Doch, das machen sie. Kannst du mir etwas über ihre Wirtschaftsformen erzählen?“ – „Sie betreiben Hackbau“, antwortete Inger. Sie hatte keine Ahnung, was Hackbau war, und jetzt war es zu spät.

„Wen meinst du mit sie?“ fragte Torsrud.

„Pygmäen und Bantus. Das heißt, die Pygmäen wohnen tief im Urwald.“ Sie stellte sie sich tief im Urwald vor, wo sie die ganze Zeit hinter den Büschen standen und klein waren. Die Bantus waren groß und fesch. Sie konnte nicht an die Wirtschaftsformen denken. Erdkunde wäre das lustigste Fach von allen gewesen, wenn es diese Wirtschaftsformen nicht gegeben hätte. Sie begriff sie nicht. Immer produzierten sie etwas, von dem sie keine Ahnung hatte. Kopra und Jute und Mangan. Was spielte es denn für eine Rolle, wo Sachen herkamen? Und während sie Kopra und Jute und Mangan produzierten und dabei 90 % der Weltproduktion lieferten, führten sie große Mengen von ebenso unverständlichen Waren ein. Wozu mußten sie das wissen? Es war klar, daß ein Land ausführte, was es hatte, und einführte, was ihm fehlte. Dazu gab's nicht mehr zu sagen. Flüsse und Menschen waren etwas anderes. Torsrud hatte etwas gesagt. Seine Augenbrauen musterten sie. „Was?" fragte sie. „Du mußt aufpassen", sagte Torsrud. „Ich hör' dich gerade ab." – „Ach, ich dachte, wir wären schon fertig." Jetzt lachten sie wieder. So hatte sie das nicht gemeint. Sie hatte wirklich gedacht, sie wären fertig. „Du hast den Hackbau erwähnt", erklärte Torsrud geduldig. „Ist das die einzige Wirtschaftsform?"

„Nein, natürlich nicht", antwortete Inger. „Sie haben viele Wirtschaftszweige. In einem Gebiet im Kongo namens Katanga haben sie große Kupferadern." Sie wußte eigentlich auch nicht, was eine Kupferader war. Warum konnte da nicht einfach Kupfer stehen? Das wurde jedenfalls für Kirchtürme verwendet. „Ja, und dann gibt es dort Diamanten", sagte sie. „Außerdem bauen sie Kaffee und Baumwolle und so auf den großen Plantagen an, und..."

„Und so?" wiederholte Torsrud. „Alle Schüler sagen ‚und so'. Was bedeutet das?" Das sagte er jedesmal, aber Inger hatte es vergessen, sie wußte auch keine weiteren Waren mehr.

Torsrud blickte sichum. Rolf Magnor meldete sich.

„Ja, Magnor?" – „Öl", sagte Magnor. Mist, dachte Inger. Ich wußte doch, daß ich etwas vergessen hatte. „Von Ölpalmen, meine ich", fügte Rolf hinzu, und danach sah er Inger an und lächelte leicht. Sie erwiderte sauer seinen Blick. „Ja, Magnor. Kannst du uns über Verkehr und Entdeckungen erzählen?" fragte Torsrud, während er eine zutiefst geheime Note in das riesige Klassenbuch eintrug.

„Der Kongo gehört Belgien. Die Hauptstadt heißt Leopoldville, nach dem belgischen König. Außerdem liegt dort das Prinzessin Astrid-Institut für Tropenforschung. Große Teile des Kongoflusses sind schiffbar, ansonsten wird die Eisenbahn verwendet. Im letzten Jahrhundert reiste Henry Stanley..."

Inger mochte nicht mehr zuhören. Sie nahm einen Zettel und schrieb: „Liebe Frau Pflaumensülz! Ich hoffe, es geht Ihnen gut. Ist es nicht hinreißend, Rolf Magnor seine Hausaufgaben herunterleiern zu hören? Bald werden Torsruds Augenbrauen aus purer Freude durch die Klasse fliegen. Wollen wir dann seine wunderschönen, betörenden, himmelstürmenden Augenbrauen nicht im Flug einfangen und sie für ewige Zeit als Lesezeichen verwenden? Im Erdkundebuch natürlich. Ihr immer ergebener Freund Herr Apfelsaft." Sie faltete den Zettel zusammen und piekste Astrid, die vor ihr saß, in den Rücken. Astrid drehte sich halb um, sah den Zettel, hielt sich die Hand auf den Rücken und blickte mit dämlichem Blick nach vorn zum Lehrer. „Für Beate", flüsterte Inger. Astrid nahm den Zettel, und während Torsrud bei Magnors flüssigem Bericht über Stanleys afrikanische Expedition einen Blick aus dem Fenster warf, warf sie den Zettel hinüber zu Beate. Inger sah zu, wie Beate unter dem Tisch den Zettel auseinanderfaltete, wie sie ebenfalls zu Zettel und Bleistift griff und sich zum Schreiben darüber beugte. Als sie fertig war, faltete sie ihn zusammen und warf ihn gleich zu Inger hinüber, wo er auf dem Mäppchen landete. „Hochwohlgeborener und sagenumsauster Herr Apfelsaft! Wie bebt doch mein Herz, weil ich nach all diesen Jahren von Ihnen höre! Wo sind Sie gewesen? Ich für meinen Teil habe in einem finsteren Keller auf Kapellfjellet gestanden und mein grausames Los beklagt. Magnors lebhafte Stimme ist in meinen mißmutigen, hängenden und immer gleich einsamen Ohren wie das klangvollste und hochtrabendste Glockenspiel. Hochachtungsvoll, Frau Pflaumensülz."

Inger riß ein neues Blatt aus ihrer Kladde. „‚Dr. Livingstone, I presume', sagte Stanley", sagte Magnor und blickte bei dieser verdichteten Klimax über die Klasse und klappte den Mund zu. Torsrud notierte ein zutiefst geheimes „Sehr gut" im Klassenbuch und machte sich an eine Schilderung des ostafrikanischen Hochlandes. „Geliebte Pflaumensülz! Ich ahnte schon, daß Sie warteten, obwohl ich in all diesen Jahren nichts von Ihrer Existenz gewußt habe. Aber ich bitte Sie zu verstehen, daß ich ein vielverschlungenes Leben mit vielen gefahrvollen und abenteuerlichen Reisen hin und her im Kongobecken und unter meinen Lieblingselefanten in der Savanne führe. Wie stark würde mein Herz doch brausen, wenn Sie sich einmal von Ihren tiefen, stinkenden Kellerverschlägen auf Kapellfjellet losreißen könnten, um mit mir in die Welt zu ziehen! Falls Ihnen dabei der weitläufige und gorillahafte Torsrud zu sehr fehlen sollte, könnten wir ihn gut als Führer anstellen. In ohrenbetäubendem Herzenssausen warte ich auf Ihre liebenswerte herzförmige Antwort. Vielfältige Grüße von Apfelsaft."

„Auf Seite 99 seht ihr ein Bild von einem Kaffernkraal im Betschuanaland. Seht euch die vielen Neger auf dem Platz an."

„Wem gehört Betschuanaland?"

„Betschuanaland ist ein britisches Protektorat."

„Hochgeachteter Herr Apfelsaft! Ich finde, Sie bringen der Bevölkerung von Kappelfjellet wenig Respekt entgegen. Vergessen Sie nicht, daß sie doch trotz allem Menschen sind, wie wir anderen auch. Abgesehen von Magnor natürlich. Den möchte ich nicht mit weiteren Kommentaren aus meinem Goldstift berühren. Leider muß ich wohl sagen, daß mein Schicksal ist und bleibt, in einem verstaubten Regal in einem Kellerverschlag des bereits erwähnten Chapel Rock zu stehen. Sie können mich besuchen. In der Dunkelheit und Verschwiegenheit der Nacht, natürlich. Am liebsten bei Mondschein. (Es gibt ein kleines Kellerfenster.) Spärliche, aber tränenerfüllte Grüße, für immer die Ihre, Pflaumensülz."

„Auf Seite 100 seht ihr den berühmten Tafelberg in Kapstadt."

„Meine unwiderstehliche Pflaumensülz! Darf ich meinen Lieblingselefanten mitbringen? Ihr trauriger Apfelsaft."

„He, da hinten! Was ist das?" Die Augenbrauen ruhen auf dem Zettel auf Beates Tisch. Torsrud nähert sich. „Das Kapland!" sagt plötzlich Liv Abrahamsen und will sich ausschütten vor Lachen. Die Mädchen um sie herum lachen. Beate hält die Hand über den Zettel. „Nichts", sagt sie und blickt zu ihm hoch. „Weg mit der Hand! Wollen wir uns doch mal nichts ansehen." Beate rührt sich nicht. „Also los. Mach schon. Wir können im Erdkundeunterricht solche Zettelwirtschaft nicht dulden!"

„Vielleicht sollten wir sie lieber im Norwegischunterricht betreiben!" platzt es aus Liv heraus. Hier ist die Grenze. Torsrud dreht sich zu Liv um und zeigt auf die Tür. „Raus!“ Liv geht und füllt ihr Taschentuch mit Lachen. Beate hat immer noch die Hand über dem Zettel. Torsrud packt sie am Handgelenk und zwingt die Hand beiseite. Aber darunter gibt es keinen Zettel. Torsrud glotzt die Luft über der Tischplatte an. Eine Weile steht er da. Dann zuckt er die Schultern. „Ihr müßt aufhören mit diesem Unfug“, sagt er und kehrt ins Kapland zurück.

Nach dieser Stunde gingen Inger und Beate nebeneinander die Treppe hinunter. Eigentlich hatten sie bisher noch nicht viel miteinander geredet, abgesehen vom Zeichenunterricht. „Du bist verrückt“, sagt Beate. „Stimmt. Aber ich wußte nicht, daß du auch verrückt bist.“ Plötzlich kennen sie einander.

„Und ich hab' gedacht, in Lahellemoen gäb's bloß doofe Leute, weißt du“, sagt Inger zu Lillian. „Aber jetzt kenne ich da eine, die nicht doof ist.“

„Ach? Wen denn?“

„Beate Halvorsen. Sie hat vor Torsruds Augen einen Zettel weggezaubert.“

„Wie hat sie das denn geschafft?“

„Ach, ich hab' vergessen, sie zu fragen.“

Hinter ihnen kommt Svend Akselsen aus Trara angefahren und läßt seine Handbremse laut aufquietschen. Er geht in die A-Klasse. Lillian läuft knallrot an und starrt geradeaus. „Kommst du um acht mit in die Wochenschau?“ ruft er, er selber ist auch nicht weniger rot. „Ja“, antwortet Lillian und tut so, als hätte sie ihn gerade erst entdeckt. Kaum hat sie geantwortet, tritt Svend hektisch in die Pedale und saust Fergestedsveien hinunter, ohne mit den Händen den Lenker zu berühren.

„In Trara wohnen auch nicht bloß doofe Leute“, sagt Lillian. Dann schweigen beide, tief ergriffen von dieser Erkenntnis.

„Ich schwöre bei Gott..."

Die Jungen standen auf dem Schulhof, hielten die rechte Hand schräg vor sich und sagten: „Ich schwöre bei Gott diesen heiligen Eid..." und kannten den ganzen Hitlereid auswendig. Kjell Grunder an der Spitze mit seinem dicken großen Kopf und seinem Jokergesicht. Stramme Rücken, feierliche Mienen. Die Mädchen, Gravdahl und Rolf Magnor sahen zu. „Hört mit dem Quatsch auf! Mehrere von den Lehrern hier haben im Konzentrationslager gesessen!" Vesia Jørgensen, die Gymnastiklehrerin der Mädchen, stand plötzlich vor ihnen. Ihre Stimme bebte. Die Jungen sahen sie an, ließen die Arme sinken, liefen davon. Als sie außer Hörweite gekommen waren, lachten sie. Und als Vesla Jørgensen mit ihrem geschmeidigen Rücken und ihren Turnschuhen im Altbau verschwunden war, legten sie den Eid noch einmal ab. Heil, Heil!

Muldvig trat in der nächsten Deutschstunde neben sein Pult und stemmte dabei die Hände in die Seiten. Er rümpfte die Nase. „Nein", sagte er mit leiser Stimme. „Das da... das da... müßt ihr... an den Nagel hängen." Alle waren still. „Viele von den Lehrern hier sind... nach Deutschland geschickt worden. Ihr müßt damit aufhören."

Die Klasse sah Muldvig an. Sie warteten. Niemand sagte jemals etwas darüber, was die von den Deutschen festgenommenen Lehrer erlebt hatten. Es wurde nur geflüstert. Alle flüsterten über Torsrud. Und über Konsul Saxeby. Und Sundt, bei dem sie Zoologie und Botanik hatten, war der nicht in Grini gewesen? Einige behaupteten, er sei von der Gestapo gefoltert worden. Deshalb sei seine Schulter schief. Aber die, die selber im KZ gesessen hatten, sagten niemals auch nur ein Wort. Weder über sich noch über die Deutschen. Und die anderen Lehrer sprachen nur darüber, wie die Deutschen an der Nase herumgeführt worden waren. Sie erzählten witzige Geschichten, daß die Deutschen Moelv wie „Mölf" ausgesprochen und wie die Deutsche-Dirnen „Alf Vidersen" als Kindsvater angegeben hatten, und wie ein Deutscher einmal einer Mutter mit ihrem Kind in der

Straßenbahn seinen Platz angeboten hatte, worauf das Kind mit lauter Stimme zu seiner Mutter sagte: „Das war aber ein lieber Schweinehund, Mama." Im Krieg hatten sie viel zu lachen gehabt – insgeheim –, und das erzählten sie jetzt.

„Ich bin nicht selber im KZ gewesen", sagte Muldvig mit noch tieferer Stimme als vorher. „Ich habe damals studiert. Zufällig ist mir das erspart geblieben. Die Reihe wurde fünf Studenten vor mir geteilt. Mehrere Bekannte von mir sind nicht zurückgekommen." Er schluckte. Änderte seine Stellung, schob das andere Bein schräg nach vorn. Er war ein ziemlich kleiner Mann. Er trug immer einen etwas zu weiten Anzug. Kleine Augen. „Aber die, die zurückgekommen sind", fuhr er fort, „die wollen nicht darüber reden. Was sie erlebt haben, ist grausamer, als wir uns das vorstellen können."

Zum erstenmal hatte ein Lehrer auch nur soviel zu ihnen gesagt. Nicht mehr, als sie ohnehin schon gewußt hatten. Aber in seiner Stimme hatte Bewegung gelegen.

Was hatten sie damals erfahren, als sie noch klein waren und mit einem norwegischen Papierfähnchen, das die Erwachsenen ihnen in die Hand gedrückt hatten, auf die Straße gerannt waren? Norwegen hatte den Krieg gewonnen! Yippieyeh, yippieh, yiippieh-yeh! hatten sie gesungen.

Drei, vier Jahre alt, waren sie mit den großen Kindern losgezogen. Hatten V auf das Kopfsteinpflaster geschrieben. Das war der erste Buchstabe, den sie lernten. Er bedeutete „vant", gewonnen. Den Krieg gewonnen! Für sie hatte es bis dahin nichts anderes gegeben als „Krieg". Was war der Krieg? Nun war er weg. Und Norwegen hatte ihn gewonnen. Hurra!

Aber jetzt – jetzt sind sie zehn Jahre älter. Jetzt sitzen sie hier vor ihrem Lehrer und wollen wissen, was damals eigentlich passiert ist. Norwegen hat gewonnen. Ja. Aber was hat es gekostet? Junge Männer hatten graue Haare bekommen. Die Schüler der 1 B senken die Köpfe über ihre Tische. Aber Muldvig sagt nicht mehr.

Zwei Tage später stand morgens, als sie zur Schule kamen, mit weißer Kreide am Tor: „Es gibt nur einen Führer!" Da sahen sie Torsrud wie einen Schatten, er sprang vom Fahrrad, hüpfte hoch, denn es stand ziemlich weit oben, hüpfte noch einmal hoch und versuchte die Schrift mit der Hand wegzuwischen. Er war wie wild. Und er bekam es auch nicht richtig weg. Sie hatten einen Lehrer noch nie so wild gesehen.

Jetzt griff der Konrektor ein. Einzelne Jungen, aus der 1 B und anderen Klassen, wurden zum Rektor befohlen.

„Sie wissen nicht, was das bedeutet“, sagte Liv Abrahamsen. „Sie glauben, das wäre ein Spiel.“ Ihr Vater hatte in Sachsenhausen gesessen, er war Pastor und hatte sich nicht beugen wollen. „Aber er redet auch nie darüber“, fügte Liv hinzu.

„Muß man das denn so schrecklich ernst nehmen? Die machen sich doch bloß einen Jux“, sagte Rolf Magnor.

„Das haben sie damals auch gesagt. Sie haben über Hitler gelacht und ihn als Emporkömmling bezeichnet“, sagte Inger.

„Willst du etwa Kjell Grunder mit Hitler vergleichen?“ Alle sahen Inger an. Inger wußte nicht, was sie darauf antworten sollte.

„Es geht doch um Respekt vor anderen Menschen“, erklärte Liv. „Die, die das ans Tor geschrieben haben, haben keinen Respekt vor den Lehrern, die im KZ waren.“

Als die Jungen vom Rektor zurückkamen, einer nach dem anderen, sagten sie nichts. „Was hat er denn gesagt?“ fragte die Klasse in der Pause.

„Ist doch egal.“

„Ich schwöre bei Gott...“

„Ach, halt die Fresse!“

„Die knebeln uns, wie sie selber geknebelt worden sind.“

„Das ist nicht dasselbe.“

„Ist es wohl. So, wie sie uns tyrannisieren, sollte man nicht glauben, daß sie je tyrannisiert worden sind.“

Die Klasse stritt sich. Wer hatte recht? Wen konnten sie fragen? Davidsen. Der war nicht so alt. Im Krieg war er noch ein Schuljunge gewesen. Er hatte nicht vergessen, wie es ist, jung zu sein.

„Davidsen, warum mußten die Jungen deshalb zum Rektor?“ Rolf Magnor fragte. Er war dafür geeignet. Klang immer aufrichtig. Davidsen schluckte.

„Darüber macht man keine Witze.“

„Aber das macht ihr doch selber auch.“ Das war Inger.

„Ihr erzählt nur Heldengschichten. Sabotage, und wie die Leute nach Schweden geflohen sind. Nie erzählt uns jemand, wie es wirklich war."

„Aber die Heldengeschichten sind auch ein Teil der Wirklichkeit."

„Nicht alle waren Helden."

Nicht alle waren Helden? Die, die keine Helden waren, waren Landesverräter. Was hatte sie jetzt sagen wollen?

„Nein, einige standen auf der falschen Seite", erwiderte Davidsen. Inger schwieg. Liv meldete sich. „Ich finde es richtig, daß eingegriffen worden ist", sagte sie. „Wir jungen Menschen von heute begreifen nicht, wie es im Krieg war."

„Ich glaube, da hast du recht, Liv. Aber ihr könnt lesen."

Was sie lesen sollten, sagte er nicht. Wieder verstummten sie. Was Liv sagte, hatten sie immer schon gehört. Im Krieg waren sie noch so klein gewesen, daß sie nichts verstanden hatten. Das schien ihr Fehler zu sein. Daß sie es sich einfach erlaubten, heranzuwachsen, ohne den Krieg erlebt zu haben. Es schien fast, als ob die Erwachsenen deshalb sauer auf sie wären. Aber was sollten sie dagegen tun? Sie waren nun mal 1941 und 42 geboren. Sie waren nun mal in die schlimmsten Jahreszahlen der ganzen Weltgeschichte hineingeboren worden. Sie waren nun mal geboren worden, während die Generation ihrer Eltern und ihrer Lehrer gefoltert und ermordet und inhaftiert und geschlagen worden war. Dagegen konnten sie nichts machen.

„Davidsen?" fragte Astrid mit ihrer heiseren und ein bißchen frechen Stimme. „Stimmt es, daß Torsrud im KZ gesessen hat?"

Die ganze Klasse war erleichtert, weil endlich jemand diese Frage gestellt hatte. Aber Davidsen war sichtlich entrüstet. Er hatte ihren Tonfall falsch verstanden und sagte nur: „Ich glaube, wir gehen jetzt zum Unterricht über. Ich kann doch hier nicht über meine Kollegen sprechen."

Und damit mußten sie Seite 5 im Lesebuch aufschlagen, wo sie in der letzten Stunde aufgehört hatten. „Die Mähmaschine kommt ins Dorf" aus „Segen der Erde" von Knut Hamsun. Die neue Zeit hat Sellanraa erreicht. Es sei eines der schönsten Bücher der neueren norwegischen Literatur, hatte Davidsen gesagt. Es hatte den Nobelpreis erhalten. Und als Hamsun bei der Schwedischen Akademie den Scheck in Empfang genommen hatte, war er ihm gleich wieder aus der Tasche gefallen. Zum Glück hatte das jemand gesehen und den Scheck aufgehoben. „Vielen Dank", hatte Hamsun gesagt.

Beate hatte das ganze Buch gelesen. Jetzt las Inger es auch. Es war das beste Buch, das sie seit „Vom Winde verweht" gelesen hatte. Vorher hatte sie nur Kinderbücher gekannt. Die Geschichten von Annik Saxegard über Tiere, die reden und denken konnten, und Pippi Langstrumpf, die ihr Pferd hochstemmen konnte, die die Großmutter liebte und immer wieder laut vorlas. Mit dreizehn hatte Inger angefangen, Erwachsenenbücher zu lesen. Da trat Scarlett O'Hara in Ingers Leben.

Erwachsenenbücher waren Bücher, in denen Erwachsene Dinge taten, über die sie niemals sprachen. Deshalb waren sie so spannend. In den letzten Sommerferien hatte sie Abend für Abend in ihrem Zimmer auf Tjøme gelegen und „Vom Winde verweht" gelesen. Am Ende der 890 Seiten war sie total verzweifelt darüber, daß Schluß war. Das Buch strömte durch sie hindurch, wie noch niemals ein Buch geströmt war. Wie ging es weiter? Sie lebte doch. Es hörte nicht dort auf – auf der letzten Seite des Buches. Sie dichtete weiter daran, wollte nicht, daß Schluß war. Aber ihre Worte waren zu kindlich. Schlimmer als in einer Illustrierten. All das, was sie empfand, konnte sie nicht in den Sätzen über Scarlett O'Hara unterbringen, die in ihr weiterlebte.

Immer, wenn sie diese Bücher las, wünschte sie, dabeizusein und helfen zu können. Wenn sie weinten und verzweifelt und ganz einsam auf dieser Welt waren, hatte sie solche Lust, ins Buch hineinzugehen und zu sagen: „Aber ich bin doch bei dir!" Sie las „Anna Karenina". Das war noch schöner als „Vom Winde verweht". Anna verliebte sich bei einem Besuch in Moskau in Fürst Wronski, und als ihr Mann sie bei ihrer Rückkehr auf dem Bahnhof abholte, fand sie seine Ohren so schrecklich groß. Das war das Treffendste, was Inger je gelesen hatte. Als sie am Ende des Buches ankam, war sie ganz außer sich, weil sie nicht dasein konnte, als die Lokomotive kam.

Bis zu diesem ersten Herbst in der neuen Schule war Inger mit all dem ganz allein gewesen. Die anderen hatten die Liebesgeschichten der Illustrierten über Erwachsene gelesen. Auch Inger machte das eine Zeitlang. Aber eines Tages entdeckte sie, daß immer wieder die gleiche Geschichte erzählt wurde. Sie hörte auf damit, und damit war sie allein.

Aber dann kam Beate. Es stellte sich heraus, daß die stille, blasse, engelhafte Beate die allergeheimsten Dinge über Erwachsene gelesen hatte. Sie erzählte, daß die Ausgabe von „Segen der Erde“, die sie in der Schule verwendeten, nicht das ganze Buch war. Die Schulbehörden hatten Stellen gestrichen, die nicht für junge Augen geeignet waren. Im ungekürzten Buch stand: „Nachts war er gierig nach ihr, und dann bekam er sie.“

Inger und Beate dachten an Inger mit der Hasenscharte, die Isak bekam. Sie gingen auf dem Schulhof hin und her und sprachen über das Leben der Erwachsenen. Es war seltsam, das mit jemandem teilen zu können. Inger glaubte, niemals einem Menschen begegnet zu sein, der genauso wie sie über die Dinge dachte, an die man nicht denken durfte. Die Liebe. Um die es doch im Leben ging. Sie lag allem anderen zugrunde.

„Einen Fehler haben die Erwachsenenbücher“, sagte Inger. „Die Personen darin haben immer ein Geheimnis, das sie bewahren oder über das sie nicht zu sprechen wagen, und deshalb werden sie von den anderen Personen im Buch mißverstanden. Warum sagen sie nicht einfach Bescheid? Dann würde nicht soviel Leid geschehen.“

„Aber dann gäbe es vielleicht auch kein Buch?“ meinte Beate.

Bücher über den Krieg lasen sie nicht. In denen liebte sich ja niemand. Nicht in denen jedenfalls, von denen sie gehört hatten. Darin bekamen die Leute nur Kinder. Sonst könnten sie sich ja hier und heute nicht den Kopf zerbrechen. Nein, im letzten Jahrhundert hatten sie noch geliebt! Wer doch im letzten Jahrhundert leben könnte! Auf einer Neusiedlerstelle weit weg von den Menschen, mit grünen Hügeln und harter Arbeit. „Warum sind Isak und Inger so glücklich?“ hatte Davidsen gefragt. Als niemand eine Antwort geben konnte, erklärte Davidsen, daß es daran lag, daß sie sich langsam hocharbeiteten – Schritt für Schritt, durch viele Jahre hindurch. So war das Glück. Es war nichts, das einfach so kam.

Aber Mama sagte, das Glück sei kein Zustand. Glück bestand

aus Momenten, die kamen, oft, wenn man nicht wußte, daß man glücklich war. Erst später konnte man vielleicht sagen: Damals war ich glücklich. Das Glück war fast eine Form von Unwissenheit. „Dann sind wir vielleicht die Glücklichsten von allen?" fragte Inger. „Wir, die im Krieg geboren sind und von nichts eine Ahnung hatten?" – „Ja, vielleicht seid ihr das", antwortete Mama.

Mama hatte oft gesagt, daß der Krieg das Schlimmste sei, was je passiert war. Er rief das Schlimmste und das Beste in den Menschen hervor. Für die meisten Menschen in Norwegen war Krieg nur ein Zustand. Ein ewiges Warten. Also beschäftigte man sich damit, Gerüchte über die Leute zu verbreiten, die „auf der falschen Seite standen", Geschichten, die sich die anderen oft einfach aus den Fingern gesogen hatten. Oder darüber, wie die Deutschen norwegischen Frauen die Brüste abgeschnitten und sie im Schloßpark hatten liegen lassen. Das alles stimmte nicht. Die, die aus Deutschland zurückkamen, die wirklich die Schrekken des Krieges erlebt hatten, erzählten nichts dergleichen und beteiligten sich nicht an Hohn und Spott. Die, die nichts erlebt hatten, waren die Schlimmsten, sagte Mama.

Das hatte Inger ihr Leben lang gehört, aber sie konnte es niemandem weitersagen. Wenn sie das versuchte, bekam sie nur zu hören, daß alle Deutschen und alle NS-Mitglieder Schweine gewesen seien. Jetzt sagte sie zu Mama: „Aber die, die in die NS eingetreten sind, die waren doch auf der falschen Seite?" – „Ja. Aber es gab so viele Gründe, warum sie in die NS eingetreten sind. Und nachher läßt sich leicht sagen, sie hätten klüger sein sollen. Die Menschen lesen die Geschichte von hinten und verurteilen dann. Damals wußten wir vieles nicht, was wir seitdem erfahren haben. Wir waren verwirrt."

„Damals wußten sie vieles nicht, was sie seitdem erfahren haben", sagte Inger am nächsten Tag auf dem Schulhof zu Beate. „Man liest die Geschichte von hinten. Und dann läßt sich leicht behaupten, man hätte vorher klüger sein sollen."

„Aber alle wußten doch wohl, daß die Deutschen uns überfallen hatten?" fragte Beate.

„Ja, aber was sollten sie denn dagegen tun? Sie waren verwirrt."

„Haakon VII. nicht", antwortete Beate.

„Ja, aber der war schließlich auch König."

„Nicht alle Könige treffen die richtige Entscheidung. Denk an alle die verrückten Könige, über die wir im Geschichtsbuch lesen. Aber Haakon VII. hat ‚nein' gesagt."

Ja, das wußte Inger. „Das ‚Nein' des Königs wurde ein ‚Ja' zum Leben." Dieses Zitat hatte Papa oftmals bitter vor sich hingeflüstert. Es war unmöglich, mit Papa über den König zu sprechen. Aber das wollte sie Beate nicht erzählen.

„Meine Eltern waren Mitläufer", sagte sie. Es war das erstemal, daß sie so etwas erwähnte.

„Mitläufer?"

„Ja. Sie haben weder ja noch nein gesagt."

Beate hatte noch nie etwas von Mitläufern gehört. Sie hatte überhaupt nur wenig über den Krieg gehört. Im Krieg war ihr Vater verschwunden. Das hatte sie jetzt im Herbst ihre Tante sagen hören. Und am letzten Sonntag hatte sie zufällig gehört, wie ihre Mutter und ihre Tante über ihn sprachen, ohne zu wissen, daß Beate im Haus war. Sie hatte gehört, wie ihre Tante sagte, das mit Ola im Krieg sei furchtbar gewesen und traurig für Beate. Als sie hörten, wie Beate sich im kleinen Zimmer bewegte, hatten sie ihr Gespräch jäh abgebrochen. Danach hatten sich Beates Gedanken über ihren Vater geändert. Jetzt war sie sicher, daß die Deutschen ihn erschossen hatten. Das war die ganze Erklärung, und es tat so weh, daß ihre Mutter nicht darüber reden wollte. Aber als sie später in der Woche ihre Tante gefragt hatte, hatte die nur dasselbe gesagt wie schon einmal. Der Ola war einfach verschwunden.

„Ich weiß nicht, was meine Eltern während des Krieges waren", sagte Beate. „Jedenfalls waren sie gute Norweger. Meine Mutter zumindest. Mein Vater ist einfach verschwunden."

„Verschwunden?"

„Ja."

„Aber warum?"

„Ich glaube, die Deutschen haben ihn erschossen", antwortete Beate.

„Aber weißt du das denn nicht sicher?"

„Nein. Er ist 1943 verschwunden."

„Weiß deine Mutter das denn nicht?"

„Die kann ich nicht danach fragen. Sie waren nicht verheiratet, weißt du. Und sie saß da mit der ganzen Schande. Das war ich, verstehst du."

Inger wußte nicht, was sie dazu sagen sollte. Sie wußte, daß Beate keinen Vater hatte. Aber sie konnte sich nicht vorstellen, daß es Mütter gab, die ihren Kindern nicht die Wahrheit sagen wollten. Zu Hause erfuhr sie immer, was früher passiert war, so schlimm es auch sein mochte. In ihrer Familie waren beide Seiten vertreten gewesen, Widerständler und Landesverräter, es hatte Scheidungen und Tragödien gegeben. Aber Mama versuchte nie etwas zu verheimlichen.

Inger ahnte auch nicht, was es für ein Gefühl war, ein Kind zu sein, das eine Schande darstellte. Sie begriff ohnhin nicht, was dieses Wort „Schande" eigentlich bedeutete. Irgendwer hatte einfach erfunden, daß es eine Bedeutung hatte.

„Schande ist nichts", sagte Inger. „Sie ist bloß Luft. Nur etwas, das irgendwer erfunden hat. Es gibt keine Schande. Es gibt bloß echt und unecht."

„Aber ein uneheliches Kind ohne echte Familie ist auch irgendwie nicht echt."

„Nein", widersprach Inger. „Stimmt nicht. Unehelich ist bloß ein blödes Wort. Du bist genauso Mensch wie ich!"

Da nahm Beate ihre Hand. Sie gingen weiter. Machten am Ende des Schulhofes kehrt, so wie alle anderen. Alle gingen hin und her, hin und her. In jeder Pause fand eine richtige Völkerwanderung statt. Niemand hier rannte. „Inger?" fragte Beate. „Das, was ich dir erzählt habe, weißt du? Das darfst du keiner Menschenseele weitersagen."

Hartvig

Hartvig stand am Rande der Jungengruppe und lachte über etwas, das Rolf Magnor gesagt hatte. Irgendeine Frechheit über Spåvang, den Religonslehrer. Dann lachte er über etwas, das Kjell Grunder sagte. Dann lachte er über das, was Rolf Magnor darauf erwiderte. Nun sagte Leif Monradsen etwas, und das wollte er kommentieren, aber statt dessen sagte Kjell Grunder etwas. Und deshalb lachte er darüber.

Sie standen da und boxten sich gegenseitig beim Reden. Eigentlich war es gar kein richtiges Gespräch. Nur Ausrufe, über die man lachen oder die man mit „verflixt!" kommentieren konnte. Nur selten gab es ein Thema. Hartvig hatte keine Lust, alles mögliche mit „verflixt" zu kommentieren, und zum Boxen hatte er auch keine Lust. Also blieb ihm nur das Lachen.

Er war ganz versessen darauf, von Leif gemocht zu werden. Er lachte immer am lautesten, wenn Leif etwas sagte. Gleich darauf konnte er dann zu Leif sagen: „Ganz schön platt, Monradsen", dann lachte Leif, und damit hatten sie eine Art Gespräch laufen. Aber er lernte ihn trotzdem nicht kennen. Er lernte niemals jemanden kennen, obwohl er sich Mühe gab. So war es immer schon gewesen. Am liebsten hätte er Konrad Storås und Nils Berg aus der 2. kennengelernt und mit ihnen über Philosophie diskutiert. Oder den, der Kaspar Olesen hieß und Anthroposoph war. Sie gingen in blauen Arbeitskitteln auf dem Schulhof hin und her und nickten einander ernst zu. Wie erwachsene Männer. So wollte Hartvig auch werden.

Mit den Mädchen war es etwas leichter. Aber Mädchen waren nicht für ernste Gespräche geschaffen. Sie waren für etwas anderes geschaffen, und Hartvig war ganz beklommen zumute, wenn er daran dachte. Aber wie er es angehen sollte, um mit einem Mädchen bekannt zu werden, wußte er auch nicht. Die anderen redeten von einem Dachboden, den sie abends aufsuchten. Mittwochs abends gingen sie in die Wochenschau und saßen auf der Galerie. So mußte man es wohl machen. Aber Hartvig bekam kein Mädchen ab, obwohl er in die Wochenschau ging.

Nie sah ihn eine an, weder vor noch nach der Vorstellung, und während der Vorstellung konzentrierten sie sich wohl darauf.

Was sollte er auch mit Mädchen? Die hatten doch bloß Filmstars im Kopf. Im Oktober war die Nachricht von James Deans Tod gekommen. „Vor einigen Tagen", hatte es in den Zeitungen geheißen. Die Mädchen seufzten und stöhnten. Sie redeten von James Deans hellbraunen Haaren, seinem weichen, geschwungenen Mund und seinen wehmütigen Sternenaugen. „Die Augen!" sagten die Mädchen, tagelang sagten sie nichts anderes. Sie hörten, daß sich Mädchen drüben in Amerika bei Paso Robles, wo er tödlich verunglückt war, auf die Straße legten und nicht glauben wollten, daß er tot war. Sie wollten die Straße erst wieder freimachen, wenn ihnen jemand versicherte, daß er noch lebte. Da niemand ihnen das erzählen konnte, hatten mehrere Selbstmord begangen.

So waren Mädchen. Hartvig tadelte seine Klassenkameradinnen im „Radiergummi", der Klassenzeitung, die sie in den Norwegischstunden herstellten. Was für eine Vorstellung, um einen Typen am Ende der Welt zu weinen und zu wehklagen, den sie nicht einmal gekannt hatten, schrieb er. Das war total idiotisch, einfach ein schwachsinniger Tick, und sie sollten sofort damit aufhören. Außerdem hättet ihr ihn ja doch nicht heiraten können, schrieb Hartvig. „Woher weißt du das?" fragte Astrid ihn nachher auf dem Schulhof. Sie war zutiefst verletzt. Die Mädchen trauerten unbeirrt weiter.

Jetzt gingen dahinten Liv Abrahamsen und Stina Weidel mit der Zahnklammer und diskutierten über die Auferstehung. Was wußten die denn darüber? Sie sprachen so laut, daß der ganze Schulhof sie hören konnte. Stina war nämlich gerade frisch bekehrt. Eingesperrt in die Einfalt des Kleinbürgertums, genau wie seine Eltern. Land, Land, Land, lausche den Worten des Herrn. Aber wenn irgendwelche Mädchen zu ihm herüberkamen, diskutierten sie niemals solche Fragen. Sie juxten bloß. „Was liest du denn jetzt schon wieder, Gravdahl?" fragten sie. Schon die Frage war ein Witz. Das war ihm klar. Anfangs hatte er nämlich ernsthafte Antworten gegeben. Aber warum sollte er mit ihnen über Goethe reden? Das einzig Geistige, das sie interessierte, waren die Top Twenty von Radio Luxemburg. Wenn man diese tierischen Geräusche überhaupt als Geist bezeichnen konnte. „You are my special angel“, jaulten die Mädchen auf dem Schulhof.

Beate war ziemlich nett. Sie redete nicht soviel. Er hatte sie immer schon gekannt, trotzdem kannte er sie nicht. Jetzt ging sie Hand in Hand mit Inger. Mädchen machten so viele seltsame Dinge. Vor Inger fürchtete er sich ein bißchen. Man wußte nie, was sie als nächstes sagen würde. Und in allen Diskussionen glaubte sie, das Pulver erfunden zu haben. Aber als er seine Ansichten zum Thema James Dean geschrieben hatte, war sie zu ihm gekommen und hatte gesagt: „Dein Kommentar hat mir wirklich aus der Seele gesprochen.“

Das machte ihn stolz. Ach, es brauchte so wenig, um ihn stolz zu machen. Außerdem hatte er das Gefühl, daß zum erstenmal eine wirklich mit ihm gesprochen hatte.

In der E-Klasse gab es ein Mädchen namens Gyda Gulldahl. Sie hatte langes volles Haar wie die Loreley und wohnte auf Kråkerøy. In jeder Pause ging sie mit einer aus der 2, die die Verrückte Maja genannt wurde und Locken und ein spitzes Gesicht hatte, über den Schulhof. Sie hieß nicht wirklich Verrückte Maja, aber er hatte nie gehört, daß sie anders genannt worden wäre. Die schrecklich dicke Gudrun Hauger aus seiner Klasse ging auch mit ihnen zusammen. Gyda Gulldahl hatte einen geraden Rücken und einen schmalen Körper. Er konnte sich an ihr einfach nicht sattsehen. Warum machte er das? Er kannte sie ja nicht einmal.

Im Klassenzimmer war er in Sicherheit. Hartvig saß am zweiten Tisch in der zweiten Reihe. Wenn sich Stille über die Klasse senkte und sie sich in ihre Bücher vertiefen sollten, erfüllte ihn ein Friede wie immer, seit er sich zum erstenmal durch ein Wort hindurchbuchstabiert hatte. Die meisten Lehrer verstanden nicht viel. Aber Davidsen war toll, wenn er über die großen Schriftsteller sprach. Auch Hartvig hatte vor, ein großer Schriftsteller zu werden. Besonders schön war es, über Dostojewski zu hören. Wenn Davidsen über die großen Russen erzählte, spürte Hartvig, daß er trotz allem an einer Art Gemeinschaft teilhatte. Da saßen alle anderen genauso allein wie er an ihren Tischen, dann zählte es nicht, daß er in der Wochenschau nie ein Mädchen fand.

Hartvig hatte nicht immer in Fredrikstad gewohnt. Er war mit zehn Jahren hergekommen, aus einem Waisenhaus in Baerum. Wie oder wann er dorthin gekommen war, wußte er nicht. Er dachte aber oft darüber nach. Er hatte einige klare Erinnerungen, die er nicht einordnen und die ihm niemand bestätigen konnte. Er sah ein Tor vor sich. Nachdem sie das Tor passiert hatten, gingen sie über ein von der Sonne beschienenes Feld. Dann kam der Wald. Zuerst war er dunkel, mit einem schmalen Grasweg. Nach und nach stieg er etwas an und wurde hell. Hier gingen sie, zuerst die Frau im geblümten Sommerkleid, die ihn an der Hand hielt, hinter ihnen der Mann.

Hartvig blickte in sich hinein. In seinem Kopf sah er einen mit Gras bewachsenen Abhang voller Stiefmütterchen, und er saß darauf, zusammen mit einer Frau im dunklen Mantel, und pflückte Blumen und fragte die Frau, wie die Blumen hießen, und er wußte noch, daß er gedacht hatte: Sicher heißen sie so, weil sie meine Mutter ist. Das Wort „Stiefmutter" kannte er damals noch nicht.

Vielleicht bildete er sich das alles nur ein? Und weil er es sich so oft eingebildet hatte, hielt er es am Ende für die Wahrheit? So etwas kam vor, davon hatte er gehört. Ein Mensch konnte sich selber täuschen und darüber verrückt werden.

Werde ich jetzt verrückt? dachte er. Ist diese Blumenwiese nur der Anfang einer schleichenden Schizophrenie, wie bei Nietzsche? Dann würde er vielleicht auch eines Tages große Gedankenbauwerke errichten können. Aber Irrsinn war natürlich keine Garantie für Größe.

Und dann ging Hartvig zu Hause über die Wiese und spürte einen bestimmten Blumenduft. Vielleicht auch den Geruch neuen Grases. Oder der Erde? Unmöglich zu sagen. Aber es war ein ganz bestimmter Geruch. Der Geruch kam leicht wie ein Schmetterlingsatem auf ihn zu, scharf, klar, plötzlich, und brachte Tor und Waldweg zurück. Sie gingen weiter aufwärts. Der Weg wurde heller. Schließlich war es so hell, daß sich der Wald zu einer kleinen Lichtung mit Gras öffnete. Hier ließen sie sich nieder. Und neben der Lichtung floß ein Bach.

Welcher Bach? Welcher Wald? Es mußte doch irgendwo gewesen sein – irgendwo auf der Karte von Norwegen. Wenn er nur wüßte, wer ihm sagen könnte, daß Tor und Weg wirklich waren und wo sie lagen. Er verspürte ein unbeschreibliches Verlangen gerade danach.

Manchmal ging er nach Bingedammen in der Hoffnung, die Stelle zu finden. Nicht, weil er glaubte, daß sie dort lag – sie war weit von Fredrikstad entfernt, ja, er war sicher, daß sie überhaupt nicht in Østfold lag –, sondern weil er hier manchmal denselben Geruch verspürte.

Zu anderen Zeiten wies er das alles von sich. Es gab anderes auf der Welt, worüber er spekulieren konnte, als die Frage, wo er als Dreijähriger gewesen war. Manchmal vergaß er Waldweg und Blumenwiese. Er war mit den Dutzenden von Büchern beschäftigt, die er immer gerade zwischen den Fingern hatte. Aber mitten in seiner Vertiefung in die halbseitenlangen Sätze in Goethes „Dichtung und Wahrheit“ konnte die Frage in seinem Kopf landen wie eine unerwartete Flugmaschine. Hatten sich Weg und Blumenwiese am selben Ort befunden?

Seit vielen Jahren wußte Hartvig schon, daß er nicht der war, für den seine Eltern ihn ausgaben. Seine frühesten sicheren Kindheitserinnerungen stammten aus dem Waisenhaus. Dort war es entsetzlich gewesen. Alle Jungen hatten gebrüllt und sich geprügelt, und die meisten von ihnen konnten keine Wörter, sie konnten nur kreischen. Und kreischend waren sie gekommen und hatten ihn zu Boden geworfen, wenn ihnen das gerade Spaß machte. Die Schwestern im Waisenhaus waren gelbgrau im Gesicht gewesen.

Hartvig wollte das Waisenhaus vergessen. Aber voller Freude erinnerte er sich an seinen Schulbeginn, denn damals hatten sie Bücher bekommen, und er war der einzige aus dem Waisenhaus, der das Alphabet lernte. Mit Hilfe des Alphabets versank er in allen Büchern, die er finden konnte. Bald benutzte er das Alphabet auch, um selber zu schreiben. Lange Gedankenfolgen, in denen er das vertiefte, was er gelesen hatte, und in denen er die Bücher rezensierte. Sein Schreibheft hatte gar nicht genug Platz dafür. Und er wurde ausgeschimpft. Im Schreibheft sollte er Schönschrift üben.

Trotzdem war es etwas Großes, denn nachdem das Alphabet in Hartvigs Leben getreten war, war es nicht mehr ganz so einfach, ihn zu Boden zu werfen. Er konnte ein Zitat dagegenhalten. Und die Jungen rissen die Augen auf und fragten sich, was er da sagte, denn für sie war es vollkommen unverständlich, obwohl es doch Wörter waren. Manchmal hatte er Glück, und sie fanden es witzig und wollten noch mehr hören. Dann zitierte er weiter. Und am Ende konnte er in einer Schar von Jungen stehen, die ihn baten, zu „predigen".

Auf diese Weise wuchs Hartvigs Seele, äußerlich auf dem Schulhof und innerlich in den Büchern.

Und dann kam eines Tages eine große fremde Frau ins Waisenhaus und sagte, er sollte mit ihr kommen, denn jetzt ginge es nach Hause. Manchmal, wenn er daran dachte, tauchte der Waldweg wieder auf. Hatte er damals gedacht, das bedeutete, er würde mit der Fremden dorthin gehen? Aber sie mußten doch in einem Haus gewohnt haben? Sie hatten doch nicht draußen im Wald gewohnt, sie und er und der Mann?

Die Frau, die da mit dem Koffer mit seinen Kleidern stand, war jedenfalls nicht die Frau, an die er sich erinnerte, und er begriff nicht, was sie damit meinte, daß er nach Hause sollte. Aber er ging mit. Es hätte auch nichts gebracht, sich zu weigern, und außerdem wollte er sich gar nicht weigern, denn nichts konnte schlimmer sein als das Waisenhaus. Sie nahm ihn an der Hand und ging. Sie nahmen Bus und Zug, und am Ende kamen sie zu einem gelben Bahnhofsgebäude mit der Aufschrift *Fredrikstad*, neben dem Ortsnamenschild hing ein großes Plakat mit dem Bild eines Jungen, der eine Tafel Freia-Schokolade unter dem Arm hielt. Inzwischen waren sie schon mindestens den halben Tag unterwegs gewesen.

Als Hartvig in das Haus des Glasermeisters Gravdahl oben in Bydalen kam, war er groß genug, um zu wissen, in welchem Waisenhaus er gewesen war, er kannte den Namen der Leiterin und einiger Schwestern. Von den Jungen wußte er meistens nur die Spitznamen. Der dünnste hieß Strauß, der dickste hieß Specksack, der frechste Jesus. Er selber war Prophet genannt worden. Das Dasein hatte ansonsten vor allem daraus bestanden, auf dem Topf zu sitzen. Er war Bettnässer. Nein, er wollte die Erinnerungen an das Waisenhaus nicht am Leben erhalten, aber nachdem die neue Wirklichkeit im Haus des Glasermeisters und der Schule von Lahellemoen ihn aufgenommen hatte, sanken sie zum Glück immer tiefer in ihm und verschwanden schließlich.

So hoffte er, daß mit der Zeit auch die Spekulationen über sein erstes Leben verschwinden würden. Das Gegenteil trat ein. Niemals hatte seine unklare Vergangenheit ihn mehr beschäftigt als jetzt, wo ihm der Übergang zu Mittelstufe und Gymnasium bevorstand. Seine Mutter wollte ihm keine Antwort geben. Sie sagte, sie hätten ihn geholt, weil sie ihn haben wollten, und daß er nun zu ihrer Familie gehörte. Er war in ein gutes und gottesfürchtiges Heim gekommen. Er hatte Onkel und Tanten, eine große Familie, die schon seit grauer Vorzeit in der Temperenzlerbewegung der Stadt engagiert war. „Hier", sagten sie. „Das ist deine Familie." Das Beste für ihn wäre, nicht darüber zu grübeln, was früher war, meinte seine Mutter. Aber was war an seiner Vergangenheit so unaussprechlich?

Jedes Jahr bekam Familie Gravdahl Besuch von einer Person namens Esther Eliassen. Sie saß eine Weile im Wohnzimmer und bekam Kaffee und Waffeln, erkundigte sich danach, wie es in der Schule ging und ob er mit dem Bettnässen aufgehört hätte. Dann streichelte sie seinen Kopf und ging. In letzter Zeit kreisten Hartvigs Gedanken immer mehr um diesen Menschen. Ihm war nicht klar, wer Fräulein Eliassen schickte. Gehörte sie zu irgendeiner Jugendfürsorge, oder kam sie aus eigenem guten Willen und christlicher Besorgtheit? Hartvig schauderte beim Gedanken an die zweite Möglichkeit, und lange war er ausgewichen, vor allem, weil er nichts über seine Gesundheit hören wollte. Er hatte immer schon eine schwache Gesundheit gehabt. Er bekam oft hohes Fieber, aber das wollte er nicht zugeben. Immer sprachen seine Mutter und Fräulein Eliassen darüber. Deshalb versteckte er sich, wenn sie im Anmarsch war, und mußte erst hervorgezerrt werden.

Aber eines Tages, nachdem er wieder über die Wiese gegangen und den starken Duft früheren Lebens verspürt hatte, beschloß er: Nächstes Mal werde ich mich nicht verstecken. Nächstes Mal werde ich sie fragen, wer ich bin.

Hoffen und Bangen

Inger fand es witzig, in Jeans und Cowboyhut herumzulaufen. Aber in der Schule mußte sie immer Röcke tragen.

Eines Tages sagte Astrid Evensen zu ihr: „Du traust dich bestimmt nicht, mit dem Rad durch Nygaardsgata zu fahren, wenn die Vorstellung aus ist, mit deinem Cowboyhut, und ‚Yippieh!' zu rufen, das wette ich."

„Um wieviel wettest du?"

„Eine Krone."

Also fuhr Inger mit Cowboyhut und Revolver an der Blauen Grotte vorbei und rief „Yippieh!", eines Samstagsabends, als alle aus der Sieben-Uhr-Vorstellung kamen. Die anderen Mädchen fuhren in gebührendem Abstand hinterher. „Du bist verrückt", sagten sie.

An einem anderen Abend kam sie mit Duschhaube in die Stadt. Wenn irgendwer sie anglotzte oder sich umdrehte, schnitt sie Grimassen. Das machte sie übrigens auch oft, wenn sie keine Duschhaube trug.

„Grimassenschneiden ist viel besser, wenn die Leute glotzen", erklärte sie Lillian. „Dann glotzen sie nicht umsonst. Außerdem fühlen sie sich dann selber normal. Also tue ich eigentlich eine gute Tat." Lillian und sie hatten gehört, daß die Pfadfinder jeden Tag eine gute Tat tun mußten.

Eine Dame zu werden, war öde. Damen mußten Seidenstrümpfe und Hüfthalter tragen und durften nur tun, was sich gehörte. Und alles, was witzig war, gehörte sich nicht. Außerdem verrutschte immer die Strumpfnaht.

In der Blauen Grotte fand die Uraufführung von „Besser als ihr Ruf" statt, eines Films über Abiturienten, der in Fredrikstad gedreht worden war. Einige Minuten jedenfalls. Zum erstenmal fand in ihrer Stadt eine Uraufführung statt. Mit Blumen und Edith Carlmar und allen Schauspielerinnen und Schauspielern. Da stand Vigdis Røising mit ihren langen, gewellten dunkelbraunen Haaren und hochgeschlagenem Kragen an ihrem weißen Kleid und war das Schönste, was sie im Leben je gesehen hatten. Die

Bühne in der Blauen Grotte war geschmückt mit Herbstblumen, es wurden Reden gehalten, denn die Zugbrücke in der Altstadt durfte im Film auftreten. Einige der Abiturienten dieses Jahres hatten auch mitmachen dürfen. Einer hatte sogar etwas gesagt! Ach, es dauerte noch so entsetzlich, entsetzlich lange bis zu ihrem Abitur! Vigdis Røising spielte in der Abitursrevue im Film einen Vamp und sang: „Tu viens, tu viens, tu viens, mon chéri? Das haisssst: Kommste mit nach Haus?", und für den Rest des Herbstes spielten alle Mädchen Vigdis Røising als Vamp.

Jeden Samstagabend gingen sie Nygaardsgata auf und ab und hofften, daß irgend etwas passierte. Die Kinoplakate berichteten von fernen Romanzen und Abenteuern, „Gefährliche Küste" in Neuseeland und „Alt-Heidelberg" mit Ann Blyth und Edmund Purdon, über die Kellnerin, die zu Mario Lanzas Gesang den Prinzen bekam, und jeden Tag gab es ein Bild aus einem Film, auf dem ein Mann eine Frau oder eine Frau einen Mann küßte oder gerade dazu ansetzte. Sie hielten sich in den Armen und sangen sich ins Glück hinein. Aber in Nygaardsgata ging man einfach nur auf und ab, zur Ecke Glade Hjørne, zum Lykkebergparken und wieder zurück, und niemand blieb irgendwo stehen, um sich ins Glück hineinzusingen. Wer das getan hätte, wäre wohl für verrückt gehalten worden.

Die Mädchenclique aus St. Croix ging in einer langen Reihe und lachte. Sie lachten über alles. Sie lachten beim Gedanken an Muldvigs große Füße und über den Hintern eines Polizisten, sie lachten über Hespa, der in der Deutschstunde an die ganze Klasse Lakritzscheiben verteilt hatte, und über diesen Gravdahl, der vor der Konditorei Krabseth stand und wie eine Giraffe aussah. „Hallöchen, Gravdahl", sagten sie. „Was liest du denn gerade, Gravdahl?" – „Was ich lese, ist nicht für die Wiedergabe an kleine Spatzenhirne geeignet", sagte Gravdahl. Und dann lachten sie darüber. Sie lachten so sehr, daß sie in der Tiefe der Konditorei Zuflucht suchen mußten. Da standen sie Schlange und lachten darüber, daß sie jetzt Schlange standen, weil sie so gelacht hatten, und dann lachten sie darüber. Als sie wieder nach draußen kamen und Arm in Arm weitergingen, entdeckten sie plötzlich eine Gruppe von Mädchen, die ihnen Arm in Arm lachend entgegenkamen. Das war die Mädchenclique aus Trara. Sie stießen zusammen, starrten den Mädchen aus der anderen Schule ins Gesicht und lachten. „Wo wollt ihr denn hin?" fragte St. Croix. „Zum Lykkebergparken und da kehrtmachen", antwortete Trara. „Und wo wollt ihr hin?" – „Wir wollen bis Glade Hjørne und dann kehrtmachen." Und nachdem das gesagt war, lachten sie noch mehr, kringelten sich vor Lachen, und dann mußte die Clique aus Trara in der Tiefe von Krabseths Konditorei verschwinden.

Alle in der Klasse hofften auf jemanden. Lillian hoffte auf Svend Akselsen aus ihrer Klasse. Er war süß. Nina hoffte auf Konrad Olesen aus der 2. Er war intellektuell. Astrid hoffte auf Leif. Astrid kriegte immer den, auf den sie hoffte. Sie konnte einfach draußen auf dem Schulhof stehen, und plötzlich hatte sie den, auf den sie gehofft hatte, selbst wenn sie vorher noch nie mit ihm ein Wort geredet hatte. Inger begriff nicht, wie sie das machte. Astrid hoffte jetzt auf Leif und kriegte ihn sofort. Liv hoffte auf einen, dessen Namen sie nicht verraten wollte. „Er ist jedenfalls nicht hier", sagte Liv. Und Inger, auf wen hoffte sie? „Nach wem bist du verrückt, Inger?" fragten die Mädchen. Also beschloß sie, auf Sigvart Jespersen aus ihrer Klasse zu hoffen. Der hatte sie einmal gegrüßt.

Das geschah, als ein Fakir in die Stadt gekommen war, der von einer langen Stange, an der er mit einem Seil um das eine Bein festhing, in eine brennende Wassertonne springen wollte. Ganz Fredrikstad versammelte sich in einem großen Kreis, um ihn in der Tonne verschwinden zu sehen. Da kam Sigvart mit seinem grünen Fahrrad und seinem weißen Hemd und hielt vor ihr an. Er war dunkel und hübsch, und sein Hemd stand am Hals offen. „Morning!" sagte er. „Hast du schon die Rechenaufgaben gemacht?"

Das konnte Inger nicht vergessen. Danach ließ der Fakir sich in die Tonne fallen, so daß das Wasser nach allen Seiten spritzte und die Flammen erloschen. Und er brach sich dabei nicht das Genick, verbrannte nicht und ertrank auch nicht, sondern kam triefnaß wieder zum Vorschein. „Nur Tricks", sagte Sigvart. Dann fuhr er weiter. Am Ende konnte Astrid aus Inger herauslocken, auf wen sie hoffte.

Eines Abends waren Astrids Eltern ausgegangen. Jetzt kam es darauf an. Astrid warf ihre Mähne zurück und griff zum Telefonhörer. „Ich ruf' ihn an", sagte sie. Inger stand neben ihr. „Nein, laß das! Du spinnst doch!"

Aber das war für Astrid kein Hinderungsgrund. Sie suchte die Nummer im Telefonbuch, tippte mit ihrem langnagligen Zeigefinger auf J und fand die Nummer 1215. Sie wählte. Inger hörte es klingeln, hörte jemanden abheben, hörte seine Stimme. „Bei Direktor Jespersen", sagte seine Stimme. O nein, o nein! „Hallo!" sagte Astrid. „Hier ist Astrid." Einen Augenblick schwieg er. Dann sagte er: „Astrid aus unserer Klasse?" – „Ja. Ich hab' nur kurz eine Frage. Bist du verrückt nach Inger?" – „Nach was für einer Inger?" – „Inger Holm natürlich."

Stille folgte. Dann hörten sie sein Jungenlachen. Das war's.

Ach, war das blöd. Inger bereute. Natürlich war er nicht verrückt nach ihr. Sie hätte es niemals zulassen dürfen. Astrid fragte: „Kommst du Samstagabend in die Stadt?"

„Wann denn?"

„Gegen sechs, im Kirkepark", antwortete Astrid und legte auf, ehe er etwas sagen konnte. „Die Sache ist im Kasten", sagte sie, warf ihre Mähne zurück und verdrehte die Augen. „Jetzt ist er verkauft."

Oben in Fergestedsveien, an der Ecke, wo das neue Zentralkrankenhaus gebaut wurde, lag ein gelbes, altes, langes, schmales Holzhaus mit spitzen Giebeln und weißen Gesimsen. Es war das seltsamste Haus von Fredrikstad. Es lag in einem großen verwilderten Garten mit hohen Laubbäumen und Stachelbeerbüschen und Wiesenkerbel. Das Haus sollte abgerissen werden. Es gab kein schöneres Versteck. Hierher kamen sie gefahren und fanden den Weg zum Dachboden. Dort war es ganz dunkel, oder wenigstens fast, und bald waren sie ein einziges Gewirr von Armen und Beinen und Brettern und Pullovern und Spinngewebe und heißen Wangen, die sich im Staub aneinanderpreßten.

Inger spürte Jungenarme um sich und einen nassen Mund. Ob das Sigvart war? Jetzt wurde geseufzt, und um sie herum wurde es sehr still. Ein einzelnes Brett meldete sich aus einer Ecke. „Ne, verflixt! Mach jetzt kein' Scheiß!" hörte sie irgendwo unter dem Dachfensterchen. Vereinzeltes Kichern. Dann war es wieder still. Doch, es war Sigvart. Er war groß und warm, atmete schwer, als er seine Wange an ihre preßte, seine Jacke war kalt, wo sollte sie ihn anfassen? Inger legte die Arme um seinen Nacken, spürte den heißen Atem in der kühlen Dachbodenluft, preßte ihre Wange ganz still an seine. Ob er mich jetzt liebt?

So fand der jüngste Jahrgang der Gelben Anstalt Auslauf für seine Sehnsüchte. Später suchten sie sich Büsche und Sträucher, Wiesen und Luftschutzräume, sie gingen in Keller und Verschläge, Scheunen und Bretterlager, in den Kohlenschuppen im Hafen, hinter den Bretterzaun bei der Tankstelle und sogar ans Flußufer, wo niemand sie sehen konnte, solange die Kapitäne der Schlepper Per und Thor nicht losfuhren und sich zum Land umsahen. In der ganzen Stadt gab es keinen Winkel, den sie nicht kannten. Wie wilde Katzenjunge suchten sie Wärme an allen kalten, zugigen Stellen, die es gab.

Sie kamen aus neugebauten Einfamilienhäusern auf Karivoll und alten Villen in Bjørnedalsveien, aus großen modernen Wohnungen unten in der Stadt und vornehmen Häusern in Cicignon. Sie hatten ein eigenes Zimmer, Wohnzimmer, Keller und Dachboden. Aber jetzt standen sie auf dem Dachboden in Fergestedsveien 8 und erwiesen auf ihre ganz besondere Weise dem seltsamen alten abbruchreifen Haus die letzte Ehre.

„Jetzt bin ich verliebt“, schrieb Inger in ihr Tagebuch, mit großen, ernsten roten Kugelschreiberbuchstaben. „Zum erstenmal in meinem jungen Leben.“ Sie träumte sich in die Tagebuchseiten hinein. Dort sah sie eine Zukunft mit Sigvart. Sie würden in der Sonne am Strand liegen und über ihre Hochzeitsreise und ihr Glück diskutieren. Abends würden sie dort im Mondschein auf den Felsen sitzen und sich umarmen und zueinander „ich liebe dich“ sagen. Und wenn es ein Junge würde, dann sollte er Klein-Sigvart heißen.

Auf dem Schulhof redeten sie nie miteinander. Auch beim Knutschen sprachen sie im Grunde nicht miteinander. In den Pausen gab es keinen Kontakt zwischen Jungen und Mädchen. Die Klassen 1 und 2 durften den Schulhof nur verlassen, wenn sie eine Freistunde hatten oder zur Gymnastik zum Tolbodplassen hinübermußten. Nach der Gymnastik trödelten sie im Sjømannspark herum. Dort gab es ein kleines Becken mit einer

Amorfigur in der Mitte. Die Jungen standen neben dem Becken und betrachteten die Figur. Sie hatten sie genau *da* mit einem herbstgelben Ahornblatt dekoriert. Wenn die Mädchen vorbeikamen, sangen sie: „Sie trug ja nur ein Feigenblatt." Das war die Traraversion von „Cherry pink and apple blossom white". Sigvart blinzelte zu Inger herüber und lachte. Das war ihr Gespräch.

Sigvart war hübsch und einer der sportlichsten Jungen in der Klasse. Seltsam, daß er gerade mit ihr knutschen wollte. Astrid fragte ihn danach. Astrid traute sich alles mögliche. Und jetzt fragte sie, warum er Inger mochte. „Sie ist nicht so blöd in der Birne", antwortete Sigvart. Ihm gefiel, was sie im „Radiergummi" schrieb. Kleine Glossen, in denen sie alles und alle durch den Kakao zog. Das fand Sigvart witzig. „Ach, das hat er gesagt?" fragte Inger. Dann war er ja vielleicht auch nicht so blöd in der Birne.

Weihnachten rückt näher. Inger und Lillian wenden ihre Gesichter dem hellen Winterhimmel zu und schmecken die Luft und hoffen. Wird es Eis geben? Es kribbelt in ihren Beinen, in Knien und Füßen, sogar im Stahl der Schlittschuhe, die sie anziehen wollen, scheint es zu kribbeln. Nichts auf der ganzen Welt kribbelt so wie der Gedanke, zum erstenmal die Schlittschuhe zuzubinden, die langen Schnürsenkel strammzuziehen, kannst du mal eben festhalten? und dann die ersten Schritte über das Eis auf dem St. Croix plass zu machen.

Lillian ist verrückt nach Svend. Sie sagt, wenn sie ihn sieht, kribbelt es in ihrem Kopf so wie beim Schlittschuhlaufen in ihren Beinen. Er hat blonde Locken und verkauft nachmittags in einem Tiergeschäft in Asylgaten Fische und Wellensittiche. Jeden Tag geht Lillian in den Laden und kauft für ihre Wellensittiche einen Hirsekolben. Wenn in der A-Klasse in den Erdkundestunden Hirsekörner erwähnt werden, sehen Lillian und Svend einander an und werden rot. Svend hat sich im Wald auf Karivoll eine kleine Bretterhütte gebaut, da wohnt er. Dort sitzen er und Lillian in diesem Winter und umarmen sich. Ab und zu kommt auch Inger mit. Sie haben auf einem Kasten eine kleine Kerze stehen. Und irgendwer rumort draußen herum. Das ist Sigvart, er kommt und nimmt Inger in den Arm. Aber bei ihm kribbelt es nicht im Kopf.

Lillian und Svend sitzen und knutschen und reden. Sigvart und Inger knutschen nur. Niemand fragt, ob es in Sigvarts Kopf kribbelt. So etwas kann man auch nicht fragen. Vielleicht weiß Sigvart nicht, was Kribbeln ist? Oder vielleicht ist er damals gekommen, weil er von Astrid kribbelt?

Zwei Wochen später machen sie Schluß.

Manchmal kommt auch Beate auf die Schlittschuhbahn. Sie läuft nicht besonders gut. „Ich war sehr oft hier", sagt Beate. „Schon auf der Volksschule." Das findet Inger komisch, sie hat Beate nie gesehen. „Aber ich euch", sagt Beate.

Es ist ein seltsamer Gedanke, daß Beate in all diesen Jahren irgendwo in der Stadt gewesen ist, ohne daß sie sich gekannt haben. Daß sie sogar hier gewesen ist, auf dem St. Croix plass, daß sie einander vielleicht im Laufen gestreift haben und daß sie nicht gewußt hat, daß es Beate war.

Aber Beate kommt nie mit auf den Dachboden oder in Svends Bretterhütte, sie muß immer früh nach Hause. „Meine Mutter hat solche Angst, mit mir könnte es so enden wie mit ihr", erklärt Beate.

Inger und Lillian laufen Schlittschuh wie früher. Sie laufen jeden Tag, egal, ob die anderen kommen oder nicht. Nirgendwo gehören ihnen die Welt und ihre Träume so sehr, wie wenn sie übers Eis sausen. Wenn sie müde werden, legen sie sich auf den Rücken in die Schneewälle um den Platz. Lillian sagt, wenn man liegt, ehe es dunkel wird, dann kann man den ersten Stern sehen. Inger und Lillian legen sich in den neuen Schnee und sehen und sehen. Und dort, ganz recht, sehen sie den Stern auftauchen, winzig klein, gelb und fern, hoch über dem Dach der aus Holz gebauten St. Croix-Schule. Er strahlt auf sie herab, einsam und klar.

Die Entdeckung

Schon als Inger noch klein war, gab es immer einen ganz besonderen Menschen. Inger fiel dann die Jacke dieses Menschen auf, oder so. Plötzlich hielt sie immer nach der Jacke Ausschau. Sie wußte, wo auf dem Schulhof sie war, denn dieser Mensch trug sie ja. Es konnte sogar ein Mensch sein, den Inger nicht einmal kannte.

Zum erstenmal sah Inger so einen Menschen bei Fliegeralarm in Collettsgate. Dann versammelten sich alle aus dem Haus unten in einem Fahrradschuppen, den sie als Luftschutzraum benutzten, und warteten auf Entwarnung. In einer Ecke saßen ein paar große Mädchen von vielleicht acht Jahren und lachten. Eine davon hieß Ulla Jespersen. Die war es.

Inger erinnerte sich noch, wie sie einem solchen Menschen zum erstenmal im Freien begegnet war. Sie kam von St. Hanshaugen und ging Ullevålsveien hinunter. Sie und Helga waren unterwegs in die Stadt, als eine Pfadfinderin auf dem Weg aufwärts auftauchte. Sie war in Helgas Alter, und als sie aneinander vorbeikamen, legten beide zum Gruß zwei Finger an die Stirn. Das war der Pfadfindergruß, erklärte Helga. Inger war tief beeindruckt. Seither hoffte sie immer, der Pfadfinderin wieder zu begegnen, um sie mit dem Pfadfindergruß zu grüßen. Aber das geschah nie.

Danach zogen sie nach Fredrikstad um, auch dort gab es solche Menschen. Sie waren immer größer als Inger, und sie konnte sie nur ansehen.

Inger konnte einen solchen Menschen sehr lange haben. Aber dann verschwand er plötzlich eines Tages. Eines Tages konnte sie auf den Schulhof kommen und den Menschen sehen, aber dessen Jacke war ganz normal geworden. Sie war genau wie alle anderen blöden Jacken, und Inger hörte den Menschen Blödheiten sagen wie alle anderen blöden Menschen. Der Mensch war nichts Besonderes mehr.

Aber bald darauf gab es einen anderen Menschen, der etwas Besonderes war. Vielleicht war sie, dieser Mensch, schon lange etwas Besonderes, aber eines Tages bemerkte Inger das. Und dann wurde sie der Mensch. Wenn Inger sie nicht sah, dachte sie an das Haus, in dem sie wohnte. Sie dachte an die Straßen, durch die dieser Mensch auf dem Schulweg gehen mußte, daran, wie sie an der Ecke abbog.

Inger konnte ganz allein durch den Park gehen und denken: Ach, käme mir der Mensch doch jetzt entgegen.

Einmal kam so ein Mensch im Park zu ihr herüber und redete mit ihr. Das war Kari Anne Ludvigsen aus der 6. Klasse. Inger ging damals in die vierte und hatte Kari Anne schon lange. Zuerst hatte sie ihre Klassenkameradin Laila Pettersen gehabt. Aber dann war alles irgendwie auf Kari Anne Ludvigsen übergegangen. Und zwar, als Kari Anne zu Weihnachten bei der Heilsarmee, wo die Sonntagsschule ihre Weihnachtsfeier abhielt, „O Tannenbaum" gesungen hatte. Sie sang ganz allein, sang alle Strophen auswendig, es war eine unheimlich schöne Melodie, und danach wurde sie ein solcher Mensch. Sie sprach nie mit ihr.

Aber dann war sie im Park. Es geschah am Trinkwasserbrunnen im Kirkepark, und Kari Anne trank. Sie hütete ein Kind in einer Kinderkarre. Inger ging hin und trank auch.

Sie sahen sich an, irgendwie.

Sie hatte Lust, etwas zu ihr zu sagen. Ob sie wüßte, daß die gesamte Weltbevölkerung auf dem See Mjøsa Platz hätte? Wenn sie dicht aneinandergedrängt dastünden natürlich. Und wenn der See zugefroren wäre.

In diesem Winter begann Inger, an Beate zu denken, egal, woran sie dachte. Sie fragte sich, was in aller Welt das zu bedeuten hatte. Waren andere Menschen genauso wirr im Kopf? Warum mußte sie sich auf den Spülstein setzen und aus dem Fenster sehen, um festzustellen, ob Beate auftauchte, obwohl sie das fast nie tat, weil sie in eine andere Richtung mußte, und obwohl sie sie erst vor einer Stunde im Klassenzimmer gesehen hatte und sie auch morgen wiedersehen würde? Warum waren ihr grauer Mantel und ihr rotkarierter Schal anders als alle anderen Mäntel und Schals? Und auch ihre Handschuhe. Sie hatte graue Fausthandschuhe. Einmal hatte sie sie gehalten. Weil Beate sich ordentlich in ihren Schal wickeln wollte, und Inger stand daneben und hielt die Handschuhe und wurde richtig wirr und froh im Kopf, nur weil sie die Handschuhe hielt. Sie wünschte, daß Beate noch bis in alle Ewigkeit mit diesem Schal beschäftigt sein würde. Und als sie ihre Hand in dem Handschuh spürte, in dem Beates Hand gewesen war, war sie so froh, daß es schon seltsam war. Vor allem im Daumen. „Du kannst meine ausprobieren", sagte sie, und da zog Beate Ingers Handschuhe an, und während der ganzen Pause trug eine die Handschuhe der anderen.

Inger verstand das alles nicht. Aber jeden Tag freute sie sich darauf, Beate zu sehen. Der Zeichenunterricht machte Spaß. Jetzt zeichneten sie einen Kegel.

„Wohnst du dahinten?" fragte Kari Anne und nickte zum Bjørnegården hinüber.

„Ja", sagte Inger.

„Dann hast du's nicht weit zur Schule."

„Nein. Aber ich geh' immer im Zickzack."

„Im Zickzack, meine Güte. Was ist denn das?"

„Zickzack eben." Inger ging kreuz und quer über den Weg. Kari Anne lachte. „Alle können im Zickzack gehen, wenn sie nur wollen", sagte Inger und kam zurück.

Sie setzten sich auf die Bank. Kari Anne ließ die Kinderkarre wippen, daß die Stange nur so knackte.

„Muß jeden Nachmittag auf den hier aufpassen."

„Wer ist das denn?"

Ein Nachbarjunge. Ich krieg' zwei Kronen dafür."

So saßen sie lange und quatschten über alles mögliche, bis Kari Anne gehen mußte. Zum erstenmal hatte Inger wirklich mit einem solchen Menschen gesprochen.

Als Kari Anne später ihre Freundinnen traf, sagte sie: „Da ist Inger, die kann im Zickzack gehen." Und dann lachten sie. Inger glaubte nicht, daß Kari Anne begriff, was es hieß, im Zickzack zu gehen. Bald war auch sie ganz normal geworden.

Eines Tages Ende Februar, an einem Montag, als sie gerade Punkt zwanzig nach zwölf zur Mathematikstunde hineingehen wollten, ging Inger dicht hinter Beate ins Klassenzimmer und sah die Falten im hellbraunen Rücken ihrer Strickjacke an. Und Beate wurde ein solcher Mensch.

Ansonsten war alles wie früher. Alle nahmen ihre Plätze ein, lärmten und verstummten und hörten Markmo zu, der jetzt beim Satz des Euklid angekommen war, und niemand wußte, daß alles sich geändert hatte.

Markmo servierte die aufsehenerregende Neuigkeit, daß eine gerade Linie die kürzeste Verbindung zwischen zwei Punkten darstellte. Das hatte einst in der Kindheit des Denkens ein Grieche namens Euklid gesagt, und es war zur Grundlage aller Mathematik geworden. Inger warf Beate einen Zettel hinüber. „Haben sie denn vorher etwas anderes geglaubt?" So war es mit allem in der Mathematik. Es war so einfach, daß man gar nicht erst darüber nachzudenken brauchte. Zu Anfang. Aber ehe man sich's versah, hatte der Verstand den Faden verloren, und alles war unbegreiflich. Der Satz des Eukid hatte sicher auch seinen Haken, man konnte sich niemals sicher fühlen. Jetzt reichte Beate ihr ihr Lineal. Es war ein elastisches Lineal, unter dem ein Gummiriemen befestigt war. Zwischen Riemen und Lineal steckte ein Zettel. Das war das neue Postsystem. „Ja, vorher dachten sie, es ginge im Zickzack." Ein Bild von zwei Punkten, verbunden durch eine Zickzack-Linie. Abb. 1. BHs Lehrsatz.

Plötzlich begriff Inger, was ein solcher Mensch war. Das war es, worüber sie gelesen hatte! Jetzt wußte sie, daß all die brennenden Gefühle, über die sie früher in den Illustriertengeschichten und in den Evi Bøgemas-Büchern gelesen hatte, die brennende Liebe, die Scarlett O'Hara für Rhett Butler empfunden und Anna Kareninas überwältigende Sehnsucht nach Wronski, daß das die gleichen Gefühle waren, die sie jetzt für Beate hatte.

Aber dann dürfte es doch kein Mädchen sein, dachte Inger. Dann müßte es ein Junge sein. Oder ich müßte ein Junge sein. Wie kann ich sie lieben, wenn ich kein Junge bin?

Aber das tat sie. Sie schrieb es in ihr Tagebuch. Und danach verbrannte sie die Seiten, auf die sie das geschrieben hatte.

Beate und ihre Mutter hatten es sich am Küchentisch gemütlich gemacht und tranken Kaffee. Heute gab es Wecken dazu. Beate hatte Geburtstag. Später würde wohl auch die Tante mit Geschenken kommen, und sie hatten auch Tone gebeten, vorbeizuschauen. Sie arbeitete unten bei der Versicherung.

„Hat dir denn heute jemand gratuliert, Mädi?"

„Nein, es wußte auch niemand, daß ich Geburtstag habe."

Es hatte doch ein bißchen wehgetan. Nun wurde sie schon vierzehn, und niemand wußte etwas davon. Sie konnte das doch auch nicht einfach erzählen. Inger vielleicht. Aber irgendwie ging es nicht.

Sie mußte ihre Aufgaben machen, ehe die anderen kamen. Als sie ins Nebenzimmer ging, hing ein dicker dunkelbrauner Vorhang vor ihrem Schreibtisch!

„Hast du so einen gemeint?"

„Ach, tausend Dank, Mama! Ja, genau so einen."

„Ich hab' einen billigen Stoff entdeckt, weiß du, und da hab' ich gedacht, na, soll sie halt ihren Willen haben."

„Es ist fast so, als ob ich ein eigenes Zimmer hätte." Beate umarmte ihre Mutter. Das passierte sonst fast nie zwischen ihnen. Aber heute war sie so froh. Einfach so ins Blaue!

Dann setzte sie sich vor ihr Englischbuch. Es war ein Stück über „Dick Whittington and his cat". Er kam einsam nach London und hörte die Glocken läuten. In den Büchern waren alle einsam. Aber irgendwie waren sie trotzdem nicht einsam. Sie waren im Buch. Beate vergaß das Lesen. Es war schön, so zu sitzen, auf einer Seite den Vorhang, auf der anderen das Bett, und zwischen den grünen Zimmerpflanzen hinauszusehen und zu wissen, daß niemand sie sehen konnte, weder von draußen noch von drinnen, während sie nach draußen und nach drinnen sehen konnte. Heute sah sie nach drinnen, wenn sie nach draußen sah.

Er hätte heute hier sein müssen, ihr Vater. Hätte seine Tochter sehen müssen, die fast erwachsen war. In den letzten Tagen waren ihr Zweifel daran gekommen, daß die Deutschen ihn ermordet hatten. Denn wenn das passiert war, warum durfte sie es nicht erfahren? Dann wäre er ja ein Held. Nein, er war sicher nicht vor den Deutschen geflohen, das hatte ihre Mutter wohl nur geträumt.

Mit großen Buchstaben schreibt sie „Beate Halvorsen" auf ihre Kladde und malt die Buchstaben bunt an. Beate Halvorsen, Fredrikstad. Daraus wird BH. „Das hättest du dir auch überlegen können", hatte sie eines Tages zu ihrer Mutter gesagt. „Was für blöde Anfangsbuchstaben!" – „Ja, aber zu meiner Zeit hieß das noch nicht BH", sagte ihre Mutter. „Du hättest trotzdem daran denken können. Du hättest ein bißchen weitblickender sein können." Die Mutter schwieg eine Weile. „Ich hab' dir den schönsten Namen gegeben, den ich wußte", sagte sie dann.

Das Seltsame war, daß Inger ihr das heute auch gesagt hatte. „Beate. Das ist der schönste Name, den ich kenne."

Wer war sie eigentlich, fragte sich Beate, dieses Mädchen, das plötzlich immer wußte, wo sie war? Das ihr in der Stunde alberne Zettelchen schrieb und in der Pause mit ihr gehen wollte? Ab und zu hatte sie ein bißchen Angst, denn sie wollte nicht, daß die Lehrer glaubten, daß sie in der Stunde Zettelchen schrieb. Aber sie antwortete genauso albern wie die Zettel, die sie bekam, und schnippte sie in einem unbeobachteten Augenblick hinüber. Es wurde besser, als sie feststellten, daß das Lineal zur Postvermittlung verwendet werden konnte. Nein, sie war doch nicht so schlimm, diese Tochter von Dr. Holm. Sie machte einen Höllenlärm und kannte den halben Schulhof, aber in den Pausen, wenn sie beide allein hin und her gingen, hatte sie sehr viel Ernstes zu sagen.

Alles kam daher, daß sie beim Zeichnen nebeneinander saßen. So hatte es angefangen. Danach hatte sie auf dem Schulhof ihre Hand genommen, nur weil sie dazu Lust hatte. Und Inger hatte sie festgehalten. War mitgekommen und hatte erzählt, von den letzten Büchern, die sie gelesen hatte.

Eins handelte von einer Seidenhändlerstochter aus Marseille während der französischen Revolution, die einen von Napoleons Generälen heiratete, der dann später König von Schweden wurde. Und auch von Norwegen. Sie hieß Désirée und hatte ein Tagebuch geschrieben, in dem die Monate revolutionäre Namen trugen: Brumaire und Fructidor und was nicht alles, und die wollte Inger nun in Fredrikstad einführen. „Sie haben sich geliebt, verstehst du. Und deshalb ist sie mit ihm in ein fremdes Land gegangen. Das war das Wichtigste", sagte Inger. „Ja", sagte Beate, denn sie wußte nicht, was sie sonst noch sagen sollte. Und danach sagten sie für den Rest der Pause überhaupt nichts mehr. Sie hielten sich einfach nur an den Händen, bis es schellte.

Zum erstenmal im Leben fühlt Beate, daß sie eine hat, mit der sie reden kann. Das ist seltsam. Es ist fast so, als ob sie einen Vater hätte. Jedenfalls so, wie sie sich einen Vater vorgestellt hat. Einer, dem sie immer ihre Gedanken anvertrauen kann. Jemand jenseits des Horizonts. Der Unterschied war nur, daß sie diesmal Antwort bekam.

„Issas nich die Tochter von Fräulein Halvorsen, zusammen mit der Holm?“ fragte Hauge und schaute durch die Fenstertür schräg hinüber zur Vestsiden-Kirche. Ringstad warf einen raschen Blick in dieselbe Richtung und nickte.

„Stimmt.“

„Die quasseln aber arg lang. Ham die jungen Leute denn sonst nix zu tun? Jetzt seh' ich die schon fast 'ne Woche jeden Tag da rumstehen.“

„Ach“, meinte Ringstad. „Die ham auch ihre Probleme.“

„Wußte gar nich, daß Fräulein Halvorsen ihre Tochter zur Schule schickt?“

„Aber sicher. Macht sie.“ Mehr sagte Ringstad nicht, obwohl sie aus Lahellemoen kam und Übersicht über den Fall haben mußte. Sie war heute so mürrisch und wortkarg wie immer. Der Ringstad war wohl letzte Nacht wieder in der Ausnüchterungszelle gelandet?

„Und wie geht's sonst so, Ringstad?“

„Ach, mi'm Nähen geht's wohl gut, soviel ich weiß.“

„Mi'm Nä...“ Hauge unterbrach sich, da sie begriff, daß Ringstad immer noch von Fräulein Halvorsen sprach.

„Ach ja?“

„O ja“, antwortete Ringstad warm. „Da in dem Haus gibt's keine Not, nein.“

Was für eine enttäuschende Mitteilung. So wie Fräulein Halvorsen sich auf dieser Welt aufgeführt hatte, wäre das doch wohl das mindeste gewesen. Statt dessen schickte sie ihre Tochter in die Schule.

„Ja, so isses. Schlimm...“, seufzte sie.

„In der Beate steckt viel Gutes drin, das kann ich dir sagen.“

„Meinst du wirklich? Wo die das wohl her hat.“

„Ich glaub' nich, daß das so schwer zu begreifen ist.“

Aber Hauges Blick wanderte zurück zum Brunnen vor der Kirche, wo die beiden jungen Mädchen immer noch saßen. „Der ist abgehauen, dieser Seemann, das weiß ich.“

In diesem Moment kehrte Iversen mit einem Tablett voller

leerer Tassen und Gläser von einer Runde durch das Restaurant zurück. Sie warf einen Blick in die Richtung, in die Ringstad und Hauge schauten, und stellte ihr Tablett ab. Sie konnte nichts anderes sehen als Dr. Holms Tochter, die dort mit einem anderen Mädchen saß. „Gibt's da eine Hochzeit?"

„Nein, ich seh' keine Hochzeit", lachte Hauge.

„Eher im Gegenteil." Iversen verstummte, weil ihr nicht einfiel, was das Gegenteil von einer Hochzeit sein könnte. Das Gegenteil von einer Hochzeit ist natürlich keine Hochzeit, langsam dämmerte es Iversen.

„Das ist die Tochter von Fräulein Halvorsen", sagte Hauge, als erklärte das alles. „Der ist einfach abgehauen, der Kindsvater. Nach Amerika, heißt es. Und seitdem hat ihn niemand mehr zu sehen gekriegt."

„Schlimme Sache. Aus solchen wird nie was Anständiges."

Jetzt räusperte Ringstad sich laut. „Jedenfalls wird nix aus denen, wenn ihr weiter so über die redet", sagte sie und ging mit entschiedener Miene zum Tresen. Nein, es gab keinen Zweifel. Der Ringstad war letzte Nacht bestimmt wieder eingebuchtet worden. Ringstad hatte ihre Sorgen, das wußten alle, und sie sagte nie ein Wort darüber. Zwei Söhne mußte sie durchfüttern, und ihr Alter taugte zu nichts. Er war auch hier schon angetorkelt gekommen, aber sie hatte ihn weggeschickt.

In den Geschäften näherte sich der Ladenschluß, die Gäste strömten herein. Hauge, Iversen und Ringstad waren voll beschäftigt. Zwischendurch warfen sie ab und zu einen Blick aus dem Fenster. Und dann sahen sie die Tochter von Fräulein Halvorsen mit der Holm am Restaurant vorbeikommen.

„Warum in aller Welt sitzen die denn da erst zwei Stunden, wenn sie doch bloß die Holm besuchen wollen?" wunderte sich Hauge. Zufällig hörte niemand ihre scharfsinnige Frage.

Pastor Spåvang und die Schöpfung

Eines Tages kurz nach Ostern kam Liv auf dem Schulhof zu Inger und sagte: „Ich habe mich bekehrt." Inger blickte in ihr rotes, aufgeregtes Gesicht. Da stand sie ohne Lippenstift. Ansonsten war sie fast so wie früher. Was war geschehen?

„Das ist in Fjellvangen passiert, wo ich über Ostern war", sagte Liv. „Findest du das schrecklich?"

„Nein, schrecklich..." Sie war nicht ganz sicher. Im Grunde war es schrecklich, Liv ohne Lippenstift und bekehrt zu sehen.

„Wenn du nur so bist wie früher", sagte sie. Denn inzwischen mochte sie Liv ziemlich gern.

„Aber ich bin nicht wie früher. Es ist etwas anderes. Alles ist anders, jetzt, wo ich Jesus angenommen habe."

„Ich weiß nicht, was das bedeutet", meinte Inger. Mehr sagte sie nicht, sie begriff überhaupt nichts von der Bekehrerei, mit der die Leute in Fredrikstad so beschäftigt waren. Mußte man sich denn bekehren, um an Gott zu glauben? Konnte sie nicht einfach glauben, ganz direkt? Glaubte sie selber denn nicht, bloß, weil sie nicht bekehrt war? Inger wußte nicht, was sie noch sagen sollte, obwohl Liv immer noch dastand und sie ansah. Als Beate vorbeikam, drehte sich Inger deshalb rasch zu ihr hin und rief: „Mit neuem Schal protzen, was!"

„Der ist nicht neu. Hab' ich doch zu Weihnachten gekriegt." Aber das wußte Inger ja. „Worüber redet ihr denn?"

„Über diesen Jesus von Nazareth", antwortete Inger. Und dann bereute sie das sofort.

Später hörten sie, daß einer nach dem anderen bekehrt worden war. Die Råbergjungen hatten bei einer Erweckungsveranstaltung in der Bibliothek weinend auf dem Boden gelegen, und Harry aus Stranda, der Schrecken von Nygaardsgata, hatte eine Andacht auf Fjellhøy mit Engelsblick und Heiligenschein verlassen. Auch Sigvart Jespersen war bekehrt worden. Aber das glaubte niemand. „Stimmt es wirklich, daß du dich bekehrt hast, Sigvart?" fragten sie. „Ja", antwortete er und blickte ernst auf sie herab. Aber bis Pfingsten war ihm das vergangen.

Einige dagegen waren immer schon fromm gewesen, sie waren wohl von Geburt an bekehrt. Wer christlich war, trat in den christlichen Schülerbund ein. Als sie noch zur Volksschule gingen, war das nicht so gewesen. Alle Kinder gehörten Jesus, stand in der Bibel. Es war etwas anderes, wenn man Teenager und frech wurde. In der Bibel stand nichts darüber, daß Jesus Teenager, die auf den Straßen herumlärmten, hatte zu sich kommen lassen.

Ich glaube auch an Gott, aber ich würde doch nie auf die Idee verfallen, das auf dem Schulhof zu verkünden, überlegte Inger sich. „Bekennen ist wichtig", sagte Liv. „Für uns selber und für andere."

Damit war sie einsortiert. Sie gehörte zu den Unbekehrten. Zu den Verrückten und Sündigen. Alle Schülerinnen und Schüler an Fredrikstads höherer Schule mußten wählen. Lebst du mit Jesus, oder lebst du in Sünde? Bist du verrückt oder bist du bekehrt? Die meisten wollten lieber verrückt sein.

Die Religionslehrer trugen auch nicht gerade zur Aufklärung bei, jedenfalls nicht die, die sich in der 1 B zeigten. Immer wieder tauchten neue auf – die Religionslehrer hatten eine ganz eigene Tendenz dazu, Vertretungslehrer zu sein; Pastoren oder Pröbste oder Vorsteher irgendeiner unklaren Sorte, auf eine Weise standen sie über und neben dem Pensum, und nie war ganz klar, ob man gute Noten bekam, weil man glaubte oder weil man seine Aufgaben gemacht hatte.

Der, den sie zuletzt gehabt hatten, brach alle Rekorde. Er hieß Spåvang und hatte eine kleine ausgefranste Schmalzlocke in der Stirn, die war so ungefähr alles, was von seinen Haaren noch übrig war. Er war ziemlich breit und füllig, hatte aber einen überraschend kleinen Hintern. Um diesen Körper trug er immer ein weißes Hemd, eine offene Jacke und eine graue Hose mit Hosenträgern, die er ununterbrochen leicht hochzog, wenn er den Text durchging. Die 1 B glotzte ihn und seine spitze Nase und seine fahle Haut in stummer Verachtung an und machte ihn verantwortlich für die gesamte Biblische Geschichte.

„Jaaaaaahve war der Gott der Israeliiiiiiten", psalmodierte Spåvang, er gab sich unglaubliche Mühe, langsam zu reden.

Es war interessant, daß diese himmlische Gestalt, von der sie auf der Volksschule sieben Jahre lang gehört hatten, nun endlich einen Namen hatte.

„Derselbe Naaaaame, den wir auch in deeeeen Zeugen Jehoooovas finden", sagte Spåvang. Ei der Daus. Unglaublich, wie alles anfing, zusammenzuhängen. Spåvang zog an seinen Hosenträgern, denn egal wie dick man auch ist, man kann immer zu weite Hosen tragen. Er erzählte vom Propheten Amos und dessen Zorn über das israelitische Volk. Er warnte vor dem Wohlleben und der Faulheit der Menschen. Er kam aus einfachen Verhältnissen, er war Hirte und daran gewohnt, Jahves Gesetze zu beherzigen. Jetzt reagierte er stark auf die allzu üppigen Feste und die Gottesdienste in der Stadt. „Sie verloren durch die äußerliche Praaaaacht viel von ihrem Inhalt", sagte Spåvang. „In vieler Hinsicht war Aaaaaamos ein Aufrüüüüüüühred."

Die Propheten wurden plötzlich zu Menschen. Vorher waren sie nur Stimmen gewesen. Jetzt wurden sie eher wie historische Persönlichkeiten, die wirklich gelebt hatten.

Es war unmöglich, Spåvang Fragen zu stellen. Es gab nie Zeit zu anderem als zum Abhören der Hausaufgaben und zum Durchgehen der neuen. Niemals wurde ihnen auch nur ein Millimeter außerhalb des Buches gestattet. Wie Spåvang die Noten verteilte, war ein Mysterium. Denn er wußte nicht den Namen eines einziges Schülers, das war ein Prinzip. Und sie sahen auch nie, daß er sich Notizen gemacht hätte.

Eines Tages, eine Weile nach Ostern, kam er frischen Schrittes ins Klassenzimmer marschiert. „Jetzt kommt die grooooooooße Booooombe", sagte er. „Schreibt die Hausaufgaaaaaben auf!"

„Ach du Scheibenkleister!" rief Leif Monradsen. Spåvang tat so, als ob er das nicht gehört hätte, und verteilte ungerührt leere Blätter zwischen den Tischreihen. „Ich hab' das Buch nicht einmal aufgemacht", flüsterte Inger. „Na", sagte Sølvi. „Ich kann mich an nichts erinnern."

„Ruuuuuhe!" sagte Spåvang. „Wer jetzt noch ein Wort sagt, bekommt ungenüüüüügend." – „Aber welchen Propheten nehmen wir gerade durch? Onan?" flüsterte Astrid. In der Mädchenecke wurde gekichert. „Hallooooooo dahinten!" sagte Spåvang. „Wie heißt du?" Er sah Astrid mit blitzenden Augen an. Auch seine Langmut hatte ein Ende.

„Else Hansen“, sagte Astrid. Jetzt konnten viele nicht mehr an sich halten. Es kochte nur so von unterdrückten erschrockenen Glucksern. Spåvang notierte den Namen in sein kleines gelbes Notizbuch. „Das gibt ein Miiiinus“, sagte er.

Sie beugten sich über ihre Blätter. Aber wer war gerade an der Reihe? „Hosea“, schrieb Inger, denn sie wußte, daß der gerade durchgenommen wurde. Ansonsten wußte sie nichts über ihn. Sie zog einen dicken Strich unter die Überschrift und tat so, als ob sie schriebe. Spåvang machte endlich einen kleinen Spaziergang zum Fenster und blickte hinaus ins Frühlingswetter. Da landete plötzllich ein zusammengefalteter Zettel auf ihrem Schoß. Sie blickte auf. Der Zettel kam von Liv. „Hosea sagte, daß Gott die Menschen so liebt, wie ein Mann eine treulose Frau lieben kann. Das hatte er selber erlebt und sie in Gnaden wieder aufgenommen. ‚Denn ich habe Lust an der Liebe und nicht am Opfer und an der Erkenntnis Gottes und nicht am Brandopfer‘ (6,6), hat er gesagt. Schreib darüber.“ Inger starrte den Zettel an. Las ihn noch einmal. Las ihn ein drittesmal. Je mehr sie nachdachte, um so mehr Stoff zum Schreiben hatte sie. Es wurde die gewinnbringendste Religionsstunde, die sie je gehabt hatte. Sie piekste Astrid in den Rücken und gab ihr den Zettel. Liv ist toll, dachte sie. Sie mag ja bekehrt sein, aber sie ist verflixt noch mal in Ordnung.

Samstags haben sie in der vorletzten Stunde Biologie bei Sundt. Er hat gesagt, wenn sie etwas wissen möchten, sich aber nicht zu fragen trauen, können sie ihre Frage auf einen Zettel schreiben und den aufs Pult legen. Sie brauchen nicht mit ihrem Namen zu unterschreiben. Also fragen sie. Sie fragen, ob Amöben eine Seele haben und wie die Wanderungen der Aale verlaufen, ob sich auch heute Affen zu Menschen entwickeln können oder ob das nur zu Darwins Zeiten möglich war, was eigentlich der Unterschied zwischen einer Pflanze und einem Tier ist und ob das Leben wirklich im Meer entstanden ist. Aber eines Tages kommt folgende Frage, Sundt liest sie vom Zettel ab: „Im Religionsunterricht lernen wir, daß Gott die Welt in sechs Tagen erschaffen hat. Im Biologieunterricht lernen wir, daß das Millionen von Jahren gedauert hat. Was stimmt denn nun?“

Alle sehen Sundts nachdenklich gerunzelte Stirn und seine freundlichen Biologenaugen an, die über dem Zettel brüten, ohne aufzublicken. So. Jetzt wird endlich die Bibel entlarvt.

Sundt räusperte sich, blickte aufs Pult hinunter, sah auch jetzt nicht auf, schaute wieder den Zettel an, strich sich übers Kinn. Im Grunde hatte er ein bißchen Ähnlichkeit mit Darwin, wie er so dasaß, nur in verkleinerter Ausgabe. „Mnja-a", sagte er endlich. „Ich sehe das so: Wenn wir in der Bibel lesen, daß Gott die verschiedenen Teile der Welt geschaffen hat, daß er das Licht von der Finsternis trennte, das Meer vom Land, daß er Blüten über Felder und Bäume verteilte, Fische ins Wasser setzte, Vögel in die Luft und schließlich Tiere in die großen Wälder – und am Ende noch die Menschen selber, Adam und Eva... dann sehe ich das als eine symbolische Darstellung, als ein Bild dessen, was in Wirklichkeit während einer langen, langen Entwicklungszeit geschehen ist. Was die Verfasser der Bibel einen Tag nennen, ist vielleicht eine Million Jahre, und die sechs Tage zusammen sind viele Millionen von Jahren."

Die 1 B saß still da. Das hatte sie nicht erwartet. Sie hatte gehofft, daß Sundt sagen würde, ja, jetzt ist Gott entlarvt. Das Paradies hat nie existiert, und Gott hat die Welt nicht erschaffen. Sie hatten gehofft, er würde sagen, daß die Wissenschaft Gott als schnöde Erfindung entlarvt habe. Waren denn nicht all seine Biologiestunden darauf hinausgelaufen?

Und jetzt saß er da und murmelte so etwas. Adam und Eva gab es immer noch, zusammen mit seinen Amöben.

Jetzt, wo endlich ein bißchen System in die Dinge gekommen war, mit Darwin und allem, jetzt ergab es sich, daß alles noch genauso unerklärlich war wie früher. Denn selbst wenn er gesagt hätte: „Nein, so, wie das in der Bibel dargestellt wird, ist es in Wirklichkeit natürlich nicht abgelaufen", bliebe ja immer noch die Frage übrig, wie die Amöbe entstanden war. Und wenn die Amöbe auch nicht so schön anzusehen war wie Adam und Eva im Paradies, so war sie doch auch ein Wunder.

„Ich finde, diese Erklärung war ziemlicher Pfusch", sagte Inger zu Liv, als sie das Klassenzimmer verließen.

„Nein, ich fand sie toll", erwiderte Liv. „Ich muß schon sagen, Sundt ist in meiner Achtung gestiegen."

Liv und Beate und Inger gingen auf dem Schulhof hin und her und diskutierten über die Schöpfung. Was bedeutete „schöpfen"? „Leben einhauchen", sagte Liv. „Formen", meinte Inger. „Nein, Leben einhauchen", beharrte Liv. „Das hab' ich auf einem Bild gesehen." – „Davon, daß du das auf einem Bild gesehen hast, wird es ja wohl nicht wahrer." – „Nein, aber trotzdem heißt Schöpfen Leben einhauchen." – „Ja, aber wie macht man das?" – „Nein, dazu muß man Gott sein." – „Und wer hat ihm Leben eingehaucht?" – „Er ist schon immer dagewesen." – „Wie kann irgendwer immer irgendwo sein?" – „Das ist Er eben. Das brauchst du nicht zu verstehen. Das brauchst du nur zu glauben." – „Was heißt glauben?" – „Glauben... glauben heißt, sein Herz für Jesus zu öffnen." – „Ja, aber wir reden jetzt über Gott." – „Das ist dasselbe." – „Aber was bedeutet es, sein Herz für Jesus zu öffnen?" – „Zu glauben." – „Jetzt sagst du, A ist B, weil B A ist." – „Ja. Aber so erleben wir das. Du mußt das Erlebnis annehmen und an das glauben, was mit dir geschieht. Verstehst du?" – „Mit mir geschieht aber nichts", sagte Beate. „Dann kann man es suchen." – „Wie kann man es suchen?" fragte Inger. „Durch Beten." – „Ich habe gebetet. Es hat nicht geholfen." – „Worum hast du gebetet?"

In diesem Moment schellte es zur letzten Stunde.

Noch in vielen weiteren Pausen gingen Liv und Inger auf dem Schulhof hin und her und diskutierten über die Mysterien der Bibel. Es war ein ziemlich langer Schulhof. Inger rechnete im „Radiergummi" aus, daß der Durchschnittsschüler an Fredrikstads höherer Schule beim Abitur auf diesem Schulhof etwa 1836 Kilometer zurückgelegt hätte. Wenn das stimmte, dann diskutierten Liv und Inger mindestens hundert Kilometer lang über Jesus und seine Bedeutung für den Sinn des Lebens. Sie diskutierten wild und voller Eifer, sie wurden sich niemals einig und diskutierten aufs neue. Als die Schulglocke vier Jahre später ihre letzte Diskussion unterbrach, waren sie immer noch nicht fertig.

Hartvigs Taufe

Eines Tages, als er aus der Schule kam, sagte Frau Gravdahl zu Hartvig: „Wir müssen dich endlich taufen lassen."

„Warum denn? Ich habe doch einen Namen?"

„Ja. Sicher. Aber du mußt in Gottes Buch eingetragen werden. Im Waisenhaus haben sie einen Fehler gemacht. Wir dachten, du wärst schon getauft, aber sie haben vergessen, dich taufen zu lassen."

Warum hast du mich nicht taufen lassen, als du mich bekommen hast? dachte Hartvig. Aber er wußte ja, daß sie ihn nicht bekommen hatte. Er stammte von anderen Menschen.

„Ich will nicht getauft werden", sagte er, ging auf sein Zimmer und schloß die Tür.

Später kam sein Vater von der Arbeit nach Hause. Es kam nie vor, daß er Hartvigs Zimmer betrat, diesmal tat er es. Er blieb hinter Hartvigs Stuhl stehen, Hartvig drehte sich nicht um.

„Ich höre, du willst nicht getauft werden, Junge." Der Junge gab keine Antwort. „Wir müssen alle getauft werden."

„Warum bin ich dann noch nicht getauft?" Hartvig drehte sich um und sah zu seinem Vater auf. Aber der Vater erwiderte seinen Blick nicht, obwohl seine Augen auf Hartvig gerichtet waren. Er sah am Jungen vorbei und auf die Tischplatte, auf der Nietzsches „Also sprach Zarathustra" aufgeschlagen lag.

„Das war ein Irrtum. Wir..."

„Nein, kein Irrtum", fiel Hartvig ihm ins Wort. „Es ist ganz richtig, daß ich nicht getauft bin." Er kehrte seinem Vater den Rücken zu. Er hätte morden können. Manchmal empfand er so, eine Wut ohne Grenzen. „Ich bin niemand!" rief er. „Ich bin namenlos, sowohl auf Erden als auch im Himmel."

In Glasermeister Gravdahls Haus wurde nie geschrien. Ich bin verrückt, dachte Hartvig. Sein Schrei hing ihm noch in den Ohren.

„Jetzt redest du über deinen Verstand hinaus", sagte sein Vater mit ruhiger Stimme.

„Ja, und ist das nicht auch der Himmel?"

„Spottest du Gott?"

„Wie kann ich jemanden verspotten, der mich nie zu sich genommen hat?"

„Wie meinst du das?" Hartvig gab keine Antwort.

„Hör zu. Hier gibt es nichts zu diskutieren. Du hast zu tun, was deine Mutter sagt. Wir haben für Donnerstag, den 12. Mai, abends um halb elf in der Vestsiden-Kirche für dich die Taufe bestellt."

„Um halb elf!"

„Ja. In diesem Fall ist es am besten, so vorzugehen, daß es möglichst wenigen zu Ohren kommt."

Damit ging er und schloß die Tür.

An einem hellen, kühlen Frühlingsabend mit bleichen Sternen am Himmel fanden sich Glasermeister Gravdahl und seine Frau mit ihrem vierzehnjährigen Sohn, der zur Taufe geführt werden sollte, in der Kirche ein. Bei ihnen war nur noch ein altes Ehepaar, Sønderbrå, das sie aus der Gemeinde kannten. Pastor Sundbro empfing sie in der Sakristei, wo die Taufe im Namen des Vaters, des Sohnes und des Heiligen Geistes stattfand, dreimal wurde dem Jungen Wasser auf den Kopf gegossen, und er erhielt den Namen Hartvig. Danach wurde das Lied „Fest soll mein Taufbund immer stehen, ich will die Kirche ehren" gesungen. Schließlich verabschiedete sich der Pastor von allen mit festem Händedruck, vor allem von dem Jungen.

Die Zeremonie ging Hartvig nicht aus dem Kopf. Es war fast schlimmer, daran zu denken als dort zu stehen. Als er dort gestanden hatte, hatte er an etwas anderes gedacht. Er empfand die Inszenierung dieses Rituals als einen Hohn wider ihn als Geistesmenschen. Getauft im Namen des Vaters und des Sohnes und des Heiligen Geistes! Was wußten die schon von Geist?

Den Namen Gravdahl hatte er nie gemocht. Er war düster und häßlich. Aber in Verbindung mit dieser Taufe wollte er jetzt beantragen, den Namen zu erhalten, da seine wirkliche Mutter mit ihm nichts zu tun haben wollte. Das hatte sie unterschrieben, erfuhr er jetzt. Zum erstenmal erwähnten sie seine Mutter.

Vierzehn Tage darauf kam Esther Eliassen zu Besuch. Die ganze Zeit über wollte er sie beiseite nehmen, aber erst, als sie schon gehen wollte, nachdem sie ihren üblichen Kaffee getrunken und sich nach der Gesundheit des Jungen erkundigt hatte, konnte er sie festhalten.

„Ich möchte allein mit dir reden." Sie sah ihn fragend an. Wohin konnten sie gehen? Er hatte sich im Schuppen im Garten ein Zimmerchen eingerichtet, es war gemütlich, er nannte das Zimmerchen seine Studierkammer. Dahin konnten sie gehen. „Ich will wissen, wer ich bin", sagte Hartvig. Sie saßen sich gegenüber. Fräulein Eliassen blickte in ihren Schoß.

Sie befand sich nicht zum erstenmal in dieser Situation. Sie war Reiseschwester für die Kinderfürsorge in Oslo und besuchte seit vielen Jahren Pflegekinder überall in Südnorwegen, von Møre und Romsdal im Norden bis nach Mandal im Süden. Viele traurige Schicksale verbargen sich hinter der Ankunft dieser Kinder auf dieser Welt, und Fräulein Eliassen hatte absolute Schweigepflicht.

Aber jetzt sitzt sie einem Jungen gegenüber, der wissen will, woher er kommt. Er ist vierzehn Jahre alt, er ist seit ihrem letzten Besuch sehr gewachsen, er ist im Konfirmationsalter. Er kommt in der Schule gut mit, hört sie, und er liest viel. Fräulein Eliassen trifft eine Entscheidung. Es ist eine persönliche Entscheidung, sie ist sein einziger Kanal zu seiner Herkunft. Tut das Wissen, das sie ihm geben kann, zu weh, um ertragen zu werden? Sie ist unsicher. Aber als sie aufblickt und in die blaugrauen Augen des Jungen schaut, denkt sie: Nichts zu wissen tut noch mehr weh. Er ist groß genug. Er hat einen Anspruch darauf, es zu wissen.

„Hartvig", sagt sie. „Deine Herkunft ist nicht besonders gut. Deine Mutter heißt Solveig Runefjell, sie war im Krieg in Ringerike Telegrafistin. Sie war in einer sehr schwierigen Lage, als sie dich erwartete. Dein Vater war Pastor und hieß Hans Helmut Weidenhof. Aber er war nicht als Pastor hier."

Hartvig blickte zu Boden. Keinen Moment hatte er gedacht, es könnte so zusammenhängen. Er konnte nicht weiterdenken.

Esther Eliassen zog einen Umschlag aus ihrer Tasche und nahm einen Zettel heraus, den sie ihm reichte. „Das ist deine Geburtsurkunde. Nicht einmal deine Eltern haben sie gesehen. Ich meine Gravdahls. Sie wissen wenig darüber, woher du kommst, die Namen deiner Eltern kennen sie nicht."

Hartvig nahm das Papier. Standesamt der Gemeinde V. Aker. Dort standen die Namen, Solveig Runefjell, Telegrafistin. Hans Helmut Weidenhof. Kein Titel. Geboren am 10.3.1941 in Oslo. Ein Knabe. Immer wieder las er die Namen.

„Sie waren nicht verheiratet?"

„Nein, das waren sie nicht. Und Weidenhof ist auch niemals amtlich als dein Vater bestätigt worden."

„Warum steht er dann hier?"

„Sie haben immer irgendwen angegeben."

„Sie?"

„Ja. Die mit Deutschen zusammen waren."

„Haben sie gelogen?"

„Das konnte schon vorkommen, Hartvig, aber ich will nicht behaupten, das sei hier der Fall gewesen. In den Papieren der Jugendfürsorge steht, der Kindsvater sei nicht bekannt."

„Warum wollte sie mich nicht?"

Fräulein Eliassen zögerte mit ihrer Antwort. „Es waren schwere Zeiten. Als er 1943 nach Frankreich geschickt wurde, fand sie bei niemandem Hilfe. Ihre Familie wollte nichts mit ihr zu tun haben. Deshalb bist du ins Waisenhaus gekommen. Das war im November 1944."

Hartvig hielt immer noch den Zettel in der Hand. Er las ihn noch einmal. „Kann ich ihn behalten?"

„Deshalb habe ich ihn mitgebracht", antwortete Fräulein Eliassen. „Ich dachte, daß du jetzt danach fragen würdest."

„Du weißt also von dieser verdammten Taufe?"

„Gott schütze dich, Hartvig, so darfst du nicht reden! Deine Mutter will doch nur dein Bestes." Sie erhob sich. Faßte ihn an der Schulter. „Hörst du?"

„Kommst du bald wieder?"

„Nein, ich komme wohl erst wieder im Herbst." Sie verabschiedeten sich. Hartvig sah sie über den Kiesweg zum Tor gehen. In der Hand hielt er den Zettel, als sei der das Kostbarste, das er je besessen hätte.

Abschied vor den Ferien

Sie hatten Pause. Inger und Beate hatten eine Bank für sich gefunden, gleich über den Treppen im Sjømannspark, wo sie sitzen und Tollbodplassen und die Glomma überblicken konnten. Es war heiß. Die Sonne brannte auf ihre Jacken, sie zogen sie aus und saßen mit nackten, blassen Winterarmen da. In Fergestedsveien lärmten ein paar Abiturienten vorbei. Sie drehten sich um und blickten ihnen nach.

Es war gut, einfach so in der Sonne zu sitzen. „Im Sommer sieht man, wo die Uhr gesessen hat, aber jetzt sind wir überall genauso blaß wie unter der Uhr", sagte Inger. „Ich hab' keine Uhr", sagte Beate. „Ich krieg' eine zur Konfirmation. Wie lange hast du deine denn schon?" Sie nahm Ingers Arm und hob ihn hoch, um sich die Sportuhr anzusehen. „Leuchtet die im Dunkeln?" Sie machte mit der Hand einen kleinen Trichter und blickte hinein. „Kannst du etwas sehen?" Beate nickte eifrig. „Es ist genau drei Minuten nach halb elf", sagte sie zum Beweis und ließ Ingers Arm los. „Stimmt das vielleicht nicht?" Sie nahm die Hand, über der die Uhr saß, und hielt sie Inger vor die Augen.

„Hast du die Uhr schon lange?" fragte Beate noch einmal.

„Seit ich zehn war", antwortete Inger und hörte ihr Herz klopfen. Jetzt kam es wieder.

„Das war früh", sagte Beate. Viele aus meiner Klasse hatten lange vor mir eine Uhr, dachte Inger. Und außerdem habe ich die Uhr bekommen, weil, weil...

„Die hat zuerst meiner Schwester gehört", sagte sie.

„Ach? Hat sie eine neue Uhr bekommen?"

„Nein. Sie ist gestorben."

„Warum denn?" fragte Beate. Ihre Stimme neben Inger war ganz ruhig. Die Landschaft unter ihnen veränderte sich. Sie wurde lebendig und erfüllt von Dingen, an denen ihre Augen haften und in die sie hineintreten konnte.

„Sie hatte Poliomyelitis", antwortete Inger.

„Ach?" fragte Beate.

„Ja", sagte Inger.

„Ist sie davon gelähmt geworden?"

„Ja, und dann mußte sie in so einen Respirator, der ihr beim Atmen helfen sollte. Aber das hat nicht geklappt."

Eine Weile war es still. Die Glomma floß so schwarz und vertraut da unten im Sonnenschein vorbei und glitzerte, trotz des ganzen Schlamms, den sie mit sich führte.

„Gehen wir?" fragte sie. Sie standen auf, nahmen sich an den Händen und gingen wortlos die Treppen hinunter. Dann gingen sie an den Palisaden vorbei und über den Kiesweg, auf dem „jeglicher Fuhrverkehr" verboten war. Die Sonne brannte auf sie herunter. Frühsommer. Beate würde auf einen Hof am Tyrifjord fahren. Inger war nie dort gewesen, hatte nur von ihm gehört. Sie sah den fast dreieckigen Umriß des Tyrifjordes auf der Karte vor sich, stellte sich grüne Hügel und Wiesen vor, die sich zu einem blauen, blauen See hinunterzogen – und da war Beate. Es war so schrecklich weit weg, und der Sommer war so endlos lang.

„Glaubst du an Gott?" fragte Beate. Inger sah die großen roten und gelben Blumen auf ihrem Kleid an, wie sie vor dem weißen Hintergrund ein Muster bildeten. Sie spürte Beates Hand und den hellen Himmel über ihnen.

„Ja", antwortete sie. „Du denn nicht?"

„Nein", antwortete Beate. Und sofort war es eine wirkliche Möglichkeit – daß alles um sie her, der Park mit den Bäumen und der heiße Sommertag, die Palisaden und der Fluß und der kiesbedeckte Tollbodplassen, ihre verschränkten Hände und ihre baldige Trennung – daß das alles existieren konnte ohne Gott.

„Aber was glaubst du dann?"

„Nein, ich glaube nicht, verstehst du. Ich glaube, die haben sich das einfach nur ausgedacht."

„Haben sie gelogen?"

„Ja."

„Ja, das habe ich mir auch oft überlegt."

Sie gingen über den Platz und zur Grünfläche am Wasser hinunter. Auch dort unten standen Bänke, auf denen abends Liebespaare saßen. Soldaten und so. Als sie klein waren, hatten sie sich an sie angeschlichen.

„Sollen wir uns auf die Bank dahinten setzen und Liebespaar

spielen?“ schlug Inger vor. Beate lachte, gab aber keine Antwort. Sie liefen los, stupsten sich gegenseitig und landeten eng umschlungen auf dem einen Ende der Bank.

„So“, sagte Inger und legte Beate den Arm um die Schulter und packte den nackten Oberarm auf der anderen Seite. „Willst du mich küssen?“

Wieder lachte Beate. „Geht das überhaupt?“ fragte sie und konnte einfach nicht aufhören zu lachen. „Ja. Aber dann müssen wir ernst sein, und du mußt den Mund zumachen, sonst geht es nicht.“ Sie näherten sich einander, konnten das Lachen aber nicht unterdrücken, obwohl der Kuß unmittelbar bevorstand.

„Nein, das geht nicht!“ lachte Inger und ließ Beate los. „Wenn wir so herumgackern, wird nie was aus dem Kuß.“

„Doch“, sagte Beate und schloß den Mund. Inger legte ihren Mund an Beates und drückte zu. Im selben Moment wurden sie ganz ernst.

Inger schaute Beate in die Augen, sah, wie schön sie waren, wollte nur sehen und sehen, obwohl sie schon oft gesehen hatte, und dachte: So könnte ich bis an mein Lebensende sitzen.

Beate lachte, ihr Lächeln war genauso schön wie ihre Augen. Auch Inger fing an zu lachen.

Da saßen sie auf der Bank und lachten und sahen hinüber auf Isengran, und plötzlich war die ganze Landschaft ringsum unwiderstehlich komisch. Die Wirbel im Wasser und die Prins-Georgs-Bastion mit den Kanonen auf dem anderen Ufer, ein Mann, der mit seinem unglaublich schnaufenden irischen Setter an ihnen vorbeiging, über alles konnten sie sich ausschütten vor Lachen, und dann kam auch noch ein alter Ford vorbei, mit runden Kotflügeln und Trittbrettern. Eine richtige Klapperkiste. Und der feierliche Gesichtsausdruck des Mannes hinter dem Lenkrad. Der saß da und tat einfach so, als ob sein Gefährt ein Luxusschlitten wäre!

„Schreibst du mir?“

„Aber sicher. Und du schreibst mir?“

„Ja, aber dann mußt du mir deine Adresse geben.“

Sie schauten auf die Uhr. Schon zwanzig nach elf. Die Zeit verging so schnell. Sie mußten sich auf den Rückweg machen, um fünf vor halb zwölf schellte es. Religion bei Spåvang.

„Warum kann er sich keine passende Hose anschaffen? Er scheint damit die Bibelstellen unterstreichen zu wollen. Johannes 3, 16. Ziehen. ‚Es ist das Wichtigste für den Menschen, reich in Gott zu sein.‘ Ziehen. Ich möchte wissen, wie Else Hansen das Examen packt."

Bei der letzten Klassenarbeit hatten Inger und Beate für Else Hansen eine eigene Arbeit abgegeben, die sie schon vorher mit verstellter Schrift hergestellt hatten. Als sie sie zurückbekamen, war Else Hansen leider krank, aber sie nahmen die Arbeit für sie mit, sie wollten sie ja ohnehin besuchen. Sie hatte ein „Gut" bekommen, Beate und Inger dagegen eine 3 plus, obwohl in allen Arbeiten genau das gleiche stand. „Sie wird das bestimmt hervorragend schaffen."

Sie standen auf, wieder fanden sich ihre Hände. Andere Schülergruppen gingen denselben Weg. Hoch zur Gelben Anstalt, die zwischen den Bäumen über dem Pier thronte.

„Du?" fragte Beate. „Wie alt war sie eigentlich? Deine Schwester, meine ich."

„Vierzehn. Fast... Sie hatte gerade hier auf der Gelben angefangen. Sie würde..."

„Was?" fragte Beate, denn Inger sprach nicht weiter.

„Dieses Jahr würde sie Abi machen", sagte Inger.

Beate dachte nach. Dann fragte sie: „Wie hat sie geheißen?"

„Helga", antwortete Inger.

Dann gingen sie zum letztenmal vor den Sommerferien durch das Schultor.

DER SOMMER 1956

Jeden Sommer fuhr Familie Holm ins Haus in Ekekjær, am anderen Fjordufer. Hier hatte Evelyns Mutter Emilie ein Landhaus in den Schären, auf Tjøme, das sie ursprünglich als Bauernhof mit 200 Deka Land von einem Walfänger gekauft hatte, der aufs Festland wollte. Das Grundstück lag ganz für sich, ein ziemlich unbefahrbarer Lehmweg stellte das letzte Stück des Weges dar, und viele Jahre lang war Frau Emilie Gjarms jüngster Schwiegersohn der einzige, der mit dem Auto hierherkam. Als Inger und Helga klein waren, hatte Autofahren hier untrennbar mit Papa zusammengehangen, und sie liefen ihm über die Heide entgegen und machten die Tore für ihn auf. Seit neuestem führte ein Privatweg bis fast zum Haus.

Am ersten Tag in Ekekjær mußte Inger immer allein über die Heide gehen. Nirgendwo begegnete ihr Helga so in der Landschaft wie hier. Sie war am Tor in der Steinmauer, in dem großen flachen Stein am Steg, auf dem sie Seejungfrau gespielt hatten, in der tiefhängenden riesigen Eiche auf der anderen Seite der Wiese, die Helga „Tintenfisch" getauft hatte, in einem Geheimversteck zwischen Wacholderbüchen, von dem niemand wußte, daß es „Ompadorastelle" hieß, in den kleinen Grasbüscheln auf den Felskuppen, zwischen denen Strandnelken wuchsen. Hier war alles wie früher, nicht wie in der Stadt, wo dauernde Veränderung die Erinnerung bedrohte.

Ekekjær war ein großes weißes Haus mit zwei Stockwerken und vielen Zimmern, Schlafzimmern und Alkoven, Veranda und Balkons und einem großen verwilderten Garten mit knorrigen Apfelbäumen und einem Kirschdschungel. Wenn Inger in Romanen über große Häuser las, spielte die Handlung immer hier.

Das Haus war immer voll Besuch. Evelyns Geschwister kamen, Freunde und Bekannte; in diesem Jahr hat Emilie Besuch von einer netten alten Nichte aus Deutschland, die Barbara heißt. Mit ihr liest sie Goethe und Schiller. „Hast du gebadet?" fragt Barbara mit ihrem sanften Gesicht. Eine leichte Frage. Aber wenn die beiden über Goethe und Schiller sprachen, kamen zu viele deutsche Wörter auf einmal. Emilie ist alt, 82, aber sie badet jeden Tag. „Wunderschön“, sagt sie in den Wellen, ehe sie in ihrem schwarzen Badeanzug mit Trägern wieder herauskommt und in ihren gelben Badeschuhen zum Sonnenbad im Kiefernwald geht. Dann kann Inger nach einer Weile kommen und sich mit ihr unterhalten. Das macht sie, seit sie klein war und Emilie davon erzählte, wie sie tief im letzten Jahrhundert in Magdeburg ein kleines Mädchen war und wie gern sie damals eine bestimmte Sorte Kartoffelkuchen aß. Emilie lebt schon so lange und scheint sich an fast alles erinnern zu können. Außerdem kennt sie die griechische Mythologie. Inger erzählt, daß sie im letzten Jahr viele Bücher gelesen hat. Eifrig erzählt sie Emilie vom amerikanischen Bürgerkrieg. Und Emilie hört aufmerksam zu, als ob sie nie von diesem Krieg gehört hätte, und dann fragt sie: „Aber hast du auch die großen Russen gelesen? Anna Karenina?“ – „Aber sicher“, antwortet Inger stolz. „Ach, dieser Fürst Wronski!“ sagt Emilie und seufzt in der Sonne. Emilie kennt Wronski! Inger hat das Gefühl, daß sie gemeinsam ein Geheimnis haben.

Immer hat Emilie eine Gesellschaftsdame und ein junges Mädchen, das den Haushalt macht und einkaufen geht, und fünfundzwanzig Koffer. Wenn sie schon kommt, dann bleibt sie auch eine Weile. Dieses Jahr heißt das Mädchen Gro, sie ist sechzehn und kommt aus Tåsen, und mit ihr kann Inger herumjuxen. Gro ist schrecklich albern und verrückt nach Jungen, und wenn sie mit dem Rad zum Einkaufen fahren, dann muß Gro unterwegs fünfmal anhalten und sich mit Lippenstift anmalen, und deshalb kommen sie einfach nicht vorwärts. Und sie raucht Hobby. Trotzdem hüpft sie im Heu herum. Aber das macht sie wohl nur, weil sie sich dort mit Tom trifft. Tom ist siebzehn und barfuß und hat goldene Haut an seinem ganzen tarzanhaften Körper, und eines Nachts, als Emilie schläft, küßt er Gro im Sonnenuntergang. Gro erzählt es Inger. Das ist das Romantischste, das sie je gehört hat. Von dem, was in Wirklichkeit geschehen ist, natürlich nur. Sie und Gro dürfen in Emilies Hütte oben auf dem Hügel übernachten, und da lassen sie die ganze Nacht das Aufziehgrammophon laufen, essen Kekse und trinken Cola. „Goodnight, Sweetheart, it's time to go“ und „Die Sardinenpolka“. „Jetzt spielen wir, du wärst Tom“, sagt Gro, und dann beugt sie sich über Inger und küßt sie mit ihrem roten Mund. „Jetzt warst du hübsch“, sagt sie, und Inger denkt: Tom zu sein, muß das größte Glück auf dieser Welt bedeuten.

Mama und Papa bekommen Besuch von Frank, der seit vielen Jahren Walfänger ist, Papa hat ihn damals auf der Ross kennengelernt, und jetzt gibt er Inger zwanzig Kronen und sagt: „Kauf dir soviel Cola, daß du darin baden kannst.“ Er sagt, sie sei hübsch und esse sich jeden Tag nur noch hübscher. Er sagt viele seltsame Dinge und sieht Inger mit warmen Augen an. Es ist immer schon spannend gewesen, Frank zu Besuch zu haben. Er bringt Koffer voll von Geschenken für die ganze Familie mit, Seidenhemden in allen möglichen Farben, Panamahüte und Texasschlipse. Ein Texasschlips besteht einfach aus einer Schnur, mit einem Ochsenkopf als Verschluß. „So werden in Zukunft alle Schlipse aussehen“, sagt Frank. Gleich nach dem Krieg hatte er für Inger und Helga vierzig grüne Bananen mitgebracht. Sie waren im Kabuff in der Dunkelheit gereift, und sie hatten jeden Tag nach ihnen gesehen. Diesmal hat er ein Parfüm bei sich, das aus den Niederlanden kommt und „Bon soir“ heißt. Es hat einen ganz eigenen Geruch, und sie ist stolz, weil Frank ihr ein erwachsenes Geschenk macht.

Er hat auch Platten mitgebracht, von Georgia Gibbs und anderen beliebten Gesangsstars aus den USA, von denen hier noch niemand gehört hat. „The man that got away.“ Und das Allerseltsamste an ihm ist, daß er Jazz liebt. „Oscar Peterson“, sagt Frank, als ob er über die wunderbarste Geliebte spräche. Nie hat Inger einen Erwachsenen so etwas sagen hören. Außerdem war er auf einem Fest, wo auch Kim Novak war, das Schönste, das es je gegeben hat. Abgesehen von dir, Inger. Im Moment mag er Rosemary Clooney am liebsten. Den ganzen Sommer lang hören sie „This ol' house“ mit Rosemary Clooney, und das paßt genau zu dem Haus in Ekekjær. Und dann brät er Steaks! „Chateaubriand!“ sagt Frank. „Das muß erst in der trockenen Pfanne gebraten werden.“ Mama und Papa sprechen nie vom Essen, aber Frank brät die Chateaubriands in der trockenen Pfanne und danach in Butter und scheint sich die ganze Zeit in einer Operette zu befinden.

Jede Woche liegt beim Kaufmann für Inger ein Brief mit einem

Stempel aus einem Ort am Tyrifjord namens Vikersund, und auf dem Umschlag steht ihr Name in der schönsten Schrift, die es je gegeben hat.

In diesem Sommer erwachte Inger einmal davon, daß Ellen in ihrem Kinderbett saß und sang und sich mit allerlei Dingen aus Mamas Kommode amüsierte, die sie durch die Gitterstäbe hindurch erwischt hatte. Sie hatte sich mit Lippenstift eingeschmiert und sich nun gerade über den Puder hergemacht. Zuerst mußte Inger lachen, aber als sie aufstand und Ellen die Schminksachen wegnahm, entdeckte sie ein leeres Schlaftablettenröhrchen. „Hast du die gegessen?“ – „Ja.“ Ellen lächelte zufrieden. Inger rannte mit dem Röhrchen in der Hand zu Mama und Papa ins Schlafzimmer. Was waren das für Tabletten? Ellen hat sie gegessen. O Herrgott! Papa stürzte die Treppe hinunter, Frank trug Ellen ins Auto, und dann fuhren sie zu Dr. Vetle, dem Arzt der Insel.

Das Röhrchen mit den Schlaftabletten war fast voll gewesen. Wieviel konnte dieser kleine Körper vertragen? Wann hatte sie sie überhaupt genommen? Inger wußte es nicht. Gerade an diesem Morgen hatte sie so tief geschlafen. Emilie kam mit ihren wehen Knien zum Frühstück die Treppe herunter, sie brauchte lange dafür. „Ellen hat Schlaftabletten gegessen. Papa ist mit ihr zu Vetle gefahren, um ihr den Magen auspumpen zu lassen“, sagte Inger. Emilie setzte sich mitten auf die Treppe, faltete die Hände vor der Stirn und betete.

Es durfte nicht passieren. Endlich hören sie Papas Auto. Sie springen auf und sehen auf den Hof hinaus. Das Auto bleibt stehen, die Tür wird geöffnet, die kleine Ellen kommt heraus, zweieinhalb Jahre alt, munter wie immer. Mama und Inger laufen ihr entgegen, und Ellen breitet ihre Ärmchen aus und ist sehr zufrieden, weil sie mit Papa und Frank im Auto unterwegs gewesen ist. Und dann hat sie noch einen roten Ballon bekommen. Aber für den Rest des Tages torkelt sie wie eine Betrunkene durch die Gegend und sagt lauter seltsame Dinge.

Es ist wirklich ein schöner Sommer. Tante Lisa und Onkel Storm kommen, nachdem Frank wieder gefahren ist, und sie fahren zum Fischen hinaus. Storm hat immer Glück beim Fischen, er weiß genau, wo es die meisten gibt. Und wenn gerade keiner anbeißt, trinken er und Lisa einen Schluck aus einer Flasche, die als Buch getarnt ist. Emilies alter Kahn leckt, sie müssen die ganze Zeit ausschöpfen. „Am Ende schwimmen die Fische uns dann direkt ins Boot", sagt Inger. Und Lisa und Storm lachen so sehr, daß sie fast ins Wasser fallen, und finden sie die witzigste Nichte auf der ganzen Welt. Doch, es ist herrlich, mit Storm und Lisa angeln zu fahren und nach Hause zu kommen und um Mitternacht zu Abend zu essen.

Als Lisa und Inger damals mit der Bahn nach Valdres gefahren waren, hatte Lisa sie darauf vorbereitet, daß Storm einen wehen Arm hatte. Inger war viereinhalb, es war der Sommer 1946. Storm saß vor dem Bahnhof auf einer Bank und erwartete sie, einen Arm in der Schlinge. Erst Jahre später erzählte Mama ihr, warum Storm damals den Arm in der Schlinge gehabt hatte. Während des Krieges hatte er sich an die Ostfront gemeldet. Zweimal war er zum Manöver in Deutschland gewesen, hatte die Ostfront jedoch nie gesehen. Nach dem Krieg kam er ins Gefängnis. Dort saß er vierzehn Monate, wurde entlassen und erfuhr dann, daß er noch weitere elf Monate sitzen sollte. Als er diese Nachricht erhielt, versuchte er sich umzubringen. Er schnitt sich die Pulsadern durch, wurde aber noch rechtzeitig gefunden. Und danach saß er da vor dem Bahnhof, und Inger sollte ihn zum Trost besuchen. „Und dabei kann er keiner Fliege was zuleide tun", sagte Mama. „Es war idiotisch von ihm, sich zur Front zu melden." – „Warum hat er es dann gemacht?" – „Er war fanatisch, total fanatisch." – „Was ist fanatisch?" – „Daß du nur eins siehst." – „Was sah er denn?" – „Russen. Er war davon überzeugt, daß wir sie fertigmachen mußten, ehe sie kamen und uns fertigmachten. Das glaubten damals viele." – „Aber das glauben sie doch noch heute. Deshalb haben sie ja schließlich die Atombomben, nicht wahr?" Mama seufzte. „Ja, da hast du recht."

Papa hielt Storm für einen Wirrkopf und Phantasten. Es gab immer Schwierigkeiten, wenn die beiden im selben Haus sein mußten. „Mit ihm ist kein ordentliches Gespräch möglich", sagte Papa. Nur weil sie in diesem Haus Ferien machten, die ganze Familie, mußte Papa mit Storm zusammensein. Nachts saß er im Korbsessel im großen Zimmer und argumentierte und argumentierte, um Storm klarzumachen, daß er verrückt war, aber der begriff das einfach nicht. Was ja an sich schon ein Beweis dafür war, daß er keinen Gedanken im Kopf hatte. Jedenfalls keine zwei Gedanken gleichzeitig, die er kombinieren konnte, sagte Papa. Dann lachte er. Manchmal versuchte Storm, ein Thema mit Inhalt zu diskutieren, sagte Papa. Aber das ging immer schief. Er hatte in seinem Leben nur ein einziges Buch gelesen, „Kleiner Mann, was nun" von Hans Fallada. Und wann immer sie sich über ein Thema unterhielten, versuchte Storm, „Kleiner Mann, was nun" mit hineinzubringen. „Dieses Buch", sagte Storm, „ist phantastisch! Es ist das beste Buch, das jemals geschrieben worden ist!"

„Wie kannst du das sagen, das ist doch das einzige Buch, das du gelesen hast!" sagte Papa, schnippte seine Asche in den Aschenbecher und lachte.

Manchmal wurde Storm so wütend, daß er Papa am liebsten an den Hals gesprungen wäre. Aber auch das half nicht, denn Papa war größer. Außerdem konnte er noch wütender werden als Storm. Deshalb endete es immer damit, daß Mama und Lisa weinten und Lisa und Storm gehen mußten, und so endeten auch in diesem Sommer viele Abende.

Nach einem dieser Streitabende fingen auch Lisa und Storm an, sich zu streiten, sobald sie allein waren. Nachts verließ Storm den Hof, spazierte quer über die Insel und zur Stadt hinüber. Er wollte nicht länger bei dieser schrecklichen Familie sein, sagte er. Also ging er nach Tønsberg in ein Hotel.

„Gott sei Dank ist dieser Dussel aus dem Haus", sagte Papa. Lisa weinte, Mama tröstete sie und rief Papa zu: „Lisa und ich können nie zusammensein, wenn du so weitermachst."

„Er ist verrückt", sagte Papa.

Inger begriff nicht, warum sie nicht aufhören konnten, sich wie kleine Kinder zu benehmen. Aber das waren sie ja. Nur, daß alles bei ihnen viel ernster wurde. Es wurde scheußlich, und alle konnten nur noch daran denken. Papa war grundlos wütend auf Storm. Er war wütend auf ihn, einfach, weil er Storm war. Eines Tages hatte sie neben Storm auf dem Sofa gesessen, und er hatte ihr den Arm um die Schulter gelegt und sie an sich gedrückt. „Hör sofort damit auf!" hatte Papa gerufen, und sie waren beide auf dem Sofa hochgeschreckt. „Es war doch bloß ein Scherz", sagte

Storm. „Laß Inger in Ruhe“, sagte Papa. Als ob sie ihm gehörte. Inger schämte sich. Papa war so ungerecht zu Storm. Wenn er bloß nicht so ungerecht wäre, dann wäre alles viel leichter.

Papa macht sich immer über alle lustig. Emilie baut von dem Versicherungsgeld, das sie nach dem Brand der Scheune bekommen hat, auf der anderen Hofseite einen Bungalow und nennt ihn „Gärtnerhaus“. Papa nennt ihn „Krematorium“. „Niemals habe ich eine Dame fortgeschrittenen Alters so schnell mit einem so langen Streichholz durch eine Scheune rennen sehen“, sagt er zu Emilie und lacht. Emilie findet das nicht komisch. Er macht sich auch über Mamas übrige Familie lustig und behauptet, sie rafften soviel von Emilies Erbe an sich, daß bei ihrem Tod nichts mehr übrig sein würde. Eine Woche lang streicht Jon Michael, Mamas jüngster Bruder, die eine Hauswand an. Als Papa hört, daß seine Mutter ihn für diese Arbeit bezahlt, sagt er: „Ha, ha! Er hat wohl aus jedem fünften Brett ein Gemälde gemacht!“

Jeden Tag geht Emilie auf den Hügel zu ihrer kleinen Frühstückshütte mit der schönsten Aussicht der Welt über die Schären und Faerder und segnet diesen Ort, segnet Inselchen und Schären, die sie und Hans Rudolf einst in ihrem zweiten Vaterland gekauft haben. Hier hat sie seit vielen Jahren Zuflucht gesucht und ihre Briefe und Gedichte geschrieben und sich durch allen Streit hindurchgeträumt. Hat sich durch die finsteren Jahre hindurchgekämpft, als sie wegen ihrer Herkunft scheel angesehen wurde, und hat geglaubt, wirklich geglaubt, was sie sagten: daß sie nach dem Krieg nach Spitzbergen verbannt werden würde. Sie war durch alles hindurchgekommen, durch Glauben und Gedanken und durch dieses blaue Meer, das sie jetzt sah. Noch bleiben ihr einige Jahre, und die anderen mögen sich streiten, wenn diese Zeit gekommen ist und sie in ein besseres Leben gerufen wird.

River Queen

Im Herbst tauchte in der Glomma ein U-Boot auf. Es war das britische U-Boot Artful, das mit Wimpeln und Flaggen an Tollbodkaia anlegte, gleich vor der Gelben. „Ein U-Boot! Ein U-Boot!“ Die Schülerinnen und Schüler konnten es gar nicht erwarten, sich dieses Ungeheuer anzusehen, das sie bisher nur aus Erzählungen kannten, aus einer Zeit, als sie selber noch Säuglinge gewesen waren. Sie bekamen zwei Stunden frei. Da lag sie, grau, fensterlos und düster, mit einer Schar munterer Matrosen an Bord. So sah also ein U-Boot aus. Dann durften sie gruppenweise an Bord gehen. 836 Schüler betraten die Artful und sahen sich durch das Periskop die Gelbe Anstalt und die Fähre Godvakkermaren an. Man konnte sich einbilden, mit feuerbereitem Torpedo dazustehen. Danach betrachteten sie eine Unzahl von unbegreiflichen Instrumenten im Bauch der Artful und gingen wieder nach oben.

Auch andere Fredrikstader hatten an diesem Tag den Weg zu Tollbodkaia gefunden, und während sie herumstanden und glotzten, kam ein Mann angeradelt, hielt voll auf den Hafenrand zu und verschwand im Fluß. Diese unerwartete Einlage paßte wunderbar ins Weltbild der Schüler. Sie lachten sich scheckig. Ob er wohl schwimmen konnte? Ja, da tauchte er wieder auf und wurde von den U-Boot-Matrosen aus dem Wasser gefischt. Sogar sein altes Damenrad wurde gerettet, auch heute gab es also kein Unglück.

In der kleinen Stadt passierte nicht viel, und nur selten kamen Ausländer. Eines Tages hörten sie, ein Neger sei durch Nygaardsgata gegangen. Mehrere hatten ihn gesehen. Draußen in der Welt dagegen passierte dauernd etwas. Grace Kelly hatte den Fürsten von Monaco geheiratet, was würde wohl das nächste sein? Daß Prinzessin Margaret ihre Verlobung mit Townsend aufheben müßte, weil sie ein Kind von Nasser erwartete? Was auch passierte, die Schülerinnen und Schüler der Gelben Anstalt konnten nicht viel daran ändern, abgesehen davon, daß einige in den obersten Klassen soeben aus Protest gegen Samnorsk eine

Verbrennung ihrer Schulbücher veranstaltet hatten. Das war zwar mutig, aber Samnorsk nuschelte munter weiter. Was konnten sie schon ausrichten?

Aber dann passierte etwas, auf das sie schon ewig gewartet zu haben schienen. In Oslo war es zu Krawallen gekommen, nachdem die Jugendlichen dort den Film „Rock around the clock" gesehen hatten. Junge Menschen hatten sich Rhythmusentfaltungen von sexuell aufreizendem Charakter ergeben, hatten Inventar, Möbel, Fensterscheiben zertrümmert, Öl auf die Straßen gegossen, Polizisten und deren Autos umgeworfen, unter wildem Geheul und einer Art Veitstanz. Und das alles wegen einer einzigen Melodie!

Die Schüler der Gelben warteten auf den ersten Rockkrawall von Fredrikstad. In ihren Körpern kribbelte es beim Gedanken an diese Verwandlung. „Es eilt nicht mit der Vorführung von *Rock around the clock*", erklärte der Kinoleiter. Das war ja wohl typisch. In Nygaardsgata gab es schließlich auch den einen oder anderen Polizisten, dem ein bißchen Umgeworfenwerden durchaus nicht geschadet hätte.

Die Jugend wartete den ganzen Herbst. Aber es gab keine Rockkrawalle. Und als der Film dann endlich eines Tages in der Blauen Grotte gezeigt wurde, drehte nach der Vorstellung kein einziger durch. Nein, die Leute von Oslo waren wohl doch etwas Besonderes. Vielleicht hatten sie ja Veitstanz?

Statt dessen kam die Blumenausstellung Form & Flora mit fünfzehntausend Blumen und ließ sich auf Tollbodplassen nieder, mit Baums Gärtnereiartikeln und Landwirtschaftsmaschinen, Glücksrad und Flußboot und Tombola. Und am Ende der Landungsbrücke gab es die „River Queen", ein Flußboot. Jeden Abend gingen sie ins River Queen und warteten auf Krach.

Nein, Fredrikstad war eine friedliche Stadt. Wieder geschah alles draußen in der Welt, schlimme Nachrichten kamen aus Ungarn, die Russen rückten in Budapest ein. Zwei Wochen später herrschte Krieg in Suez. Unruhig warteten und hofften sie, wie die Erwachsenen während des Koreakrieges voller Unruhe gewartet hatten. Aber diesmal spürten sie es selber. Ob es einen neuen großen Krieg geben würde? Das hatte immer über ihnen gehangen, Krieg hatte es immer gegeben, beim letztenmal waren zwischen den beiden Kriegen nur einundzwanzig Jahre vergangen. Aber damals war alles anders gewesen, damals hatten sie die Atombombe nicht gehabt.

In ihrem bewußten Leben war die Atombombe immer dagewesen. Sie war über Hiroshima und Nagasaki abgeworfen worden, weil die Japaner sich nicht ergeben wollten. Die Japaner hatten Pearl Harbor angegriffen. „Verdammt in alle Ewigkeit" war ein Film über Pearl Harbor, mit Montgomery Clift und Burt Lancaster. Deborah Kerr. Aber die Menschen! Die Menschen mit den Schlitzaugen und den schwarzen Haaren, die Menschen in Hiroshima... Von denen hörten sie nie etwas. Hiroshima war zerstört worden. Eine Atombombe war wie hundert normale Bomben. Es war einfach nicht möglich, daran zu denken. Im nächsten Weltkrieg würden Atombomben verwendet werden. Alle würden Atombomben haben, mit denen sie gegenseitig ihre Städte bombardieren könnten, jederzeit, wenn sie sich nicht einigen konnten. Das passierte dauernd, denn jedesmal, wenn sie irgendwo aneinandergerieten, sagten sie zueinander: „Du hast angefangen!" Stalin und Truman, Eisenhower und Chruschtschow waren wie Kinder im Sandkasten, nur waren sie viel wichtiger, denn sie hatten die Atombombe. Immer wieder fühlten sie sich fast gezwungen, die Atombombe zu benutzen. Aber jedesmal konnten sie es im letzten Moment gerade noch sein lassen.

Ein Mann schrieb ein Buch. „Anstelle der Atombombe" hieß es. War es möglich, daß irgend etwas anstelle der Atombombe treten könnte? Die Politiker behaupteten, was in diesem Buch stand, ließe sich in der Praxis nicht durchführen.

Sie sahen einen Film. „Hotel Adlon" hieß er. Er handelte von einem Hotel in Berlin. Es wurde vor dem ersten Weltkrieg erbaut, die Gäste im Hotel spielten und tanzten. Während des Krieges war das Hotel fast zerstört worden, aber der Mann, der es gebaut hatte, baute es wieder auf, und sie tanzten weiter im Hotel, mit Hakenkreuzbinden an den Armen. Dann wurde es noch einmal bombardiert, und 1945 lag das ganze Hotel in Trümmern, nichts war mehr übrig, und der, der es erbaut hatte, war tot. Aber sein Sohn kroch aus den Ruinen, und nach und nach baute er das Hotel Adlon wieder auf. Er lächelte.

Nach der Atombombe würde ein solches Hotel nicht noch einmal aufgebaut werden können, die ganze Luft, in der sie es bauen müßten, wäre ja voller Radioaktivität. Und wenn Atmen gefährlich war, wozu sollte man dann ein Hotel bauen? Durch die Atombombe war alles zerstört. Sogar die Hoffnung. Sogar das Lächeln des Mannes, der in Berlin aus den Trümmern gekrochen war. Denn wenn man in der Atomluft atmete, wurde man innerlich zerfressen.

Eine Stimme im Radio erzählte von Aikitschi Kubojama. Sie hatten bisher von keinem einzigen Japaner gehört, abgesehen vom Tenno. Jetzt hörten sie von Aikitschi Kubojama. Aikitschi Kubojama war Funker. Als die Atombombe über Hiroshima abgeworfen wurde, hatte er sich auf einem Fischkutter tausend Seemeilen östlich von Hokkaido befunden. Monate später fing er an, sich elend zu fühlen. Schrittweise ging es ihm schlechter und schlechter. Seine Eingeweide wurden zerfressen. Die Luft des Atompilzes hatte sein Boot eingeholt, und schließlich, zwei Jahre später, starb er. Die Geschichte von Aikitschi Kubojama sagt uns alles, was wir wissen müssen, sagte die Stimme.

In der Schule hörten sie niemals etwas über solche Menschen. „Was bedeuteten schon vierzigtausend Japse?“ fragte Torsrud. „Wir waren froh, daß Friede war!“ Wie konnte er das sagen? Außerdem waren es doch viel mehr als vierzigtausend!

Wie war es möglich, daß die Erwachsenen, die den Krieg miterlebt hatten, jetzt unbedingt wieder aufrüsten wollten? „Wir müssen uns verteidigen können“, sagten sie. „Die NATO sichert uns. Dasselbe darf nicht noch einmal geschehen.“ Dasselbe konnte doch nicht noch einmal geschehen! Alles war durch die Atombombe verändert. Wenn die Deutschen am 9. April 1940 die Atombombe gehabt hätten, säßen sie jetzt nicht hier. Aber es hatte keinen Sinn, mit den Erwachsenen darüber zu sprechen.

Fredrikstads Jugend geht zur Blumenausstellung Form & Flora mit dem Motto „Wir zeigen das Wachsen“. Sie setzen sich auf das Flußboot River Queen, sehen die Glomma vorüberfließen wie immer und hoffen auf Frieden.

Die Verrückte Maja

Eines Tages verschwand die Verrückte Maja. Es war schon später im Herbst, klar und kühl. Als sie nach drei Tagen noch nicht wieder aufgetaucht war, stand ein Bild von ihrem runden, wachen Gesicht in der Zeitung. Ihre lustigen Locken brausten wie immer um ihren Kopf. „Junges Mädchen verschwunden." Die kugelrunden Augen blickten aufmerksam von der ersten Seite und schienen zu fragen: „Wo bin ich?"

Was war mit der Verrückten Maja passiert? Sie hätten sie niemals so nennen dürfen. Was war aus Maja Christoffersen geworden? Sie war doch so originell und witzig. Hatte sie sich mitlocken lassen? Aber dann wäre sie doch inzwischen sicher zurückgekommen. Hatte sie die Schule satt? Dann hätte sie doch abgehen können. War sie durchgebrannt, weil sie alles satt hatte? Aber so war sie ihnen auch nicht vorgekommen.

Als sie sie zuletzt gesehen hatten, war sie mit Gyda Gulldahl und den anderen in der Stadt herumgeradelt, hatte in der Konditorei gesessen und Schokolade mit Sahne getrunken und sich über die Heilsarmee lustig gemacht, die seit neuestem im Park Lautsprecher aufbaute, um ihre Botschaft zu verbreiten.

Tagelang wiederholte die Zeitung die Suchmeldung. Dann vergingen einige Tage ohne Nachrichten. Inzwischen waren neun Tage vergangen. Ob sie ein Kind bekam? Aber sie hatten nicht bemerkt, daß sie mit irgendwem zusammengewesen war. Sie fragten ihre Klasse. Sie war im Sommer sitzengeblieben. Ihre Klasse wußte nichts. Sie fragten Gyda, ihre beste Freundin aus Kråkerøy. Gyda sagte: „Nichts. Nichts war los."

Alle dachten an Maja. Viele hatten nie mit ihr geredet oder sich besondere Gedanken über sie gemacht. Majas Gesicht verfolgte sie überallhin, ihr Gesicht und ihre raschen Armbewegungen. Jetzt mußte sie doch bald auftauchen. Ein Mensch verschwindet nicht so einfach! Sie mußte doch irgendwo sein.

Am Wochenende kam die Meldung, daß die Leiche eines jungen Mädchens draußen bei Langøya auf Kråkerøy an Land geschwemmt worden war. Dr. Holm, der an diesem Wochenende

Notdienst hatte, wurde gerufen. Nach vierzehn Tagen im Meer war von der Sechzehnjährigen nicht mehr viel übrig. Blauschwarz und aufgequollen, mit gigantischen Augen, er hatte noch niemals so etwas gesehen, aber er mußte sie untersuchen und einen so klaren und unzweideutigen Bericht wie möglich schreiben. Es gab keine Anzeichen von äußerlichen Verletzungen, und trotz der langen Zeit im Wasser war der Expirationsschaum immer noch vorhanden, alles wies also darauf hin, daß sie lebend ins Wasser gestürzt war. Also tat er, was er tun mußte. Er untersuchte den Uterus. Und dort fand er, was er erwartet hatte.

Während der Leichenschau hatte Ørnulf einen klaren Kopf behalten können. Aber als er in seinem kalten Auto wieder zur Stadt fuhr, wurde er von Verzweiflung und Grauen erfüllt. Er sah die jungen Mädchen in seinem Sprechzimmer sitzen und weinen. „Bitte, Herr Doktor! Bitte, helfen Sie mir!" Das Gesicht von Maja Christoffersen nach vierzehn Tagen im Meer fährt mit ihm, er will es nicht bei sich haben, es wechselt sich ab mit den tränennassen Gesichtern in seinem Sprechzimmer. Wie viele hat er im Laufe der Zeit abweisen müssen? Wie viele wird er in den kommenden Jahren noch abweisen müssen? Und schickt er sie in einem solchen Tod, wenn er nein sagt?

Als er nach Hause kommt, sitzt er noch schweigsamer als sonst in seinem Sessel. Evelyn setzt sich zu ihm. „Das war die schlimmste Visite in meiner ganzen Praxis", sagt er. „Daß man gezwungen sein soll, sich an ein Gesetz zu halten, das junge Menschen in den Tod schickt! Das ist doch Mord!" Der Anblick des jungen Mädchens, das er nicht gekannt hatte, das so alt war wie seine Tochter, verließ ihn nie.

Überall dachten die Leute an das verschwundene Mädchen. Die, die ihr wehgetan hatten, bereuten. Wenn sie nur zurückkäme, würden wir alles gutmachen. Aber was wußten sie denn davon, wie sie gelitten hatte? Warum hatte sie das getan? Niemand konnte doch erwarten, daß eine, die gerade einen dummen Witz gerissen hat, hingeht und sich ertränkt.

„Gyda?" fragen sie noch einmal. „Was hat sie gesagt, ehe sie verschwunden ist?" Aber Gyda antwortet nur: „Nichts. Sie hat nichts gesagt." Und dann wendet sie ihren Blick von ihnen ab.

Leben und Glück

Liv Abrahamsen hatte es geschafft, Beate mit zu Bethel zu schleifen. Was sollte das denn? Beate lächelte über die Gemeindemitglieder, wenn sie mit Inger sprach. Trotzdem ging sie mit graublauem Engelsblick ins Gebetshaus in Brochsgate und hörte das Wort des Herrn. Niemand dort würde annehmen, daß ihr Glaube nicht treu wie Gold war.

In der großen Pause ging Beate jetzt auch immer mit Liv. Liv wollte Beate überall bei sich haben. Inger sah ihnen nach, als sie zum Tor hinausgingen, jede mit ihrem Pausenbrot in der Hand, und sie wußte nicht, was sie mit sich anfangen sollte. Nein, Inger hatte keine richtige Freundin in dieser Klasse. Mit Beate war sie nur in den kurzen Pausen zusammen, sonst sah sie sie nur selten, aber darüber sprachen sie nie.

Rasch ging Inger zum Fahrradschuppen hinüber und zog ihr Rad heraus. Dann fuhr sie eben nach Hause. Niemand sollte sehen, daß sie nicht wußte, was sie mit sich anfangen sollte. Zu Hause setzte sie sich neben das Spülbecken auf den Spülstein, stellte die Füße auf die Heizung, mampfte Bienenstich, den sie unterwegs gekauft hatte, und redete mit Mama. Sie stellte sich vor, wie Astrid auf dem Schulhof stand und sich darüber verbreitete, für wie stinkfein sie Nina hielt. Sie machte eine gezierte Handbewegung, schüttelte die Haare und spielte Nina. „Oh!“ sagte Astrid mit Primadonnenseufzen. „Ich und meine französischen Nerven! Soviel Lärm kann ich einfach nicht vertragen.“ Dann lachten alle. „Und außerdem ist sie gar keine Französin, sondern Deutsche. Ihre Mutter kommt aus dem Elsaß.“ Aber wenn Nina auftauchte, war Astrid katzenfreundlich wie immer. „Astrid Evensen ist falsch!“ sagte Inger eines Tages zu den anderen.

Am nächsten Tag gingen Inger und Beate wie üblich auf dem Schulhof auf und ab. „Ja, jetzt bin ich vom Blut des Lammes geläutert“, sagte Beate. „Warum gehst du denn hin, wenn du das doch nicht glaubst?“ – „Das gehört sich eben so“, sagte Beate.

Inger wunderte sich. Sie würde nie auf die Idee kommen, nur dem Schein zuliebe irgendwo hinzugehen. Wie kann ich dann fragen, ob sie mit ins Kino kommt? Vielleicht sagt sie ja nur ja, weil sich das eben so gehört? Sie gingen zu den anderen, die sich vor der Treppe zum Neubau zusammendrängten, wo sie jetzt im ersten Stock ihr Klassenzimmer hatten. Die Mädchen redeten über die letzten Filme, die sie gesehen hatten. „Mit mir nicht, meine Herren" mit Doris Day. Sie sangen „Love me or leave me and let me be lonely, I'd rather be lonely than happy with somebody else." Wahre Worte.

„Ins Kino gehen ist eine Sünde", sagte Liv. „Tanzen und Lippenstift benutzen ist eine Sünde." Ja. Alle wußten, daß sie das für eine Sünde hielt, das sagten alle Gemeindemitglieder. Aber warum? Die anderen ließen nicht locker, und im Gegensatz zu vielen anderen Gemeindemitgliedern, die einfach nur fromm aussahen, stürzte Liv Abrahamsen sich eifrig in jede Diskussion. Niemand konnte ihr jedenfalls vorwerfen, sie nähme ihr Taufgelöbnis nicht ernst.

Inger fragte trotzdem, ob sie nicht in die Blaue Grotte gehen und „Morgen darf ich weinen" mit Susan Hayward sehen wollten. „Es geht um einen berühmten Star, Lillian Roth, eine Alkoholikerin", sagte Inger. „Und wahr ist es auch." Aber Liv wollte nicht ins Kino. „Und warum habt ihr euch dann diesen Martin Luther-Film angesehen?" fragte Inger.

Als der Martin Luther-Film gezeigt worden war, waren alle Gemeindemitglieder ins Kino gegangen, und nun sollte er sogar noch einmal bei Bethel gezeigt werden.

„Alle Bethel-Leute träumen ununterbrochen davon, ins Kino zu gehen", sagte Astrid. „Aber aus Angst vor den Nachbarn trauen sie sich nicht." Alle sahen Liv an. „Bei Paulus steht, daß man keinen Anstoß erregen soll", sagte sie. Anstoß erregen? Was man sich alles anhören mußte!

„Glaubst du, daß alle Bethel-Leute nach der Vorstellung vorm Kino stehen und sehen, wer rauskommt?" fragte Leif. „Und dann sehen sie dich aus der Sieben-Uhr-Vorstellung kommen und sagen: ‚Da kommt Liv Abrahamsen und erregt Anstoß'?" – „Nein, aber es ist trotzdem die Frage", sagte Liv. „Es ist immer die Frage. Selbst wenn ich keinen Schaden davon nehme, nehmen vielleicht andere Schaden an dem, was sie im Film sehen. Und ich sollte mit gutem Beispiel vorangehen." – „„Nicht alle Filme sind gleich." – „Nein, aber das weiß man ja nicht im voraus. Und wenn man ihn gesehen hat, ist es zu spät."

Sie schwiegen eine Weile. Das stimmt, dachte Inger. Niemals hätte sie sich das „Wachsfigurenkabinett" ansehen dürfen, über diesen Mann, der bei einem Brand den Verstand verloren hatte und im ganzen Gesicht entstellt war und in einem schwarzen Umhang durch öde Straßen hinkte und junge Mädchen umbrachte, die er dann in Wachs goß, wodurch er zum berühmten Künstler wurde. Es war ein entsetzlicher Film. Und dreidimensional noch dazu. Ein brennender Hocker wurde in den Saal geschleudert, und das ganze Kino duckte sich.

Wann immer danach sie allein zu Hause war und der Wasserhahn tropfte, glaubte sie, der Mann aus dem Wachsfigurenkabinett stünde in der Küche.

„Das ist wahr, wenn du ihn gesehen hast, ist es zu spät", sagte Inger. „Ich bedaure jedenfalls, daß ich das ‚Wachsfigurenkabinett' gesehen habe." – „Ist das denn ein Grund zur Aufregung?" fragte Leif. „Das ist doch bloß erfunden." – „Das hilft aber nichts, wenn du glaubst, der Mann verfolgt dich."

„Dann dreh dich doch einfach um."

„Ja? Und wenn ich das mache, und hinter mir kommt ein Mann in Schwarz... Uäääh!" Alle brachen in Schauerlachen aus.

Später gingen Inger und ihre Mutter in „Morgen darf ich weinen". Lillian Roth stand am Rande des Selbstmords. Sie hatte eine Million Dollar verdient, ehe sie dreißig war, hatte alles vertrunken und wurde dann von den Anonymen Alkoholikern gerettet. Sie erhob sich in einem Saal, in dem sie nur von Menschen umgeben war, denen es ging wie ihr, und sagte: „I am an alcoholic." Dadurch kam sie davon weg. Es war ein schöner Film.

Mama und Inger gingen nach Hause und redeten. Liv hätte sicher auch keinen Schaden davon genommen. Es gab doch wohl auch Bethel-Menschen in Not, oder?

„Sie hat gegen das Böse in sich gekämpft", sagte Inger am nächsten Tag zu Liv. „Sagt Paulus nicht, das sollte man tun?"

„Ja, aber dazu muß man doch nicht ins Kino gehen", sagte Liv.

„Aber daß du das nicht mußt, bedeutet doch nicht, daß es eine Sünde ist", erwiderte Inger. Sie wollte nicht nachgeben, keine wollte nachgeben, nachdem sie einmal in Gang gekommen waren.

Die Sünde setzte ihren Siegeszug durch Fredrikstad fort. Bald kam „Und ewig lockt das Weib“ mit Brigitte Bardot in die Rote Mühle, mit diesem neuen französischen Phänomen, dem jetzt alle ähnlich sehen sollten. Ehe sie in diesem Film gespielt hatte, hatte sie eine Mastkur machen müssen, stand im Fredrikstad Blad, das ansonsten mitteilte, daß dieser Film in „einer gewaltigen Mamboszene endete, in der das Mädchen Auslauf für die flammende Wildheit findet, die in ihr wohnt“. Die halbe Schule ging ins Kino, um Brigitte Bardot zu sehen, ihre langen Glieder, ihren Schmollmund und ihre flammende Wildheit. Ob sie danach in gewaltige Mamboszenen ausbrachen, soll hier verschwiegen bleiben.

Ich darf nicht soviel essen, dachte Inger. Wie soll ich jemals Brigitte Bardot auch nur annähernd ähneln? Wenn ich bloß dünn wäre, dann wäre alles anders. Sie saß zusammen mit Lillian in der Wochenschau, spürte, wie ihre Hose sie zwickte, und knüllte das Papier der Schokolade zusammen, die sie gerade in sich hineingestopft hatte.

Der weiße Hahn der englischen Revue krähte, und Inger griff in die Tasche, in der zwei Bonbons steckten, legte das eine in Lillians Hand und packte das andere aus. Wenn sie bloß mit dieser ganzen Bonbonesserei aufhören könnte, würde sie zum reinen Suppenkaspar werden. Inger lutschte an ihrer Karamelle, während sie sich vorstellte, wie dünn sie sein würde. Jetzt kam „News in Brief“, eine lange öde Beschreibung der Verbesserung einer Erfindung, die Radar hieß. Wenn ich nach Hause gehe, dachte Inger, kaufe ich mir jedenfalls keine Wurst.

Aber als sie nach Hause ging und an Stiansens Würstchenbude vorbeikam und den Duft roch, stellte sie sich doch in die Schlange. Lillian wollte auch eine Wurst. Aber die durfte. Sie war immer gleich dünn, egal, was sie in sich hineinstopfte. Sie bestellten zwei Spezial zu neunzig Öre, das war Wurst mit rohen Zwiebeln, Senf und Ketchup, das beste Wurstmenü der ganzen Stadt. Stiansen schob die Wurst ins Brötchen und gab die Zwiebeln dazu, munter und mager wie immer, er schien keinen Moment daran zu denken, daß Inger zum Würstchenessen zu dick war. Abnehmen, dachte Inger, als sie ihr Spezial entgegennahm, kann ich morgen immer noch. Am nächsten Tag hatte sie aber genausoviel Hunger wie zuvor. Also ging sie zu Nordheim und kaufte sich ein Mars und eine große Cola. Dann setzte sie sich an die Hausaufgaben, und das Mars verschwand, ohne daß sie es merkte.

In der großen Pause gingen sie zu Krabseth in Fergestedsveien und aßen Bienenstich. Wer früh genug dort war, konnte für zwanzig Öre eine große Tüte Kuchenkrümel bekommen. Dabei war alles mögliche, Weckkrümel, Reste von Russischem Brot, abgeblätterte Glasurflocken, Kokosreste und Eiercreme, alles wild durcheinander. Inger war offenbar die einzige, die vom Kuchenkrümelessen zunahm. Abgesehen von Gudrun Hauger. Aber die durfte ja im Grund überhaupt nichts essen.

In einer Pause kamen Astrid, Liv Mo und Nina plötzlich Arm in Arm auf sie zu. „Komm! Wir haben etwas Ernstes mit dir zu besprechen“, sagte Astrid. Sie gingen mit ihr in die Schulhofecke, in diesen engen Schlauch neben dem Fahrradschuppen, wo niemand sie störte. Was war denn los? Wollten sie sich endlich wieder mit ihr vertragen? In der 7. Klasse hatten sie immer darüber geredet, wie lustig sie es in der Mittelstufe haben würden. Daraus war nicht viel geworden. Die anderen fanden, sie machte sich lächerlich mit ihren kindischen Einfällen.

„Ich habe gehört, du behauptest, ich wäre falsch. Was willst du damit sagen?“ fragte Astrid.

„Das sag' ich dir nicht.“

„Wir haben gehört, du hättest gesagt, sie wäre falsch, also erklär' gefälligst, wieso!“ sagte Nina.

„Nein“, wiederholte Inger.

„Wer A sagt, muß auch B sagen“, erklärte Astrid. Inger hatte diese Redensart noch nie gehört. Es hörte sich richtig an, aber woher sollte sie wissen, ob sie stimmte, wenn sie nicht wußte, was B war?

„Ich will es aber trotzdem nicht sagen.“

„Du bist feige. Du solltest nicht hinter anderer Leute Rücken über sie reden.“

„Da bin ich ja wohl nicht die einzige.“

„Nun sag schon“, sagte Liv. „Und wenn du es sagst, dann haben wir dir auch etwas zu sagen.“

„Was denn?“

„Sag erst, wie du das gemeint hast, was du gesagt hast.“

„Nein.“

„Du transpirierst wie eine Blöde“, sagte Astrid.

„Hä?“ Inger kannte dieses Wort nicht.

„Das bedeutet, daß du nach Schweiß riechst“, erklärte Liv. Inger starrte sie an. Sie schien Liv leid zu tun, Liv sagte: „Früher ist mir das auch passiert. Ihr müßt mir versprechen, mir Bescheid zu sagen, wenn das wieder vorkommt.“ Doch, auch Inger erinnerte sich, daß Liv einen bestimmten Geruch gehabt hatte, anders als alle anderen. Aber sie wußte nicht, ob sie das so entsetzlich gefunden hatte.

Inger hatte nie weiter darüber nachgedacht. Vielleicht war das der Grund, warum sich in der großen Pause alle von ihr fernhielten. Sie informierte sich genauer über dieses Thema. Schweißgeruch war eine geheimnisvolle Ausdünstung, die der Körper ausströmte, wenn du es am wenigsten ahnst. Vor allem aus den Achselhöhlen, und wenn du diese Sache hast. Wenn du Bauchweh hast, mußt du dich unaufhörlich waschen, denn Blut riecht auch schlecht, und außerdem stinkst du ohnehin noch ärger am ganzen Körper. Das Unheimlichste an diesem Schweißgeruch ist, daß du ihn selber nicht wahrnimmst. Aber andere bemerken ihn und finden ihn abscheulich.

Inger sitzt in ihrem Zimmer und hat die Tür abgeschlossen. Sie hat sich eine Enthaarungscreme gekauft, für unter den Armen, vielleicht schwitzt sie dann nicht mehr. Die Creme hat einen süßlichen Geruch, bald stinkt es überall danach. Inger wartet und wartet, aber die Haare fallen nicht aus. Dann nimmt sie ein Stäbchen, wie es sie auch zum Eis gibt, das zur Tube dazugehört, und versucht, die Creme abzuschaben. Einige Haare gehen dabei in langen, klebrigen Büscheln mit aus. Das Ganze ist ein einziger großer Matsch. Es brennt wie die Hölle. Soll sie so ihr Leben zubringen?

Inger nimmt ihr altes Tagebuch hervor. Sie hat in dem Jahr, als Helga gestorben ist, von Emilie ihr erstes Tagebuch bekommen, und seither hat sie mehrere Tagebücher vollgeschrieben. Du brauchst nicht jeden Tag zu schreiben, hatte Emilie gesagt, aber doch ab und zu. Und du brauchst auch nicht alles aufzuschreiben, was geschieht; wichtiger ist die eigene Meinung über das, was geschieht.

Jetzt will sie ihre Gedanken darüber aufschreiben, wie grausam alles ist. Statt dessen sitzt sie da, blättert in verschiedenen Tagebüchern und liest, was sie früher geschrieben hat. Vor allem traurige Gedanken, wie grausam alles ist.

Warum ist sie in ihrem Tagebuch immer so traurig? Weil sie sonst nirgendwo traurig sein kann?

Als sie klein war, hat sie über alles geweint. Sie weinte, wenn sie gefallen war und sich wehgetan hatte, und sie weinte, wenn sie ihren Willen nicht bekam. Manchmal konnte sie aus purer Wut losbrüllen. Aber eines Tages, als sie auf dem Boden lag und mit den Beinen strampelte und brüllte, hatte sie gedacht: Nein, dafür bin ich jetzt zu groß. Und sie hatte damit aufgehört. Wenn etwas passierte, was ihr innerlich wehtat, weinte sie nicht. Sie hatte nicht geweint, als Helga starb. Sie hatte nur dagestanden und die Ulme betrachtet.

Jetzt weinte sie nie mehr. Zu weinen, weil sie eine Wunde oder sich den Finger eingeklemmt hatte, war unnötig. Es tat nicht mehr so weh wie früher, als sie klein war. Statt dessen konnte sie schimpfen. Und über das zu weinen, was innerlich wehtat, war noch genauso unmöglich wie früher.

Yngve aus ihrer Klasse weinte. Er weinte, wenn Leif sich über ihn lustig machte, weil er an seinem Kugelschreiber lutschte und ums ganze Maul herum blau wurde, und er weinte, weil ein anderer Junge in der Englischstunde seinen Schuh geklaut hatte. Yngve weinte über Dinge, die innerlich wehtaten. Er weinte mit richtigen Tränen und verzerrtem Gesicht. Er war der einzige, den sie kannte, der das machte.

Es war eine Schande, daß etwas wehtat.

Inger blättert in ihrem Tagebuch und schämt sich. Himmel, mußte sie denn wirklich dies und das und jenes schreiben! Daß sie an Beate denkt. Daß sie nicht das anmutige Wesen hat, das ein junges Mädchen braucht, um auf Jungen anziehend zu wirken. Daß sie über alles mögliche nachgedacht hat. Sie kommt an eine Stelle, wo die Reste ausgeschnittener Seiten zu sehen sind. Aber sie weiß noch, was sie dort geschrieben hatte, und sie schämt sich.

Sie klappt ihr Tagebuch zu, schließt die Tür auf und geht zu Mama ins Schlafzimmer. Mama ist noch nicht ganz wach, Papa ist zur Nachmittagssprechstunde gegangen. „Was hast du denn gemacht?“ fragt Mama. „Nichts“, antwortet Inger. „Hast du einfach in die Luft gestarrt?“ – „Nein, ich hab' in meinem Tagebuch gelesen.“ Sie plaudern. Sie beschließen, Platten aufzulegen, während sie spülen. „Bonjour Cathrine“ mit Catarina Valente. Mama spült. Inger trocknet ab. „Führst du denn immer noch Tagebuch?“ fragt Mama. „Sicher. Aber nur über Geheimnisse. Jetzt habe ich gerade eine ganze Menge davon gelesen. Es ist einfach zu blödsinnig.“ – „Ja“, sagt Mama. „Weißt du was? Wenn du in zwei Jahren noch einmal dein Tagebuch liest, wird es dir schrecklich kindisch vorkommen, und das, was da steht, wird dir entsetzlich peinlich sein, und du wirst Lust haben, es zu verbrennen. Tu das nicht. Wenn du es in zehn oder vielleicht zwanzig Jahren noch einmal liest, wirst du froh sein, daß du es aufbewahrt hast.“

Später am Abend geht Inger auf ihr Zimmer und schreibt das in ihr Tagebuch.

In diesem Herbst hatten sie mit dem Konfirmandenunterricht begonnen. Jeden Dienstagabend saßen sie in der Vestsiden-Kirche, gingen die Wahre Lehre durch und büffelten Kirchenlieder. Pastor Sundbro nahm die Sünde durch.

Als kleine Kinder hatten sie gehört, daß man jede Sekunde sündigt. Die Sünde schien so eine Art flüssiger Stoff zu sein, in den sie jederzeit hineinpurzeln konnten. Einmal, als Inger und Lillian auf dem Hof Schwarzer Peter gespielt hatten, hatte eine der Kellnerinnen vom Bjørnen den Kopf aus dem Fenster gesteckt und erklärt, Kartenspielen sei Sünde. Und einmal, als sie aus dem Kellerfenster gekrochen kamen, hatte die Köchin ihnen zugerufen, daß man nicht mehr wächst, wenn man aus dem Fenster springt. Seltsam, daß es nicht viel mehr Zwerge gab! Nein, Gottes Strafe war offenbar überall, und Inger glaubte nicht daran. Das Schlimme, das passierte, war ungerecht und oft unverschuldet. Niemand hatte ein unglückliches Schicksal verdient.

Pastor Sundbro behauptete, die Sünde sei etwas, das man Gott antat. Wer einen anderen Menschen kränkte, kränkte Gott.

Man sollte zum Beispiel nicht stehlen, weil das Gott betrübte. „Sünde heißt, Gottes Gebote zu brechen", sagte der Pastor. „Dann muß man ihn um die Vergebung dieser Schuld bitten, das ist ganz zentral im Christentum." – „Aber wenn man sich nun für etwas schuldig fühlt, an dem man gar keine Schuld trägt?" fragte Beate. „Dann muß man sein Herz erforschen und herauszufinden versuchen, ob man nicht doch schuldig ist." – „Aber wenn man nichts Schlimmes getan hat?" fragte Astrid. „Man hat immer etwas Schlimmes getan", antwortete der Pastor. „Ist es eine Sünde, ins Kino zu gehen?" „Ist Tanzen eine Sünde?" – „Das alles gehört zu den sogenannten Adiaphora", antwortete der Pastor. „Hier in dieser Stadt beschäftigt man sich ausgiebig mit den Adiaphora." Ach, das war also die Erklärung. Und was bedeutete das? „Adiaphora bedeutet gleichgültige Dinge", sagte der Pastor. „Kleinigkeiten." Aber waren die nun Sünde, oder waren sie das nicht? Sie waren genauso schlau wie vorher. Warum bekam man nie eine klare Auskunft?

Pastor Sundbro fand es viel wichtiger, daß sie das Glaubensbekenntnis aufsagen konnten, ohne mit der Wimper zu zucken. Sie büffelten das Glaubensbekenntnis, wie sie Quadratsätze gebüffelt hatten. „$(\text{Gott} + \text{Heiliger Geist})^2 = \text{Jesus}$" stand eines Abends an der Tafel, als Pastor Sundbro hereinkam. „Wer hat das geschrieben?" Niemand meldete sich. Sundbro war zutiefst betrübt. „Stimmt das mit der Jungfrauengeburt?" fragten sie. „Ja", antwortete Sundbro.

Bald ist Weihnachten. Überall wird die Schönste gewählt. Es gibt Miss Glemmen und die Kråkerøyprinzessin, und im Stadion von Lisleby wird Miss Lisleby gekürt. Jedes Jahr füllen große Bilder der Missen die Zeitungen. Reizende Mädchen mit halblangem Wellenhaar und dem Strahlen der Unschuld in den Augen thronen auf den Titelseiten. Die Lucia wird gewählt. Die Bevölkerung der Stadt darf selber entscheiden. Welche gefällt Ihnen am besten? Die Namen werden nicht verraten, jede erhält eine Nummer. Die Zeitung tut, als wüßte niemand, wer welche Nummer hat. Erst wenn die Siegerin feststeht, tritt die errötende junge Schönheit mit vollem Namen vor, flankiert von ihren Begleiterinnen, die den 2. und 3. Platz erhalten haben und bei denen jetzt alle sehen können, daß ihnen zur absoluten Schönheit etwas fehlt. Aber froh und glücklich sind sie auch, das hätte ja auch noch gefehlt, und sie strahlen mit ihrer 2. und 3. Preis-Schönheit von den Zeitungsbildern.

Keine Veranstaltung, die auf sich hält, kann ohne die Wahl des hübschesten jungen Mädchens der Umgebung ablaufen. Die meisten Mädchen, die in diesen frenetischen Misswahljahren in Fredrikstad und Umgebung aufwuchsen, meldeten sich niemals zu irgendeiner Wahl an. Trotzdem waren sie auf geheimnisvolle Weise alle dabei. Denn ihre Schönheit wurde an Schönheit, Schlankheit, Jungfräulichkeit, dem natürlichen Fall der Haare und der Unschuld in den Augen der Lucien, Prinzessinnen und Missen gemessen. Es war sogar vorgekommen, daß Mädchen aus ihrer Gegend es noch weiter gebracht hatten, als nur eine schnöde Luciawahl in Selbak zu gewinnen. Oh, boy! Schönheiten aus der Tiefe des Volkes, gerade von hier, von der Mündung der Glomma, hatten es nur um Haaresbreite verfehlt, bei der Miss Europa-Wahl ganz oben zu landen und sich damit den Weg zu Glück und Gold unter europäischen Fürstlichkeiten und amerikanischen Multimillionären zu bahnen – und von da war es nicht mehr weit bis Hollywood, dem Ziel aller Jungmädchenschönheit.

Vor der Konfirmandenprüfung schickte Mama Inger in Langseths Frisiersalon. Inger hatte schlichtes Seidenhaar ohne auch nur die geringste Spur von Wellen. Ach, wenn ihre Haare doch nur natürlichen Fall aufgewiesen hätten! Dann wäre das Leben ein Spiel. Aber das war ihr nicht vergönnt gewesen, als Gott sie geschaffen hatte. Jetzt saß sie da, mit Hunderten von kleinen Metalldingern, die ihre Kopfhaut verbrannten, und ließ sich Dauerwellen legen. Vielleicht würde sie mit natürlichen Wellen herauskommen? Stundenlang, einen Stapel Illustrierte auf dem Schoß, hoffte sie auf ihre Verwandlung.

Als sie endlich dem letzten Trockner entronnen war und Frau Langseth ihre Haare auskämmte, waren die nur eine einzige große widerspenstige krause Masse. Es war der traurigste Anblick, den Inger in ihrem fünfzehnjährigen Leben bisher geboten hatte.

Die Vestsiden-Kirche ist überfüllt. Viele aus den zweiten Klassen werden heute konfirmiert, die Gemeinde wartet gespannt. Die Orgel braust auf, die Konfirmanden ziehen durch den Mittelgang ein, zuerst die Mädchen in weißen Alben, danach die Jungen in schwarzen. Sie gehen durch das Orgelbrausen, die mächtigen Klänge scheinen sie aus der Wirklichkeit hinauszuführen, so daß sie vorne etwas sehen, das über alles weit, weit erhaben ist. Ach, sie sind schön, wie sie mit ihren glatten Stirnen und ihren weichen Wangen dahinziehen. Wer doch noch einmal jung sein könnte!

Alle setzen sich, denn nun haben die Konfirmandinnen und Konfirmanden die vorderen Bankreihen erreicht. Sie werden zum Altar gerufen. Da steht der Pastor, in Talar und Kragen, hält die Hand über ihre Köpfe, bei einem nach der anderen. Widersagst du dem Teufel und all seinen Taten und seinem ganzen Wesen? Glaubt du an Gott, den Allmächtigen Schöpfer? Ja, Ja! Die Orgel braust auf. „Großer Gott, wir loben dich, Herr, wir preisen deine Stärke." Die jungen Stimmen mischen sich mit den älteren, mit Elternstimmen, Tanten- und Onkelstimmen, Großeltern, Freunden und Verwandten, manche von weither, jetzt sammeln sie sich um ihre Jungen, Hoffnungsvollen, die heute in die Reihen der Erwachsenen eintreten.

Pastor Sundbro ist mitten in der vorletzten Strophe auf die Kanzel getreten, unbemerkt, wie immer. Er hält den Jungen seine Predigt und erzählt ihnen, wie sie in Jesus das Licht und das Leben finden. Das ist der tiefere Sinn der Tatsache, daß sie hier sitzen. In diesen Zeiten werden sie von so vielen Versuchungen bedrängt. Dann sollen sie daran denken, daß es eine Freude gibt, die größer ist als alle zeitlichen Freuden, und die finden sie nur in der Beziehung zu Unserem Herrn. Es ist wichtig, daß sie ihn zu sich lassen, während sie noch jung und unverdorben sind. „Schämt euch, ihr jungen Menschen, wenn ihr nicht an das Leben und das Glück glaubt!" ruft Pastor Sundbro und wedelt mit seinen Talarärmeln.

Die Konfirmandinnen hatten in der Zeit vor diesem Sonntag keineswegs über Leben, Glück oder Liebe zu Gott gesprochen. Sie sprachen darüber, was sie beim Fest anziehen würden, welcher Lippenstift zu welchem Kleid paßte und was sie für Geschenke erwarteten. Überraschend viele wußten, was sie zu erwarten hatten. Uhren und Schmuck. Warum ließ man sich überhaupt konfirmieren, wenn man doch nur daran dachte, mit welcher Frisur man das Glaubensbekenntnis ablegen sollte? Inger hat im Fredrikstad Blad einen Schmähbrief veröffentlicht. „Konfirmanden – wir brauchen mehr als nur Lobesworte!" Darin weint sie sich ihre Empörung in harten Worten von der Seele.

Danach kommt das Fest. Alle gehen nach Hause und feiern mit denen, die der Volksmund ihre Nächsten nennt.

Inger bekommt Telegramme und Briefe. Aus Jamaika kommt ein langer Brief von Frank. Er fährt jetzt zwischen Jamaika und Baton Rouge und bringt allerlei Betrachtungen über die Griechen, mit denen er fährt, über den Mississippi und darüber, wie schrecklich es ist, jung zu sein. Und vergiß nicht, daß ich an dich denke, mein Mädchen.

Großmutter kommt aus Halden, Lisa und Storm kommen aus Oslo. Storm in einem wundervollen leuchtendblauen Anzug. „Middayblue", sagt er, dann knutscht er sie mitten auf den Mund, als Papa es nicht sehen kann. Gudmundsens aus Kråkerøy, gute Freunde von Mama und Papa, Schwester Rita, alle sind da und feiern Inger. Niemand von ihnen ist gläubig. Nur Emilie glaubt, aber sie ist auf Deutschlandbesuch.

Sie hat einen langen Brief über die Familie Gjarm geschrieben, denn in letzter Zeit möchte Inger unbedingt herausfinden, wer sie waren, alle diese seltsamen Menschen aus der Vergangenheit, von denen sie abstammt. Es ist eine schöne Schilderung, die sie beim Fest vorlesen, über den Lehnsmann Jon Gjarm aus Oppdal, Papas und Mamas gemeinsamen Urgroßvater, und seine Tochter Augusta, die einst mit Bjørnstjerne Bjørnson verlobt war. Aber dem Lehnsmann war er nicht fein genug, und so kam es, wie es eben kam, sonst würde Inger nicht hier sitzen und ihre Konfirmation feiern. So war es mit allem, was die Vorfahren unternommen hatten. Wenn sie sich nur ein klein wenig anders verhalten hätten, würde Norwegens Bevölkerung jetzt aus drei Millionen ganz anderer Gesichter bestehen. Emilie schickte zusammen mit ihrem Brief ein kleines Medaillon, mit einem Bild von Jon Gjarm. Großmutter sah sich das Bild an. Es war schließlich ihr Großvater, weil sie doch eine Kusine von Evelyns Vater war. „Das ist doch nicht Jon Gjarm", sagte sie, „der hatte doch keine blauen Augen." „Lug und Trug", sagte Papa. „Aber das ist in diesem Laden ja immer so." Inger war enttäuscht. Sie glaubte nicht, daß Emilie sie übers Ohr hauen wollte, aber sie wußte, wenn Großmutter sagte: „Er ist es nicht", dann war er es auch nicht.

Später am Abend, als sie bereits so ausgiebig gefeiert haben, daß alle durcheinander denselben Unfug reden, geht Inger aufs Kämmerchen und schließt die Tür. Sie denkt an alles, was heute passiert ist, und an ihr „Ja" vorm Altar. Sie hat es so gewollt. Sie hatten zwischen einer alten und einer neuen Ordnung wählen müssen, das hatte Pastor Bühler gerade in der Gemeinde eingeführt. Sie hätte lieber zu seinem Unterricht gehen sollen, die, die bei ihm gewesen waren, hatten erzählt, daß er von griechischer Philosophie und deutschem Geistesleben und vielem anderen erzählt hatte, das weder in der Bibel noch im Katechismus stand. Er hatte die seltene Eigenschaft, die Jugend dazu zu bringen, selber zu denken. Deshalb hatte er auch diese Wahl eingeführt.

Aber Inger wollte doch die alte Ordnung haben. Sie wollte dem Teufel und seinem ganzen Wesen widersagen, auch wenn ihr nicht ganz klar ist, worin das besteht.

Überhaupt war unklar, wer der Teufel eigentlich war. Sie erinnerte sich, daß Anna Karlsen ihnen erzählt hatte, wie Luther sein Tintenfaß nach ihm geschleudert hatte. Aber Inger sah keinen Teufel, nach dem sie ihr Tintenfaß schleudern könnte.

Es war auch nicht leicht zu verstehen, wer Gott war, aber sie glaubte, daß es ihn gab, auch wenn sie nicht an den Gott der Sekte, Sundbros oder Liv Abrahams glaubte. Aber nebenan feiern sie und widersagen niemandem. Glauben nichts.

Inger schreibt in ihr Tagebuch. Es gefällt ihr nicht, daß sie trinken. Sie stoßen an und haben vergessen, warum.

WEIHNACHTEN

Die Vestsiden-Kirche ist überfüllt. Die Menschen drängen sich zusammen, um die Botschaft zu hören, dem Chor zu lauschen und den großen Weihnachtsbaum neben dem Altar zu sehen. Inger hat ihre kleine Schwester mitgenommen und geht zusammen mit Lillian und Frau Oppegård, das macht sie jedes Jahr. In der Kirche ist es schön am Heiligen Abend, schön hier zu sitzen und zu singen, und da vorn, zwischen den vielen Menschen, kann sie den grauen Rücken von Beates Mantel erkennen. „Schön ist die Welt", singen sie. Ja, schön ist die Welt. Schön ist die Welt, trotz allem, wenn sie so dasitzen und einen grauen Mantelrücken ansehen kann, der zu den Klängen durch alle Mäntel und Jacken hindurchleuchtet.

Zu Hause ist alles schon bereit, sie singen im Dunkeln Weihnachtslieder, Mama, Inger und Ellen. Sie sitzen im kleinen Flur und warten auf den Weihnachtsmann. Und der Weihnachtsmann kommt. Er öffnet für sie die Wohnzimmertür, drinnen sind alle Lichter ausgeknipst, nur die Kerzen am Weihnachtsbaum brennen. Sie leuchten ihnen entgegen, es ist der schönste Moment im Jahr. Sie öffnen ihre Geschenke und singen, Inger und Mama haben zu jedem Päckchen ein kleines Gedicht gemacht, und Ellen bekommt ein großes schönes Geschenk, öffnet es und setzt sich darauf. „Oh!" sagt sie. „Ein Roller mit drei Rädern!"

Es ist der erste Weihnachtstag, und es schneit. Mama, Papa, Inger und die kleine Ellen haben Gudmundsens auf Kråkerøy besucht. Sie wohnen in einem Haus oben am Hang, mit Aussicht auf die Stadt und den Fluß. Dort haben sie den ganzen Tag lang Frage- und Antwortspiele veranstaltet und Lieder gesungen und Platten gehört, und Papa und Gudmundsen haben sich gegenseitig darin übertroffen, Witze zu reißen und alte Geschichten aus Trondheim zu erzählen. Freunde und Verwandte waren dazugekommen, auch ein Junge in Ingers Alter, Thomas. Sie haben im Keller Mau-Mau gespielt.

Jetzt gingen sie durch den Schnee, Ellen lag in einem Fellsack im Wagen, und es war halb zwei Uhr nachts.

Als sie sich Fredrikstad Bygg näherten, sah Inger plötzlich vor einer der hohen Fenstertüren eine schmale, große Gestalt, und als sie vorübergingen, erkannte sie Hartvig Gravdahl. Er starrte ins Schaufenster, auf Tapeten und Linoleum, sie sah seinen dunklen Wintermantel mit Schnee auf den Schultern und den Schnee auf seinem bloßen Kopf. Er drehte sich nicht um, als sie vorbeigingen.

Sie gingen nach Hause, juxten herum, versuchten Ellen ins Bett zu bringen, aber die war jetzt hellwach und wollte um den Weihnachtsbaum herumgehen. Also gingen sie um den Weihnachtsbaum herum. Zusammen mit Klein-Støy, Ellens Lieblingspuppe, konnten sie gerade einen Kreis um den Baum bilden. Sie sangen sich tief in die Nacht hinein. Als sie ins Bett ging, konnte Inger die Schultern von Hartvig dort im Schnee vor Fredrikstad Bygg nicht vergessen.

Er hatte sie kommen sehen. Es war zu spät, sich in eine Seitenstraße zu flüchten, also blieb er stehen und betrachtete interessiert die Rollen von Tapeten und Linoleum im Schaufenster. Er war von dem gottserbärmlichen Familienfest zu Hause weggelaufen, wo die gesamte Gravdahl-Familie, Onkel und Tanten, zum Essen eingeladen waren, bis es ihnen, unter andauerndem Gebet und Gesang, aus den Ohren quoll. Er gehörte nicht zu ihnen und würde es nie tun.

Im Norwegischunterricht kurz vor Weihnachten hatte Davidsen darüber gesprochen, wie wichtig es ist, seine Identität zu finden. Nicht zuletzt für junge Menschen. Identität, das war die Antwort auf die Frage „Wer bin ich?“, sagte Davidsen. Diese Frage ließ sich verschieden beantworten. Ich bin aus Norwegen. So wird die nationale Identität festgestellt. Ich bin jung. Das ist die Antwort auf unsere Verankerung in der Zeit. Ich besuche Fredrikstads höhere Schule. Das ist unsere lokale und arbeitsmäßige Identität. Aber man konnte diese Frage auch beantworten, indem man in der Zeit zurückging. Wer ist meine Familie? Wer sind meine Eltern und Großeltern? Junge Menschen sollten mehr von dieser Möglichkeit Gebrauch machen, sich historische Kenntnisse anzueignen. Das solltet ihr tun, hatte Davidsen gesagt.

Geht zu euren Eltern oder Großeltern, wenn sie noch leben, oder zu anderen älteren Verwandten und fragt, was sie früher gemacht haben, wer ihre Eltern waren und woher sie kamen.

Hartvig ging durch Tordenskioldsgate auf die Bibliothek zu, vorbei an den grauen und braunen zweistöckigen Häusern. Überall war Licht. Hier wohnten vor allem arme Leute. Aber sie waren hier geboren und aufgewachsen, und jetzt strahlte Licht aus ihren Fenstern. Wer bin ich? dachte Hartvig.

Ich bin der Sohn einer norwegischen Hure und eines deutschen Nazis. Hier endeten alle Spuren. Er war Sohn der schlimmsten Menschen, die je in der norwegischen Geschichte aufgetreten waren. Menschen, die so entsetzlich waren, daß man sie verhöhnte und anspuckte oder in tiefer Abscheu schweigend an ihnen vorbeiging.

Konnte das auch anders sein? Waren sie unschuldig in ihre verzweifelte Lebenslage geraten, als junger Rekrut und aufrichtig verliebt in eine junge Norwegerin? Und war er dann vielleicht eine Frucht der Liebe, empfangen in besten Absichten und voller Hoffnungen? Aber was hatten sie gehofft? Daß Deutschland den Krieg gewinnen würde? Welche anderen Hoffnungen konnte so ein junges Paar haben, wenn es überhaupt an eine Zukunft glaubte? Und dann waren sie ja doch Nazis. Er war schließlich Deutscher. Das war nicht seine Schuld. Ebensowenig wie es seine, Hartvigs, Schuld war, daß er jetzt ein Deutschenkind war. Niemand konnte etwas dafür, als Mann unter Hitler geboren zu sein. Und sollte man von ihnen erwarten, daß sie nicht für ihr Vaterland kämpften?

Hartvig überquerte die Straße, spürte zwischen den roten Lagerhäusern auf Thiisbryggen den Wind vom Fluß, hatte kein Ziel. Er wollte seine Gedanken für sich öffnen. Und wenn es so gekommen wäre, wie sie gehofft hatten, sie und er, dann liefe er vielleicht jetzt als Held hier herum? Als ein Zeichen der Versöhnung zwischen zwei ehemals kriegführenden Nationen? Und wäre nicht bei Glasermeister Gravdahl in Sportsveien zu Hause. Und könnte in die Bibliothek oder andere Archive gehen und die Namen seiner Großeltern, seiner Ur- und Urgroßeltern finden. In allen Linien nur ehrenwerte Leute.

Wer waren meine Großeltern? fragte sich Hartvig. Vielleicht

leben sie noch? Warum kann mir niemand etwas sagen? Auch Esther Eliassen schweigt. Sie gehört zu den Behörden und hat Schweigepflicht. Was ist das für ein Schweigen?

Der Gedanken kam ihm, zu Davidsen zu gehen und seine Geschichte zu erzählen. Davidsen war der toleranteste Mann, der ihm je begegnet war. Aber trotzdem – der bloße Gedanke, vor ihm zu stehen und darüber zu sprechen, brachte sein Herz dermaßen zum Hämmern, daß er ihn fallen ließ. Andere hatten Davidsen schon zwei Tage später von ihren Familien erzählt. Einige hatten Ahnenforscher in der Familie, die die Vorfahren bis zur großen Pest zurück ermittelt hatten. Alle wußten, wer sie waren. Sogar Beate, die keinen Vater hatte, wußte, wer sie war und woher sie kam und daß ihr Großvater seinerzeit unten auf Kiaers Brug gearbeitet hatte.

Auch die Familie Gravdahl hatte ihre Ahnen hier in der Gegend, und die Familie Tobiassen, die Familie seiner Mutter, stammte aus Rolvsøy. Dort hatten sie als Kleinbauern gelebt, und der Großvater der Mutter hatte einmal einen Luchs geschossen. Die Gravdahls waren Handwerker in der Stadt, und die Eltern des Vaters hatten zuerst in Storgata gewohnt, bis zum Brand, dann waren sie in ein Haus ganz unten in Glemmengata gezogen, oder Glemmingegata, wie es damals hieß. Der Onkel seines Vaters war der erste Sozialdemokrat in der Gemeindeleitung gewesen. Die Mutter des Vaters hatte in den Häusern bei größeren Anlässen serviert und gekocht. Sie hatte hart gearbeitet und elf Kinder bekommen, drei waren ganz klein gestorben, eins später an der Spanischen Grippe. Aber das interessierte Hartvig nicht. Er fand alles, was er über seine Pflegefamilie hörte, beschränkt und uninteressant.

Solveig Runefjell, dachte er. So hätte er heißen sollen. Hartvig Runefjell. Er hatte es auf ein Schreibheft geschrieben. Danach hatte er es nicht mehr richtig ausradieren können und deshalb das Heft wegwerfen müssen.

Hartvig schlug den Weg durch den kleinen Park ein, der durch die Schneewehen zur Bibliothek führte. Er setzte sich auf die breite Treppe. Wenn diese verdammten Weihnachtstage vorbei waren, würde er seine Familie suchen.

Handarbeit und Fiasko

„Und wir strecken uns, und wir strecken uns. Na los, Mädels! Bis zum Dach, eins, zwei. Und jetzt noch ein bißchen mehr." Vesla Jørgensen steht in ihrem dunkelblauen Trainingsanzug am Ende der Turnhalle, ihr geschmeidiger Körper hat den Mädchen der A und B den Rücken zugekehrt und streckt sich und zeigt ihnen, wie sie versuchen sollen, die Decke zu erreichen. Dann dreht sie sich um, um sich zu überzeugen, ob sie es ihr auch nachtun. „Nun mach schon, Astrid! Laß dich nicht so hängen. Und wir strecken uns, und wir strecken uns!" Vesla Jørgensen geht die Reihen entlang und inspiziert. „Den Bauch einziehen, Gudrun! Und den rechten Arm zur Decke – und den linken Arm. So, ja. Und lockern. Vornüber jetzt. Und gut lockern. So, ja. Und dann legen wir uns hin. So, ja. Jetzt hebt ihr langsam die Beine zur Decke, die Knie geradehalten, Lillian! Hoch zur Decke mit geraden Beinen, so, ja. Und jetzt lassen wir sie langsam wieder zu Boden sinken. Nein, Inger Holm, davon wollen wir nichts wissen. Langsam zu Boden senken. So, ja. Und wieder hoch. Ach, ist das gut für die Bauchmuskeln! Und noch einmal. Runter und rauf. So, ja. Danach könnt ihr Radfahren. Radfahren, Radfahren. Immer rund herum. Gut ausstrecken. Das ist gut, versteht ihr. Aber Inger Gjallum? Was machst du denn da? Die Beine hoch, du auch." – „Ich hab' eine Panne." Sämtliche Beine der Mädchen aus der A und der B plumpsen zu Boden, daß die Kletterwände nur so widerhallen. „Raaaauuus!" ruft Frau Jørgensen und zeigt auf die Garderobentür. Inger Gjallum tritt ab. Weiter im Text. Und wir fahren, und wir fahren. Hier fahren die Damen der Zukunft.

In den letzten zehn Minuten dürfen sie Bockspringen. Frau Jørgensen geht zu Inger in die Garderobe. „Benimm dich gefälligst ordentlich." – „Ja." – „Das hier ist kein Kindergarten, verstehst du." – „Nein." – „Nächstes Mal werden deine Eltern informiert." – „Ja." – „Und wenn das dann noch immer nicht besser wird, führt kein Weg am Rektor vorbei." – „Nein."

Dann wird sie in Gnaden wieder aufgenommen und darf mit Bockspringen. Bockspringen macht Spaß. Eine nach der anderen springt über den Bock. Beate darf auf dem Klavier „Black and white rag" spielen. Um so besser, sie hat nämlich Angst vor dem Bock. „Und jetzt ab marsch in die Dusche, Mädels, und bis zum nächsten Mal."

Jeden Donnerstag hatten sie Handarbeit. Die Mädchen der 2 B saßen in einem kleinen Zimmer im Erdgeschoß des Altbaus, unter der strengen Brille Fräulein Grytums. Die meisten grausamen Fächer waren mit Ende der Unterstufe abgewickelt worden, aber Handarbeit sollten sie noch weitere zwei Jahre haben, und Inger versuchte, die Zeit so gut wie möglich dazu zu verwenden, sich am Nähen vorbeizudrücken. Jetzt hefteten sie einen über alle Maßen abwegigen Kittel zusammen, der hinter Grytums Rücken „Umstandskittel" genannt wurde. Er würde mindestens zwei Meter zu weit sein, und alle wußten: Das letzte auf der Welt, was sie machen würden, wenn der Kittel fertig wäre, war, ihn anzuziehen.

Einige beendeten dieses Monstrum von einem Kleidungsstück deshalb, so schnell sie konnten, und machten sich dann an Aufgaben eigener Wahl, stark ermuntert von Gryta. Inger saß immer noch an dem Kittel, oder was das nun war, und heftete langsam vor sich hin. Manchmal durften sie aus einem Buch vorlesen. Im Moment war „Tove läßt sich nicht unterkriegen" an der Reihe, über ein junges Mädchen, das im Krieg in der Widerstandsbewegung aktiv war. Sie lasen abwechselnd, und Inger freute sich darauf, an die Reihe zu kommen, um nicht mehr heften zu müssen. Aber als das Buch endlich bei ihr anlangte, blickte Gryta oben am Pult von ihrer Arbeit auf und sagte: „Ich glaube, du hast etwas anderes zu tun, Inger, und deshalb reichen wir das Buch wohl lieber an Beate weiter."

Gryta hatte eine ganz eigene Art, die Dinge spöttisch und treffend zu sagen. Inger mußte weiter heften, während Beate las. Langsam heftete sie sich am Kittel nach oben, endlich hatte sie die beiden Stoffbahnen aneinandergeheftet und wollte sie der Lehrerin zeigen. „Kann ich jetzt mit dem Nähen anfangen?" Die Lehrerin nahm die Handarbeit und inspizierte sie gründlich. Dann ließ sie den Kittel auf den Tisch sinken und wandte Inger ihr Gesicht zu. „Was hast du denn bloß gemacht?" fragte sie. „Was?" meinte Inger, sie war sich im Grunde in dieser Frage selber auch ziemlich unsicher. „Du hast die Armlöcher zusammengeheftet“, sagte Gryta. Ein fröhliches Gebrüll erhob sich, und die Lesung aus „Tove läßt sich nicht unterkriegen“ kam zum Erliegen. Inger starrte den Umstandskittel an und versuchte zu erkennen, was was war. „Jetzt setzt du dich wieder an deinen Platz“, sagte Fräulein Grytum mit knallrotem Gesicht. „Und dann ziehst du die falsch geheftete Stelle wieder auf.“ – „Aber wo ist sie denn?“ fragte Inger. „Werd nicht frech. Du bist nonchalant und arrogant.“ – „Was bedeutet das?“ – „Das kannst du zu Hause nachschlagen.“

Im Februar stand in ihrem Zeugnis in Handarbeit ein „Ungenügend“, dazu kam noch unter „besondere Bemerkungen“ ein Tadel des Klassenlehrers. Sie verließen ihr Klassenzimmer, gleichzeitig kamen auch Lillian und Inger Gjallum aus der A. „Ich hab’ eine 6 in Handarbeit, stellt euch vor!“ rief Inger Gjallum. Inger starrte sie an. „Du auch?“ rief sie, und dann liefen sie nach draußen, warfen sich in die nächste Schneewehe und lachten. So begannen Inger und Inger eine lachlustige Freundschaft, die für den Rest ihrer Schulzeit für manchen Lehrer eine ziemliche Prüfung bedeuten sollte.

„Was hast du denn nun wieder angestellt?“ fragte Mama und starrte ins Zeugnisheft. „Ich... also, ich hab’ die Armlöcher zusammengeheftet“, sagte Inger. Worauf Mama so lachen mußte, daß sie das Zeugnis nur mit Mühe und Not unterschreiben konnte.

Leif kam auf dem Schulhof auf Inger zu, stupste sie an und fragte: „Du? Kannste nicht darüber schreiben, wie grausam Handarbeit ist, dann schreib’ ich übers Werken.“

Das war eine tolle Vorstellung, fand Inger. Gut, daß es Rachemöglichkeiten gab. Wie grausam etwas auch sein mochte, man konnte doch immer darüber schreiben. Und das bedeutete gewissermaßen, sich über die Ereignisse zu erheben und auf eine höhere Ebene zu gelangen. Von dieser höheren Ebene aus starteten Inger und Leif ihre Beschreibungen des Wesens von Nähnadel und Hobel, und als diese genug verleumdet worden waren, machten sie sich an einen Bericht über Fiasco da Gamas seltsame Seereisen, der jeden Samstag im Norwegischunterricht vorgelesen werden sollte. Es sollte ein Fortsetzungsroman werden, der zu dem funkelnagelneuen Genre „Kriminalreisebeschreibungen“ gehörte und dessen vollständiger Titel lautete: „Die kriminellen Berichte über die Seereisen des Portugiesen Fiasco da Gama in ruhigem Fahrwasser in Begleitung seines Federträgers Marco Panza.“

Fiasco war immer auf dem Weg zu Zielen, die er nicht erreichte, und das war auch kein Wunder, denn seine Mannschaft bestand aus dem Lehrkörper von Fredrikstads höherer Schule. Die erste Episode schilderte, wie Fiasco mit dem Schoner „Die Gelbe Armada“ in See stach, um den Seeweg nach Enhus zu finden. Pastor Spåvang stand am Steuerruder, Torsrud saß in der Ausgucktonne, und Frida Grytum fungierte als Funkerin. Letzteres war ein katastrophales Mißverständnis, da sich diese Begebenheiten in der Jugendzeit des Lehrkörpers zutrugen und die drahtlose Telegrafie folglich noch nicht erfunden war. Gryta wußte Rat. Sie spannte einen Nähfaden und telegrafierte damit nach besten Kräften, in Sturm und Wind. Konsul Saxeby zeichnete Seekarten. Er schraffierte deutlich die Schatten aller Schäreninseln, mit dem Ergebnis, daß Spåvang nie wußte, ob er jetzt auf eine echte Insel zusteuerte oder nur auf deren Schatten. Am Ende griff er lieber zur Bibel und nahm die Anweisungen des Herrn an Noah als Richtschnur, während Sundt ihm dadurch beistand, daß er die Sonnenhöhe und die Entfernung vom Fockmast zum Großen Bären in Ohm ermittelte. Spåvang hatte augenblicklich Land in Sicht und, inspiriert vom Bericht über Noah, steuerte eine Formation an, die er aus der Glomma aufragen sah. Die Gelbe Armada hatte gewaltig Schlagseite, und Markmo maß sofort den Winkel, den das Schiff im Sinken einnahm. Der Winkel betrug $(a^2–2)0°$, ein katastrophaler Grad, und die Hypotenuse sank tiefer und tiefer in Richtung Boden. Bis dahin war es jedoch nicht sehr weit. Es stellte sich nämlich heraus, daß sie in einer Schlammansammlung bei Glombo steckengeblieben waren und das, was Spåvang für den Berg Ararat gehalten hatte, in Wirklichkeit der Schädel von Studienrat Davidsen war, der gerade nichtsahnend seinem täglichen Nachtbad entstieg. Als Davidsen erkannte, was passiert war, verkündete er wehmühtig: „Nichts ist so geräumig wie das Meer, nichts so geduldig. Auf seinem breiten Rücken trägt es, einem Elefanten gleich, die kleinen Würmlein, die die Erde bewohnen.“ Dann tauchte er wieder in die Tiefe, während die

Bewohner von Glombo aus ihren Häusern strömten, um die Seefahrer anzusehen. Forts. folgt.

Die Klasse sah Davidsen an. „Ihr glaubt also, ich kenne meinen Kielland?“ Sauer war er nicht. Er kehrte zum Pult zurück, fuhr sich durchs Gesicht und sagte: „Aber ich fürchte, ihr könnt diese Serie nicht fortsetzen. Über mich könnt ihr euch gern lustig machen, aber ich kann nicht hier sitzen und mir anhören, wie ihr namentlich genannte Kollegen durch den Kakao zieht.“ – „Ach, bitte!“ sagte Astrid. „Es war doch so witzig!“ Aber nein. Daß es witzig war, half nicht, das mußten sie einsehen.

In der nächsten Stunde las Leif vor, wie die Lokalzeitung „Der Undemokrat“ mit dicken Lettern die Meldung gebracht hatte: „Studienrat mit Ararat verwechselt“ und wie diese Nachricht unter den Kahnfahrern auf Vesterelva tiefe Unsicherheit hervorgerufen hatte. Als dem erwähnten Studienrat in aller Tragweite aufging, daß das Unglück nicht durch tiefere Kenntnisse der Vier Großen der norwegischen Literatur entstanden war, sondern durch eine höchst lokale Bibelauslegung, schämte er sich so sehr, daß er seinen Posten an der Gelben Anstalt kündigte, sich in sein Haus in Oredalsveien begab und sich bei seiner Gattin Wilhelmine ausweinte. Wovon sollten sie nun leben? Es gab nur einen Ausweg. Studienrat Davidsen startete eine Falschmünzerei. Danach startete er auch eine Blütenpresse, und das war viel befriedigender, da er sich dabei weiterhin mit den großen Dichtern beschäftigen konnte. Es versteht sich von selber, daß er sich nicht dazu herabließ, 500-Kronenscheine zu drucken, das überließ er einer gewissen Person mit rechtwinkligen Beinen, die jeden Donnerstag bei Vollmond kam und Portraits seines geliebten Niels Henrik Abel anfertigte, seines geistigen Urahnen, und schließl...

„Nein, nein, nein“, sagte Davidsen hinten in der Klasse. „So geht das einfach nicht.“

„Du hast doch gesagt, wir dürften keine Namen erwähnen?“ meinte Leif und sah Davidsen mit seinem aufrichtigen Schelmengesicht an.

„Wenn die beschriebene Person leicht identifiziert werden kann, ist es egal, ob sie namentlich erwähnt wird oder nicht“, antwortete Davidsen.

„Was heißt ‚identifizieren'?"

„Das bedeutet, herausfinden, wer jemand ist." Davidsen und Leif tauschten die Plätze. Na gut, dann mußten sie sich eben etwas anderes ausdenken. Wenn sie sich nicht über die Lehrer lustig machen durften, mußten sie sich eben über die Schüler lustig machen. Sie begannen mit einer Serie namens „Die 2 B in dreißig Jahren". Jeweils zwei Schüler wurden jedesmal schikaniert, deshalb zog sich die Serie über viele Wochen hin. Hier erfuhren alle in der Klasse, welchen Beruf sie in der Zukunft haben, unter welchen Verhältnissen sie wohnen, von wie vielen kreischenden Gören sie umgeben wären und wie übel ihnen das Leben mitspielen würde. Jeden Samstag saß die 2 B da und jubelte über ihre künftigen Mißgeschicke.

Wie dem auch sei, was in der Stunde nicht erlaubt war, war zum Glück außerhalb gestattet. Ungefähr zu dieser Zeit begann die Klasse herauszufinden, wie diese unwahrscheinlichen Studienräte mit Vornamen hießen. Das wurde eine Quelle ständiger Heiterkeit. Daß sie einen Vornamen hatten, war eine Art Bloßstellung ihres Intimlebens. „Ach, besuch mich doch im Mondschein, Jonathan!" So hieß nämlich Torsrud. Und das hatte seine Frau vermutlich in der Blüte ihrer Jugend zu ihm gesagt. Muldvig hieß Ole. An diesem Namen war im Grunde ja nichts Komisches. Ole war Ole. Aber wenn Muldvig so hieß, dann hörte sich einfach alles auf. Mit Markmo war es dasselbe. Er hieß Truls. „Da kommt Trulsiebaby. Meinst du, er hat heute schon seinen Lebertran bekommen?" Spåvang aber trug, wie auf vielen Gebieten, auch hier den Sieg davon. Er hieß Modulf.

Inger begann, Liebesgeschichten über Beate und Modulf auf Birnenjagd zu schreiben. Danach schrieb sie über andere Klassenkameradinnen und handverlesene Exemplare des Lehrkörpers. Später kamen die Mädchen selber und bestellten Geschichten über sich und irgendeinen Jüngling, auf den sie ein Auge geworfen hatten. „Kannst du nicht ein Eifersuchtsdrama über mich und diesen Kaspar Olesen aus der 3. schreiben?" fragte Astrid. Und Inger beschrieb, wie Kaspar Olesen mit Pastor Sundbro um Jungfer Astrids Gunst rivalisierte und wie sie mit wehendem Umhang und blinkendem Schwert durch die Ritterzeit preschten und sich gegenseitig umbrachten, während Astrid oben in ihrer Kemenate stand und Ausschau hielt und zum Schluß von Leif Monradsen gerettet wurde, der auf einem Esel des Wegs kam. Die Mädchen standen im Frühling in der brennenden Sonne an der Wand des Neubaus und lasen die wahnwitzigen Geschichten aus fernen Ländern und Zeiten, wo alles möglich war und alle in der Regel am Ende einen ganz anderen bekamen. „Du bist verrückt", sagten sie. „Wie denkst du dir das alles bloß aus?" Das war nicht leicht zu sagen. Es kam einfach. Und die Welt war ja mindestens genauso verrückt wie die Menschen darauf.

Aber es war schön, festzustellen, daß sie ihnen etwas geben konnte, das sie haben wollten. Nichts auf der Welt ließ sich damit vergleichen, die anderen zum Lachen zu bringen. Es glich alles aus, worüber sie weinen mußte.

„Sie lachen über das, was ich schreibe, aber ich bin nicht glücklich", schrieb Inger, fünfzehn, in ihr Tagebuch.

Als Davidsen sie eines Tages im Norwegischunterricht zum Schweigen brachte, sagte Leif: „Die Schüler rebellieren." Davidsen errötete auf seine blasse Weise. Das war nämlich der Titel eines Buches, das Davidsen vor Jahren verbrochen hatte, eines echten Jungenbuches, und das hatte Leif herausgefunden. „Worüber hast du geschrieben? Über deine Lehrer?"

„Ja, hm... die Handlung stammt ja im Grunde hier aus der Schule. Aber man muß natürlich ein bißchen kamouflieren."

„Was heißt kamouflieren?"

„Verbergen. Den Personen andere Namen geben, den Schauplatz ändern..."

„War es schwer, einen Verlag zu finden?"

„Aber nein. Ich habe es einfach geschrieben, dann bin ich zu Gyldendal gegangen, Norwegens größtem Verlag, und sie wollten es haben."

Die Klasse war beeindruckt. Es war eine lustige Vorstellung, daß Davidsen ein Buch über die Schule geschrieben hatte, selbst wenn sie kamoufliert war oder wie das hieß. Inger saß an ihrem Platz und dachte: Das will ich verflixt noch mal auch eines Tages tun.

Während des ganzen Winters und Frühlings büffeln Lillian und Inger Geschichte. Sie nehmen sich die Weltgeschichte von

Anfang an vor, auch wenn das gerade nicht auf dem Lehrplan steht, sie wollen es eben wissen. Sie geben sich jedesmal zwanzig Seiten als Hausaufgabe auf und bereiten füreinander zwanzig Fragen vor. Über Hieroglyphen und Mumien. Der Perserkönig Kambyses erobert Ägypten. Wann war das? 525 v. Chr. Wie lange blieb Ägypten danach unter fremder Herrschaft? Später fiel Ägypten ja an England. Und Napoleon war auch da unten gewesen. Wurde von Nelson, dem großen Wellenfinder, abgeschnitten. Da wanderte er nun zwischen den Pyramiden herum. Ob er an Kleopatra dachte? Vielleicht ärgerte er sich darüber, daß sie nicht mehr am Leben war. Oder an Nofretete und ihren langen Hals? Wann lebte sie? Sie war mit einem Mann mit Frauenschenkeln und einem unglaublich langen Schädel verheiratet. Inger und Lillian lesen und schlagen nach. Ägypten war auch unter arabischer Herrschaft gewesen. Kalifen und Allah. Wann war Mohamed von Mekka nach Medina geflohen? Und warum? Er war vor den Priestern geflüchtet. Sie hatten Angst, ihre Macht einzubüßen. Darum ging es bei den Religionen. Um Macht, Macht, Macht. Alle wollten Macht. Er floh in die Wüste, und seine Offenbarungen wurden auf Kamelhäute geschrieben. Anderes Schreibzeug gab es nicht. Aber eine seiner Frauen sagte zu ihm: „Seltsam, wie oft du Offenbarungen von Allah hast, die mit deinen Interessen übereinstimmen." Ja, in der Geschichte gab es viel Interessantes. Und je mehr sie lernten, um so interessanter wurde es. In der Schule wollte Lillian später eine Hausarbeit über die Suezkrise schreiben.

Danach essen sie Knäckebrot und quatschen. Sie quatschen über alles. Lillian grämt sich wegen Svend. Er verkauft keine Hirsekolben mehr im Tiergeschäft. Sie sind auch nicht mehr zusammen. Nach der Schule will er zur See fahren. Das sagt er jedenfalls. Rolf Magnor blickt ihr jetzt nach, kommt ab und zu nach Bjørnegården und lädt sie zu einem Spaziergang ein. Lillian weiß nicht, ob sie in ihn verliebt ist, aber sie kann sich gut mit ihm unterhalten. Und außerdem macht er Langlauf.

„Bist du nie in irgendwen verliebt?" fragt Lillian mitten in einem Knäckebrot. „Doch", sagt Inger. „Meinst du vielleicht, ich wäre kein Mensch?" – „Nein, nein", antwortet Lillian. Daß Inger kein Mensch sein könnte, würde ihr nicht im Traum einfallen.

„Aber in wen?“ Sie essen sich ihren Weg durch das Knäckebrot. „Nein, das verrate ich nicht.“ – „In Leif vielleicht?“ fragt Lillian. „Nein. Der ist zwar nett, aber...“ – „Doch, ich bin sicher, daß du in Leif verliebt bist.“ – „Nicht doch.“ – „Sigvart? Bist du etwa immer noch verrückt nach Sigvart?“ – „Pö.“ – „Aber es ist doch wohl nicht Konrad Storås, oder?“ Jetzt lachen beide. Lillian findet ihren Vorschlag sehr originell, aber Inger schüttelt den Kopf. Kjell? Ludvig Mjelster? Mofa? Nein, nein, nein. „Ich sag's ja doch nicht.“ – „Gravdahl ist es wohl nicht, oder?“ Gravdahl, du meine Güte.

„Es gibt etwas, das du nicht in Betracht ziehst“, sagt Inger. „Ach?“ Lillian überlegt. „Ist er viel älter als du?“ fragt sie dann. „Ist es dieser Frank? Der Walfänger?“ – „Der fährt nicht mehr auf Walfang, aber wenn du das meinen solltest, er ist es nicht. Nein, es gibt etwas, das du nicht in Betracht ziehst“, wiederholt Inger. Lillian hat das Knäckebrot restlos verspeist. „Ist es jemand, den ich kenne?“ – „Ja„ sicher.“ – „Ist es dein Vater?“ – „Sag mal, spinnst du?“ Nein, Lillian spinnt nicht, aber sie soll doch etwas in Betracht ziehen, was sie nicht in Betracht zieht, und da muß sie doch ein bißchen spinnen. Aber jetzt glaubt sie, alle existierenden Möglichkeiten ausgeschöpft zu haben. Da fährt ihr plötzlich ein Gedanke in den Kopf, vom Himmel hoch oder woher auch immer: „Oh! Es ist Beate!“

Inger steht auf und geht in die Küche. Nein, denkt sie. Was mache ich jetzt? Sie ist wie ein auf frischer Tat ertapptes Kind. Überrumpelt und verwirrt. Was mach' ich? Warum steh' ich hier? Sie öffnet die Kühlschranktür, holt eine Cola heraus und wandert damit und mit zwei Gläsern wieder zu Lillian zurück.

„Nein, Beate, also wirklich. Wie kommst du denn auf die Idee?“ Sie schenkt ein. „Wieviel sollen wir bis zum nächstenmal machen? Das ganze Griechenlandkapitel?“

Inger hat gelernt, daß es vor allem darauf ankommt, ehrlich zu sein. Schon als kleines Kind hat sie das gehört, und ihr Leben lang hat sie versucht, danach zu leben. Das ist ihr nicht immer gelungen. Auf der Volksschule hat sie eine Zeitlang zu Hause Geld geklaut. Damals fühlte sie sich jeden Tag elend und versprach Gott, damit aufzuhören, wenn er nur dafür sorgte, daß sie nicht entdeckt würde. Am nächsten Tag klaute sie dann wieder. Sie versprach Gott, aufzuhören, wenn sie eine Schwester bekäme. Sie bekam eine Schwester. Aufhören konnte sie trotzdem nicht. Am Ende kam es heraus. Papa war wütend, und Mama war traurig. Mama sagte: „Ich habe immer gedacht: Ihr könnt über Inger sagen, was ihr wollt, ihr könnt euch über ihre frechen Streiche beklagen, aber ehrlich, das ist sie auf jeden Fall. Und jetzt bist du nicht einmal das."

Das waren die härtesten Worte, die Mama ihr je gesagt hatte. Danach hatte sie nie mehr geklaut. Es war eine Erleichterung gewesen, erwischt zu werden. Eine unglaubliche Erleichterung.

Seither war das ihr Kern gewesen. Na gut, dachte sie. Ich mache in der Stunde Krach, ich ärgere die Lehrer, ich bin arrogant und halte mich für Gott weiß was. Ich streite mich mit Liv Abrahamsen und Astrid, und ich will nicht, daß irgendwer über mich bestimmt. Aber ich bin ehrlich.

Und jetzt konnte sie das nicht sein. Jetzt konnte sie das nicht sein, so gern sie es auch gewesen wäre. Denn sie hätte genausogut sagen können, die Sonne sei der Mond und umgekehrt. Die Erde sei platt und Bjørnegården eigentlich ein Birnbaum. Die Welt stand auf dem Kopf, und es gab keinen Platz für ihre Gefühle. Nicht einmal Lillian gegenüber, die ihr immer zugehört hatte, die fast immer ihrer Meinung war, mit der sie immer zur Schule und zurück ging, all die Jahre schon, sieben Jahre lang von Bjørnegården nach St. Croix und zurück, und jetzt bald schon zwei Jahre lang zur Gelben Anstalt und zurück, immer war Lillian da. Und jetzt konnte sie ihr das Tiefste aller Dinge nicht sagen.

Die Gulaschsuppe

Es war einer der Tage, an denen Mama durcheinander geriet. Sie wußte nicht so recht, wo sie war, und lachte laut über Papas Witze. Wenn sie aufstand, um etwas zu holen, vergaß sie nach drei Schritten, was. Wahrscheinlich wollte sie die Streichholzschachtel holen. Inger merkte es sofort, als sie von Hatthytta nach Hause kam. Es war am Ostermontag, und sie hatte mit Inger Gjallum einen schönen Ausflug gemacht. Lillian war im Gebirge. Zu Hause war es zu Ostern immer langweilig, abgesehen vom Eiersuchen mit Ellen.

Wenn Mama so war, war auch nicht ordentlich mit ihr zu reden. „Was gibt's zum Essen?" fragte Inger sauer. Mama sah sie an, machte ihre nervösen Gesten, und dann starrte sie vor sich hin ins Leere und sagte: „Heute gibt es weder Kartoffeln." Dann kicherte sie ausgiebig. Rita war auch da und fand es toll, daß es weder Kartoffeln zum Essen geben sollte. „Was sagst du dazu, Inger?" fragte sie. „Weder Kartoffeln." Dann lachten sie. Und Papa, der ausgerechnet diesen Witz nicht erfunden hatte, sagte eilig: „Habt ihr von dem Pastor gehört, der so tief seufzte, daß der Seufzer in die falsche Richtung fuhr?" Und dann lachte auch er. Sie waren in typischer Wirrstimmung. „Es ist überhaupt nicht komisch, falls ihr euch das einbildet", sagte Inger, ging in die Küche und machte sich ein Knäckebrot mit Käse.

Am nächsten Tag, als Mama wieder sie selber war, sagte Inger zu ihr: „Ich mag es nicht, wenn du trinkst. Das macht dich so nervös." Und Mama starrte vor sich hin und sagte: „Wenn du wüßtest, wie nervös ich bin, wenn ich nicht trinke."

Das begriff Inger nicht. War Mama denn, wenn sie nicht trank, mindestens genauso wuselig? Aber dann steckte das ganze Gewusel in ihr und war nicht zu sehen? Wie konnte sie glauben, weniger nervös zu sein, wenn sie trank, wenn sie davon so nervös wurde? Inger sagte nichts.

„Als ich so alt war wie du", sagte Mama, „habe ich gesagt: Nerven! Pö! Und ich konnte Schnaps nicht riechen, ich fand ihn scheußlich."

„Und warum hast du dann damit angefangen?"

„Weil Papa getrunken hat", antwortete Mama. „Er wollte mich zur Gesellschaft haben. Und ich hatte Angst, er könnte mich für eine prüde Liese halten. Aber ich konnte es nicht ausstehen, Inger. Das hat sich erst nach und nach geändert."

Am Abend gab es im Radio ein Hörspiel, bei dem Evelyns Bruder Jon Michael mitwirkte. Das wollte sie sich anhören. Nur selten konnte sie eines der Stücke, in denen ihre Geschwister in Oslo spielten, sehen, und die meisten Gastspielreisen machten wegen der schlechten Garderobenverhältnisse einen großen Bogen um Fredrikstad. Als das Hörspiel gerade anfing, kam Ørnulf nach Hause.

„Was ist das?" fragte er. „Ist das nicht das Stück von Dusselmichel?" Sie nickte. „Näher wird Dusselmichel der Wahrheit nie kommen: einen erdichteten Text vorlesen." Ørnulfs Meinung zufolge bestand schauspielerisches Talent darin, daß man den Text, den man spielte, nicht verstand.

Sie setzten sich und hörten zu. Es war eine Komödie, und Jon Michael hatte eine eigene komische Art, seine Repliken vorzubringen, er hatte ein Talent dafür, weggetreten zu wirken, Evelyn mußte jedesmal lachen. Als sie dreimal gelacht hatte, sagte Ørnulf, er hielte dieses Stück für außergewöhnlich stupide, und daraufhin beschlossen sie abzuschalten.

„Jon Michael ist ein Phantast und ein Lügner", sagte Ørnulf.

„Mußt du ihn immer kritisieren?"

„Bestreitest du, daß er ein Phantast und ein Lügner ist?"

„Gut, er übertreibt. Das ist etwas anderes."

„Nein. Er lügt. Oder wie würdest du seine Version der Geschichte mit der Gulaschsuppe sonst nennen?"

Evelyn gab keine Antwort.

„Bist du dir nicht darüber im klaren, daß er die Geschichte mit der Gulaschsuppe gestohlen hat?" fragte Ørnulf.

„Doch, schon..."

Es war so, daß Ørnulf und Lisa sowie Lisas Verehrer, der Opernschüler Olaf Knudsen, 1937 in Berlin im Bender gewesen waren. Dort wollten sie Gulaschsuppe essen. Der junge Sänger hatte damals nur eins im Kopf: seine Stimme zu trimmen. Zu diesem Zweck würzte er sein Essen immer so üppig wie möglich. Alle Gerichte würzte er bis zum Gehtnichtmehr, und jedesmal erklärte er, wie gut das für seinen Tenor sei. Ørnulf und Lisa hatten das inzwischen so oft miterlebt, daß sie sich langsam über ihn ärgerten. Im Bender dauerte es länger als sonst, bis die Suppe kam. Olaf Knudsen nutzte die Zwischenzeit, um sich frisch zu machen. Als während seiner Abwesenheit die Suppe serviert wurde, leerte Lisa den gesamten Pfefferstreuer über seinen Teller aus. Dann stellte sie neuen Pfeffer auf den Tisch, und danach warteten sie mit steinernen Mienen auf seine Rückkehr. Als Olaf kam, ließ er sich zufrieden nieder, würzte seine Suppe heftig, ohne sie vorher zu kosten, wünschte den anderen guten Appetit und probierte. Nachdem er nachdenklich geschmatzt und den Nachgeschmack getestet hatte, griff er energisch nach dem Pfefferstreuer und würzte noch einmal kräftig. Dann aß er die Suppe auf, ohne eine Miene zu verziehen.

Das war eine Geschichte, über die sie oft gelacht hatten. Sie hatten sie überall erzählt, und immer wieder lachten sie schallend. Aber dann passierte es, daß Jon Michael anfing, die Geschichte so zu erzählen, als ob er selber dabeigewesen wäre. Und als er über Evelyn und Lisa hörte, daß Ørnulf darauf bestand, er selber sei damals im Bender in Berlin dabeigewesen, lachte er nur. „Nein, nein, nein“, sagte er. „Meint ihr, ich wüßte nicht, wo ich damals war?“

Ørnulf starrte wütend vor sich hin. „Am schlimmsten ist es, wenn er Lisa dazu bringt, das auch zu behaupten“, sagte er.

„Nein. Lisa kann sich nicht erinnern, wer damals dabei war.“

„Doch. Jetzt erinnert sie sich. Jetzt erinnert sie sich, daß Jon Michael dabei war.“

„Nein, sie sagt, sie sei unsicher.“

„Unsicher, ja! Unsicher, ob sie auf ihrem Hintern sitzt, vielleicht. Tatsache ist, daß den Mitgliedern deiner Familie jegliche Fähigkeit fehlt, Lüge und Wahrheit zu unterscheiden.“

„Aber unsicher sein ist nicht dasselbe wie nicht zwischen Lüge und Wahrheit unterscheiden zu können.“

„Doch. Unsicher sein ist ein Verbrechen.“

„Niemand ist immer und überall sicher. Nicht einmal du.“

„Doch. Ich bin immer sicher. Ich vergesse niemals.“

„Was für ein Unfug! Natürlich vergißt du auch mal was."

„Nein!"

„Bist du vielleicht ein Übermensch?"

So ging es hin und her. Eine normale Abendunterhaltung des Ehepaars Holm. Ping-pong, ping-pong. Ping-pong, bis sie die Lust verloren. Und immer hielt Ørnulf am längsten aus. Und immer war er es auch, der diese Auseinandersetzungen gewann. Er hatte den Vorteil, allem widersprechen zu können.

„Bald wird er auch dir einreden, daß er damals dabei war."

„Aber ich war doch nicht dabei", sagte Evelyn.

„Verräterin!"

„Himmel, Ørnulf. Du kannst dich doch nicht bis in alle Ewigkeit über die Gulaschsuppe aufregen!"

„Es geht nicht um die Gulaschsuppe! Es geht ums Prinzip!" brüllte Ørnulf. „Jon Michael kennt den Unterschied zwischen Lüge und Wahrheit nicht. Lisa kennt ihn nicht, und jetzt kennst du ihn auch nicht mehr. Es ist zum Verrücktwerden!"

„Ich finde das lächerlich", sagte Evelyn. Ørnulf schenkte sich noch einen Gin mit Cola ein und versuchte sich zu beherrschen. Vor seinem inneren Auge sah er noch immer das große Berliner Restaurant mit den weißen Tüchern und der schönen Musik, und da sitzen sie, Lisa und er, kichern über den geleerten Pfefferstreuer, es ist so deutlich wie alle anderen Bilder in Ørnulfs Erinnerung, so klipp und klar, unbestreitbar und über jeden Zweifel erhaben. Und jetzt wird bald die ganze Welt in diesem Fall gegen ihn sein!

Eines Tages klingelte es an der Tür, und Lisa stand im Eingang. Sie kam in ihrem Pelzmantel in die Diele, stellte ihren braunen Koffer auf den Boden und umarmte Mama, Inger kam angelaufen und freute sich. Aber Lisa sah sie nicht einmal.

„Storm und ich lassen uns scheiden", sagte Lisa. Sie wollte ihren Pelzmantel ausziehen, konnte ihn aber nur aufknöpfen. Dann ließ sie sich auf den Stuhl in der Diele fallen und weinte laut los. Mama beugte sich über sie und legte ihr den Arm um die Schultern. „Kleine Lisa", sagte sie. „Kleine Lisa..." Lisa weinte und weinte. Inger stand in der Türöffnung und kam sich überflüssig vor. Aber sie konnte doch auch nicht einfach weggehen, wenn Lisa so weinte.

„Ist etwas passiert?“ fragte Mama.

„Wir waren in Drammen“, antwortete Lisa und brach wieder heftig in Tränen aus, als ob das alles erklärte. Sie streckte die Hand nach Inger aus. „Liebe Kleine“, sagte sie. „Komm her zu Tante Lisa, die nur weint und jammert.“ Inger ging zu ihr und nahm sie in den Arm, und da weinte Lisa nur noch mehr. „Verstehst du“, sagte sie und sah Inger durch ihre Tränen hindurch an, „daß ich so schrecklich unglücklich bin.“

Inger wußte nicht, was sie darauf sagen sollte. Lisa war der liebste Mensch der Welt. Noch lieber als Mama, weil sie keine Kinder hatte. Immer hatte sie Inger getröstet, als Inger klein war und weinte, hatte sie auf andere Gedanken gebracht oder ihr eine Geschichte erzählt. Aber gegen erwachsenes Weinen half einfach nichts. Da konnte man nur abwarten.

„Komm, jetzt gehen wir ins Wohnzimmer und beruhigen uns“, sagte Mama und half Lisa, ihre Stiefel auszuziehen.

Als sie sich ins Wohnzimmer gesetzt hatten, blieb Inger stehen, ohne zu wissen, was sie mit sich anfangen sollte. Sie ging zum Klavier und spielte den D-Dreiklang, hin und her, schneller und schneller. „Ich glaube nicht, daß du jetzt spielen solltest, Inger“, sagte Mama. „Vielleicht solltest du ins Kämmerchen gehen, während Lisa und ich miteinander reden.“

Wortlos ging Inger zur Tür. Aber ehe sie sie geschlossen hatte, hörte sie drinnen Lisas Stimme, wenn auch leise: „Gott soll mich schützen, Evelyn, sie ist ja bald erwachsen.“

Danach kam Papa von einem Krankenbesuch nach Hause, und Inger durfte wieder ins Wohnzimmer kommen. Lisa fragte sie nach der Schule und holte ein Geschenk für sie aus ihrer Handtasche. Eine große weiße Teetasse mit roten Blumen.

„Was hat er denn jetzt wieder ausgeheckt?“ fragte Papa.

„Er ist eifersüchtig auf meine Vergangenheit“, antwortete Lisa. Und dann erzählte sie, daß Storm in einem Anfall von Eifersucht all ihre Briefe verbrannt hatte, egal, ob sie von Emilie oder von sonstwem stammten. Als sie zwei Tage später nach Drammen gefahren waren, hatte er es erzählt, und er hatte es für richtig gehalten. Das hatte er gesagt. Danach hatte er geweint und alles bereut. Aber als sie im Hotel am Abend eine Weile getrunken hatten, hatten sie wieder angefangen zu streiten, und er hatte gesagt, er wollte sich scheiden lassen, wenn sie nicht alle Verbindungen zu ihren Freunden abbräche. Und da war sie hochgefahren und hatte gesagt, sie wollte sich auch scheiden lassen.

„Ich habe doch gar keine Freunde von früher“, sagte Lisa. „Nicht auf diese Weise. Wenn er nüchtern ist, glaubt er es, und wenn er betrunken ist, glaubt er es nicht.“

„Aber ist es denn nicht genausogut, wenn du ihn los wirst?“ fragte Papa.

Lisa sah ihn aus ihren großen dunklen Augen an. „Ich liebe ihn, Ørnulf“, sagte sie. „Er hat es immer so entsetzlich schwer gehabt.“ Und dann erzählte sie ihnen, was sie wußten, nämlich wie schwierig und verfehlt Storms Leben gewesen war.

Den ganzen Abend lang redeten sie und pichelten, und dann fragte Papa sie, wer 1937 im Bender dabeigewesen war. „Himmel, fängst du schon wieder an?“ fragte Lisa. „Du warst das.“ – „Bist du dir da so sicher? Wenn Jon Michael dich fragt, erzählst du ihm dasselbe.“ Lisa seufzte. „Bald weiß ich wirklich nur noch, daß ich selber dabei war“, sagte sie.

Am nächsten Tag stand Storm mit einem großen Rosenstrauß vor der Tür. Sie umarmten sich, er versprach, ein neuer Mensch zu werden. Und dann fuhren sie nach Hause nach Oslo und sahen sich dabei an wie ein frischverliebtes Paar.

„Jetzt geht das da oben schon wieder los“, sagte Hauge.

„Ja, bei Doktors ist der Tag danach“, meinte Ringstad, sie blickte vom Tresen auf, während sie zwei halbe Export zapfte. Die sollten über die Hintertreppe zum ersten Stock hinaufgebracht werden. Es war Sonntag, fünf nach eins.

„Kaum ist die Kirchzeit vorbei, sind sie auch schon in Gang“, sagte Olsen, die Köchin, die einen Abstecher zum Tresen machte und die goldene Flut aus dem Zapfhahn inspizierte. „Die haben wohl Durst“, sagte Iversen. „Das kann doch jedem mal passieren.“

„Es kommt aber drauf an, wonach man Durst hat, Iversen“, entgegnete Hauge.

„Ja, sag’ ich ja. Ich hab’ Frau Dr. Holm vorhin auf’m Hof getroffen, da hängte sie Wäsche auf. Ich will ja nichts sagen, aber es hat gestunken. Kartenspiel und Suff sind Teufelswerk.“

„Und wovon leben wir wohl hier bei dieser Arbeit?“ Hauge spähte durch das Fenster, um Frau Wilse-Abrahamsen mit Hund im Auge zu behalten, die gerade vorüberspazierte, und tat so, als ob sie die Frage nicht gehört hätte. War die nicht dicker am Hintern geworden? „Wovon leben wir hier denn, hab’ ich gesagt“, wiederholte Iversen, sie wollte heute absolut nicht klein beigeben. Hauge zwang ihren Blick weg von Frau Wilse-Abrahamsens Hintergestell. „Das ist was anderes“, antwortete sie. „Deshalb braucht man ja nicht auf die schiefe Bahn zu geraten.“ Ringstad stand mit dem kleinen Silbertablett und den zwei Export bereit, die Hintertreppe zu nehmen. Iversen hielt sie auf, zeigte auf die beiden Halben: „Ist Ringstad nun dem Satan zu Willen oder nicht?“ Sie wandte ihren Blick nicht von Hauge ab. „Sie ist dem Chef zu Willen, und da kann niemand was gegen machen“, antwortete Hauge.

„Aber wenn nun der Chef in Satans Diensten steht?“

Hauge sah Iversen voll ins Gesicht, maß sie von ihrer überlegenen Länge herab und sagte: „Der Chef weiß schon, was er tut, Iversen.“

„Ja, das weiß er sicher“, stimmte Ringstad zu.

„Kümmer’ dich um deinen eigenen Kram, Ringstad“, sagte die Köchin. Obwohl es schwer war zu sehen, was Ringstad gemacht hatte, außer sich um ihren Kram zu kümmern.

„Wir sollten alle vor unserer eigenen Tür kehren, Olsen“, sagte Iversen und hielt für Ringstad die Tür auf. Nein, man mußte sich abplacken und schuften und Halbe tragen und die Klappe halten. Sonst ging alles über den Jordan, dachte Ringstad, als sie zur Hintertür ging. Dort stand die Tochter und nahm ihr das Bier ab. „Danke“, sagte sie und legte das Geld aufs Tablett. „Hier sind 2,50 Trinkgeld für Sie.“ Sie nahm die Gläser. „Das ist zuviel.“ – „Aber nein.“ Die Tochter ging mit den Gläsern nach oben. Schon schlimm, daß die die Kinder mit reinreißen, dachte Ringstad, als sie die Tür schloß. Dann geraten die auch eines Tages auf die schiefe Bahn, wenn sie sich nicht vorsehen. Teufel oder nicht.

Die Schreibmaschine

Ørnulf betrachtete Evelyn aus halbgeöffneten Augen und hob dabei eine dunkle Augenbraue. Es war spätnachts. Sie hatten sich gestritten. Jetzt saßen sie schweigend da. „Es gibt nur eine Lösung“, sagte Ørnulf. „Und das ist die Scheidung.“

„Das ist keine Lösung.“

Dann schloß sich das Schweigen im Zimmer wieder um sie. Ørnulf ließ seine Kippe im Aschenbecher kreisen und nahm sich eine neue Teddy. „Solange du nicht einsiehst, daß du wuselst und wirrst, sehe ich keine andere.“

„Und was nutzt es, wenn ich das einsehe?“

„Du siehst es also ein? Du gibst es zu?“

„Ja! Zum Henker!“ Evelyn schlug mit der Hand auf den Tisch. „Aber wozu in aller Welt und sonstwo soll das gut sein?“

„Du gibst also zu, daß du ein Wirrkopf bist?“

„Ja. Aber von all diesem Unfug werd’ ich ja wohl nicht weniger wirr.“

„Wer hat den Kellerschlüssel verbummelt?“

„Ich! Wie oft soll ich dir das noch sagen? Wozu brauchst du den überhaupt?“

„Wer hat in Oslo den Schal vergessen?“

„Aber das hab’ ich doch schon zugegeben.“

„Geständnisse bringen uns nicht weiter.“

„Das sag’ ich doch. Warum zwingst du mich dann dazu?“

„Ich zwinge dich nicht.“

„Doch, das tust du.“

„Nein.“

„Doch. Vor zwei Stunden wollte ich schon schlafen gehen. Da hast du mich gezwungen, mich wieder hinzusetzen.“

„Das ist kein Zwang.“

„Und was ist es dann?“

„Das ist nur recht und billig.“

„Herrgott. Wenn es recht und billig ist, kannst du mich Heinrich nennen. Wenn du so weitermachst, werde ich noch zum Wrack.“

Ørnulf zündete sich die Zigarette an und sagte ruhig, unendlich ruhig mit tiefer Stimme: „Was man schon ist, kann man nicht mehr werden."

Evelyn hatte Inger immer gesagt, daß sie Ørnulf liebte. Er war ein toller Mann, sie hätte sich keinen anderen gewünscht. Außerdem war er liebevoll. Inger fand Papa auch toll. Aber obwohl Mama und Inger wußten, daß Papa der tollste, hübscheste, männlichste, stärkste und intelligenteste Mann auf der Welt war, der beste Billard-, Bridge-, Schach- und Bocciaspieler, der Geschickteste beim Frage- und Antwortspiel, der beste Halmastratege, der tüchtigste Autofahrer, der Witzigste, der Mann mit dem besten Gedächtnis der Welt, der Tiefste und Einsichtigste, trotz allem und obwohl sie so froh über den Mann und Vater waren, den sie bekommen hatten, war er unmöglich, man konnte einfach nicht mit ihm zusammenleben. „Ich bestimme", sagte er. Er saß in seinem Sessel und sagte: „Ich bestimme." Wenn er betrunken war, hieß es: „Äch bestämme", denn im Suff kam sein Trønderakzent stärker zum Vorschein.

Inger und Mama fanden das unsäglich töricht. Er bestimmte überhaupt nicht. So etwas Dummes. Inger und Mama brauchten all ihre Gedanken, ihre Kraft, ihre Phantasie und ihre Zeit, ihren Sinn für Humor und ihre Verzweiflung, jahrelang, Tag für Tag, um Papa davon zu überzeugen, daß er nicht bestimmte. Aber es half nichts. Papa saß in seiner Ecke und hörte zu. Sie konnten sagen, was sie wollten. „Ich bestimme", sagte Papa.

Wie war es möglich, daß der intelligenteste, einsichtigste, klügste und gebildetste Mann der Welt so dumm sein konnte?

Evelyn sagte zu Inger: „Ich liebe Ørnulf. Ich könnte mir keinen anderen Mann vorstellen. Viele Frauen haben es nicht gut mit ihren Männern, sie lieben sie nicht. Sie wollen nicht mit ihnen schlafen. Sie machen es, weil sie das müssen. So ist Ørnulf nicht. Ich bin gern mit ihm zusammen. Es ist schrecklich wichtig, daß zwei Menschen sexuell zusammenpassen."

Das erzählte Evelyn ihrer Tochter, und die hörte zu, ohne zu verstehen, was sie da hörte. Aber sie wußte, daß ihre Eltern sich liebten. Sie waren vom ersten Moment an füreinander bestimmt gewesen. Papa hatte Mama sogar schon geliebt, als sie sich noch gar nicht kannten. Er wußte von ihr, weil sie seine Kusine zweiten Grades war, und er hatte beschlossen, sie, die Jüngste aus der Gjarmschen Geschwisterschar, wollte er haben. Mama lebte in Oslo und wußte von nichts. Aber als Papa kam, wollte sie ihn. Das Ergebnis war Helga. Dann kam ein weiteres Ergebnis, Inger. Und am Ende kam Ellen.

Die alte Emilie schrieb einen Brief, nachdem sie ihre kleine Enkelin zum erstenmal gesehen hatte: „Als ich in diese Kinderaugen blickte, empfand ich dasselbe wie damals, Evelyn, als ich dir zum erstenmal in die Augen sah – daß das Neugeborene noch vor kurzer Zeit bei Gott gewesen ist. In den Augen dieses kleinen Mädchens liegt ein göttlicher Glanz."

Aber das alles schien nichts zu helfen. Abend für Abend saß Papa in seinem Sessel und sagte: „Ich bestimme." Und: „Wir müssen uns scheiden lassen."

„Über wen willst du bestimmen, wenn ihr euch scheiden laßt?" fragte Inger. Wie konnte jemand Abend für Abend in seinem Sessel sitzen, eine Frau und zwei Töchter haben, die er liebte, eine gutgehende Arztpraxis, eine überdurchschnittliche Intelligenz und die liebsten und teuersten Menschen, die er auf dieser Welt hatte, mit Quatsch unterhalten?

Die Trauer war zu früh in Papas Leben getreten. Inger hatte immer Lust zu weinen, wenn sie an ihn dachte, wie er mit vierzehn Jahren auf der Brücke bei Steinkjer stand und gerade erfahren hatte, daß seine Schwester, Klein-Hilde, tot war. Sie war sechzehn gewesen. Damals entstand in dem jungen Ørnulf ein Gefühl der Bitterkeit. Später glaubte er, aus politischen Gründen in einzelnen Fächern schlechtere Noten bekommen zu haben. Er war nicht anerkannt worden, und er litt unter den Idioten, die die Welt regierten.

Aber Evelyn und Inger folgten ihm in seine Trauer und seine Bitterkeit und legten Pflaster auf die Wunden, die die Mißachtung seines Genies ihm schlug. Keine von ihnen zweifelte an seiner Begabung. Er war der Klügste, und er gewann immer, und damit konnten sie sich durchaus abfinden. Trotzdem saß er Abend für Abend wütend und bitter in seinem Sessel, zornig oder sarkastisch: „Wir müssen uns scheiden lassen. Daran führt kein Weg vorbei."

„Ich komme nicht allein zurecht. Ich habe doch keine Ausbildung."

„Das ist dein Problem."

Evelyn weinte. Manchmal, wenn sie sich fragte, wie sie ohne ihn zurechtkommen sollte, weinte sie. Oder weinte sie ohne einen Grund, einfach, weil er sie zum Wahnsinn trieb?

Inger sagte: „Laß dich doch von ihm scheiden. Ich kann Geld für uns verdienen." Dann lächelte Mama ein bißchen. „Ach nein. Das geht doch nicht."

Nein. Inger glaubte auch nicht, daß das gehen würde. Mama mußte bei Papa sein. Außerdem würde es noch lange dauern, bis sie selber Geld verdiente. Inger dachte: Nie, nie, nie will ich in einer Ehe landen, in der wir uns streiten. Ich werde mich bestimmt streiten, wenn ich groß bin. Und ich werde mich sicher scheiden lassen.

Eines Tages dachte Ørnulf: Sie haben ja recht. Ich sollte meine Fähigkeiten anders anwenden als hier zu sitzen und mich zu streiten. Als mir jahraus, jahrein die Klagen der Patienten anzuhören. Er ging in die Stadt, zu Kontor-Service und kaufte eine Schreibmaschine. Es war eine schöne Rheinmetall-Schreibmaschine, er stellte sie in seiner Praxis vor sich auf den Schreibtisch, spannte einen Bogen ein und blickte darauf.

Aufschreiben. Einfach das Schrecklichste von allem aufschreiben. Was ist das? Tod, Kampf und Leiden. Aber wozu?

Er schreibt und überarbeitet ein Buch, mit dem er vor vielen Jahren begonnen hat, 1946, als er auf Walfang war und nicht im Land sein mochte, als Quisling hingerichtet wurde. Ein größenwahnsinniger Bonze? Schon möglich. Aber ihn hinrichten? Nein. Es war die einsamste Zeit in Ørnulfs Leben. Er war jeden Tag krank vor Sehnsucht nach Evelyn. Am Ende warf er die Schreibmaschine ins südliche Eismeer.

Jetzt nimmt er die vergilbten Blätter wieder hervor und schreibt noch einmal an dem Buch. Sein Schmerz ist darin so versteckt, daß niemand sich wiedererkennen wird. Wenn das Buch zum Verlag kommt, wird sich ebenfalls niemand wiedererkennen. Die Geschichte spielt im Mittelalter. Die Hexe Kristina soll verbrannt werden. Die fleißigen Hände einfältiger Menschen haben auf dem Markt den Scheiterhaufen aufgeschichtet. Aber als die Flammen sie schon erfassen wollen, kommt ein Mann angeprescht und reitet mit ihr in den Horizont. Es ist Dag von Ødegaard, der sie liebt. In der Stadt kommt es zum Aufruhr. Magnus, ein größenwahnsinniger Herzog, und seine Lakaien übernehmen die Macht in der befestigten Stadt, die Priester müssen untertauchen. In ihrem Versteck unterhalten sie sich darüber, wie Magnus eines Tages in der Hölle brennen wird. Magnus nimmt Kristina gefangen und zwingt sie, seine Kebse zu werden. Nach einigen Jahren erhalten die Priester Hilfe von mächtigen Geistlichen, Ritterheeren und Söldnern, und abermals ergreifen die Kirchenmänner die Macht in der Stadt. Magnus wird gestürzt und ermordet. Die fleißigen Hände einfältiger Menschen schichten auf dem Markt den Scheiterhaufen auf. Die Hexe Kristina wird verbrannt. Und Dag verschwindet für immer von Ødegaard.

Niemand versteht, daß es hier um Norwegen 1940 – 45 geht. Er will auch nicht, daß irgend jemand das versteht. Er will das Buch außerdem unter Franks Namen veröffentlichen. Ørnulf kann nicht hier praktizieren und gleichzeitig den Menschen seine Gedanken verraten. Er will trotzdem alles sagen. Sein Urteil über die Dummheit fällen. Die Dummheit – der Abgrund aller Dinge, die Ursache allen Leides.

Evelyn setzt sich an die Schreibmaschine, wenn Ørnulf Krankenbesuche macht, Inger mit Lillian lernt und Ellen schon schläft. Sie schreibt über die Straße. „Es gibt viele Straßen auf der Welt", schreibt sie. „Trotzdem gibt es nur eine Straße. Unsere Straße." Sie erzählt, wie sie in dieser Straße spielen und wie sie sich manchmal auch prügeln. Sie will für Kinder schreiben. Will etwas von dem verwenden, woran sie sich erinnert. Sie liest es Inger vor. „Ach, schreib mehr, Mama! Das ist so spannend!" – „Findest du das wirklich?" – „Ja. Schreib über alles, was du erzählt hast!" – „Dann schreibe ich darüber, wie ich verschwunden bin", sagt Evelyn.

Jeden Tag, wenn Mama und Papa Mittagschlaf hielten, trug Inger die Schreibmaschine aus der Praxis ins Kämmerchen, setzte sich davor und sah sie an. Die Schreibmaschine roch so gut, wenn sie den Deckel aufmachte. Sie hatte feine graue Tasten, auf denen die Buchstaben wild durcheinander und gar nicht nach dem Alphabet verteilt waren. Und sie hatte £ und § und andere Zeichen, die sie unbedingt verwenden wollte. Und wenn sie auf eine große Taste ganz unten drückte, die sich feststellen ließ, wurden alle Buchstaben groß. Eine Taste ganz links hatte einen Ring als Zeichen, wenn sie darauf drückte, kam nur ein Pling-Geräusch. Inger hatte Papa gefragt, wozu diese Taste gut sei. „Die braucht man, wenn man eine Sekretärin hat", antwortete Papa. „Die kommt, wenn man mit der Taste plingt." Praktisch, dachte Inger. Die Frage war nur, ob sie je Verwendung für die Taste haben würde.

Sie setzte sich an einen Roman. Sie wußte nicht, wie man Romane schrieb, aber man mußte wohl einfach anfangen. Das hatten ja auch andere schon gemacht. Zu Anfang ging es schrecklich langsam, fast, als ob sie das Alphabet neu lernen müßte. Aber es war unglaublich, wie bald es schneller ging.

Sie schrieb über ein fünfzehnjähriges Mädchen, das Sonja hieß und seine Eltern nachts streiten hörte. Sie wohnten auf dem Land und hatten einen Hof. Sonja war in Victor verliebt, der jeden Sommer kam und in einer nahegelegenen Hütte Ferien machte. Sie wußte nicht, daß er sie auch liebte. Eines Tages kam ihre Mutter von einer Reise in die Hauptstadt zurück und erklärte, sie wolle sich scheiden lassen. Sie hatte einen anderen kennengelernt. Papa und Sonja waren allein auf dem Hof. Dann verkaufte der Vater den Hof, und sie mußten in die Stadt umziehen. Sonja gefiel es nicht in der Stadt. Schließlich beging sie Selbstmord. Victor blieb auf der Heide zurück und sehnte sich nach ihr, einsam und traurig. Sie hatte nicht gewußt, daß er den Hof gekauft hatte, und jetzt war es zu spät.

„Bei Sonnenuntergang" hieß der Roman, Inger zeigte ihn Mama nicht. Mama sollte nicht sehen, daß sie über Liebe und so etwas schrieb. Aber Lillian durfte das Buch mitnehmen und las es in aller Heimlichkeit. Sie fand es sehr schön und sehr traurig. „Ja", seufzte Inger. „So ist das Leben eben." Und sie blickte in die Sonne, die über Kråkerøy unterging.

Zu Hause bei Holm klingelte unablässig das Telefon. „Hier bei Dr.

Holm, bitte sehr. Dr. Holm ist leider im Moment nicht anwesend. Kann ich ihm etwas ausrichten? – Dr. Holm, bitte sehr. Er macht gerade einen Krankenbesuch, wird aber in einer halben Stunde wieder zurück sein. – Bei Dr. Holm, bitte sehr. Ja, ich werde versuchen, ihn telefonisch zu erreichen, dann rufe ich Sie zurück." Während diese Gespräche abliefen, saß Papa meistens im Wohnzimmer und hörte zu oder war in den Klub gegangen. In Fredrikstad gab es keinen ärztlichen Notdienst, abgesehen von den Wochenenden und den Ferien, wenn die Ärzte überhaupt einmal frei haben wollten, mußten sie ihre Familien auf diese Weise erziehen.

Mama war am Telefon immer nett zu den Patienten, nahm sich Zeit zum Zuhören und notierte, damit sie Papa nachher alles korrekt erzählen konnte. Aber als sie eines Tages ans Telefon ging, war ihre Stimme ganz anders als sonst. Sie sagte nur „ja", machte eine lange Pause, dann kam noch ein „Ja". Inger saß im Kämmerchen. „Hat er das selber gemacht?" hörte sie Mama fragen. Inger erstarrte. Etwas Schreckliches war passiert. Sie hörte Mama zu. Wieder sagte die nur „ja" und „ja". Dann sagte sie: „Und Lisa? Wie steht es mit Lisa?" Gleich darauf kam Mama zu ihr. „Wir haben traurige Nachrichten aus Oslo", sagte sie. „Storm ist tot. Er hat sich das Leben genommen."

Papa kam aus der Praxis. Mama erzählte. Jon Michael hatte angerufen. Lisa und Storm hatten sich nachts gestritten, sie hatten Mühle gespielt und waren über eine Regel unterschiedlicher Meinung gewesen. Storm war zu Bett gegangen, und Lisa hatte sich eine Weile darauf dazugelegt. Morgens war sie wachgeworden und darüber erschrocken, wie er aussah. Da war er bereits tot. Er hatte Schlaftabletten genommen.

„Wie geht es Lisa?" fragte Papa.

„Sie ist total apathisch."

„Was ist apathisch?" fragte Inger.

„Sie sitzt einfach nur da, starrt vor sich hin und sagt nichts."

Später schlägt Mama Inger vor, Lisa einen Brief zu schreiben. „Was soll ich denn schreiben?" fragt Inger. „Schreib über Storm", sagt Mama. „Schreib, daß du an sie denkst und daß du ihn liebgehabt hast. Schreib das, was dir gerade einfällt."

Und Inger schrieb. Sie schrieb, wie traurig es war, daß Storm tot war, und daß sie die ganze Zeit an Lisa dachte und daß sie nie ihre Ausflüge oben in Valdres vergessen würde, wo sie der Mitteltrupp gewesen war. Sie schrieb, sie hoffte, daß Lisa sie bald besuchen würde und daß Lisa nie vergessen dürfte, daß Inger sie sehr, sehr liebhatte.

Später fing Lisa an zu reisen. Sie übernahm die Arbeit ihres Mannes, der Anzeigenakquisiteur für verschiedene Zeitschriften gewesen war. Sie hatte Storm auf fast allen seinen Reisen begleitet. Und es zeigte sich, daß sie die Geschäftsleute sehr gut überreden konnte. Sie bereiste alle Städte Südnorwegens.

Inger schrieb ihr weiterhin. Anfangs waren es ernste Briefe. Danach schrieb sie über alles mögliche, was in Fredrikstad passierte, und daß die Kråkerøybrücke sich vor ihrem Fenster langsam voranarbeitete. Es war eine Brücke, die nie fertig wurde. Alle taten so, als ob sie bald eröffnet werden könnte, aber immer kam etwas dazwischen, und sie mußten den Rat von deutschen Experten einholen. In jedem Hotel, das Lisa auf ihrer einsamen Reise in diesem Frühling besuchte, wartete eine neue Folge des Fortsetzungsromans über die Kråkerøybrücke auf sie. Und ab und zu schickte sie einen kleinen Brief zurück. Darin lag immer ein Fünfer, von dem Inger Mama nichts verraten sollte. „Den kannst du verprassen“, schrieb Lisa. Zwischen Inger und Lisa entwickelte sich eine Freundschaft, die für immer halten sollte.

„An Lisa schreiben macht Spaß“, sagte Inger. „Ich kann schreiben, was mir gerade so einfällt. Und jetzt liest sie Freunden in halb Norwegen Auszüge aus meinen Briefen vor. Vielleicht sollte ich Schriftstellerin werden?“

„Schriftsteller zerbrechen sich bei jedem Wort, das sie schreiben, den Kopf“, sagte Mama. „Manchmal sitzen sie stundenlang an einem einzigen Satz. Laufen hin und her und denken an einen einzigen Satz.“

„Stimmt das?“ fragte Inger. Sie machte das nie so. Sie glaubte eigentlich, daß alles losströmen sollte, wenn man schon schrieb. Andererseits, wenn man immer wieder daran herumfeilte, mußte es am Ende doch ungeheuer glänzend werden. Aber es hörte sich arg schwierig an. Nein. Schreiben – das war die Fähigkeit, beim Schreiben auf neue Einfälle zu kommen, dachte Inger. Wenn sie schrieb, sprudelte es nur so. Ungefähr wie beim Marmelade

Einkochen, es brauste hoch und kochte über. Vielleicht würde sie doch nie Schriftstellerin werden.

„Fast niemand kann vom Schreiben leben“, sagte Mama. „Nicht einmal Johan Borgen. Die meisten müssen nebenher noch einen anderen Beruf haben.“

„Dann will ich Lehrerin werden“, sagte Inger. „Aber zuerst will ich etwas von der Welt sehen und klug werden. Nur dauert das noch so lang, daß ich gar nicht daran denken mag.“

„Aber du bist doch schon gut dabei“, meinte Mama. „Mit Klugwerden, meine ich. Und am Ende machst du Abitur.“

„Ach, es gibt wohl Grenzen dafür, wie klug man in dieser Stadt werden kann“, seufzte Inger.

„Vielleicht ist Fredrikstad keine so dumme Stadt, wie du glaubst. In vieler Hinsicht ist es eine schöne Stadt. Um darin aufzuwachsen. Weißt du, als Emilie klein war, hielt sie Magdeburg für die blödeste Stadt der Welt.“

„Magdeburg? Fand sie das wirklich?“ Das eröffnete Perspektiven. Aber nach einer Weile sagte Inger: „So blöd wie Fredrikstad war Magdeburg sicher nicht.“

Warum war Fredrikstad eine blöde Stadt? Schwer zu sagen. Andererseits brauchte sie ja nur an die Kråkerøybrücke zu denken. Die war der schlagende Beweis, was herauskam, wenn die Gemeinde sich etwas vornahm.

Das erste, was ich mache, wenn ich groß bin, ist jedenfalls, von hier wegzugehen, dachte Inger. Fast alle, die die Gelbe Anstalt besuchten, wollten weg aus Fredrikstad, sobald sich die Möglichkeit bot. Schicksal und Zukunft führten aus der Stadt hinaus. Das war sicherer als alles andere.

Als sie nach den Pfingstferien in die Schule zurückkamen, war Beate normal geworden. Inger entdeckte sie sofort, als sie den Schulhof betrat, wie immer, aber plötzlich war sie wie alle anderen geworden. Lag es daran, daß sie etwas längere Haare hatte? Später an diesem Tag stellte sie fest, daß Beate Dummheiten sagen konnte.

„Ich weiß wirklich nicht, warum Beate sich so eine Frisur zugelegt hat“, sagte sie auf dem Heimweg zu Lillian. Aber Lillian schien nicht zu verstehen, was sie meinte. Sie hatte Beates Haare vielleicht noch nie besonders schön gefunden.

Von nun an wußte Inger nicht mehr so recht, was sie zu Beate sagen sollte. Früher war das nie ein Problem gewesen. Da war sie einfach übergeschäumt. Aber jetzt schäumte sie im Gespräch mit anderen über. Mit Inger Gjallum zum Beispiel. Mit Inger Gjallum war alles lustig. Das war schon so, seit sie in Handarbeit Ungenügend bekommen und sich im Schnee gewälzt und gelacht hatten. Inger war genauso verrückt wie sie. Jetzt fragt sie, ob Inger zum Johannisfest mitkommen will.

In Onsøy wird das Johannisfest gefeiert. Eine aus der E-Klasse, Tove Midtbø, hat draußen einen Hof. Alle zweiten Klassen werden eingeladen. Es ist ein großer Hof, er liegt auf einer Anhöhe und überblickt das grüne hügelige Onsøyland mit seinen Inseln aus Laubwäldchen zwischen den Wiesen und dem Nadelwald in der Ferne. Auf dem Hofplatz steht eine hohe, dickstämmige Birke, das Haus ist groß und weiß und aus querliegenden Brettern errichtet, rote Nebengebäude und eine riesige Scheune umkränzen den Hofplatz. Alles ist mit Laub geschmückt, Herr und Frau Midtbø kommen heraus, sie nehmen am Fest teil, sie stoßen an und tanzen, sie sind nicht wie andere Eltern. Man kann vergessen, daß sie da sind. Sie haben viel gelesen und sind weit gereist, sie reden nicht mit Onsøyakzent, und manchmal werden draußen Kurse veranstaltet, bei denen Schriftsteller und andere Persönlichkeiten Vorträge halten. Toves Mutter ist eine stattliche, erwachsene Ausgabe von Tove, sie reicht allen die Hand und raucht mit rotem Lippenstiftmund Abdullah. Im Haus gibt es ein Zimmer, das nur als Bibliothek dient. Tove zeigt ihnen das Haus von außen und innen. „Ach, was war ich nervös!“ sagt sie. Kein anderes Mädchen benutzt solche Wörter. Aber so heißt es nun mal. Nervös. Aufgeregt. Froh. Ängstlich. Wird es mir gelingen? Werde ich geliebt werden? Ach, wenn nur alles gutgeht!

Es geht gut. Das Feuer wird angezündet, sie sehen einander im Flammenschein an, tanzen auf dem Hof, verschwinden in der Scheune, verschwinden hinter Haus und Nebengebäuden, in Wäldchen und Büschen, hier gibt es so wunderbar viele Stellen zum Verschwinden.

Papa ruft an. Halb zwölf. Sie soll nach Hause kommen. „Ich komme zur Halbzeit“, sagt Inger. Inger Gjallum und Tove Midtbø stehen neben ihr und lachen. Halbzeit, du meine Güte! Papa ärgert sich. „Das ist kein Zeitpunkt!" Aber sie hat diese vortreffliche Uhrzeit von ihm übernommen. „Ja, aber ich will jetzt noch nicht los." Kurz darauf ruft er wieder an.

Inger radelt nach Hause. Die Seidenstrümpfe fühlen sich kalt an ihren Waden an. Kalte, kalte Mittsommernacht. Geknutsche im Heu mit einem, auf den sie gar nicht gehofft hatte. Leif nahm sich die Fescheste. Verschwand einfach. Nebelfetzen schweben über dem Feld. Ein Pferd steht still auf der Anhöhe, wie eine Skulptur, und denkt. Der Himmel ist hellblau. Sie strampelt und strampelt, und ihre Gedanken sind seltsam und wirr. Jetzt, in diesem Moment hätte ich lieben müssen. Ich dürfte nicht allein hier nach Hause fahren und frieren. Es ist Mittsommer, und ich bin fünfzehn Jahre alt. Jetzt ist das Leben. Der stille Dunst über den leichten Hügeln. Sie hört im Fahren Inger Gjallum und Tove Midtbø lachen. Nichts ist so witzig wie mit den Mädchen zu lachen. Aber sie wäre gern mit Leif im Heu gewesen. Wenn sie doch nur irgendwer lieben könnte!

Niemand liebte sie. Sie war nicht fesch genug. Nicht schmal genug um die Taille, nicht sanft und lachend genug, mit langen Locken und Jungmädchenlächeln. Nicht so, wie sie wollten.

Warum kam er nie, der Junge mit den blonden Haaren und den starken Händen, der sie an sich zog und sagte: „Ich liebe dich!" Langsam schob er seinen Zeigefinger unter ihr Kinn, hob ihr Gesicht zu seinem, und sie wußte, als das geschah, daß sie sich ihm ergeben mußte. Sie gehörte ihm. Und da mußte sie ja auch zugeben, daß sie ihn liebte.

Sie wußte, daß es so sein mußte. Der Mond würde auf sie herabscheinen, und nie, nie würden sie sich wieder trennen. Aber warum kam er denn nie? Sollte sie denn nie das erleben, was alle anderen erlebten – einem anderen Menschen mit ganzem Wesen zu gehören? Er mußte kommen! Überall sonst kam er doch. Knut kam zu Inger, in „Auf der falschen Seite" von Evi Bøgenaes. Am Ende kam er, folgte ihr Slemdalsveien hinauf, nach der Abwesenheit vieler bitterer Jahre, hielt sie in den Armen und war der einzige auf der ganzen Welt, der sie verstand. Verstand, wie sie gelitten hatte, als ihre Eltern, diese Groß-Nazis, sie gezwungen hatten, in die Jugendorganisation der norwegischen

Nazis einzutreten. Nils kam zu Nenni in „Niemand kennt das Schicksal“, pflückte mit ihr in Nordmarka Leberblümchen, nachdem er sie heimlich zwei Jahre geliebt hatte. Da stand er, hinter einem Baum, und ließ sie nicht aus den Augen. Endlich begriff sie, und sie erwiderte seine Liebe. Jean Baptiste Bernadotte kam zu Désirée und nahm sie mit sich nach Schweden, Fürst Wronski kam zu Anna Karenina, Leutnant Glahn zu Edvarda, Rhett Butler zu Scarlett O'Hara. Nie wurde es Inger über, an die Liebe zwischen Rhett Butler und Scarlett O'Hara zu denken, von Anfang bis Ende, durch den ganzen Bürgerkrieg, Feuer und Getöse und die Vorhänge von Tara, aus denen ein Kleid genäht wurde. Doch, immer kam ein Mann in weißem Hemd mit kräftiger Brust und liebte. Nur zu Inger Holm im Bjørnegården, Fredrikstad, kam er nie.

Und jetzt, im letzten Buch, das sie gelesen hatte, kam er auch. Erlend Nikulaussohn von Husaby. Sie sieht seinen dunklen Kopf vor sich, der so schön auf seinem schmalen Hals sitzt, sie sieht, wie er Kristin Lavranstochter so in die Arme nimmt, daß sie einfach nachgeben muß. Das einzig Irritierende war, daß Kristin ihm das noch drei Bände lang übel nahm.

Zum Schluß endete ihre Ehe mit Trennung, bloß weil sie nie vergessen konnte. Er ging in die Berge und ließ sie im Stich, als sie ihr letztes Kind zur Welt brachte, und danach wurde er vor ihren Augen ermordet, als sie sich schon wieder gestritten hatten. Das war töricht. Liebten sie sich denn wirklich, wenn sie sich so dumm aufführen konnten? Nein. Der einzige, der in diesen Büchern wirklich liebte, war Simon Darre. Er hatte nie aufgehört, Kristin zu lieben, seit seiner Jugend hatte er sie geliebt, aber nachdem er ihre Schwester geheiratet hatte, konnte er nie, nie etwas über diese Liebe sagen. Wie brennend wünschte sich Inger, daß Simon Kristin doch einmal sagen könnte, wie sehr er sie liebte, wenigstens ganz zum Schluß, auf dem Totenbett, wo sie ihn pflegte. Warum mußte Sigrid Undset ihn unbedingt sterben lassen, ohne das gesagt zu haben?

„Kristin“, sagte Simon, schrieb Inger in ihr Tagebuch. „Kommst du einen Augenblick zu mir?“ Kristin kam, stand neben seinem Bett, blickte auf ihn herab. „Was gibt es?“ fragte sie. Sie war schöner denn je. „Laß mich deine Hand nehmen. Erlaubst du mir das?“ fragte Simon. Kristin nickte, sagte nichts, streckte aber ihre Hand zu seinem Hals hin aus. Er ergriff sie begehrlich. Inger hielt einen Moment inne, während sie ans Begehren dachte. Dann schrieb sie weiter. „Ja, Kristin Lavranstochter“, sagte Simon. „Du wirst es mir wohl nie verzeihen. Aber jetzt muß ich sterben. Und deshalb möchte ich dir gern eines sagen. Ich liebe dich, Kristin. Ich habe dich immer geliebt. Seit ich dich zum erstenmal gesehen habe und wir verlobt wurden. Durch alle diese Jahre und durch alle Schwierigkeiten, die wir durchmachen mußten, hindurch habe ich dich geliebt. Und jetzt, wo ich hier liege und sterben muß, liebe ich dich bis in den Tod hinein...“

Inger starrte lange vor sich hin, während sie Simon Darre und seinen Worten in den Tod folgte. Nein, dachte sie traurig. Auch Simon Darre hat nie erlebt, daß die Liebe kam. Sie brannte das ganze Leben lang in ihm.

Als sie im Bett und schon fast eingeschlafen war, hörte sie draußen eine Stimme. „Inger!“ Sie stand auf und öffnete das Fenster. Dort stand Inger Gjallum mit ihrem Fahrrad auf der Brücke und lachte. „Ich konnte es da nicht mehr aushalten“, sagte sie. „Bei mir hat einfach keiner angebissen.“

Und die beiden Mädchen lachten ihr erfolgloses Lachen in die Sommernacht hinaus.

Am Tag darauf schrieb Inger eine ihrer glühenden Liebesgeschichten, in denen alles in Erfüllung ging.

Nachmittags, als sie es sich nach Mamas Mittagschlaf gemütlich machten, wagte Inger es, die schönste dieser Liebesgeschichten zu holen und sie Mama vorzulesen. „Sie gestanden sich ihre Liebe, und dann küßten sie sich im Mondenschein“, las Inger. Mama zögerte kurz, als sie fertig war. Dann sagte sie: „Halt du dich ans Humoristische, Inger. Da bist du am besten.“

Nein, dachte Inger. Mama versteht wohl auch, wie sehr es glüht.

Französisch mit Frida

Jeden Sommer fuhr Fräulein Frida Grytum zu ihrem Sommerhaus auf der Insel Vesterøya in Hvaler. Es war ein kleines zweistöckiges Haus mit Glasveranda und senfgelbem Giebel und Blenden, und es lag am Rand einer schmalen Bucht. Sie hatte es von ihren Eltern geerbt, sie hatten es gebaut, als sie noch klein war, hier konnte sie Ruhe und geistige Nahrung suchen und sich mit Büchern nach ihrem Herzen vom Schuljahr erholen. Dazu kam sie im übrigen Jahr nur selten. In diesem Jahr verschanzte sie sich hinter Balzac und den ersten Bänden von Grimbergs Weltgeschichte.

Als Frida Grytum als frischausgebildete Lehrerin für Französisch, Deutsch und Geschichte nach dem Krieg eine Stelle gesucht hatte, war sie nur unter der Bedingung eingestellt worden, daß sie pro Woche auch noch sechs Stunden Handarbeit unterrichtete, ein Fach, in dem sie nicht ausgebildet war und das sie kein bißchen interessierte. Aber das war ein Geheimnis, das Fräulein Grytum in ihrem Herzen bewahrte. Was hätte aus Handschuhen und Kitteln werden sollen, wenn die Schülerinnen gewußt hätten, daß sie diese Kleidungsstücke genauso verabscheute wie die Schlechtesten unter ihnen? Da biß sie doch lieber die Zähne zusammen und griff zum Fingerhut. Bis zu ihrem achtundzwanzigsten Lebensjahr hatte sie als Telefonistin gearbeitet und sich dann entschlossen, ihrem Leben mehr Sinn zu geben. Einen Mann schien sie nicht bekommen zu können, sie hatte auch nie damit gerechnet. Nach einer Verletzung hinkte sie nämlich auf einem Bein. Ihre große Liebe hatte sie in ihrer frühesten Jugend in Paris verlassen, und einen anderen wollte sie nicht. Nein, sie konnte Jean-Paul nie vergessen. Sie träumte noch immer von ihm. Sie hängte die Kopfhörer an den Nagel, fuhr nach Oslo und studierte Französisch. Und als sie dann fertig war, mußte sie nehmen, was sich gerade bot.

Morgens ging sie in ihren gepunkteten Shorts und ihrem kleinen, weichkrempigen Sonnenhut an die Bucht, unter dem Arm Balzacs „Eugénie Grandet“, ein wunderbar spöttisches Buch, das von den treffendsten Entlarvungen der menschlichen

Natur nur so überquoll, setzte sich und blickte auf das Wasser. Sie tunkte die Füße hinein und konnte lange so sitzen und nachdenken, ehe sie sich endlich hineinwagte. Eine Wikingerin war sie nie gewesen. Aber sie hatte einen guten Kopf, das hatte man ihr immer gesagt. Als junges Mädchen hatte sie davon geträumt, Verfasserin zu werden, so hatte sie das damals genannt, heimlich schrieb sie kleine Erzählungen, die sie sich selber laut vortrug. Diese alberne Eigenart hatte sie immer noch nicht ablegen können. Auch jetzt, vor allem hier draußen, konnte sie plötzlich von einem intensiven poetischen Wortstrom erfaßt werden, der ohne Vorwarnung durch ihren Kopf brauste und zu Papier gebracht werden wollte. Aber Verfasserin wurde sie nie. Statt dessen wurde sie Lehrerin.

Das war in ihrer Familie etwas Großes. Niemand dort hatte bisher studiert, und ihre Eltern konnten das vor ihrem Tod gerade noch miterleben. Und jetzt saß sie hier mit dem Haus und den Kindheitserinnerungen und einer Ausbildung, die eine Arbeit garantierte, die während des übrigen Jahres all ihre Kräfte verschlang. Andere beneideten die Lehrer oft wegen ihre langen Ferien. Und hinter dem Pult schienen sie ja auch nur Ferien zu machen. Alle wußten, wieviel nicht wiedergutzumachenden Schaden Lehrer jungen Seelen zufügten. Und alle anderen wußten viel besser als die Lehrer selber, wie diese Arbeit getan werden sollte. So gesehen war es ein origineller Beruf. Aber nicht einer dieser Kritiker wäre bereit, selber Lehrer zu werden. Es war seltsam, daß niemand etwas tun wollte, bei dem alle sich so gut auskannten. Auch so gesehen war es eine originelle Arbeit.

Frida Grytum schickte ihr Seufzen über die Wellen und ließ diese ihre spöttischen Gedanken entgegennehmen. Doch, sie wußte sehr wohl, daß ihre Schülerinnen sie spöttisch nannten. Aber wie sollte sie sich sonst wehren? Junge Menschen heute wußten ja gar nicht, was Mühe wirklich war. Es war eine verwöhnte Generation, die ihr da unter die Brille geraten war. Und sie mußte auch zugeben, daß sie sich nicht aus brennendem Interesse für die heranwachsende Jugend für dieses Leben entschieden hatte. Sondern aus Liebe zur französischen Sprache. Zum Wort und zur Literatur. Aber was passierte, wenn der ganze Tag darin bestand, aufzustehen, in die Schule zu gehen, zu unterrichten, nach Hause zu gehen, zu Abend zu essen, ein Nickerchen zu machen, sich auf den nächsten Tag vorzubereiten, Hefte zu korrigieren, zu schlafen und wieder aufzustehen? Alle ursprüngliche Begeisterung für das Fach verschwand. Das Schlimmste am Unterrichten war nicht das Unterrichten selber. Sie unterrichtete gern. Aber sie verlor die Leselust. Sie verlor den Drang, Neues zu erforschen. Wie oft hatte sie morgens gedacht: Wenn ich diesen Tag doch nur für mich hätte! Um mich hinzusetzen und zu lernen und zu lesen, damit ich den Schülern wirklich etwas geben könnte!

Nach den Ferien fühlte sie sich so. Sie war voller Mut und Begeisterung. Aber wenn die erste Schulwoche vergangen war, war alles wie zuvor. Das einzige, was sie las, waren der Stoff für den nächsten Tag und Sekundärliteratur, um diesen Stoff zu vertiefen. Sie hatte schreckliche Angst davor, eine Vokabel nicht zu wissen. Unvorbereitet zu einer Stunde zu erscheinen und einfach etwas aus dem Ärmel zu schütteln, wie einzelne Kollegen das machten, war für sie unvorstellbar. „Schreibt auf, was ihr zu Hause gelernt habt!" sagten die, oder sie teilten ein paar Aufgaben aus, setzten sich hinters Pult und paßten auf, daß niemand schummelte. Frida Grytum machte immer präzise Pläne, bereitete sich auf alle Eventualitäten vor.

Das Resultat war, daß das Spannendste, was sie noch hatte, nicht Glut und Begeisterung für Sprache und Kultur oder die Welt der Bücher waren, sondern die Schüler selber. Die waren im Grunde das einzige, was sich in dieser Tretmühle veränderte. Nicht eine Klasse glich einer anderen. Manchmal konnte sie von einer absolut unglaublichen Liebe – ja, Liebe! – zu einer Klasse besessen sein. Eine Klasse war wie ein Mensch – ein lebendiger Organismus, wenn auch mit vielen Armen und Beinen, aber mit einem Kopf, einem Geist, einer Laune, einer bestimmten Stimmung. Zu ihrer Verwirrung war es vorgekommen, daß sie sich schlichtweg verliebt gefühlt hatte.

Frida Grytum errötete, als sie daran dachte. Aber ein passenderes Wort gab es nun einmal nicht. Es war natürlich lächerlich. Was für eine Vorstellung, hier saß sie, eine alte Jungfer von sechsundvierzig Jahren, und hatte Schmetterlinge im Bauch, weil sie vor eine Klasse treten sollte. Vor allem, wenn es sich herausstellte, daß diese Empfindungen sich in einem bestimmten Schüler oder einer bestimmten Schülerin kristallisierten – es konnte ein Mädchen oder ein Junge sein, diese Gefühle waren ja schließlich rein geistiger Natur –, war sie übel dran. Dann hatte die Klasse sie in der Hand.

Frida Grytum ließ sich das nie anmerken. Diese Gefühle schufen die Spannung, die es in ihrem einsamen Leben eben gab. Denn Frida Grytum war einsam. Sie hatte keine Familie, keine Geschwister, nur einige entfernte Verwandte, aber die sah sie nur zu Weihnachten, und das nicht einmal jedes Jahr. Sie hatte in verschiedenen Orten in Ostnorwegen gewohnt, aber nirgendwo hatte sie gefunden, was sie als „enge Freunde" bezeichnen würde. Die meisten waren von ihrer Familie und halbwüchsigen Kindern in Anspruch genommen, sie waren sich selbst mehr als genug.

Eine gute Freundin hatte sie. Bolette Borup, eine alte Kommilitonin. Sie war etwas jünger als sie und besuchte sie jeden Sommer hier draußen. Leider wohnte Bolette während des übrigen Jahres in Tromsø, wo sie am Gymnasium unterrichtete und ebenso einsam war wie Frida.

Aber Frida Grytum beklagte sich nicht. Sie hatte ein gutes Leben und war gesund. Das Schlimmste daran, unverheiratet und allein zu sein, war, daß die anderen glaubten, sie müsse zutiefst unglücklich sein über dieses Schicksal und ihr Gebrechen und vielleicht sogar über ihre geistigen Interessen. Aber die anderen, die sie so bedauerten oder die jedenfalls so taten, schwammen die vielleicht im Glück? O nein. Frida Grytum durchschaute sie und vieles andere auf der Welt, und wie sie jetzt so hier saß und auf das Wasser blickte, während die unglaubliche Geschichte von Eugénie Grandet und ihrem abenteuerlichen egoistischen Vater neben ihr lag, fand sie, sie könne es gar nicht besser haben. Solange ihr Kopf mit all seinem Spott funktionierte, war es gut zu leben.

Sie ging in das kleine Badehaus, zog ihren gelben Strickbadeanzug an und stieg in die Wellen. Nichts war so wunderbar wie das Leben, dachte Frida Grytum, als sie wieder an Land stieg und auf dem Steg in die Sonnenglut und ihren Balzac eintauchte.

Als Bolette dann kam, brachte sie „Le deuxième sexe" von

Simone de Beauvoir mit, das sie gerade las, und war Feuer und Flamme. Auch Frida mußte es lesen. Doch, sie hatte es schon einige Jahre herumliegen, zusammen mit „A la recherche du temps perdu“, das sie im Antiquariat gekauft hatte. Jetzt las sie mit Bolette Beauvoir. Endlich wurde alles in die richtige Perspektive gerückt. Beauvoir war eine Frau mit großem Wissen. Die Sonne brannte. Sie wurden braun und schön. Ihre Gesichter glühten. Als Frida Grytum zum ersten Schultag nach den Ferien erschien, war sie von Enthusiasmus erfüllt.

Frida Grytum wurde die Liste ihrer Klasse überreicht. Sie war jetzt Klassenlehrerin der 3 Eb, die sie in Französisch unterrichten sollte. Ihre Augen glitten über die Liste.

Ach, du liebe Zeit! dachte Fräulein Grytum. Da sind die beiden, denen ich in Handarbeit Ungenügend gegeben habe. Und diese Liv Mo aus der D war auch eine ganz schöne Range. Und Leif Bang Monradsen, war der nicht wegen dieses Hitlerunfugs zum Rektor geschickt worden? Gyda Gulldahl war wohl ziemlich schwach, und Hartvig Gravdahl galt als widerspenstiges Genie. Aber Beate Halvorsen und Lillian Oppegård, das waren immerhin nette Mädchen.

„Da hast du ja alle Hände voll zu tun“, sagte der Rektor, er schaute ihr über die Schulter. „Alles versammelt, vom höchsten Gipfel bis zum tiefsten Abgrund.“ – „Ach“, erwiderte Fräulein Grytum. „Ich werde ihnen schon Französisch beibringen.“

Inzwischen saß die 3 Eb im Fram-Zimmer und lachte. Liv Mo am mittleren Tisch brach in schallendes Gelächter aus. „Diese Klasse!“ rief sie und sah sich zufrieden um. Jetzt waren die Verrückten von St. Croix wieder vereint. Und da saß doch glatt auch noch die alte Trara-Clique. Alte Freundinnen aus Volksschule und Mittelstufe waren in einem lachlustigen Haufen vereint. Meine Güte! Das würde lustig werden. Aber als sich verbreitete, was Nina Bøhmer gehört hatte – daß sie Gryta als Klassenlehrerin haben sollten –, verstummte das Lachen. Viele aus der 3 Eb hatten seit der Volksschule keine Lehrerinnen mehr gehabt, abgesehen von den Fächern Turnen und Handarbeit. Und Kochen, falls sich daran noch jemand erinnerte. Doch, Liv Mo, Jorunn, Lillian, Inger und Nina konnten sich alle noch gut an Rakel Jonassen und den Kabeljau erinnern. Eine Erinnerung fürs Leben. Aber jetzt sollten sie bei Fräulein Grytum Französisch haben. „Handarbeit mit Gryta“ wurde zu „Französisch mit Frida“. Würde sie französische Deklinationen genauso sauer mit ihnen durchgehen wie die ewigen Strickmuster an der Tafel und den Umstandskittel im Handarbeitssaal? Dann hatten sie wenig Grund zur Freude.

Und da kam Frida Grytum mit ihrer Perlenkette, ihrem gutfrisierten Haar und ihrem braunen Sommergesicht. Sie starrten sie in stummem Widerstand an. Sie setzte sich hinters Pult und blickte über sie hinweg, während der potentielle Spott hinter ihren Brillengläsern funkelte. Nachdem sie die Namensliste durchgegangen war, kam sie sofort zur Sache. „Es gibt einen Laut, den ihr lernen müßt, wenn ihr diese Sprache sprechen wollt. Und das ist der Nasallaut ng wie in Gesang. Nasal bedeutet, daß er durch die Nase geht. Jetzt versuchen wir es zusammen, ng, ng, ng, ng, ng. Alle.“ Einzelne ng, einzelnes Kichern, sie wagten nicht, einander anzusehen. „Na los, Gesangngngngngngng!“ sagte Gryta. „Gesangngngngngngng“, kam zuerst vorsichtig, dann lauter. Der Nasal verbreitete sich über die Tische, überall im Fram-Zimmer sang es nasal. „Großartig“, sagte Gryta. „Und jetzt dieser Satz: Un bon vin blanc. Das bedeutet: Ein guter Weißwein.“ Sie schrieb ihn an die Tafel. Un bon vin blanc. Lauter Nasale. Un – bon – vin – blanc, sagte die 3 Eb. „Un bon vin blanc, un bon vin blanc. Jetzt könnten wir sofort nach Frankreich fahren.“

Fräulein Grytum ging durch die Reihen. Alle mußten „un bon vin blanc“ sagen. Sie grauten sich. Niemandem wurde es erspart. Gryta arbeitete sich vorwärts. Am Ende hatten sie es alle geschafft. „Na also“, sagte Gryta. „Das war die erste Französischstunde.“ In diesem Moment schellte es, wie bestellt, und Fräulein Grytum verließ den Raum.

Danach brachte Frida Grytum die Konjugationen. Dessiner – dessinant – dessiné. Das bedeutete „zeichnen“ und war die erste Konjugation. Sie brachte „Le soleil est jaune“, „la lune est blanche“ und „l’homme est petit“. Die Welt war groß, der Mensch klein. Sie brachte französische Lieder und ihre Jugenderlebnisse in Frankreich, von der Place de l’Etoile und der Place de la Concorde. Sie brachte accent aigu und accent grave. Und das Erstaunliche geschah, daß Frida Grytum im Laufe weniger Wochen Paris ins Klassenzimmer gebracht und die Herzen der 3 Eb für ein neues

Land geöffnet hatte. Auf dem Schulhof konnte man sie mit nachdenklichem Gesicht deklamieren hören: „Être ou ne pas être, voilà la question."

Als sie etwas mehr konnten und dessen für wert befunden wurden, besuchte sie Madame de la Fayette Knudsen, eine Dame, die Gryta durch die Alliance Française kannte. Sie sprach mit fröhlichem Mund richtiges Französisch und zeigte Dias. Durch „Französisch mit Frida" eröffneten sich neue Perspektiven, wer hätte das bei den schlimmsten linken Maschen gedacht.

In Erdkunde bekamen sie einen, der redete und redete und dem niemand zuhörte. Torbjørnsen hieß er, und niemand gab ihm einen Spitznamen. Torbjørnsen war Torbjørnsen. In diesem Jahr nahmen sie Norwegen durch. Und zwar einen besonderen Aspekt. Polarfront und Meridiane. U-Täler und V-Täler, Feldspat und Gneis. Erosion und eruptive Bergarten, Äquator und Südpol, Kabeljaufang und Tundra. Sämtliche Seen und einen blöden Merksatz, mit dem sie sich die Namen auch merken konnten.

Bei Torbjørnsen hatte noch nie jemand etwas gelernt. Soviel sie wußten, jedenfalls. Weder in Erdkunde noch in Deutsch oder Norwegisch, seinen drei Fächern. Man kam nie zu Wort. Er stand am Pult und führte seinen kleinen leisen Monolog mit sich selber und seinem freundlichen Gesicht, eine Stunde nach der anderen, jahraus, jahrein, während die Klasse sich in ihre Einzelfaktoren zerlegte, bis die Schulglocke sie zum Ausmarsch rief, und ab und zu holte er einen Schüler an die Tafel und hielt dann mit ihm einen ebenso leisen Dialog. Am Ende bekamen alle „gut".

Zum Ausgleich konnte man im Laufe der Jahre eine stattliche Menge an Revueschlagern lernen, von denen Torbjørnsen ein offenbar unerschöpfliches Reservoir hatte. An seinem Gedächtnis und seiner Musikalität war nichts auszusetzen. „Singen, Torbjørnsen", rief die Klasse. Torbjørnsen sang. Mitten in einer Polarfront. „Jetzt – geh' – ich – ins – Maxim!" Seine Stimme lief davon, er konnte eine ganze Stunde mit der „Lustigen Witwe" und alten Schlagern füllen, manchmal spielte er ihnen eine ganze Operette vor, mit Orchester, Fagott, Oboe und allem, was dazugehörte, fuhr wie ein Tornado in schwarzem Umhang als „Fledermaus" übers Pult, war Tenor, Baß und Sopran in einer

Person. Letzteres war zweifellos am witzigsten, am besten war er als Hanna Glawari.

In Mathematik bekamen sie einen Neuen. Blom hieß er. Sie hatten noch nie einen so jungen Lehrer gesehen. Und auch keinen so kleinen. Sofort lärmten sie los. Aber Blom war eine geduldige Seele. Und das Seltsamste von allem: Er hatte es sich in den Kopf gesetzt, diesen Mädchen Mathematik beizubringen. Hier saßen mehrere Mädchen mit guten Noten in den meisten Fächern, die in Mathematik nur eine Drei oder Vier bekamen. Was für Unfug! dachte Blom. „Aber, ich verstehe es nicht", sagte Nina Bøhmer zu ihm. „Doch", widersprach Blom. Und daran hielt er in den zwei Jahren, die sie ihn hatten, fest. Er gab nie auf. Er wanderte zwischen den Tischen umher, rechnete mit ihnen, während andere an der Tafel standen, bis er ganz sicher war, daß es alle begriffen hatten. Das war etwas ganz Neues. Bei Markmo hatten sie einfach mitmachen müssen, wenn sie das konnten, und Inger war zum Beispiel nie abgehört worden. Im Laufe ihrer beiden Jahre bei Markmo hatte der sich kein einziges Mal an sie gewandt, hatte sie nie drangenommen, wenn sie sich meldete, und ihr keine einzige Frage gestellt. Er nahm die dran, von denen er glaubte, daß sie es konnten, und ließ die anderen ganz konsequent fallen. Das war ein pädagogisches Prinzip. Abgesehen von den Malen, wo er wie ein Blitz aus heiterem Himmel über jemanden hereinbrach, nur der Wirkung zuliebe. Und die Wirkung stellte sich dann auch ein. Sølvi Andersen und Stine Weidel blieben wegen ihrer Mathematiknoten hängen und mußten die 2. wiederholen.

Bei Blom war das anders. „Hast du das begriffen, Lillian?" fragte er. „Hast du das begriffen, Inger?" Im Laufe des Schuljahres hatte er einzelne Noten beträchtlich verbessern können. Aber woher er seine pädagogischen Vorstellungen nahm, war ein Rätsel.

Chemie und Physik hatten sie bei Studienrat Tollefsen. Er war jung und hübsch, saß in den Stunden aber zumeist hinter dem Pult, rieb sich das Gesicht und verhehlte keine Sekunde, daß der Stoff ihn unsäglich langweilte, die 3 Eb womöglich noch mehr, und er erhob sich erst von seinem Stuhl, wenn es schellte. Jedesmal hörte er Liv Mo und Inger Gjallum ab. Selten andere. Als sie ihn im Herbst darauf hinwiesen, sagte er: „Das mache ich so, wie ich will."

Tollefsen war müde. Viele Lehrer waren müde, aber sie waren auch alt. Tollefsen war jung und müde. Er klagte über Fredrikstads unmögliches Klima. Es gefiel ihm hier nicht. Er kam aus Kongsberg. Da konnte man Ski laufen, und es gab frische Luft. In Kongsberg war alles besser. „Alles ist besser in Kongsberg", äfften die Schüler ihn nach, wenn er es nicht hören konnte. Bald hieß er so bei ihnen.

Die meisten Lehrer hatten etwas Verzagtes, wie sie in ihren graubraunen Arbeitskitteln und mit gefurchten, nachdenklichen Gesichtern so herumliefen. Zu Anfang hatten sie sich eher vor ihnen gefürchtet, vor den meisten jedenfalls. Wurden sie so durch ein langes Leben voller Wiederholungen – ohne Aussicht auf Weiterkommen? Der gleiche Stoff, der gleiche Kreislauf, die gleichen widerwilligen Schüler, Lärm und Albernheiten? Wie hielten sie das aus?

Vielleicht hielten sie es ja gar nicht aus. In ihrer Jugend hatten sie vielleicht hohe Ziele und eine verheißungsvollere Zukunft angestrebt. Hartvig hielt alle Lehrer für gescheiterte Poeten und abgestürzte Philosophen. „Salamander", sagte er. „Salamander." – „Ein Lehrer wird nie hoffen können, je Hartvigs Niveau zu erreichen", meinte Inger.

Aber zu Anfang der dritten Klasse erschien Winding. Er erschien in brauner Samtjacke und mit tiefer Stimme und stellte sich vor sie und erzählte. Erzählte! Alles, was nicht im Geschichtsbuch stand, erzählte er. Er hatte die großen Gedanken aller Zeiten eingesogen, hatte den Duft der großen Meister verspürt, einen Blick in Dantes Gedankenwelt geworfen und Ciceros Reden verfolgt. Als Caesar ermordet wurde, stand er daneben, sah jeden Stich und hörte deutlich die Worte: „Etiam tu, mi fili Brute!" Er hatte an Sokrates' Dialogen teilgenommen, hatte Alkibiades hereinkommen und sich schämen sehen, hatte das Wesen der Liebe mit Plato diskutiert und zusammen mit den anderen Schülern die letzten Stunden des Sokrates bei ihm verbracht, ehe er den Schierlingsbecher leerte. Er hatte noch einige Stunden vor sich. Nach und nach wurden seine Beine schwerer, er mußte sich setzen. Er war unschuldig verurteilt worden, weil er „die Jugend verdarb“, wie behauptet wurde, aber er hatte doch nur gewollt, daß die Jugend selber denken lernte. „Erkenne dich selbst!“ hatte Sokrates gesagt. „Ich weiß nur, daß ich nichts weiß.“ Aber dann sagte er, sie sollten nicht um ihn trauern, er vermittelte ihnen Ruhe und den Glauben an das Gute, trotz des tragischen Todes, der ihm bevorstand, und deshalb fand auch Winding in seinen Worten Trost. Den gab er an die 3 Eb weiter.

Wie wurde Geschichte ein Tanz? Ein Spiel? Ein Lied und eine Blumenwiese, wie geschaffen für die traumumsponnenen Köpfe junger Mädchen? Ganz einfach: Wie Winding sein. Intensiv sein. Das lieben, was man sagt. Seinen Stoff lieben.

Und dann kam eines Tages Winding überhaupt nicht in die Schule. Er war einfach verschwunden, und es hieß, er würde auch lange nicht wiederkommen. Mehr wurde nicht dazu gesagt. Die 3 Eb starrte das leere Pult an. Es gab auch keinen Vertretungslehrer. Alle hatten mehr als genug zu tun. Daß ein Lehrer einfach verschwinden konnte, hatten sie noch nie erlebt. Selten war vielleicht der eine oder andere krank, aber nur für ein oder zwei Tage. Was war mit Winding passiert?

„Er trinkt angeblich zuviel“, flüsterten die Mädchen.

„Er ist ausgetickt“, meinten die Jungen.

Niemand wußte das mit Sicherheit. Und heimlich hofften und beteten sie allesamt, daß Winding bald zurückkäme. Die Gelbe Anstalt war ohne ihn nicht dasselbe.

Und Winding kam. Nach drei Wochen kam er mit neuem dunklem Samtanzug, glattgebügeltem weißem Hemd und Schlips, so elegant hatten sie ihn noch nie gesehen. Und wieder hob er die Handflächen und die Stimme und hatte weder Sokrates noch die Akropolis vergessen, und jetzt erzählte er ihnen, wie die Stimmung der Niederlage in Athen sie damals dazu gebracht hatte, einen Unschuldigen hinzurichten. „Und das ist eigentlich ein seltsamer Gedanke“, sagte Winding, „daß Sokrates, mit seiner Botschaft von Versöhnung und Gewissenserforschung, genausogut ein Christus hätte werden können. Denn in den Jahrhunderten vor und nach dem Jahr Null gab es am Mittelmeer viele Religionen und viele Messiasse. Ein Zusammenprall vieler unterschiedlicher Umstände war dafür verantwortlich, daß gerade Jesus zu Jesus wurde.“ Er lächelte leicht und fügte ganz ernst hinzu: „Wenn

Sokrates Religionsstifter geworden wäre, trügen die Priester heute wohl einen Giftbecher um den Hals. Ja, das hört sich seltsam an, aber was ist schließlich das Kreuz?"

Und die 3 Eb ließ Windings Gedanken und Erzählungen über frühere Zeiten zu ihren Ohren hereinströmen. Inger Gjallum zeichnete in ihre Kladde ein Bild, langsam trat aus ihren Bleistiftstrichen eine Gestalt hervor, die Sokrates darstellen sollte, der gerade seine Verteidigungsrede hielt. Er stand in seinem griechischen Gewand zwischen ionischen Säulen und hatte lange Locken und einen Bart. Sein Gesicht aber zeigte Windings Züge.

Beim Singen sangen sie wie immer – eine Stunde pro Woche. In der ersten Klasse waren nur Mädchen dabeigewesen, die Jungen waren im Stimmbruch und hatten statt dessen Schönschreiben. Aber inzwischen hatten die häßlichen Entlein sich in Bässe und Tenöre verwandelt und sangen mit.

Jepsen konnte alle Lieder im Liederbuch. „Nummer 147", sagte Jepsen. „Leichte Woge." Und die Klasse sang. Manchmal, wenn sie sich anständig benommen hatten, durften sie sich ein Lied aussuchen. „Nummer 81", sagte Liv. „Wenn die Sonne hinter dem Gipfel versinkt", spielte Jepsen. „Nummer 98", sagte Jensen. „Der norwegische Seemann ist ein harter Brocken", spielte Jepsen. „159", sagte Gravdahl. „Ich habe der Lerche Schwingen getragen." „149", sagte Inger. Und Jepsen spielte die Einleitung, und die Klasse sang: „Wir sind nur Gast auf Erden/und wandern ohne Ruh'/mit mancherlei Beschwerden/der ewigen Heimat zu."

Das war das schönste Lied im ganzen Buch, auch wenn manches in der zweiten Strophe unbegreiflich war. „Die Tiefe meiner Seel' mit geläuterter Stimm'." Was bedeutete das? Aber die 3 Eb sang sich mit Worten und Klängen in das Lied hinein und folgte seiner Botschaft bis ganz zum Schluß durch alle Strophen, und Jepsen hob ihre jungen Stimmen, höher und höher und an einen anderen Ort, aus dem Gebäude heraus, alles durch sein Spiel. Nichts an der Schule war so schön wie die Stunden bei Fredrik Jepsen.

Aber das Allerbeste war, wenn Jepsen sich, selten genug, überreden ließ, das A-moll-Konzert zu spielen. „Ach, Jepsen, bitte", sagten sie. „Nein", sagte Jepsen. „Heute nicht. Außerdem läßt sich das nicht auf dem Klavier spielen.“ Er klappte den Deckel zu. „Doch, bitte!“ baten sie. „Du hast es doch für die 4. gespielt. Ach, Jepsen, ach, Jepsen!“ Und schließlich, wenn sie lange genug bettelten und Jepsen in der richtigen Stimmung war, klappte er den Deckel wieder auf und spielte Griegs A-moll-Konzert. Es füllte das winzig kleine Musikzimmer der Gelben Anstalt, strömte durch das offene Fenster auf den Schulhof, drang in die sechzehn Ohrenpaare der dritten Klasse ein und tat seine Wirkung. Nie war die 3 Eb so still wie dann.

Für viele war die Schule ein ewiges Tappen im Dunkeln – mit einem Lichtblick: den Stunden bei Fredrik Jepsen. Jepsen erweckte die verborgenen Kräfte zum Leben, die in ihren Stimmen lagen. „Das Wandern ist des Müllers Lust“ und „The voices of spring I hear – la, la, la.“ Dreistimmig. Später sammelte er alle, die Lust hatten, in den Pausen zum Üben um sich, und langsam entwickelte sich ein Chor mit Tenor, Baß, Sopran, hellem und dunklem Alt. Fünfstimmig scholl es nun aus den Fenstern des kleinen Musikzimmers im Erdgeschoß: „Im weißen Rößl am Wolfgangsee“, „Einmal nur, ach bitt’ schön, einmal nur!“ Pause um Pause versammelte sich der Chor zum Üben. Zu Weihnachten sollten sie dann den Pilgerchor aus Tannhäuser in der Østsiden-Kirche singen dürfen.

Gesegnet sei diese eine Gesangsstunde jede Woche während aller Schuljahre! Sie glich in den jungen Herzen soviel aus, was auf keine andere Weise ausgeglichen werden konnte.

The Keystone of English Liberty

Im nächsten Schuljahr bekamen sie ein neues rotes Englischbuch, das die Aufforderung an die Klasse 3 Eb in Fredrikstad enthielt, sich augenblicklich ins Britische Museum in London zu begeben, um sich das Originalmanuskript der Magna Charta anzusehen. Das lag dort in einer Glasvitrine und wartete nur auf sie, und das schon seit 1215, als die Magna Charta in Runnymede an der Themse unterzeichnet worden war, wo die Lords und Barone den bösen Johann Ohneland auf der Flucht gestellt hatten. Die Magna Charta enthielt viele Bestimmungen, zum Beispiel sollte ein „Common Council" einberufen werden, ein Freier sollte „judged by his peers" werden, im ganzen Land sollte „one measure for all" gelten, und diese Bestimmungen lernte die 3 Eb jetzt auswendig. „The Keystone of English Liberty" hieß das Stück, und der neue Lehrer Persen hatte das in einem so überzeugenden Englisch ausgesprochen, daß sie ihn prompt „Keystone" tauften.

Keystone nahm sie vom ersten Moment an hart in die Mangel. Wenn sie nicht mindestens fünf Bestimmungen der Magna Charta aus dem Ärmel schütteln konnten, trug er eine 4 ins Klassenbuch ein. In kurzer Zeit wimmelte es nur so von miesen Zensuren, die jedesmal mit großer Systematik eingetragen und in der Pultschublade verschlossen wurden. Warum diese Schublade mit einem Schloß versehen war, war eine gute Frage. Auf jeder Seite hatte sie nämlich einen Spalt von ungefähr acht Zentimetern, durch den die 3 Eb nach jeder Englischstunde das Klassenbuch herausfischte, um jederzeit zu wissen, wie ungerecht sie wieder behandelt worden waren.

Diese Zensuren wurden ohne jegliche Rücksicht auf englische Aussprache, Wortschatz oder die Fähigkeit, sich mündlich auszudrücken, erteilt. Sie folgten einem einzigen übergeordneten Prinzip: der Fähigkeit, die täglichen Hausaufgaben herzubeten. Bald zerfiel die 3 Eb deshalb in drei Kategorien: die, die immer alle Faktoren und die Vor- und Nachteile aller Probleme aufzählen konnten, die im täglichen Text auftraten – die, die das Ganze eher als eine Lotterie auffaßten – die, die die Sache nie im

Griff hatten. Folglich hatte Keystone bald Lieblinge und Sünder. Jorunn Johansen zum Beispiel war ein typischer Liebling. Daß sie in der ersten Reihe saß, mit braunen wallenden Haaren, üppigen Formen unter engsitzendem Angorapullover, und alle Mißgeschicke der Cavaliers und Roundheads im englischen Bürgerkrieg, 1642 bis 51, herunterbeten konnte, nahm Keystone im Sturm. Zwei plus für Johansen. Wäre im Mündlichen eine Eins erlaubt gewesen, hätte sie sie bekommen.

Anders stand es mit Gjallum. Gjallum saß immer halb zur Klasse gewandt am ersten Tisch neben der Tür und aß ihre Pausenbrote. Sie hatte nie gelernt. Noch dazu waren ihre Haare struppig. Niemand hatte so himmlisch struppige Haare wie Gjallum. Und manchmal hatte sie zu allem Überfluß auch noch ihr Englischbuch zu Hause vergessen. Oder wo auch immer. „Gjallum!" sagte Keystone. „Setz dich ordentlich! Who was the leader of the Roundheads, Gjallum?" Unter Keystones Regime wurden nämlich alle Vornamen ausgerottet. Gjallum richtete sich ein wenig gerader auf und knisterte gewaltig mit ihren Pausenbroten, als sie sie verstecken wollte. „James the First?" antwortete sie. Von dem hatte sie schon gehört. „Gjallum", sagte Keystone. „Du mußt dich gewaltig zusammenreißen, Gjallum. Johansen, bitte?" – „Oliver Cromwell", sagte Johansen. „He was the leader of a sect called the indeden... the inpeden... nein, Himmel!" Hier blieb sogar Johansen stecken. „They were Puritans", endete sie. „That is right, yes", meinte Keystone munter. „His sect is a little difficult to pronounce. It is called the Indetendents." – „No", kam es aus der vorletzten Reihe. „What is it now again, Holm?" – „They were called the Independents", sagte Holm. Das hätte sie lieber gelassen. Dafür gab es zwar keine Strafpunkte, aber Keystone hatte ein ungewöhnlich großes Ohr. Und dahinter notierte er alle Minuspunkte, um sie dann im richtigen Moment wieder hervorzuziehen.

So ging es drei lange Jahre weiter, und niemals wich Keystone von seinem Weg ab. Er rollte sie durch Stuarts und Independents, durch Turnpike Roads und the Village Pub. Er trimmte sie durch George Washington und seine drei weltgeschichtlichen Eigenschaften, peitschte sie durch die Erlebnisse der jungen Gervase Laura (ihre Mutter hatte sicher Tennyson gelesen) bei den Home

Forces und jagte sie mit Wäsche in einem Stück namens „God's Acre" ein und aus. Es war ein schönes Stück, das letzte im Buch, über den armen Knaben William, der gehänselt wurde, weil er bei den anderen in großen Säcken schmutzige Wäsche holen mußte, da seine Mutter als Waschfrau arbeitete. Und wie ein Pastor ihm half. Aber vielleicht lag es ebenso sehr an den Bildern, daß das Stück ihnen gefiel. Der Morgennebel auf der Wiese, der die Rücken der Kühe aussehen ließ wie umgedrehte Segelbootskiele auf einem See. Die Stille auf dem Friedhof. Die Ruhe der Armut. Es kam vor, daß man zu Hause saß und ein solches Stück las und sich hineinträumte. In der Schule am nächsten Tag dagegen, wenn Keystone über die Klasse hinwegspähte, mit seinen grauen Augen, die auf Stielen an seinem Kopf angebracht schienen, zerfielen alle Träume zu Schutt. „Why did William like fetching the washing for the Moscrops?" Alle sanken während der zwei Minuten, in denen sich Keystones Augen langsam über ihre Köpfe bewegten, in sich zusammen und versuchten, nicht anwesend auszusehen. „Jensen", sagte er schließlich mit großer Treffsicherheit. Die Munterkeit der Klasse hob sich. Und Jensen enttäuschte sie auch diesmal nicht. Er erwachte hinten am letzten Tisch aus seinem Morgennickerchen und antwortete: „Because of soap." Die Klasse wollte sich ausschütten vor Lachen. „Silence there", sagte Keystone. „You cannot say ‚because of soap', Jensen. A whole sentence, please." – „It was because of soap", sagte Jensen. Aber das konnte das Gelächter nicht dämpfen. Johansen, Mo und Tøgern meldeten sich gleichzeitig, um das Seifenmysterium aufzuklären. Mo durfte ihre Kenntnisse vorführen. „The Cropsmops used to pack a piece of soap into the washing." – „The Moscrops, Miss Mo", sagte Keystone mit größeren Stielaugen denn je.

Die Stiele, an denen Keystones Augen befestigt waren, wurden immer länger, je höher der Schwierigkeitsgrad der Texte kletterte, und die Verwirrung der 3, 4 und schließlich 5 Eb wurde immer größer. Wie sollten sie unter diesen Bedingungen die industrielle Revolution verinnerlichen? Ganz zu schweigen von der landwirtschaftlichen mit ihren sieben disadvantages of the old system, wo sie auf den Millimeter genau lernen mußten, wieviel Schwund dadurch anfiel, daß sie Platz genug haben mußten, um auf jedem Ackerstreifen in Privatbesitz den Pflug zu wenden? Und wie hatte Edmund Burke über die moralischen Pflichten der Parlamentsmitglieder gedacht? Und wo stand the mace, wenn das Unterhaus den Haushalt behandelte? Und worauf saß the Lord High Chancellor im Oberhaus und warum? Und wie wurde ein Graf angesprochen? Ein Herzog, ein Baronet, ein Viscount? Und wenn Königin Elizabeth came along? Was sollte man dann sagen? Dann durfte man es nicht machen wie Lübke, das war klar. Der hatte einfach gesagt: „Guten Tag, Frau Königin." Peinlich, peinlich.

Was ist ein Dominion? Wenn man die Definition eines Dominion nicht wußte, wie das Statute of Westminster sie 1931 festgelegt hatte, brauchte man nicht zu hoffen, mit heiler Haut das Abitur zu überleben. Aber die 3 Eb, die 4 Eb und zum Schluß die 5 Eb wollte absolut mit heiler Haut das Abitur überleben. Deshalb büffelten sie alle, zu welcher Kategorie sie auch sonst gehören mochten, folgende Aussage, bis sie sie so gut konnten wie früher das Vaterunser: „The Dominions are autonomous communities within the British Empire, equal in status, in no way subordinate one to another in any aspect of the domestic or external affairs, though united by a common allegiance to the Crown and freely associated as members of the British Commonwealth of Nations."

Diese präzise und in jeder Hinsicht erhellende Definition nahmen Tausende junger Mädchen und etliche hundert Jungen mit sich in die Welt. Sie gingen nach England, Frankreich, in die Schweiz, als Au-pair-Mädchen in den Häusern des europäischen Bürgertums, sie gingen nach Nordnorwegen, nach Trøndelag, in die Küstenorte und arbeiteten als Lehrerinnen, sie machten eine kurze Ausbildung und heirateten, sie wuschen Windeln und fingen als Vorschullehrerinnen an. Und überall trugen sie dieses einzigartige Wissen in ihren Köpfen. Sie wußten, daß sie in gewisser Hinsicht über viele andere erhoben waren. Sie hatten nämlich Allgemeinbildung. Und dazu gehörte, daß sie wußten, daß the Lord High Chancellor auf einem Wollsack saß, der die Grundlage für Englands Reichtum im Mittelalter symbolisierte, sie wußten, daß Charles the First, oder war es James the Second, einst mit seinem Kopf für seinen Starrsinn hatte büßen müssen, daß die Straßen huckelig waren und daß man auf Turnpike Roads Maut bezahlen mußte, sie wußten, daß Edmund Burke meinte, ein Parlamentsmitglied sollte nach seinem Gewissen abstimmen, und daß George Washington smallpox gehabt hatte Und noch viele Jahre später konnten sie sich darüber freuen, daß sie wußten: Wenn ihnen jemals ein Herzog über den Weg liefe, könnten sie ihn „Your Grace" nennen.

Viele andere Mädchen haben ohne dieses Wissen zurechtkommen müssen. Und das Magische, das wirklich Verblüffende war nicht, was sie mit diesem Wissen anfangen konnten. Das Magische war die ihm innewohnende Qualität, seine versteckte Fähigkeit, die Seele zu erheben und diese Bürgerstöchter zu besseren Menschen zu machen. Das war das innerste Wesen jeglicher Allgemeinbildung.

Sie verließen die Schule mit verfeinerter Seele. Dafür verwendeten diese Frauen der Zukunft ihre Klugheit, ihre Intelligenz, ihre Lernbereitschaft, ihre Denkfähigkeit, ihr Gedächtnis und ihre Phantasie. Kurz: ihre gesamte Kreativität. Während die Männer der Zukunft im Nebenzimmer saßen und Formeln und Projektionen lernten, die ihnen dereinst Zugang zur Technischen Hochschule und zu Numerus Clausus-Fächern wie Medizin, Technik, Chemie und Physik erringen sollten.

Die Jungen wurden Direktoren und Chefs, Rektoren, Prokuristen und Abgeordnete. Sie wurden um die ganze Welt geschickt, um Reinigungsanlagen zu installieren, norwegisches Öl zu verkaufen und internationale Banken zu vertreten, sie wurden Komponisten und gingen zum Rundfunk, wurden nationale Witzbolde, Chirurgen, Oberärzte und Räte. Sie waren nicht tüchtiger als die Mädchen. Nicht klüger, nicht gewitzter, nicht witziger und hatten auch nicht mehr Phantasie. Sie waren nicht musikalischer und nicht künstlerisch begabter. Sie waren nicht schöner und hatten kein einnehmenderes Wesen. Sie waren nicht charmanter und hatten nicht mehr Sex-Appeal. Aber eins hatten sie, eine unüberwindliche und allgegenwärtige und alles ausstechende Eigenschaft: Sie waren Jungen.

Sie wählten den naturwissenschaftlichen Zweig. Hier trennen sich nämlich Jungen und Mädchen. Hier werden sie getrennt. Jetzt wird für alle Zukunft die Entscheidung getroffen. Die Entscheidung? Wer entscheidet? Astrid entscheidet. Sie hat Initiative. Sie will Ärztin werden. Sie ist tüchtig. Sie geht zu Markmo und sagt: „Ich will auf den naturwissenschaftlichen Zweig." Und Markmo blickt mit seinem viereckigen Gesicht auf sie herab, spreizt seine rechtwinkligen Beine und sagt: „Keine Mädchen auf dem naturwissenschaftlichen Zweig." Astrid pfeift auf diese Aussage. Sie geht trotzdem hin. Wer entscheidet? Hartvig entscheidet. „Der Englischzweig ist der Küchenweg zum Abitur!" sagen die Jungen. Hartvig geht trotzdem hin. Ihm ist schnurz, wie sie das nennen. Er ist ja sowieso ein Eigenbrödler. Der Englischzweig ist der Sprachenzweig, und wo die Sprache ist, ist auch der Geist. Das weiß Hartvig. Und eines Tages wird er ihnen beweisen, daß er den Sternenweg ins Reich des Geistes gewählt hat.

Wer entscheidet? Rolf, Lillian, Nina und Sigvart entscheiden. Alle entscheiden. Und als das nächste Schuljahr anfängt, geht ein Mädchen auf den naturwissenschaftlichen Zweig, der Rest auf den Englischzweig, zehn Jungen auf den Englischzweig, der Rest auf den naturwissenschaftlichen. Wer hat entschieden?

Vorläufig wissen sie noch nichts darüber. Sie tun, wie ihnen geheißen. Sie sind gehorsame und höfliche Jugendliche. Sie schleppen sich durch eine Stunde bei Keystone und ahnen nicht, von welchen Kräften sie geformt werden. Sie eignen sich Markmos Sinus und Cosinus an und glauben, in einer gerechten Welt zu leben, in der alle bekommen, was sie brauchen. Jedenfalls alle, die wollen und können. Und deshalb gibt es auf der Welt doch nicht soviel Ungerechtigkeit, wie man glauben könnte.

Die Brücken werden eröffnet

Dieser Pier war nun schon seit vielen Jahren der meistfrequentierte und verkehrsreichste Fähranleger des Landes. Er war die wichtige Verbindung zwischen den beiden Stadtteilen und außerdem West-Fredrikstads Zugang zu Halden, Svinesund und dem Ausland. In letzter Zeit standen die Autos in langen Schlangen durch Fergestedveien bis in die Altstadt, denn die Godvakkermaren konnte nur sieben Wagen auf einmal transportieren und kehrte erst nach zwölf bis fünfzehn Minuten wieder zurück. In Stoßzeiten kam die Småvakkermaren dazu, neben ihr tuckerte ein kleines grünes stumpfbugiges Passagierboot, vollgestopft mit Menschen und Fahrrädern.

Während der Verkehr zwischen Ost- und Westufer auf diese Weise abgewickelt wurde, übernahm eine kleinere Fähre, die von einer Winsch gezogen wurde, den Autoverkehr von und nach Kråkerøy. Diese Fähre konnte vier Fahrzeuge verfrachten und fuhr unbeschreiblich langsam. Bei ihrem Anblick schlief selbst der Munterste ein. Daneben gab es noch fünf weitere kleinere Fährmöglichkeiten in der Stadt. So wurden Volk und Vieh, Auto und Fahrrad, Güter und Waren bis zum Jahr 1957, dem Jahr, in dem wir uns gerade aufhalten, in einer der blühendsten Industriestädte des Landes transportiert. Im selben Jahr nämlich, in dem das Gymnasium seine Tore für den hoffnungsvollen Abiturjahrgang 1960 öffnete, öffneten sich die Brücken für die Bevölkerung der Stadt. Eine neue Zeit wurde eingeläutet. Schon im Frühsommer war die Kråkerøybrücke eingeweiht worden. Sie war eine kleinere Klappbrücke über Vesterelva, den Westarm der Glomma. Als der Tag endlich herangerückt war, der 29. Juni, war die Einweihung bereits dreimal verschoben worden, während das Budget ebenso oft und katastrophal überzogen worden war. Aber eines Tages stand in großen Lettern im Fredrikstad Blad: „Die Kråkerøybrücke wird am 29. Juni eingeweiht. Diesmal unwiderruflich, sagt der Bürgermeister." Ja, dann mußte man das wohl glauben.

Und richtig. Langsam senkten sich die Klappen zueinander,

die Kråkerøyklappe und die Fredrikstadklappe klappten ineinander und bildeten eine perfekte Brücke, über die die Leute strömten. Ein alter Traum hatte sich erfüllt. Und das war gut, nickten die Kellnerinnen im Bjørnen. Jetzt würden sie einen besseren Überblick über Kråkerøys Bevölkerung bekommen. Den vermißten sie schon seit vielen Jahren.

Einige Wochen danach stürzte die Brücke ein. Etwas stimmte nicht mit dem Kugellager im Klappsystem, Fachleute mußten herbeigeholt und der alte winschbetriebene Kahn wieder flottgemacht werden. So mußte es ja kommen, nickten viele und standen wieder Schlange.

Aber ein viel üppigerer Triumph in Stahl und Armierung, Pfeilern und Gebälk stand bevor. In zwei Monaten sollte es eintreten, das Wunder, auf das alle seit vielen Jahren warteten. Diese Brücke war 825 Meter lang und 68,5 Meter hoch, 17 888 Pfähle waren für das Fundament auf dem Ostufer verarbeitet worden, das Hauptfundament belief sich auf 1200 Quadratmeter, für die, die wußten, was das bedeutete, und die deutsche Gesellschaft Stahlbau-Eggers hatte das Brückenjoch konstruiert. Während des Winters hatte die Bevölkerung auf einem Bild nach dem anderen gesehen, wie sich die beiden Strebebögen vom Ost- und Westufer einander in silbergrauem Bogen über dem Fluß angenähert hatten, bis sie einander zum Schluß erreichten, die letzte Schraube paßte genau, was sie ja schon die ganze Zeit gewußt hatten, und schwupp! spazierte Kronprinz Olav über die Brücke.

Die Stadt war geschmückt, überall wehten Flaggen, 1500 Schulkinder und eine Abteilung der Feldartillerie waren an den Straßen und die Brücke entlang aufmarschiert, um dem Kronprinzen zu huldigen, als er auf den höchsten Punkt zuschritt, wo ein Seidenband flatterte und auf seine goldene Schere wartete. Bürgermeister und Stadtrat, Polizeichef und Kommandant, der Vorsitzende des Brückenkomitees, den Oberstleutnant und den Hafenmeister im Kielwasser und hinter ihnen ein Orchester mit 350 Mitgliedern, die die Nationalhymne in die Augustluft bliesen. Auf dem Fluß lag das Königsschiff, umkränzt von 800 Booten mit Flaggen und Wimpeln, alle wiegten sich und warteten, nie hatten sie auf der Glomma so viele Boote gesehen. Oben auf dem Wall in der Altstadt drängten sich die Leute, und die Bewohner der Häuser von Prestelandet und Riverside hatten alle Bekannten und Bekannten von Bekannten und noch mehr zu Kaffee und Kuchen eingeladen, hier und da wurde auch ein Schnäpschen ausgeschenkt, und dann saßen sie da in einer Mischung aus Volksvergnügen und Feierstunde und warteten darauf, daß die Uhr halb zwei zeigte.

Und wie schön das Wetter doch war! Hatte man in Fredrikstad je so schönes Wetter gesehen? Es glitzerte und funkelte in Fluß und Brücke, in Schnapsgläsern, Tuba und Goldschere, der bloße Anblick war schon ein Fest.

Später fuhr der Kronprinz in offenem Wagen durch die Stadt, und er winkte und lächelte allen zu, an denen er vorbeikam, selbst denen, die er gar nicht kannte. Die Kellnerinnen im Bjørnen stürzen in ihren schwarzen Kleidern, weißen Schürzen und Häubchen aus dem Restaurant und stellen sich auf dem Bürgersteig auf, um einen Blick auf den Kronprinzen zu werfen, wenn er vorbeikommt. Sogar Petrine ist in ihrer großen blauen Schürze aus dem Wäschereikeller gekommen, in der Hoffnung, Olav zu sehen, der im selben Jahr wie sie geboren wurde und seit vielen Jahren ihr heimlicher Schwarm ist. Aber in der Zeit, in der die notwendigen Schritte angesagt gewesen wären, konnte sie sie aus Rücksicht auf Kronprinzessin Martha nicht unternehmen. Und nun ist es zu spät. Petrine Bastiansen ist bis auf den heutigen Tag Jungfrau geblieben.

Aber jetzt kommt der Kronprinz-Regent in seinem schwarzen offenen Wagen angefahren. Er ist noch hübscher und fröhlicher und sympathischer und winkt noch mehr, als sie es auf Bildern und in der Wochenschau gesehen haben. Er sitzt auf dem Rücksitz und winkt ihnen zu, wie elegant, in Hut und Mantel, und siehst du, siehst du? In dem Moment, als er an der Ecke des Restaurants Bjørnen vorbeifährt, winkt und lächelt er Petrine zu.

Ja, es ist ein großer Tag. Alle wissen das. Ein Meilenstein in der Geschichte der Stadt, den ganzen Tag über geht der Autoverkehr wie verrückt über die Brücke hin und her, ohne Zweck und Ziel, und gratis ist es noch dazu an diesem ersten Tag. Später wird es eine Krone kosten. Später wird der Verkehr wie geölt fließen, kein Warten mehr, und vielleicht wird in Zukunft die Europastraße über die Brücke führen. Falls sie die Auseinandersetzung mit Sarpsborg gewinnen. Aber wer hätte schließlich etwas davon, daß die Europastraße durch Sarpsborg führt?

Als sie eines Morgens in die Schule kamen, wurde nicht zum Unterricht geläutet. Auf der Treppe an der Ecke des Altbaus stand das Rednerpult des Gymnasiastenverbandes „Fram“, was vorwärts bedeutet, bedeckt mit einer großen norwegischen Flagge. Der König war tot. Die Nachricht verbreitete sich rasch unter den Schülern, unsicher blickten sie auf das Rednerpult und warteten. Um halb neun erschien der Rektor und verlas die offizielle Bekanntmachung. König Haakon VII. war tot, und Kronprinz Olav war zum König ausgerufen worden. Er hatte sich für das gleiche Motto entschieden wie sein Vater: „Alles für Norwegen.“

Der Rektor sprach darüber, was Haakon VII. für das Land bedeutet hatte. Dabei war er sehr ernst, fast so, als ob es sich um seinen eigenen Vater handelte. Arnulf Øverlands Gedicht „Dein Versprechen, ‚Alles für Norwegen‘, das hieltest du uns treu“ wurde vorgelesen. Die 1300 Schüler standen still da und dachten an den großen, dünnen König mit dem ernsten Gesicht. Für sie war er eine ferne, fast überirdische Gestalt. Aber für die Erwachsenen hatte er soviel bedeutet. Er hatte dafür gesorgt, daß sie den Krieg überstanden. Er, der „Nein“ gesagt hatte und deshalb fliehen mußte. Zusammen mit dem Kronprinzen sahen sie ihn vor sich auf dem Bild bei der Birke.

Jetzt war der Kronprinz König, und das verstieß fast gegen die Naturgesetze. Er sah nicht aus wie ein König. Er sah aus wie ein Kronprinz. Aber es war so, und der Rektor huldigte am Ende seiner Rede dem neuen König, Olav V., und danach gab es schulfrei.

Berliner und Cola

Die große Stunde war da. Der Beweis, daß sie für immer aufgehört hatten, kleine Gören zu sein. Die dritte Klasse sollte in „Mutter Framas“ heilige Hallen eintreten.

Der Gymnasiastenverband Fram, gegründet 1883 von den sagenumwobenen Männern Falck, Arntzen, Backer und Rund, tagte im Erdgeschoß des Altbaus und hatte ein eigenes Fries an der Wand, das die Jugend auf dem Weg ins Leben zeigte, und zwar die Jugend dieser Schule, gemalt von Ruth Lundheim, die einst selber zu den Schülerinnen hier gehört hatte. Mitten auf dem erhöhten Podium stand ein Rednerpult mit einem vergoldeten „F“ in einem Lorbeerkranz, und zu den Treffen wurden Bänke aufgestellt, denn an den anderen Tagen mußte der Raum als Klassenzimmer dienen. Hier tagten die Gymnasiasten jeden Samstag und diskutierten die allerweitest hergeholten Themen, hier wurde die Zeitung des Verbandes, „Fremskridt“ (Fortschritt), verlesen, wurden Treffen und Zeitung kritisiert, und hier wurden, ebenso feierlich wie die Nationalhymne, der Fram-Marsch und andere Lieder zum Preis des Verbandes gesungen. Zur Organisation des Verbandes gehörten neben der Leitung, dem Redakteur und den Kritikern noch Redaktionssekretäre, Ordnungsdienst, Archivar und der Orden „Framifraa“ (Ausgezeichnet) mit drei Graden, der auf dem alljährlichen Fram-Ball feierlich verliehen wurde. Viele der Kulturpersönlichkeiten der Stadt hatten im Laufe der Jahre hier ihren geistigen Start ins Leben getan.

Frams Vorsitzender, Konrad Storås aus der 4., eine der überirdischeren Gestalten der Stadt, heißt sie willkommen, sie erfahren, welche Verantwortung sie durch ihr Kommen übernommen haben. Die Schule war ja nicht gerade gedacht, Geist zu entwickeln. Anders Fram. Hier konnte der Geist frei walten, hier waren Samnorsk und Salamander verbannt, hier gab es jugendliche Luft auf hohem Niveau. „Wir hoffen, daß die dritten Klassen dieses Jahres das Erbe auf eine unseres Gymnasiastenverbandes würdige Weise weitertragen werden“, schloß der Vorsitzende und schlug nachdrücklich mit seinem Hammer auf das Rednerpult.

Für Hartvig Gravdahl bedeutete die Aufnahme in Fram den Eintritt in ein lang ersehntes geistiges Eldorado. Jetzt würde er endlich Konrad Storås und den Anthroposophen Kaspar Olesen, der soeben zusammen mit Elisabeth Bergersen in die Redaktion gewählt worden war, besser kennenlernen. Hartvig legte sich ins Zeug und schrieb für jede Nummer philosophische Artikel, die er auf dem Schulhof feierlich überreichte und deren Inhalt er am liebsten sofort diskutiert hätte. Der erste behandelte ausgehend von Colin Wilsons eben erschienenem Buch die Outsiderproblematik. Es war das spannendste Buch, das er zu diesem Thema gelesen hatte, hier fand er, paradoxerweise, seine Identität stärker als irgendwo sonst. Es handelte von der ewigen Suche des Outsiders nach dem, dem er sich selber entzieht und aus dem er ausgestoßen ist. Seinem tragischen Dilemma. Hartvig spürte, das war das Buch, nach dem er immer gesucht hatte. Kaspar blickte aus seinen scharfen blauen Augen auf ihn herab. „Du mußt es mich doch erst einmal lesen lassen." – „Ja, sicher, ja, sicher", sagte Hartvig und ging neben Kaspar her. Kaspar kaute im Gehen an seinem Butterbrot, versuchte zu blättern. „Ich kann gern deine Brote halten", sagte Hartvig. „Danke, danke. Ich bräuchte wirklich drei Hände." Kaspar las weiter. Blätterte hin und her. Las den Schluß. Er nickte. „M-m", sagte er. Nickte wieder. „M-m."

Das war die höchste Anerkennung, die Hartvig je zuteil geworden war. Am selben Tag noch setzte er sich an einen Artikel über Jens Bjørneboes „Unter einem härteren Himmel". Auch das war ein Buch, auf das er immer gewartet hatte. Es handelte davon, wie Menschen aus unterschiedlichen, ja sogar ehrbaren Motiven zu Landesverrätern werden können, und es schlug eine Bresche in die vorherrschende Vorstellung von ihnen als geisteskranke Phantasten und Verbrecher. Hartvig machte sich wieder auf den Weg zu Kaspar. Er achtete immer darauf, die Artikel ihm abzuliefern und nicht Elisabeth Bergersen.

„Hier. Ein Artikel über Bjørneboes letztes Buch. Ungeheuer interessant", sagte er. – „Den kann ich erst in der nächsten Nummer unterbringen", antwortete Kaspar. „Übrigens bin ich sehr skeptisch diesem Buch gegenüber." – „Aber es ist das Beste, was je über dieses Thema geschrieben worden ist!" erwiderte Hartvig. „Hast du nicht ‚Begegnung am Meilenstein' gelesen?" –

„Doch. Genau das habe ich. Und das ist etwas ganz anderes.“ Kaspar strich sich übers Kinn. „Du kannst schließlich schreiben, was du willst“, sagte er. Aber er schob den Artikel achtlos in seine Tasche. Worauf Hartvig nach Hause ging und einen glühenden Aufsatz gegen die Verheerung der Sprache durch Samnorsk schrieb. Das war Kaspar Olesens Lieblingsthema. Eine Rechtschreibreform war angekündigt. Und die mußte mit allen Mitteln bekämpft werden. Er ging zu Kaspar. „Hier“, sagte er nur und starrte ins Leere. Kaspar warf einen Blick auf den Artikel. „Glänzend“, sagte er. „Glänzend. Ich glaube, ich kann ihn schon am Samstag bringen.“ Hartvigs Herz hämmerte vor Stolz. „Ich habe deinen Artikel über die Landesverratsprozesse gelesen“, sagte Kaspar. „Ich bereite einen Gegenartikel vor. Die Prozesse können vielleicht in Einzelpunkten kritisiert werden, im Großen und Ganzen sind sie jedoch gerecht abgelaufen.“ – „Aber davon handelt mein Artikel doch gar nicht“, wandte Hartvig ein. „Er handelt von der Menschenwürde. Davon, sie geraubt zu bekommen.“ – „Ja. Das genau haben die Nazis getan“, sagte Kaspar. „Das bestreite ich ja auch gar nicht, aber viele sind unverschuldet hineingeraten, und viele Deutsche...“ – „Die Deutschen sind alle Schweine!“ fiel Kaspar ihm ins Wort. Hartvig verstummte.

Niedergeschlagen ging er nach Hause. Nein, es hatte keinen Zweck. Nicht einmal bei der jüngeren Generation hatte es Zweck. In letzter Zeit wurde es ihm immer wichtiger, seinen Vater zu treffen, mit ihm zu reden, ach, einfach zu ihm zu gehen war Hartvigs innigster Wunsch. Er hatte sich an die Suchstelle der Heilsarmee in Oslo gewandt und die Adresse eines Hans Helmut Weidenhof in Hamburg bekommen, der Pastor und im Krieg in Norwegen stationiert gewesen war. 1943 war er verlegt worden. Alles stimmte. Seine Kontaktaufnahme zur Heilsarmee war in tiefster Heimlichkeit geschehen, er hatte sie inständig gebeten, die Briefe im neutralen Umschlag zu schicken, er hatte nicht einmal Fräulein Eliassen informiert, obwohl er ansonsten viele vertrauliche Gespräche mit ihr gehabt und viel über seine mütterliche Familie erfahren hatte. Mit der Zeit würde er auch versuchen, Kontakt zu ihr aufzunehmen. Im Moment aber war sein Vater ihm das Wichtigste, er hatte beschlossen, im Sommer nach Hamburg zu fahren, unter dem Vorwand, daß er die

Weltausstellung in Brüssel besuchen wollte. Dorthin wollte er sowieso. Und dann war Hamburg eine natürliche Zwischenstation.

Er ging nach Hause und schrieb einen Artikel darüber, wie der Nazismus die Menschenwürde zerstört. Und über das Irrationale ihrer Methoden, über die Propaganda – vor allem den Juden gegenüber. Aber war es nicht ebenso irrational, eine ganze Nation als Schweine abzutun? Hartvig war überzeugt, daß sein Vater kein Nazi gewesen war. Und er glaubte auch nicht die Geschichten über Deutsche der älteren Generation, die norwegischen Touristen begeistert mitteilten: „Norwegen? Ja, da bin ich gewesen!" Wie konnte irgendwer so blind sein? Sie hatten ein Land vergewaltigt. Darüber mußten sie sich doch im klaren sein.

Kaspar gefiel Hartvigs Artikel über den Nazismus. „Jetzt bist du auf dem richtigen Kurs", sagte er. „Willst du den anderen zurückziehen?" – „Mach, was du willst", antwortete Hartvig. „Wir haben bei Fremskridt keine Zensur", sagte Kaspar. „Solange es nicht um Hetze oder Plagiat geht." – „Aber das tut es doch nicht?" meinte Hartvig. „Nein, aber du mußt entscheiden." – „Dann ziehen wir ihn zurück", sagte Hartvig. „Bist du da ganz sicher?" – „Ja. Er war nicht gut. Er war nicht gut genug. Ich werde einen neuen schreiben. Einen, in dem ich mir Bjørneboes Gesamtwerk und seine Analyse der Salamander vornehme." – „Glänzend", sagte Kaspar. „Glänzend."

Die anderen in der Klasse beklagten sich über seine hochtrabende Ausdrucksweise. Er brauchte doch die Jungen aus der 4. nicht nachzuahmen und ständig mit Fremdwörtern um sich zu werfen. „Philisterhafte Phrasen!" sagte Hartvig. „Alle müssen aufs niedrigste Niveau gedrückt werden." Über diese Haltung unter den Schülern des Gymnasiums, geistigen Pygmäen, die mit philisterhaften Phrasen um sich warfen, schrieb er einen neuen Artikel. Eines Tages war er mit Kaspar in ein Gespäch darüber vertieft, wie Rudolf Steiner glaubte, eine höhere Erkenntnisebene erreichen zu können, als plötzlich Inger Holm und Inger Gjallum zu ihnen stießen. „Hallo", sagten sie. „Ibsens allegorisches Drama ist ein wesentliches Moment der Stimulanz für den sozialen Status des Gulfurismus. Meinst du nicht auch, Kaspar?" Interessiert blickten sie ihn an.

Kaspar war nicht sicher. Nachdenklich kaute er auf seinem Graubrot mit Salami herum, was er übrigens oft aß, aber heute brauchte er länger zum Kauen als sonst. „Wie heißt diese Strömung noch gleich?“ fragte er schließlich. „Gulfurismus“, antwortete Inger Holm. „Hast du wirklich noch nie vom Gulfurismus gehört, Kaspar?“ fragte Inger Gjallum.

Dann gingen sie. Kaspar starrte verlegen vor sich hin. „Das ist aber eine seltsame philosophische Richtung“, meinte Hartvig. „Ich muß zugeben, daß mir davon noch nie zu Ohren gekommen ist“, sagte Kaspar. „Vermutlich eine Unterströmung des Materialismus. Wir müssen Konrad Storås fragen.“

Kaspar Olesen war keiner, der Fremdwörtern aus dem Weg ging. Beim nächsten Fram-Treffen jedoch mußte er folgenden Beitrag einer anonymen Person aus der dritten Klasse vorlesen:

Ad libitum

Die Depravation bei Fram hat nach aller Evidenz bei der Suprematie der Gesellschaft zu Desillusion geführt. Die zuvor sichtlich kratische Rhetorik hat auf die devoten Drittkläßler durchaus kontagiös gewirkt, und obwohl dieser Status nicht als Depravation betrachtet werden kann, dependiert es doch von der Ethik, welche Anstrengungen zu unternehmen ex officio resolviert wird. Es ist nur billig, in diesem Wirrwarr Raison zu suchen, und ich glaube, wir können hier ein explikatives Moment finden: Die Älteren verlangen eine Art Retribution von damals, als sie selber devote und naive Wichtel waren. Ipso jure verfassen sie intrikate Vituperationes und exploitieren ihren Status. Endlich können sie selber supprimieren, und das ist eine Revelation, die uns mitteilt, daß es niemals zu einem finis malorem kommen wird, sondern im Gegenteil zu einem infernalischen status quo ad infinitum. Das ist eine von Frams conditiones sine quae non, und ihr wißt sehr gut, daß dieses hiermit vorgelegte Manifest kein Exordium zur Rebellion darstellen soll. Wir überlassen alles der Cura posterior, denn Frams Diadiarium wird wohl noch in 50 Jahren vorliegen, und wenn nicht, läßt sich immer noch auf einzelne Diplomatiarien zurückgreifen. Im übrigen ist dieser Beitrag nur ein hypothetischer Spott, mit gewissem pragmatischen Inhalt.

Scipia Africana jr.

PS. Privatunterricht in Latein erteilt Studienrat Davidsen.

Als Kaspar Olesen sich hindurchbuchstabiert hatte, wobei immer tiefere Röte über sein gutrasiertes Gesicht hinwegspülte, brach die Bande aus der dritten Klasse auf den hinteren Bänken in spontanen Applaus aus.

„Du brauchst aber ganz schön unkurante Fremdwörter", sagte er zu Inger Holm, denn er war davon überzeugt, daß sie den Beitrag geschrieben hatte. „Du hättest dich bemühen können, weniger rigorose Metaphern zu finden."

„Ach, du kannst mir doch mal im Mondschein begegnen", sagte Liv Mo, die daneben stand. „Das mit den Fremdwörtern ist doch der pure Snobismus!"

„Wir benutzen Fremdwörter nur, um präzise Ausdrücke zu finden, wo es an adäquaten muttersprachlichen Synonymen fehlt", erwiderte Kaspar.

„Das Ergebnis sind dann einfach Nebel und Mief", sagte Liv.

„Geistiger Mief", präzisierte Inger. Dann lachten sie, wie immer. Bei Mädchen zog man eben immer den Kürzeren.

Hartvig fand das alles überhaupt nicht komisch, aber es kam noch schlimmer. Erst schlugen einige eine weihnachtliche Schlittenfahrt der Framianer vor. Schlittenfahrt! Der absolute geistige Verfall. Und jetzt hatten Elsa Tøgern, Inger Holm, Liv Mo und Astrid Evensen es übernommen, Ende November eine Fram-Sitzung zu leiten und dabei zu zeigen, wie sie Fram gern hätten. Man mußte auf das Schlimmste gefaßt sein. Astrid Evensen hielt den Hauptvortrag und sprach sich für weibliche Pastoren und weibliche Generäle aus, Liv Mo brachte einen Beitrag mit dem Titel „Fram aus der Sicht der Dummen", in dem sie darstellte, wie die Teilnehmer bei den Treffen einschliefen oder unangebrachte Geräusche merkwürdiger Art von sich gaben, und sie schlug vor, ab und zu bei den Treffen zu tanzen, damit ein bißchen Schwung hineinkäme. In der Pause gab es Berliner und Cola.

Beim nächsten Mal lief Fremskridt von empörten Leserbriefen nur so über. Solche Banalitäten und Plattitüden, wie Liv Mo und ihre geistigen Satelliten da servierten, gehörten wohl eher in ein Nähkränzchen, derartig minderwertige Gedanken – das Wort „Gedanke" in Verbindung mit den erwähnten Individuen wirkte fehl am Platz – repräsentierten den absoluten Tiefstand dessen, was am Rednerpult Frams zugelassen werden dürfte. Sollten jetzt die geistigen Plebejer an die Macht kommen? Sollten Frams Ideale von der intellektuellen Pariakaste verflacht werden, die in ihre Hallen einzog, um Tradition, Geist und Kultur zu sabotieren? Diese Schafsköpfe zu aktivisieren war ebenso inspirierend wie das Federballspiel mit einer Schildkröte. Nein, dieses geistige Niveau schien aus dem schwärzesten Afrika zu stammen. Frams Aufgabe mußte es doch gerade sein, in unserer Zeit gegen das Joch des Materialismus zu kämpfen. Und einige der Herren aus der 4. sowie Hartvig Gravdahl erklärten, wenn es bei den Treffen Tanz, Berliner und Cola geben sollte, würden sie aus Fram austreten.

Aber die Mädchen meinten, sie müßten einen Scherz vertragen. Sie hatten es auf die Spitze getrieben, gut, aber die Jungen aus der 4. führten sich wirklich wie geistige Snobs auf, und es war durchaus möglich, Ernst und Spaß zu kombinieren. Nina Bøhmer und Sandra fanden, die Mädchen seien zu weit gegangen, aber auch sie hatten gelacht. Die Diskussion auf dem Schulhof brannte heiß. Konrad Storås kam mit der Tagesordnung für das nächste Treffen. Sie wurde immer einige Tage vorher in einem kleinen Schaukasten auf dem Schulhof ausgehängt. Alles drängelte sich davor.

1. „Die kosmische Wahrheit." Vortrag von Kaspar Olesen.

2. Berliner und Cola. Debatte über die Erwünschtheit derselben. Abstimmung.

3. Wahl. Vorschlag des Vorstandes: Vorsitzender: Kaspar Olesen. Stellvertretender Vorsitzender: Nils Berg. Sekretärin: Signe Prebensen. Redakteure: Herman Bråtøy und Hartvig Gravdahl. Zeitungsrezensenten: Konrad Storås und Elisabeth Bergersen. Fram-Treffen-Kritiker: Lillian Oppegård, Gyda Gulldahl und Nina Bøhmer. Redaktionssekretärinnen: Astrid Evensen, Liv Mo und Inger Holm. Ordnungsdienst: Leif Bang Monradsen, Kjell Grunder, Rolf Magnor und Sigvart Jespersen. Archivarin: Cora Bühler.

Das war typisch. Sie hatten die Mädchen von dem Protesttreffen als Redaktionssekretärinnen vorgeschlagen. Das waren die, die die Zeitung schrieben. Mit Tinte. Und die wohlerzogeneren Mädchen, die sie in der Hand zu haben glaubten, als Fram-

Treffen-Kritikerinnen. Und nur Jungen aus der 3. als Ordnungsdienst. Das waren die, die vor und nach jedem Treffen die Bänke hin und hertragen mußten. Das würde Ärger geben! „Wir schlagen Inger Holm als Redakteurin vor!" rief Liv Mo. „Nur über meine Leiche", sagte Konrad Storås.

Am nächsten Samstag war das Fram-Zimmer überfüllt. Kaspar Olesen ließ sich viel Zeit mit seinem Vortrag über die kosmische Wahrheit. Er handelte von Rudolf Steiners Philosophie und davon, daß die geistigen Realitäten ebenso wirklich seien wie die materiellen. Es galt nur, Kontakt zu ihnen zu finden. Steiner war das gelungen. Steiners Aussagen ließen sich mit einer Grammophonnadel vergleichen; so wie die Nadel aus winzigen Rillen einer Schallplatte die schönste Musik empfing, hatte Steiner Phänomene aus einer kosmischen Wirklichkeit empfangen, eine sphärische Musik, sozusagen, und sich bemüht, sie durch seine Schriften an uns weiterzureichen. Es war deutlich, daß Kaspar sich anstrengte, sich auf einem Niveau zu halten, das noch die Trägsten verstehen konnten. „Jeder Mensch hat eine starke, unauslöschliche Sehnsucht nach etwas, das höher ist und über ihm steht, das er aber nie ganz fassen oder voll in Besitz nehmen kann", endete Kaspar seinen Vortrag.

Danach ging der Vorsitzende, Konrad Storås, zum Rednerpult und leitete mit seinem Hammer zum nächsten Punkt der Tagesordnung weiter. Der Fall war der, erklärte er, daß alle, die nicht von der grassierenden Geistesschlaffheit erfaßt waren, die sich pro tempore auf der Gelben verbreitete – dem sogenannten gelben Fieber –, sich sicher erinnerten, daß gewisse tieferstehende Individuen aus der dritten Klasse in ihrer niemals versagenden amöbenhaften Weise auf einem Protesttreffen, das sie vor einer Woche bei Fram hatten abhalten dürfen, Cola und Berliner eingeführt hatten. Der Vorsitzende und alle anderen höherstehenden Wesen aus der 4. waren der Ansicht, daß dies zur Debatte gestellt werden müsse – um ähnliche Ausschweifungen in Zukunft zu verhindern. „Berliner und Cola gehören in Krabseths Konditorei", sagte der Vorsitzende. „In diesem Saal soll der Geist regieren."

Kaspar Olesen, Nils Berg, Cora Bühler und Herman Bråtøy erhoben sich der Reihe nach und stimmten dem Vorsitzenden zu.

„Möchte sich sonst noch jemand äußern?“ fragte der Vorsitzende, was mit geradezu ohrenbetäubendem Schweigen beantwortet wurde. „Will denn niemand aus der 3. seinen Standpunkt vertreten?“ Erneutes Schweigen. „Ehrlich gesagt, Konrad“, kam plötzlich ganz hinten ein lauter klarer Halleluja-Sopran. Es war Elisabeth Bergersen. „Du kannst ja wohl nicht erwarten, daß sich in dieser Atmosphäre irgendwer aus der 3. verteidigt. Was ist so schlimm an Berlinern und Cola? Sie sind vielleicht nicht die allergesündeste Kost auf der Welt, aber sie können die Stimmung hier auflockern. Die ist viel zu feierlich. Ich fand, das letzte Treffen war wie ein frischer Wind. Und wenn alle neuen Ideen zerschlagen werden, wird die Welt nie weiterkommen.“ Sie setzte sich.

Das war der gesundeste und verständlichste Beitrag, der bisher in diesem Jahr bei Fram eingebracht worden war. Er wurde mit Applaus und „Ja, ja!“-Rufen aus der 3. quittiert. Wie immer entschied sich Konrad Storås in dieser Situation für die sicherste Lösung. Er räusperte sich. Danach erteilte er Kaspar Olesen das Wort.

„Herr Vorsitzender! Daß eine Idee neu ist“, sagte der ungeheuer langsam, und sein Kopf auf seinem ansonsten steifen Nacken nickte leise dazu, während er jeden einzelnen Menschen im Raum ansah, „ist keine Garantie dafür, daß sie auch gut ist.“ Er setzte sich. „Nein, natürlich nicht“, erwiderte Elisabeth Bergersen. „Aber es geht hier ja eigentlich nicht um Berliner und Cola. Es geht darum, daß wir in der 4. ganz schön aufgeblasen sind.“ Wieder folgten „Gut!“- und „Ja!“-Rufe auf Elisabeths Beitrag. „Mir ist wohl gestattet, darauf hinzuweisen, daß der letzte Beitrag nichts mit dem aktuellen Diskussionsthema zu tun hat. Wir kommen jetzt zur Abstimmung. Wer gegen Berliner und Cola bei den Fram-Treffen ist, möge die Hand heben.“ Die meisten aus der 4., Hartvig Gravdahl und einzelne andere Kulturpersönlichkeiten stimmten dagegen. Bei der Gegenprobe, bei der fast alle aus der 3., einige aus der 5. sowie Elisabeth Bergersen und einige ihrer Mitverschwörerinnen aus der sogenannten Hausfrauenklasse, die nur von Mädchen besucht wurde, dafür stimmten, stellte sich heraus, daß die Berliner-und-Cola-Fraktion in der Mehrheit war. „Der Endsieg des Materialismus“, kommentierte der Vorsitzende und eröffnete durch einen weiteren Hammerschlag die Pause.

Aber so war eben das Gesetz der Mehrheitsdiktatur, und es sollte sich auch beim nächsten Punkt auf der Tagesordnung geltend machen. Die 3. tastete zwar den Vorschlag des Vorstandes zur Wahl des neuen Vorstandes nicht an, bei den anderen Ämtern kam es jedoch zu einigen Veränderungen. Einige aus der 4. und der 5. mußten sich damit abfinden, zum Ordnungsdienst ernannt zu werden, Inger Holm und Hartvig Gravdahl wurden Redakteure. Als dann jedoch Herman Bråtøy als Redaktionssekretär vorgeschlagen wurde, kam es zum Aufruhr. Das ging zu weit. Jungen konnten keine Redaktionssekretäre sein. Das hatte es bei Fram noch nie gegeben. Außerdem schrieben sie nicht schön genug. Die Drohung gab den Ausschlag, statt Herman wurde Beate Halvorsen gewählt.

Inger grauste sich vor ihrem Redaktionsposten. Nicht vor dem Schreiben, sondern vor dem Vorlesen. Sie wagte bei Fram nie, das Wort zu ergreifen. Das wagte niemand aus der 3., was Elisabeth Bergersen gesagt hatte, stimmte, obwohl Inger doch sonst nicht auf den Mund gefallen war. Sie wußte nicht, woran das lag. Ihr Herz hämmerte schon beim bloßen Gedanken. Bei dem Protesttreffen, das sie geleitet hatte, war sie auch schrecklich nervös gewesen. Aber wenn sie versuchte, den anderen davon zu erzählen, glaubten die ihr nicht. Daß Konrad Storås Zeitungsrezensent geworden war, machte die Sache nicht besser. Inger grauste sich vor dem Weihnachtstreffen, bei dem sie ihre erste Zeitung vorlesen mußte. Zum Weihnachtstreffen kamen auch viele ältere Framianer. Daran wollte sie lieber überhaupt nicht denken.

Sie saß zu Hause und versuchte, sich aufs Schreiben zu konzentrieren. Sie mußte etwas Ordentliches schreiben, damit die anderen nicht glaubten, sie hätte nur Unsinn im Sinn. Das Problem war, daß Konrad Storås und seine Clique sowieso glaubten, Mädchen könnten nicht denken. Wenn Kaspar Olesen behauptete, jeder Mensch sehne sich nach etwas, das höher war als er selber, fielen Mädchen nicht unter den Begriff Menschen. Er sagte: „Geist und Frau sind irrekonsible Begriffe, antigene Antipoden gewissermaßen. Mal-à-propos.“ Und Nils Berg sagte: „Eine Frau ist ein süßes kleines Geschöpf, das Schutz und Geborgenheit durch den Mann braucht.“

Aber diese Einstellung, die sie hier erlebte, bei diesen großen Jungen, die sich als Geistesmenschen bezeichneten und die sie in vieler Hinsicht bewunderte, fand sie auch bei einigen großen Männern der Geschichte. Wie war es möglich, daß ein Mann wie Schopenhauer, der die Leiden des Lebens verstand und so tief in die Menschenseele hineingeblickt hatte, über Frauen die gemeinsten Gedanken hegte? Alles, was er über Leiden und über die Bedeutung des Willens sagte, galt nicht für Frauen. Und Rousseau, von dem Fräulein Grytum erzählt hatte? Seine schönen Gedanken über freie Erziehung zur Verantwortung, seine Ermunterung, selber zu denken, galten nicht für Mädchen. Mädchen sollten erzogen werden, um zu gefallen. Es war so enttäuschend. So unglaublich enttäuschend. Das bedeutete, daß die Frauenbewegung – diese nervtötende, todlangweilige und häßliche Frauenbewegung – notwendig war. Mußten Frauen denn wirklich Zeit und Kraft, Talente und Gedanken vergeuden für etwas, das selbstverständlich sein sollte? Daß eine Frau ein Mensch war? War das wirklich notwendig?

Nein, darüber wollte sie nicht schreiben. Sie wollte über den Glücksdruck der Jugend schreiben. Den ewigen Glücksdruck. Den Wir-leben-jetzt-Druck. Sie zog ihr Tagebuch aus dem Frühling hervor. Was hatte Pastor Sundbro gesagt? „Schämt euch, ihr jungen Menschen, wenn ihr nicht an das Leben und an das Glück glaubt." Darüber wollte sie schreiben.

Das Fram-Zimmer ist überfüllt. Ehemalige strömen herbei, alle Aktiven sind anwesend. Ingers Herz hämmert dermaßen, daß sie glaubt zerplatzen zu müssen, ihre Ohren sausen. Ihre erste Fremskridt-Nummer soll vorgelesen werden. Sie geht nach vorn, es ist dunkel im Saal, aber die kleine Lampe des Rednerpodiums strahlt die Zeitung an. Sie liest vor. Ihre Stimme ist kräftig und zittert nicht, obwohl die ganze Inger zittert, aber als sie ihre Stimme hört, scheint sie da oben von einer eigenen einsamen Wärme umschlossen zu werden. „Schämt euch, ihr jungen Menschen, wenn ihr nicht an das Leben und an das Glück glaubt! So lauteten die Worte des Pastors an die Konfirmanden des letzten Frühlings." Zeile für Zeile tadelt sie diese Worte, tadelt die Haltung, daß junge Menschen sich schämen sollen. Was weiß der

Pastor denn über die Probleme junger Menschen? Und wie damit umgegangen wird? Werden sie denn je ausgesprochen? Die meisten jungen Menschen tragen ihre Probleme mit sich herum und verraten sie keinem Menschen. Und deshalb kann der Pastor nicht einfach dastehen und „Jesus" rufen. Jesus war sicher ein guter Mann. Aber er ist nicht genug. Er lebt nicht heute. Er hat die Atombombe nicht erlebt. Er hat den Zweiten Weltkrieg nicht erlebt, und er weiß nichts über moderne Jugendprobleme. Die jungen Menschen von heute spüren eine Wurzellosigkeit und eine Rastlosigkeit, trotz unseres scheinbar sicheren geborgenen Lebens hier in einer kleinen, gemütlichen Stadt. Schämt euch, ruft ein erwachsener Mann. Schämt euch, rufen die Erwachsenen. Aber was für eine Welt haben sie für uns gestaltet? Mord und Bomben. Sie sollten als letzte von Scham reden. Wir haben nicht darum gebeten, auf diese Welt kommen zu dürfen. Wer der Jugend helfen will, in eine neue Zeit hineinzufinden, muß aufhören, von Scham zu reden. Scham, das ist alles, was wehtut. Sie sollten sich schämen, so über menschliche Gefühle zu reden. Nur darüber und über nichts sonst braucht man sich zu schämen.

Der Applaus tost los, bricht die tiefe Stille, die während des Vorlesens geherrscht hat. Inger verläßt das Podium. Ihr Herz hämmert. Aber nicht mehr vor Angst.

Und in der Pause kommt Konrad Storås und reicht ihr die Hand. „Ich heiße dich als Redakteurin von Fremskridt willkommen!" sagt er.

Das ist der stolzeste Moment in ihrem jungen Leben.

Frau Direktor Bøhmer

Als sie nach den Weihnachtsferien wieder in die Schule kamen, erfuhren sie, daß Nina Bøhmers Mutter sich erschossen hatte. Nina war nicht zu sehen. Was sie jetzt wohl machte? Was war passiert? Schwere Stiefel trampelten, es war Januar mit tiefem Schnee, sie dachten an Frau Bøhmer. An die große, schlanke, elegante Frau Direktor, im Winter in dunkelbraunem Pelz, im Sommer in hellen Kostümen, mit hochgesteckten Haaren, auf dem Weg zum Teesalon, wo sie sich in der Stadt mit anderen Damen traf. Sie hatte alles. Geld. Zwei hübsche Kinder. Eines der schönsten Gesichter der Stadt.

Sie gingen zur ersten Stunde, Deutsch, setzten sich, nahmen ihre Bücher aus den Taschen, und Studienrat Myhre kam mit seinen gelben Haarsträhnen und seinem Arbeitskittel und redete von Präpositionen und auf und über und den dazugehörigen Fällen und schien nichts von Frau Bøhmer zu wissen. In tiefem Schweigen trug er Ninas Fehlen ins Klassenbuch ein.

Aber warum hat sie es denn bloß getan? Sie stehen draußen auf dem Schulhof. Irgendwer behauptet, sie habe eine der alten Pistolen benutzt, die Direktor Bøhmer zur Dekoration in der Diele hängen hat. Er ist ein bekannter Waffensammler.

Nach kurzer Zeit gehen Geschichten um. Richard Bøhmer soll ein Haustyrann gewesen sein, wie ein Loch getrunken und Frau und Kinder mit den Waffen bedroht haben, mit denen das ganze Haus dekoriert war. Wenn sie Angst hatten, lachte er nur und sagte, sie seien doch uralt und ungeladen. Nina war eine junge Ausgabe ihrer Mutter, immer gepflegt, immer hübsch. Sie hatte einmal erwähnt, daß ihre Mutter Migräne hatte. Frau Bøhmer war in London und Genf als dreisprachige Korrespondentin ausgebildet worden und stammte aus einer deutschen Familie aus dem Elsaß, wo Bøhmer sie während eines Studienaufenthaltes kennengelernt hatte. Seitdem benutzte sie ihre Ausbildung nur noch, um ausländische Geschäftspartner zu empfangen. Die Migräne war im Laufe der Jahre schlimmer geworden, die Streitereien in der Familie häufiger. Während eines solchen

Streites um ihren Sohn, bei dem der Direktor eine seiner alten Jagdpistolen ergriffen und gelacht hatte, hatte Frau Bøhmer sie ihm offenbar entrissen, auf ihre Brust gerichtet und abgedrückt. Einige behaupteten, am Heiligen Abend.

Einige Tage später kommt Nina zurück in die Schule, blaß und im Gesicht verändert. Sie sagt wie üblich „Hallo", mehr nicht. Und niemand sagt etwas zu ihr.

Inger sieht zu ihr hinüber und denkt: Ich müßte etwas sagen, ich müßte etwas sagen. Auch Inger sagt nichts.

Nina. Ihre alte Klassenkameradin aus der Volksschule. Sie gehen nun schon fast zehn Jahre zusammen in die Schule, andere seit fast drei Jahren. In Streit und Freundschaft haben sie einander kennengelernt. Aber keine sagt ein Wort zu ihr, als sie ihre Mutter verliert.

Als Beate nach Hause kam, beugte sich ihre Mutter über eine weiße Seidenbluse, um die Schulterpolster einzunähen. Beate blieb in der Türöffnung stehen und sah ihrer Mutter ein Weilchen zu. Dann sagte sie: „Die Bluse kannst du auch gleich weglegen. Sie wird sie doch nicht mehr brauchen." Fräulein Halvorsen fuhr herum. „Hat Frau Bøhmer sich schon wieder alles anders überlegt?" „Ja, so kann man das auch nennen", antwortete Beate. „Sie hat sich erschossen."

Ihre Mutter senkte den Blick, beugte den Kopf wieder über die Bluse und nähte die wenigen Stiche, die beim rechten Polster noch übrig waren. Bedächtig, als ob sie das, was sie da eben gehört hatte, nicht wahrhaben wollte. Beate trat hinter den Stuhl ihrer Mutter. Auf der weißen Schulter der Bluse sah sie einige dunkle Flecken. Zu hören war nichts, aber es gab keinen Zweifel, daß ihre Mutter über der Bluse weinte. „Warum weinst du?" fragte Beate widerstrebend. „So gern kannst du Frau Bøhmer doch wohl nicht gehabt haben."

„Ich weine nicht um Frau Bøhmer", antwortete die Mutter. „Die hat jetzt ihren Frieden, ich weine um die, die noch da sind. Die werden sich für den Rest ihres Lebens Vorwürfe machen."

Beate wunderte sich über diesen Ausbruch. „Es wird soviel geredet", sagte sie. „Warum sie das getan hat und so, meine ich. Der Bøhmer soll gewalttätig gewesen sein und getrunken haben.

Aber die Leute wissen nichts. Die klatschen bloß." – „O ja, wenn sie nichts wissen, denken sie sich eben was aus."

Die Mutter wischte sich das Gesicht, legte die Bluse beiseite. „Na, ich werd' sehen, was ich noch damit anfangen kann. Vielleicht brauche ich ja selber eine neue." Sie ging in die Küche und setzte Kaffeewasser auf. Einen winzig kleinen Moment lang glaubte Beate ihrer Mutter sehr nahe gewesen zu sein. Aber dieser Moment war fast im selben Augenblick auch schon wieder vorbei gewesen. Jetzt wünschte sie ihn sich zurück. „Nein, trinken wir erst mal einen Kaffee", kam aus der Küche die bekannte alte Stimme. „Wie geht's denn der Nina?" – „Die hängt einfach so rum." – „Arme Kleine." Beate horchte auf die Geräusche der Mutter. „Warum meinst du, sie werden sich für den Rest ihres Lebens Vorwürfe machen?" In der Küche herrschte eine Zeitlang Schweigen. Dann sagte die Mutter: „Weil ich wegen dem Ole dasselbe durchmachen mußte."

Die Mutter kam ins Zimmer, setzte sich und erzählte, daß Ole Persrud in einer Frühlingsnacht im Jahre 1942 verschwunden war. Beate war damals etwas über ein Jahr alt, er hatte abends vorbeigeschaut, und sie hatten sich gestritten. Er hatte sie nie heiraten wollen, das nicht, aber er kam trotzdem immer wieder und wollte etwas zu essen. Nüchtern war er auch nicht. Brannte irgendwo draußen im Wald mit ein paar anderen Schnaps. Sie gab ihm zu essen, sie fand, man müßte das Böse zusammen mit dem Guten annehmen. Sonst würde auf dieser Welt nie etwas besser werden. Aber an diesem Abend hatte sie das Gebot nicht einhalten können. Als er sich in den Sessel fallen ließ, hatte er eine Vase umgestoßen. Es war keine teure Vase, sie hatte sie von ihrer Großmutter geerbt, aber als sie die Scherben auf dem Boden sah, loderten Trauer und Wut in ihr auf, sie beschimpfte ihn mit einer Stimme, die sie sich niemals zugetraut hätte. Was sollte sie mit einem Kerl, den sie bloß füttern mußte, der keinen Finger rührte, weder für sie noch für das Kind? „Nimm deinen Kram und verschwinde!"

„Ich war im tiefsten Herzen verletzt", sagte die Mutter. „Ich war verletzt, weil er nicht wußte, was sich gehörte und wir nicht heiraten und ein normales Leben leben konnten wie andere Leute."

Sie ging in die Küche und goß den Kaffee auf. Beate folgte, jede nahm eine Tasse und setzte sich an den Küchentisch. „Hat Papa sich umgebracht?" fragte Beate. Die Mutter legte ihre magere, knotige Hand über die ihrer Tochter auf der kleinkarierten Tischdecke und hielt sie fest. Beate konnte sich nicht erinnern, wann sie sie zuletzt berührt hatte. „Das hab' ich gedacht, verstehst du, und dann dachte ich, es wäre meine Schuld. Aber es war eine Falschmeldung. Er war nach Schweden gegangen, und von dort kam die Nachricht, daß Ole Persrud sich auf einem Dachboden in Stockholm aufgehängt hätte." Sie ließ Beates Hand los. „Ja? Und das stimmte nicht?" – „Doch. Aber es war ein anderer Ole Persrud. Viel später haben wir dann gehört, daß der Ole nach England gegangen war und dort angemustert hatte. Seitdem habe ich nie mehr von ihm gehört." Die Mutter nahm einen Schluck, schwieg. „Aber dann war er doch vielleicht ein Held", meinte Beate. „Wenn er nach Schweden fliehen mußte?" – „Ein Held? Ich habe nie jemand gesehen, der weniger wie ein Held aussah." Beate sah ihre Mutter an. „Warum hast du mir das nie erzählt?" – „Das hab' ich nicht geschafft. Ich wollte, daß du froh warst und nicht wußtest, wieviel Schlimmes es auf der Welt gibt." – „Aber Mama, wie kann ich froh sein, mit einem Vater, der einfach abgehauen ist?" – „Ich wollte, daß du glauben solltest, er wäre ein feiner Kerl gewesen. Ich hab' versucht, nett über ihn zu sprechen, wenn ich ihn überhaupt erwähnt hab'. Ich konnte nicht, Mädi, ich hab' nie mit irgendwem darüber gesprochen." – „Du hast mit Tante Alfhild darüber geredet." – „Nein, sie hat mit mir gesprochen." – „Aber ich habe es gehört, deshalb hab' ich mir alles mögliche vorgestellt. Hab' gedacht, die Deutschen hätten ihn verhaftet, und... Es wäre beser gewesen, die Wahrheit zu wissen." Beate überlegte. „In der Schule lesen wir ein Stück, es heißt ‚Die Wildente'. Darin sagt jemand: ‚Wenn Sie einem Durchschnittsmenschen die Lebenslüge nehmen, nehmen Sie ihm zugleich sein Glück.' Vielleicht stimmt das ja manchmal. Aber mich hat es um das Glück gebracht, daß ich die Wahrheit nicht wußte."

Die Mutter atmete schwer. „Aber das, was am schwersten zu tragen ist, muß man immer für sich behalten, Beate." – „Du hattest doch mich!" – „Ja, ich hatte dich. Und du bist immer ein

Segen gewesen. Aber daß er uns im Stich gelassen hat. Und als ich dachte, er wäre tot, da hab' ich ihn beneidet, weil er jetzt nichts mehr spürte. Ich hatte nur die Ungewißheit. Ob er eines Tages zurückgekommen wäre. Ich wollte nicht, daß du dasselbe durchmachen müßtest." – „Aber das hab' ich doch!" Die Mutter verbarg ihr Gesicht in den Händen. „Ach, meine Mädi! Ich hab' mein Bestes getan", sagte sie dann.

„Er hat Wiener Schnitzel bestellt", flüsterte Ringstad. „Aber die Kleine will nur Tomatensuppe." Sie war gerade aus der Küche zurückgekommen, wo sie die Bestellung weitergegeben hatte. Sie stellte sich neben Iversen und blickte über alle Tische am Fenster hinweg hinüber zu dem Tisch in der hintersten Ecke beim Piano, wo Direktor Bøhmer mit seiner Tochter saß. „Schrecklich trauriger Anblick, was?" sagte Iversen. „Er will auch eine Flasche Rotwein", erwiderte Ringstad. Hauge kam mit dem Tablett voller schmutziger Teller und verschwand in der Küche, war aber gleich wieder da.

„Schlimm, so früh die Mutter zu verlieren", meinte Hauge. „Sie war erst achtundvierzig."

„Mehr nicht? Sie sah viel älter aus."

„Hatte wohl sehr viel Kummer."

„Kummer? Ich hatte den Eindruck, die hat ewig dahinten im Teesalon gesessen", sagte Hauge.

„Mit ihm war es wohl auch nicht immer so leicht."

„Nein", sagte Hauge und senkte die Stimme noch mehr. „Sie hat sich mitten am Heiligen Abend vor der ganzen Familie erschossen, hab' ich gehört."

„Ach, zu Heiligabend war das? Ich dachte, es war am ersten Weihnachtstag." Das war Ringstad.

„Ich glaub' nicht, daß sie das gemacht hat, wo alle ihr zugeschaut haben", sagte Iversen.

„Nicht?" Hauge war enttäuscht. „Wo denn dann?"

„Im Keller, als die anderen schon im Bett waren, hab' ich gehört."

„Ich weiß ja nicht, ob das nun besser war", meinte Hauge. „Stellt euch vor, sich das anzutun." Sie seufzte.

„Ja, jetzt haben die keine mehr, die sich um sie kümmert."

Ringstad holte das Bestellte und ging zum letzten Tisch. „Bist du ganz sicher, daß du nicht mehr willst, Kleine?“ fragte sie und sah Nina an „Wir haben heute gute Frikadellen.“

„Nein, danke“, sagte Nina und schüttelte den Kopf.

„Sie ist schrecklich dünn geworden“, sagte Iversen am anderen Ende des Restaurants.

„Hat Ähnlichkeit mit ihrer Mutter.“

„Ach, das ist es wohl nicht allein.“

„Ich begreif' einfach nicht, wie jemand sowas tun kann.“

„Er soll fremdgegangen sein, hab' ich gehört“, sagte Hauge.

„Ja, mit dieser Thorsen oben im Odd Fellow.“

„Ach, die war nicht die einzige, soviel ich gehört hab'.“

„Nein, ich hab' auch was von einer in Sarpsborg gehört.“

„Mit seinem Appetit ist aber offenbar alles in Ordnung.“

„Mit seinem Durst auch.“

„Wenn er es bloß nicht zu weit treibt.“

„Ich hab' gehört, sie wollen wegziehen.“

„Wegziehen? Nein, davon weiß ich nichts.“

„Ich begreif' nicht, wie die da weiter wohnen können.“

„Das werden sie wohl müssen.“ Ringstad war wieder da. „Schlimme Sache“, sagte sie. „Aber wenn die Frau Isaksen kommt, wird es wohl besser.“

„Frau Isaksen?“

„Habt ihr das denn nicht gehört? Eine Dame aus Bergen.“ Nein, davon hatten weder Iversen noch Hauge gehört. „Mit der hat er schon lange was“, erzählte Ringstad. „Deshalb hat sie sich doch erschossen, die Frau Bøhmer.“

„Was du nicht sagst! Heiraten sie denn jetzt, oder was?“

„Darauf wird's wohl hinauslaufen, stell' ich mir vor.“

„Ja, sind sie denn schon aufgeboten?“

„Müssen doch ein bißchen warten, weißt du. Die Frau Direktor muß doch erst mal kalt im Grab werden.“

„Die war schon kalt, lange bevor sie da hingekommen ist“, sagte Hauge.

„Also das war jetzt gemein von dir.“

„Gemein? Ich sag' bloß die Wahrheit, schließlich war sie kalt wie ein Fisch, das darf ich ja wohl sagen.“

Der Mai, der Mai, der lustige Mai

Alles ließ sich lichter an, als sie ins nächste Schuljahr kamen. Sie gingen ins Kino und zu Krabseth, immer mit der ganzen Clique. Und bei Jepsen übten sie weiter im Chor. „Der Mai, der Mai, der lustige Mai, der kommt herangerauschet!“ Und diese Horde sollte in zwei Jahren Abitur machen!

Inger und Inger und Liv gründeten einen Klub. Er hieß „Cogito“, nach Descartes, die Klubzeitung hieß Ergo und das Kontobuch Sum. Es war eine Art Minatur-Fram, aber das sollte niemand erfahren. Elsa Tøgern sollte mitmachen. Und natürlich Lillian.

Die Jungen aus der 4. lachten. „Cogito!“ sagte Konrad Storås. Nie hatte er von einer witzigeren Beschäftigung für kleine Mädchen gehört. „Was macht ihr denn da?“ Aber das erfuhren weder Konrad noch seine Geistesgefährten. Bei den Klubsitzungen war es verboten, zu nähen oder über Jungen zu sprechen. Letzteres wurde nicht eingehalten. Am Ende diskutierten sie immer über Leif Bang Monradsen. Aber zuerst gab es einen Vortrag mit Diskussion über Darwin oder die Atombombe, General de Gaulle, weiße Soße oder andere aktuelle Themen. Letzteres sickerte zu Konrad Storås durch. „Weiße Soße!“ sagte er. Er amüsierte sich. „Ja, weißt du vielleicht, wie man weiße Soße kocht?“ – „Ich gehe davon aus, daß das eine rhetorische Frage ist“, antwortete Konrad Storås. Und dann schrieb er einen förmlichen Brief und bat um Erlaubnis, Cogitos Sitzungen beiwohnen zu dürfen. Dieser Brief wurde bei der folgenden Sitzung diskutiert, und Cogito schrieb ebenso förmlich zurück, daß eine seriöse Behandlung seines Antrages erst stattfinden könnte, wenn er ein Bild von sich in Badehose eingereicht hätte.

Konrad Storås in Badehose! Sie freuten sich. Der Brief kam. Versiegelt. Als er unter angemessenen Sicherheitsvorkehrungen geöffnet worden war, erwies es sich, daß er ein Bild der Wasseroberfläche bei Saltnes enthielt. Dort hatten Konrad und seine Familie eine Hütte. „Verehrte Cogitussis! Hier ist ein Bild von mir in Badehose – unter Wasser. Ich hoffe, daß dasselbe mir den

Zutritt zu einer Sitzung Ihrer hochwohlgeborenen Vereinigung ermöglichen wird. Mit vorzüglicher Hochachtung, Ihr gehorsamer Diener Konrad Storås."

Darüber lachten sie herzlich bei ihren frischgebackenen Berlinern, und dann antworteten sie, sie hätten selten ein so charmantes Bild eines Jungen in Badehose gesehen. Sie hätten es gerahmt, und es sollte bei Cogitos Mitgliedern zirkulieren und zusammen mit Tony Curtis, Tommy Steele und anderen herzigen Männern, die sie natürlich schon hatten, über den Betten der Vereinsmitglieder hängen, damit sie in einsamen Momenten davon träumen könnten. Das Bild hatte ihre Herzen so nachdrücklich schmelzen lassen, daß sie einstimmig beschlossen, Konrad Storås' Antrag zu bewilligen. Und deshalb war er hiermit zu ihrer Sitzung am 1. April 1970 eingeladen.

In diesem Winter ging das Gerücht um, daß es zu Hause bei Ingenieur Gulldahl in Kråkerøy ein Exemplar von „Das Lied vom roten Rubin" gäbe. Gyda lud eines Tages, als ihre Eltern zum Frühlingsfest im Phönix waren, alle Mädchen zu sich nach Hause ein. „Die schlimmsten Stellen zu lesen, dauert ja nur eine halbe Stunde", sagte Gyda. Die Mädchen kamen. Sie lasen, wie Ask Burlefot sich auf der Hurtigroute amüsierte, und daß einzelne Mädchen so solide Jungfernhäutchen hatten, daß sie mit einem Füllfederhalter aufgebrochen werden mußten. Von jetzt ab grausten sich manche von ihnen. „Ich hoffe, meins ist in meiner Kindheit schon auf dem Fahrradsitz verschwunden", sagte Lillian. Sie starteten eine Diskussion über die Möglichkeit, von einem Fahrradsitz entjungfert zu werden. Aber eins wurde ihnen beim Lesen dieses Buches klar: Jungen wollten keine Mädchen, die *es* schon getan hatten. Sie wollten *es* gern selber tun, aber nicht mit Mädchen, die *es* schon getan hatten. Mit wem sollten sie *es* also tun? Das war ein Mysterium. Fest stand: Sie mußten ihre Tugend bewahren, bis der Prinz erschien.

Doch, es war ein tugendhafter Jahrgang, der dieses Schuljahr im Schatten der Mykle-Affäre hinter sich brachte. „Bis hierher und nicht weiter", war ihr Motto. Demi-Vierge hieß das angeblich. Das hatten einige von ihnen gelesen.

In der Schule hörten sie nie auch nur ein Wort über solche Phänomene. In diesem Jahr hatten sie Physiologie, also die Lehre von den Körperfunktionen. Über gewisse dieser Funktionen war Tollefsen stumm wie ein Grab. Also mußten sie sich mit Geduld wappnen. In der 5. würden sie Biologie bekommen, zumindest auf dem Englischzweig, und da würden sie sicher alles erfahren. In der Zwischenzeit mußten sie sich eigene Quellen suchen. „Habt ihr von Elsie Olsen gehört?“ fragte Astrid Evensen eines Tages, als sie in die Schule kamen. „Ja, ist das nicht schrecklich?“ erwiderte Liv Mo. Was? „Sie hat geheiratet“, antwortete Liv. „Einen erwachsenen Kerl aus Rakkestad“, fügte Astrid hinzu. – „Sie mußte“, sagte Liv.

Das war eine erschreckende Nachricht. Sie waren jetzt sechzehn. Und die erste ihrer Klassenkameradinnen von der Volksschule mußte heiraten. „Und was macht sie jetzt?“ fragten die Mädchen aus St. Croix. „Sie ist nach Rakkestad umgezogen“, antwortete Astrid.

Das war Elsie. Für Elsie war das Leben beendet. Ihr blieben nur Windeln und Kindergeschrei. Schlimmer war es für Laila, die von der Schule abgegangen war. „Was für eine Laila?“ – „Erinnert ihr euch nicht an Laila Marie Nilsen?“ fragte Liv. „Die, die von unserer Lehrerin Jesusbilder und alles mögliche kriegen sollte, wenn sie lesen lernte?“ Doch, langsam dämmerte ihnen, daß sie vor langer Zeit eine Klassenkameradin gehabt hatten, die niemals lesen lernte. Deshalb mußte sie von der Schule abgehen. „Sie stromert jetzt unten im Hafen herum“, sagte Liv.

„Es geht ihr richtig dreckig, sie geht auf die Boote, um nicht zu erfrieren, und dann kriegt sie Schnaps und Essen, wenn sie es mit den Kerls an Bord macht.“ –„Sie hat sich selber angezeigt,“ sagte Astrid. „Damit sie sich im Knast aufwärmen kann.“

Sie verstummten. Kaum eine hätte Laila auf der Straße wiedererkannt. „Sie sieht aus wie vierzig“, sagte Liv.

Da lebten sie ihre behüteten Leben auf dem Schulhof, wurden vom Schultor aus überwacht, damit sie sich in den Pausen nicht hinausschlichen, mußten werktags um neun, spätestens um zehn Uhr abends zu Hause sein und gingen zwischen einer Schule mit festen Regeln und strengen Elternhäusern hin und hier. Und irgendwo weit draußen waren ihre alten Klassenkameradinnen, auf der Straße des Lebens. Was war aus ihnen geworden? Sie dachten nur noch selten an sie. Sahen sie nie in der Stadt, so wie früher. Wo war Fanny, wo war Ingeborg? Im Laufe der letzten drei Jahre hatten sie sich so weit von ihnen entfernt, daß sie ihnen nicht einmal einen Gedanken widmeten. „Die Fanny hat im letzten Herbst bei Fredrikstad Preserving gearbeitet", erzählte Jorunn. „Hat Hering ausgenommen, bis er ihr aus den Ohren rausquoll, hat sie gesagt. Aber wenn sie alt genug ist, will sie immer noch unbedingt zur See fahren." – „Und Ingeborg Fengerstad jobt unten in Brynildsens Fabrik", wußte Nina. „Sie sitzt an einem Fließband oder wie das heißt und guckt sich die Öffnungen von Colaflaschen an." – „Wozu soll das denn gut sein?" – „Sie muß die aussortieren, die einen Sprung haben. Wißt ihr noch, wie wir in der siebten Klasse die Fabrik besucht haben? Da saß eine Frau und hat sich in einem Spiegel alle Colaflaschen angesehen." – „Daß sie das über sich bringt!" – „Sie braucht doch das Geld", sagte Liv.

Ja, das war wohl so. Besser, als im Hafen herumlungern jedenfalls. Aber was für ein Leben! Es schellte zur Stunde.

Im Mai wurde „Das Lied vom roten Rubin" für den Verkauf freigegeben. Inger überredete Lillian, es für das Geld zu kaufen, das sie zum Geburtstag bekommen hatte. Es kostete die gewaltige Summe von fünfzig Kronen. Genau soviel hatte Lillian. Aber sie traute sich nicht, das Buch zu kaufen. Inger ging in Åse Lionæs' Buchladen, wo niemand sie kannte, und kaufte es. Reichte es Lillian in braunem Papier. Aber nachdem Lillian es einen Tag gehabt hatte, wagte sie nicht, es noch länger zu behalten. Sie fragte Inger, ob sie es übernehmen wollte. Und Inger traute sich. Niemand durchwühlte je ihre Schubladen. Abgesehen von Ellen natürlich. Aber der würde der Rubin wohl kaum Freude machen.

Sie las alles und entdeckte zu ihrer Überraschung, daß es ein schönes Buch war und von allem möglichen handelte. Wie es ist, jung und verliebt zu sein und das nicht sagen zu können. Wie es ist, sich vor einer Rede zu graulen, die man halten muß. Wie es ist, in einen Park zu gehen, um weiße Schwäne zu sehen. Es war ein schönes Buch. Aber daß er „ihren Wein schlabberte", war schockierend. Ob er das wirklich machte?

Nein, das gefiel Inger und Lillian nicht. Sie kamen überein, daß Mund zu Mund gehörte, Brust zu Brust und da unten zu da unten. Aber mit da unten hatten sie noch nicht viel Erfahrung.

Der Frühling rückt näher. Überall taut es nach diesem schneereichen Winter, die Weidenkätzchen kommen, vielleicht werden sie in Chemie abgehört. „Lillian, hast du ein bißchen $H_2BO_4+H_2O$? Ich bin hingefallen.“ – „Nein, ich hab' nur C_2H_5OH, sollen wir das probieren?“ Sie lesen und lachen.

Im Chor üben sie jeden Tag für das Abschlußfest in der Bibliothek. Jepsen gibt den Ton an. Petter Sønderro hat einen schönen Tenor. „Mai“, „Maaii“, „Maaaiiii“, „Der Mai, der Mai“.

„Der Mai, der Mai, der lustige Mai,
der kommt herangerauschet,
ich ging in den Wald und brach mir einen Mai,
der Mai, und der war grüne...“

Die Töne verbreiten sich im Raum, breiten sich aus und sammeln sich, mitten im Lied steht Inger und blickt zur Sopranreihe hinüber. Da steht Elisabeth Bergersen aus der 4. Sie ist das schönste Mädchen, das Inger kennt.

Im Juni erfuhren sie, daß die ganze Mittelstufe versetzt worden war, mit einer Ausnahme. Marthe Rud. Sie hatte es schriftlich geschafft, daran haperte es nicht, aber dann war sie in Geographie mündlich geprüft worden, von einem fremden Prüfer, und dabei hatte Marthe Trøndelag gezogen. „Na, Marthe?“ fragte Torsrud und starrte sie mit seinen üblichen Augenbrauen an. „Was kannst du uns über Trøndelag erzählen?“ Aber Marthe starrte einfach nur zurück und sagte kein Wort. „Du kannst uns vielleicht sagen, wo das liegt?“ fragte Torsrud noch einmal. Marthe gab keine Antwort. „Trøndelag, das ist doch ein ziemlich bekannter Landesteil. Weißt du, wie seine größte Stadt heißt?“ – Schweigen. „Oder kennst du andere Städte?“ lockte Torsrud. „Oder Wirtschaftszweige?“ schaltete sich honigsüß der Prüfer ein. „Und durch den Bezirk geht doch ein ziemlich breiter Fjord. Wie heißt der?“ Ja, es hätte wirklich nur noch gefehlt, daß der Prüfer und Torsrud zweistimmig „Nidelven“ anstimmten, um sie auf einen Gedanken zu bringen. Aber soviel sie auch lockten und Stichworte gaben, Marthes Mund war mit sieben Siegeln verschlossen.

Sie bekam Ungenügend. Daran führte kein Weg vorbei.

Marthes Leistung war eine so typisch ungenügende Leistung, wie sie in der Gelben Anstalt nur je vorgekommen war. Es war ein Mysterium. Wie war es möglich, in Norwegen aufzuwachsen, zehn Jahre lang zur Schule zu gehen und kein Wort über Trøndelag sagen zu können? Hätte sie nicht einfach „Trondheimsfjord" sagen können? Oder „Nidarosdom"? Oder Landwirtschaft? Etwas mußte sie doch sagen können? Irgendeine faßte sich ein Herz und fragte Marthe, ob sie wirklich rein gar nichts über Trøndelag wüßte. Da sah Marthe sie verwundert an, reckte die Nase in die Luft und anwortete: „Mit den Kerls red' ich ja wohl nicht, Mensch!"

Im nächsten Jahr erreichte auch sie die Oberstufe. Sie lernte so wenig wie eh und je. Gegen Ende des Schuljahrs verschwand sie. Als sie eine Woche verschwunden gewesen war und ihre Eltern glaubten, sie sei in der Schule, während die Lehrer dachten, sie sei zu Hause, kam heraus, daß sie in Felix Mathiesens Musikladen arbeitete. Verkaufte Platten, summte und verdrehte wie üblich die Augen. Es gab Ärger. Zu Hause und in der Schule. Aber was half das? Marthe wollte Musik verkaufen. So etwas Blödes wie die Schule hatte sie in ihrem ganzen Leben noch nicht erlebt.

Und so kam es, daß Marthe Rud elf Jahre zur Schule ging, ohne einen anderen Beweis für ihren Wert hier auf Erden zu erringen als das Volksschulzeugnis – und auch das gehörte nicht gerade zu den strahlendsten Zeugnissen fleißiger Jugend. „Mir egal", sagte Marthe. „Ich werde nämlich Schlagersängerin, wenn ich an die Macht komme."

Ihr habt doch sicher die Platte gehört, „Weh mich fort, o Nordwind, weh mich fort", die im Jahre 1958 wie eine Fanfare durchs Land ging? Eine Frau aus Fredrikstadt sang dieses Lied.

Mittelweg

Jeden Sommer fuhr die Familie Gravdahl ins Bibellager in Südnorwegen. Das Bibellager fand in einer idyllischen Gegend zwischen Arendal und Grimstad statt, wo sie aßen und tranken und das Wort des Herrn hörten, fromme Lieder sangen und sich im Geiste stärkten. Das Lager lag auf einem Grashang am Meer, es war ein hervorragender Ort zum Baden, aber Hartvig mußte immer vorsichtig sein. Erst im vierten Sommer hatte er sich ins Tiefe gewagt, da war er dreizehn, aber es gefiel ihm immer noch nicht. Die anderen Kinder hatten stets gedroht, ihn unterzutauchen, und obwohl er nun groß genug war, um darüber im wahrsten Sinne des Wortes erhaben zu sein, hatte er wenig Freude am kalten Wasser und der starken Sonne, die er nicht lange ertragen konnte. Und was den geistigen Inhalt betraf, der war für ihn ein Alptraum. Das wurde ihm jetzt, nach dem letzten Schuljahr, dem ersten, in dem er wirklich so gelebt hatte, wie es für ihn richtig war, nur noch deutlicher bewußt. In diesem Jahr weigerte er sich ganz einfach, mitzukommen. Er wollte lieber zu Hause bleiben und lernen, sagte er. Außerdem wollte er die Weltausstellung in Brüssel besuchen, er wollte zusammen mit Vidar Lauritzen und Per Jensen aus seiner Klasse per Anhalter fahren. Seine Eltern protestierten vergebens. Und wo wollte er das Geld hernehmen? Das wußte Hartvig auch nicht. Eigentlich hatte er sie darum bitten wollen.

Sein Vater brummte. Seine Mutter sagte nach genauerer Überlegung, daß sie im Grunde fand, er habe eine Auslandsreise verdient. In der Schule kam er gut mit, und diese Weltausstellung sollte ja wirklich sehenswert sein. Schließlich gab auch der Glasermeister nach, Hartvig erhielt vierhundert Kronen für die Reise, und seine Mutter gab ihm noch hundert dazu aus ihren heimlichen Ersparnissen, von denen ihr Mann nichts wußte. Die waren nützlich in solchen Fällen.

„Paß gut auf dich auf, mein Junge", sagte Frau Gravdahl und drehte sich rasch um, damit er ihr Gesicht nicht sehen konnte. Und dann fuhren die Eltern ins Bibellager.

Eine Woche später stand Hartvig vor einem hellgelben Haus am Mittelweg in Hamburg. Das Haus lag auf dem Westufer der Außenalster im Stadtteil Rotherbaum, hatte Empirefenster und weiße Säulen und Kanten, Erkerfenster im ersten Stock und weiße Vorhänge. Alles war sauber und schön. Die üppigen Laubbäume mit ihren unglaublich dicken Stämmen erstreckten sich zum Park am Wasser und zur Promenade. Niemals hatte Hartvig in einer Stadt so viele Bäume gesehen.

Er wohnte in der Jugendherberge auf St. Pauli, wo die Straßen eng und schmutzig waren, überall Leuchtreklamen, Nachtklubs und Nutten. Er wandte den Blick ab, wenn er daran vorbeikam. Er hatte gehört, daß es Frauen gab, die sich auf diese Weise anboten. Sie zu sehen, war etwas anderes. Sie kamen ihm vor wie fremde Wesen, die nicht zum Geschlecht der Menschen gehörten. Seelenlose lippenstiftbemalte versoffene Schalen in Netzstrümpfen und Seide. Nackte Arme und Schultern. „Mein Schatz? Kommst du mit?" Hartvig schauderte.

Aber jeden Tag suchte er das gelbe Haus an der Alster auf. Er blieb auf dem Rasen in einiger Entfernung stehen und blickte hinüber. Ob ihm das ganze Haus gehörte? Oder hatte er einfach nur eine Wohnung gemietet?

Am ersten Tag war er mutiger gewesen als jetzt. Da war er zur Haustür gegangen und hatte sich die Namensschilder angesehen. Sein Blick war auf den Namen gefallen, der seit vielen Jahren in seinem Inneren eingraviert war. Hans Helmut Weidenhof. War er es? Oder handelte es sich doch um einen anderen Mann mit dem gleichen Namen? Aber das würde Herr Weidenhof klären können.

Hartvig hat eine Woche in Hamburg. Er ist schnell aus Brüssel zurückgekehrt. Konnte sich nicht auf die Ausstellung konzentrieren und interessierte sich auch nicht so sehr dafür wie Lauritzen und Jespen. Die wollten schließlich Geschäftsleute werden. Er trampte an der Autobahn undfühlte sich einsam und verloren. Aber dieser Zustand gefiel ihm. Alle großen Denker waren einsam gewesen.

Jede Nacht beschließt er, am Morgen sofort zu dem Haus zu gehen und zu klingeln. Doch am Tag verläßt ihn der Mut. Aber soll er denn wirklich zurückfahren, ohne diesen Schritt gewagt zu haben? Nein. Er wird mich schon nicht fressen. Das Schlimmste, was passieren kann, ist, daß er einfach sagt, daß er nicht er ist.

Zwei Tage, bevor er zurückfahren muß, geht Hartvig endlich zum Haus, geht die breite Treppe in den ersten Stock hinauf und schellt. Eine Dame mittleren Alters mit schwarzen Haaren und großen Augen öffnet und mustert ihn interessiert. Sie trägt eine rote Jacke mit weiten Ärmeln und eine schwarze Hose. „Guten Tag?" Ihre Stimme ist leise und fragend. „Entschuldigung", sagt Hartvig. „Ich glaube, ich habe mich geirrt." Damit läuft er die Treppe hinunter, ohne sich noch einmal umzusehen.

Nachts in der Jugendherberge auf St. Pauli verflucht er sich selber. Er liegt in seinem Leinenschlafsack im oberen Bett und hört die anderen schlafen oder rumoren, sie flüstern auf Englisch und Französisch, auf Niederländisch und Schwedisch in der Finsternis, und am Ende ist alles still. Aber er kann nicht schlafen. Wer war sie? Seine Frau? Eine Geliebte? Eine Haushälterin? Einfach ein zufälliger Gast? Warum hat er nicht mit der Möglichkeit gerechnet, daß Hans Helmut Weidenhof nicht allein zu Hause sein könnte? Hat er sich denn vorgestellt, daß er die ganzen Jahre allein in seiner Wohnung in Hamburg gesessen und nur darauf gewartet hat, daß sein Sohn heimkehrt? Hartvig dreht sich im Bett um und friert. Die Decken hier sind nicht warm genug, und die Stadt ist kalt. Überall zieht es, auch in den Häusern.

„Ach, du warst in Hamburg", sagten die Leute, als er nach Hause kam, einen Tag früher als erwartet. „Dann hast du dich wohl auf der Reeperbahn amüsiert? Im Zillertal und auf der Großen Freiheit?" Hartvig lachte sein kurzes, heftiges Lachen. „Ja, ja. Sicher!" sagte er mit einer vagen Handbewegung und starrte in den Himmel.

Nein, er war blöd gewesen. Er hätte vorher schreiben müssen, natürlich. Er hätte wissen müssen, daß ihn sein Mut im Stich lassen würde. Aber er hatte ihn überraschen wollen, so war das. Er hatte geglaubt, der Wahrheit auf diese Weise näher zu kommen. Er hatte gedacht: Was macht ein Vater, wenn er plötzlich seinem Sohn gegenübersteht? Darauf gab es nur eine Antwort, und er wollte sich nicht die Möglichkeit nehmen, das zu erleben. Er war übermütig gewesen.

Er schrieb einen Brief. Sehr geehrter Herr Weidenhof. Er schrieb, daß er versuchte, Kontakt zu einem gewissen Herrn Hans Helmut Weidenhof aufzunehmen, von dem er annahm, daß er mit dem Herrn Weidenhof, an den er hier schrieb, identisch sei. Der gesuchte Herr Weidenhof war von 1940 bis 43 in Hønefoss stationiert gewesen und dann nach Frankreich verlegt worden. Wie Sie sehen, füge ich diesem Brief in einem verschlossenen Umschlag einen weiteren Brief bei. Falls Sie mit dem von mir gesuchten Herrn Weidenhof identisch sind, können Sie diesen Brief öffnen. Wenn nicht, würden Sie ihn dann bitte vernichten und alles vergessen?

Hartvig las seinen Brief noch einmal. Doch, das war die richtige Vorgehensweise. Im zweiten Brief trug er sein Anliegen vor. Er schrieb, seine Mutter, Solveig Runefjell, habe Herrn Weidenhof als Vater eines am 10. März 1940 geborenen Jungen angegeben. Er war dieser Junge. Und nun verspürte er den dringenden Wunsch nach einer persönlichen Begegnung. Er wollte keine Forderungen stellen. Er wollte ihn nur treffen und etwas über seine Herkunft erfahren. Er versprach, daß diese Begegnung keine Konsequenzen haben würde und in aller Vertraulichkeit stattfinden könnte. Wenn Herr Weidenhof einverstanden war, konnten sie sich im nächsten Sommer treffen, wenn Hartvig ohnehin auf dem Weg zum Anthroposophischen Zentrum bei Stuttgart durch Hamburg kommen würde.

Hartvig versiegelte den zweiten Brief. Als er Namen und Adresse auf den ersten schrieb, fühlte er sich ganz sicher, daß sein Vater ihm diese Bitte nicht abschlagen könnte.

Bald hatte Hartvig mit anderen Aufgaben zu tun. Sie gingen jetzt in die 4. Sie waren die zweitälteste Klasse der Schule. Im Frühling würden sie in Deutsch und Mathematik geprüft werden. Mathematik war ein Fach, das auf einem Sprachenzweig nichts zu suchen hatte. Statt dessen hätten sie Philosophie haben sollen. Er nahm an einem Studienkreis teil, in dem sie die Geschichte der Philosophie durchgingen. Zu seiner Enttäuschung hatten sich auch Inger Holm und Liv Mo angemeldet. Er fand Mädchen fehl am Platz in einem solchen Kreis. Sie störten das Bild. Aber Inger war witzig, in der Freizeit jedenfalls. Sie hatte Ideen, auch wenn die meisten albern und auf typischem Holm-Niveau waren, und sie hatten bei ihrer Arbeit für Fremskridt viele Gläser Tee zusammen geleert. Bei Holms wurde Tee immer im Glas serviert. Bei ihnen war es gemütlich, und Ingers Vater war ein interessanter Mann. Als er ihn kennengelernt hatte, hatte Dr. Holm gesagt: „Ach, du heißt also Hartvig Gravdahl? Kannst du denn denken?“ Darüber hatte Hartvig sich scheckig gelacht und dann gesagt: „Ich versuch's.“ Danach hatte Holm ihm ein Glas Bier angeboten. Zum erstenmal hatte ein Erwachsener ihm in seinem Haus Bier angeboten.

Vermutlich würde es in der nächsten Zeit noch mehr Abende bei Holms für ihn geben, denn er und Inger würden zu Weihnachten wohl in den Vorstand Frams gewählt werden. Außerdem liefen große Vorbereitungen, da die Vereinigung im November ihr Jubiläum feiern würde und Hartvig zu diesem Anlaß eine richtig exklusive Jubiläumsnummer vorbereitete. Er freute sich darauf, viele ältere Framianer kennenzulernen. An den Jubiläumsfeierlichkeiten selber wollte er teilnehmen. Am letzten Abend dagegen sollte ein großer Ball stattfinden. Dahin wollte er nicht gehen. Er konnte nicht tanzen. Wieviel Mühe er sich auch gab, seine Beine gehorchten ihm einfach nicht im richtigen Moment. Außerdem trampelte er den Damen auf die Zehen, unaufhörlich beklagten sie sich. Warum mußte das Leben immer aus unüberwindlichen Barrieren bestehen? Ständig tauchten neue auf, die sein ganzes Leben aufzuhalten schienen. Er müßte tanzen lernen Ein junger Mann von heute mußte tanzen können. Aber sich zu einem Tanzkurs anzumelden, erschien ihm als noch höhere Barriere. Er würde eine plötzliche Krankheit planen müssen. Keine zehn Pferde würden ihn auf den Ball schleifen!

Triumphmarsch

Das große Ereignis des Herbstes steht vor der Tür. Die Gymnasiastenvereinigung Fram feiert ihr fünfundsiebzigjähriges Bestehen, aus diesem Anlaß sind Lieder gedichtet und Theaterstücke verfaßt worden, und das Fram-Theater hat den unvergleichlichen Einakter „Ingvald Enersen" sowie „Das Goldkalb" von Victor Borg inszeniert. Und nun soll „Drei volle Tage bis zum Ende" gefeiert werden.

Framianer aller Jahrgänge strömen in die Stadt. Die Eröffnung des Jubiläums soll mit einem Fackelzug von der Schule zur Bücherei markiert werden, Justizassessor Hornsang ist anwesend und präsidiert mit sicherer Hand über allem. Robert Rungstad ist gekommen, Schauspieler am Centraltheater, im Volksmund „Ro-Ro" genannt, er hat einst in der „Witwe" einen fabelhaften Danilo gegeben, und auch der Dichter Lennart Widstrøm, der jetzt in Italien leben soll, läßt sich sehen. Daß der einmal in Fredrikstad gewohnt hat! Da sind Leute, die heute in ganz Ostnorwegen als Lehrer arbeiten, und auch nicht wenige aus der Heimatstadt selber – da kommen Dagfinn Davidsen, ehemaliger Trarajunge, und Studienrat Markmo im Zylinder. Markmo im Zylinder! Und Konsul Saxeby mit weißem Seidenschal und Zigarre. Da kommt Vesla Jørgensen in ihrem feinsten Putz. Und natürlich auch der Rektor.

Auch die meisten anderen angesehenen Berufsgruppen sind vertreten. Erfolgreiche Geschäftsleute, Ärzte, Anwälte und Journalisten. Hier ist die renommierte Tanzlehrerin, Tutta Meyer, die für das Theaterleben der Stadt leibt und lebt, über seinen Verfall weint und die Jugend doch zu neuem Einsatz inspiriert. Keine Abiturrevue ohne eine Parodie auf sie. Sie ist die einzige Trägerin des Großkreuzes von Framifraa, dem ehrenvollen Orden der Gymnasiastenvereinigung.

Nun ziehen all diese Menschen unter Fackeln durch Fergestedsveien. Ihre Schritte hallen feierlich von den Hausmauern wider. Am Phönixhaus überqueren sie den Platz und gehen durch den Bibliothekspark zur großen blauen Bücherei, Fredrikstads Stolz. Hier soll die Festveranstaltung abgehalten werden, mit Reden und einem Querschnitt durch die Abiturrevuen der vielen Jahre und Liedern zum Preis der Stadt. Die dritten Klassen, die Jüngsten in dieser Versammlung, verkleidet als Piccolos, helfen mit grünen Kappen und glühenden Wangen bei der praktischen Durchführung. Doch, hier herrscht Stimmung.

Vor dem Eingang drängeln sich die Festteilnehmer. Die Jungen sehen zu, wie die Älteren sich begrüßen, plötzlich jemanden entdecken, Namen in die Nacht rufen und lachen. Nein, *du* bist das! Der Novemberabend ist erfüllt von Umarmungen und Lachen zwischen Gesichtern alter Menschen von vierzig, fünfzig und sechzig. Auch sie sind einmal jung gewesen. Jetzt brüllen sie vor Begeisterung über das Wiedersehen mit alten Klassenkameraden. Ihre Schulzeit wirkt fast wie die größte Freude, die ihnen je zuteil geworden ist.

Die Jungen sehen einander an und lächeln verlegen. Wissen nicht, wohin sie blicken sollen. Aber sie können die Augen nicht von den Älteren abwenden, von Pelzmantelärmeln und Wintermantelrücken, die sich plötzlich im Licht der Fackeln, die immer noch bei der breiten Büchereitreppe eintreffen, in den Arm nehmen.

Ach, Fram, schlimme Jugendzeit, versteckt sich in dir doch soviel Gutes? Die Jungen begreifen nicht viel davon, aber sie stehen da und sehen, und eins spüren sie – die Wärme, die sich in allen hier verbreitet, in Alt und Jung. Und irgendwo, im tiefsten Herzen wissen die jungen Menschen: Das sind ja wir, in fünfundzwanzig Jahren!

Am nächsten Tag gibt es Festmahl und Ball, Reden und weitere Lieder zum Preis von Schule, Stadt und diversen Abiturjahrgängen. Es gibt so viele Teilnehmerinnen und Teilnehmer, daß sie den großen Festsaal der Fabrik mieten mußten, damit alle Platz haben.

Jetzt werden die Tische aus dem Saal geräumt, jetzt kommt die Polonaise und danach der Tanz, Tanz bis in den frühen Morgen, lange Kleider schwingen sich, Männer in Frack, Fanfaren. Die Musik erklingt, die Herren fordern die Flamme ihrer Jugendzeit auf, die sie nie bekommen haben, vielleicht, oder die sie eben doch bekommen haben. Die Jungen stürmen vor, fordern auf, da kommen sie in ihrem ersten Smoking, strecken brav die Arme aus, nach dem Muster der Älteren. Kjell kommt und fordert Gyda auf, Rolf verbeugt sich vor Lillian, sie stellen sich auf, mit erhobenen Händen, ihre in seiner. Da nimmt Leif Sandras Hand, dort kommt Konrad Storås und macht Elisabeth ein Kompliment, und da verbeugt sich Kaspar Olesen doch tatsächlich tief vor Astrid. „Darf ich um die Polonaise bitten?" Beate, Gudrun und Inger bleiben übrig. „Heil dir, Ägypten" braust im Saal auf. Die Paare ziehen los. Es gibt so viele Paare, daß sie lange im Nebenraum auf der Stelle treten müssen, ehe sie endlich zu den Klängen aus „Aida" in den großen Saal segeln können. Warum ist Hartvig nicht hier? denkt Inger. Auch die anderen Mädchen blicken vor sich hin. Es gibt einfach nichts zu sagen. Da sind sie auf einem Fest. Da feiern sie das fünfundsiebzigährige Jubiläum Frams. Alt und Jung. Und da sitzen wir und üben uns als Mauerblümchen.

Sie hatte es ja gewußt – so würde es kommen. Wenn es nicht genug Kavaliere gab, hatte immer sie darunter zu leiden. Deshalb ging sie auch nicht auf den normalen Fram-Ball, der jedes Jahr veranstaltet wurde. Sie hatte zu ihrem Entsetzen gehört, daß die Damen dort mit Tanzkarten ausgestattet wurden. Nein. Sie mußte sich auf dieser Welt wirklich nicht mehr zumuten als unbedingt nötig. Aber zu diesem Jubiläum mußte sie gehen. Kurz vor Weihnachten kandidierte sie doch als Vorsitzende, und alle erklärten, es sei einfach nicht möglich, nicht zum Jubiläumsball zu gehen. Na gut, also war sie gegangen. Und hier saß sie nun. Wenn nur Hartvig hier wäre, dann wäre alles anders. Mit ihm hätte sie an der Polonaise teilnehmen können. Walzer mit ihm tanzen war zwar ungefähr wie Walzer mit einer Mähmaschine, aber im Vergleich zu diesem hier war es doch das Himmelreich.

Jepsens Orchester stimmt drinnen das „Liebeskarussell" an. Das hatte zur Feier des Tages einen eigenen Text bekommen. „Hört, es geht ein Seufzer durch den Saal/Fram wird ein Dreivierteljahrhundert." Die Leute schmachten und tanzen. Nein, sie war kein bißchen so, wie Frauen angeblich waren. Sie war nicht närrisch, und sie war nicht putzsüchtig, sie war nicht albern und kokett, wenn Jungen etwas Witziges sagten, und sie errötete nicht züchtig, wenn sie eine grobe Bemerkung machten. Sie hatte nicht das, was „weibliche Intuition“ genannt wurde, was immer das sein mochte, und für die Kochkunst hatte sie auch keine Begabung. Sie interessierte sich nicht für Handarbeit, Stickerei oder Modellieren und auch nicht für Einrichtung, Frisuren oder Kleider.

Sie schien überhaupt kein Mädchen zu sein. Sie sangen nicht über sie, wenn sie über Mädchen sangen, die sie in den Arm nehmen wollten. Ein Wein-Weib-und-Gesang-Mädchen war anders als sie. Ein Dunkelrote-Rose-im-Haar-Mädchen. Ein Erdbeermund-, Sternaugen- und Engelshaar-Mädchen, ein leichtes und frohes und munteres Mädchen, das sechzehn Sommer hinter sich und keine Sorgen hatte – ein sorgloses Mädchen, das in allem nur Gutes sah und Freude und Licht verbreitete, wo sie ging und stand. Sie hatte auch nicht die schlanke und biegsame Taille, auf die immer wieder in allen Beschreibungen, Bonmots und Lobesreden hingewiesen wurde, sie hatte auch kein fügsames Wesen. Ganz im Gegenteil. Sie sah mit ihren Augen. Sie hörte mit ihren Ohren. Sie grämte sich. Und sie lachte erst, wenn es etwas zum Lachen gab.

Jetzt spielen sie die Lieder aus „Es geschah in der alten Stadt“. Und Inger sitzt im Nebenraum und nippt an ihrer Cola. Sie trägt ein hellblaues Ballkleid und weiße Schuhe. Und wünscht sich brennend, sie könnte zu Hause in Jeans und Pantoffeln im Kämmerchen sitzen.

In diesen Tagen trat das Ungerechte in ihr Leben. Es entstand da und dort wie durch Fingerschnipsen. Später kam es immer wieder auf mancherlei Weise angeschlichen, und sie mußte eine Möglichkeit finden, ihm aus dem Weg zu gehen.

Sie ging ihm aus dem Weg, indem sie einen weiten dunkelblauen Arbeitskittel anzog. Auf die Passe stickte sie mit großen gelben Buchstaben ihre erste und einzige freiwillige Stickerei: *Muttikan.* Unter dem Arbeitskittel trug sie einen ausgebeulten anthrazitgrauen Pullover mit V-Ausschnitt, zwei Nummern zu groß, und eine dunkelgrünkarierte Hose. Hinter dieser Ausrüstung versteckte sie drei lange Jahre hindurch, daß es einen Körper um ihre Seele gab.

Vor dem Spiegel

In der anderen Englischklasse gab es einen Neuen. Er war so hübsch, daß man ihn fast nicht ansehen konnte. Er hatte braune Augen, und wenn er redete, dann strahlten sie vor Lachen, er sah aus, als ob er andauernd verliebt wäre. Der ganze Englischzweig war hin und weg von ihm. Wo ist Frode? Mit wem spricht Frode gerade? Frode, Frode, wo ist Frode?

Frode Løvaas aus Frogner. Ist das nicht das feinste Viertel in Oslo, oder was? Doch, das war das feinste Viertel. Die Jungen aus der 4. kriegten zuviel. Wie blöd konnten Mädchen sich denn noch aufführen? Allein schon seine bescheuerte Sprache, sagten die Jungen. „Matte", du meine Güte. Frode sagte nämlich „Matte", wenn er „Mathematik" meinte. Konrad Storås in der 5. nickte hinter seiner Pfeife und sagte: „Diese Massenverliebtheit unter den kleinen Mädels ist die reine Psychose!" Aber es half nichts. Frode war und blieb ein Traum. Es war überhaupt ein Wunder, daß so etwas in Fredrikstad auftreten konnte. „O du gute Güte", sagte Liv Mo. Astrid war anderer Ansicht. „Eine lokale Ausgabe von Anthony Perkins", sagte sie. Damit war sein Schicksal besiegelt. Es war nur noch eine Frage der Zeit, wann er in ihren Netzen zappeln würde.

Aber auf dem ersten Fest der 4., drüben bei Ludvig Mjelster in Prestelandet in diesem Herbst, unterhielt Frode sich nur mit Inger Holm. Und als Frode sich endlich zum Tanzen erhob, tanzte er nur mit Inger Holm. Als ihr Vater gegen Mitternacht anrief und sie aufbrechen mußte, half Frode ihr in den Mantel und brachte sie nach Hause.

Er hilft mir in den Mantel, dachte Inger. Warum macht er das? Als sie den kleinen Kiesweg am Fluß entlanggingen, sagt sie: „Ich mach' mir eigentlich nicht viel aus solchen Festen. Da verschwinden alle bloß zum Knutschen."

„Knutschst du denn nicht gern?"

„Doch, sicher..."

Schweigend gingen sie weiter. Der Fluß strömte schwarz und blank an ihnen vorbei, der Südwind trieb die breiten Wellen in die Gegenrichtung. „Fließt der Fluß in diese Richtung?“ fragte Frode und zeigte auf die Brücke. „Nein, der Fluß fließt ins Meer“, antwortete Inger. Dann mußte sie lachen. Sie riß eine Ecke von ihrer Zigarettenschachtel und warf sie ins Wasser. Höflich schwamm die abwärts, den Wellen entgegen. „Schau!“ Frode schaute. „Wie witzig!“ sagte er. „Warst du bei den Pfadfindern?“ – „Nein. Ich bin nur am Flußufer aufgewachsen.“ Das hörte sich ziemlich poetisch an, fand sie. Ob er mich wohl poetisch findet? „Bist du in Leif verliebt?“ – „Nein“, sagte sie. „In wen denn?“ fragte er. „In den, der Mofa genannt wird? Mit dem hast du zu Anfang getanzt.“ – „Das ist dir also aufgefallen?“ – „Nein, nicht doch.“ – „Er ist es auch nicht.“ – „Wer ist es dann?“ – „Simon Darre“, sagte Inger.

Sie lachten. Sie hatten nämlich den ganzen Abend nebeneinander auf dem Sofa gesessen und über die Dramatisierung von „Kristin Lavranstochter“ diskutiert. Jetzt läuteten sie die Glocke, um den Fährmann am anderen Ufer zu wecken. „Hat der die ganze Nacht Dienst?“ – „Simon Darre?“ – „Der Fährmann.“ – „Nur bis halb zwei.“

Schweigend standen sie da und sahen zu, wie die kleine Fähre mit dem stumpfen Bug durch das reißende schwarze Wasser getuckert kam. In der Nacht war sonst kein anderes Geräusch zu hören. Mit ihm kann man sich gut unterhalten, dachte Inger. Aber über das Mittelalter zu reden, ist leichter.

„Du machst nur Witze.“

„Nein, ich bin der ernsteste Mensch, den ich kenne.“

Ob er mich mag? Warum mag er mich, wenn er mich mag?

Die Fähre legte an, der Fährmann hielt das Boot mit dem Bootshaken fest. Frode ging an Bord, streckte den Arm zu ihr aus, sie nahm ihn unsicher und stieg zum erstenmal in ihrem Leben leicht unbeholfen an Bord. Ein Mann von Welt, dachte sie. Nicht mal die Glomma beeinträchtigt seine Manieren.

Als sie übersetzten und die Novemberkälte des Flusses spürten, stand er dicht neben ihr, sie spürte die Wärme seines Mantels, der Mond stand kalt und gelb über Isengran.

„Malen müßte man können“, sagte Frode. „Jetzt befinden wir uns mitten in einem Bild.“

„Also findest du, daß unsere Stadt auch gute Seiten hat?“ – „Ja. Im Moment schon.“

Wie meint er das? Ob er in mich verliebt ist? Sie spürte seine Augen in ihrem Gesicht, sah zum Mond hoch. Ob ich jetzt hübsch bin? Sie wanderten durch Fergestedsveien. Er hatte ihre Hand gefaßt. In festem Griff. Die Straßen waren menschenleer. An der Bjørnenecke blieben sie stehen. „Wohnst du hier?“ – „Ja.“ – „Das hab' ich mir gedacht.“ – „Warum denn?“ – „Ich mag Bären so gern“, sagte er. „Du sprichst in Rätseln“, meinte sie. – „Ja. Da haben wir immerhin eine Gemeinsamkeit.“ Er zog sie kurz an sich, sie spürte seine Finger durch ihren dicken Mantel. Einen Moment lang hob sie sich auf Zehenspitzen und legte ihre Wange an seine, dann lief sie eilig nach Hause. Habe ich wirklich in Rätseln gesprochen, fragte sie sich.

In der ersten Pause am Montag scharten die Mädchen sich um Inger. Wie war er denn? Hat er dich geküßt oder was? Küßt er gut? Jetzt halt doch die Klappe. Worüber habt ihr denn die ganze Zeit geredet? Habt ihr euch wieder verabredet?

Inger ließ ihren Blick von einer zur anderen wandern, lachte als Antwort, scherzte. „Hab' keinen Schimmer“, sagte sie mit Frodes Osloer Akzent. Sie lachten. Am Rande der Gruppe erspähte sie Liv Abrahamsen. Die plötzliche Aufmerksamkeit verwirrte sie, sie wußte nicht, was sie antworten sollte, alles war unklar, bis auf eins: Das hier war ihr erster Triumph.

Inger bahnte sich einen Weg aus dem Ring. Ging auf Liv zu wie auf einen Hafen. Liv fragte nie nach solchen Dingen. Liv schob ihre Hand unter Ingers Ärmel, sie gingen los und diskutierten die Existenz Gottes. In letzter Zeit hatten sie per Zettel in den Deutschstunden eifrig darüber korrespondiert.

Sie wollen wissen, was passiert ist, dachte Inger, aber was ist denn passiert? „Krieg' ich bloß seinetwegen schon Grillen im Kopf?“ fragte sie und unterbrach ihre Gedankenkette. „Ja, bist du denn in ihn verliebt?“ fragte Liv. „Nein, so schnell verliebt man sich ja wohl nicht“, antwortete Inger. Aber das war Unfug. Das ging ganz schnell. Das wußte Inger sehr gut.

Trotzdem träumte sie von Frode, wie sie früher von Sigvart geträumt hatte. Ich bin verliebt, dachte sie. Sie dachte an Karivoll, oben im Wald, wo Dr. Løvaas gebaut hatte. Früher hatten sie dort eine Wetterhütte gehabt. Da wohnte nun Frode, oberhalb eines der schönsten Rodelhänge der Stadt.

Sie stellte sich ihn auf dem Schulweg vor, mit der dunkelblauen Schultasche auf dem Rücken, die Hände hinter der Tasche verschränkt, leicht vornübergebeugt. Er trug seine Tasche immer so. Sie dachte an seinen Kopf und an sein hübsches schmales Gesicht. Sie versuchte, ihn auf dem Schulhof zu entdecken. Und wenn sie nachmittags zu Hause war, hoffte sie auf seinen Anruf.

Jetzt bin ich verliebt, dachte sie. Ob er mich will? Aber als sie eines Nachmittags bei ihren Aufgaben saß und wie üblich auf Ellen aufpaßte, dachte sie plötzlich: Jetzt habe ich vergessen, auf seinen Anruf zu hoffen. Seit zwei Stunden sitze ich hier, dreimal hat das Telefon geläutet, und nicht eine Sekunde habe ich gedacht, daß er es sein könnte. Am nächsten Morgen dasselbe. Sie vergaß zu hoffen, daß sie ihn auf dem Schulhof erblickte. Es ist wie eine Seifenblase, die in der Drahtschlinge zerplatzt, noch ehe man sie angeblasen hat, dachte Inger.

Inzwischen saß Frode in seinem Zimmer in Karivoll und grämte sich. Der Umzug nach Fredrikstad war das Schlimmste, was in seinem Leben bisher geschehen war. Er verachtete Fredrikstad und wollte es auch nicht kennenlernen. Hier redeten sie die ganze Zeit so, als ob sie Kaugummi im Mund hätten, kriegten den Mund einfach nicht auf, wenn sie die Vokale aussprechen wollten. A, dachte Frode. A-a-a! Warum konnten die das nicht lernen? Und um diese Stadt, deren Bewohner nicht lernen konnten, A zu sagen, lag in trostlosen, gottverlassenen Reihen ein Holzhaus neben dem anderen, und dahinter gab es weder Gedanken noch Wälder. Ach, wie er sich nach Nordmarka sehnte! Was war dagegen diese flache, huckelige Gegend! Aber das alles ging ja noch. Das Schlimmste war der Abschied von Bjørn gewesen.

Das Seltsame war, daß er nun, nachdem er sich von Bjørn hatte trennen müssen, in eine Stadt gezogen war, wo er ihm überall begegnete, sogar im Stadtwappen. Wenn das keine Ironie des Schicksals war. Frode betrachtete es als Zeichen. Jetzt würde er stark werden. Er hoffte, daß auf geheimnisvolle Weise eine Veränderung eintreten, der Umzug nach Fredrikstad ihm einbringen würde, wie andere Jungen zu werden.

Er hatte einen Vorzug, das wußte er. Nicht dadurch, daß er in den Spiegel sah, wurde ihm dieser Vorzug bewußt. Das geschah durch tausend Aussagen vor allem von weiblichen Personen, die er schon als kleiner Junge gehört hatte. Immer hatte er durch seine bloße Erscheinung bereits Applaus geerntet. Es hatte Komplimente gehagelt: über seine hübschen Haare, seine schönen Augen und seinen wohlgeformten Kopf, seine Nase, seinen Mund und Hals, seine Schultern, ja, sogar über seinen Hintern, immer wieder, ohne irgendwelche Verlegenheit. Was für ein niedlicher kleiner Junge! Und vielleicht hatte diese ununterbrochene Begeisterung ihn zu dem munteren und lebensfrohen Jungen gemacht, der er trotz allem war.

Frode saß am Schreibtisch und ballte hart die Fäuste, öffnete sie und ballte sie wieder, spannte die Muskeln des rechten Arms an, befühlte seinen Bizeps, prüfte, ob schon eine Entwicklung eingetreten war. Er war zu dünn. Zumindest an den Armen, den Handgelenken. Jetzt, da er vorhatte, sich Fredrikstads Jungmädchenbevölkerung zu Füßen zu legen, machten ihm vor allem diese Handgelenke Kummer. Die Oberarme konnte er trainieren. Aber wie trainierte man Handgelenke? Seine sahen aus wie die einer Frau. Er studierte seine Handgelenke und seine schmalen Hände und kämpfte gegen jede Handbewegung, die graziös wirken konnte. Er war zu fein gebaut, zu schmal im Gesicht für einen Mann. Eigentlich bin ich kein Mann, dachte er. Eine Frauenseele in einem Männerkörper, wie Herman Bang geschrieben hat.

Von diesem Herbst an, als Frode nach Fredrikstad zog und in die 4. kam, machte er sich systematisch und unbarmherzig an die Aufgabe, die Frau in seinem Körper zu vernichten. Er beobachtete seine Handbewegungen, bewachte sie wie ein Schießhund, spannte die Muskeln, versuchte, direkt und zielbewußt zu gehen; er lief vor dem großen Spiegel im Wohnzimmer hin und her, wenn niemand ihn sehen konnte, und unterdrückte jede Bewegung der Hüftpartie – die hatten ihn nämlich in Vestheim vor allem verraten. „Frodine“ hatten sie ihn genannt. Das durfte nicht mehr vorkommen. Er versuchte zu gehen, ohne die Hüften zu bewegen. Das war nicht leicht. Wie schafften das die anderen? Wieso hatte er sich überhaupt diesen Gang zugelegt? Er betrachtete sich im Spiegel. Stand ganz still. Konzentrierte alle Gedanken auf Jean Gabin. Darauf, Jean Gabin zu sein, zu gehen wie Jean Gabin, sich ruhig und kräftig zu bewegen. Er hatte zwar keine Falten im Gesicht, das war klar, aber er konnte die Augen zu Schlitzen machen, den Mund zusammenkneifen, das Kinn anspannen und sich schwer, langsam und viril bewegen. Frode entdeckte, daß man, um viril zu sein, mehrere Muskeln und Gelenke anspannen mußte. Man mußte im Gehen die ganze eine Seite vorwärts bewegen und gleichzeitig den Arm steif in einer kleinen Gorillabewegung des Ellbogens vorschieben. Leise, eindringliche Stimme. Chérie! Expliques-moi pourquoi tu dis: Je t'aime. Je t'aime. Je t'aime. Jedesmal tiefer.

Frode trainierte. Er lernte, männlich zu gehen, mit der Schultasche keck auf dem Rücken statt vorne in den Armen, wie er sie früher getragen hatte. Er trainierte, wenn er an den Hausaufgaben saß und plötzlich entdeckte, wie hoffnungslos mädchenhaft er seinen Bleistift befingerte. Ach, das Unbewußte verriet ihn! Manchmal erwachte er mitten in der Nacht und stellte zu seinem Entsetzen fest, daß er die Arme in einer verwerflichen Madonnenhaltung mit nach außen gekehrten Handflächen über dem Kopf liegen hatte. Sofort änderte er seine Lage und schlief maskulin weiter.

Auf seinem ersten Fest hatte er wie ein Wilder flirten und tanzen wollen, um die richtige Grundlage für seine neue Karriere zu legen. Statt dessen hatte er den ganzen Abend auf dem Sofa gesessen und sich mit einer gewissen Inger Holm unterhalten. Sie war zwar nicht gerade eine Sexbombe, aber sie hatte „Der Kranz" gesehen. „Ja", seufzte sie. „Das Mittelalter interessiert mich doch mehr als die Zeit, in der wir unglücklicherweise leben." Das hatte ihn im Sturm erobert. Er hatte nämlich selber auch gerade diese Dramatisierung von „Kristin Lavranstochter" gesehen, hatte die beiden anderen Bände gelesen und seitdem Erlend alias Georg Løkkeberg nicht mehr aus seinen Gedanken vertreiben können. „Eigentlich interessiert Simon Darre mich am meisten", sagte Inger. „Mich auch!" meinte Frode eifrig und gab ihr Feuer. „Aber anders. Ich hab' mich nicht..." Er unterbrach sich. Er hatte sagen wollen: „Ich hab' mich nicht in Simon verliebt." – „Ja", stimmte Inger eifrig zu, als ob sie sein Verstummen nicht bemerkt hätte.

„Man verliebt sich doch in Erlend." Frode nickte, riß sich dann aber sofort zusammen. „Ist dir das passiert?" Beide lachten. Warum eigentlich? „Ich hab' mich eher in Kristin verliebt", sagte Frode.

Wen will ich damit aufs Glatteis führen? dachte er. Ich war Kristin Lavranstochter. Ich war die, die Erlend Nikulaussohn in seine Arme nahm und für die er einen Mord beging. Ich war die Hausfrau auf Husaby. Und am Ende war ich die, die während der Pest den Kranken half, bis sie selber daran starb. „Aber Simon", sagte Inger. „Der ist irgendwie wie ich." – „Warum?" – „Weil er eine liebt, die er nicht kriegen kann."

Doch, sie war eine interessante Bekanntschaft. Aber er wollte nicht so schnell zuschlagen. Er mußte sich umschauen. Wen sollte er nehmen? Er hatte keine Zweifel, daß er genau die kriegen konnte, die er haben wollte. Eine Weile spielte er mit dem Gedanken, Astrid Evensen vom naturwissenschaftlichen Zweig anzupeilen. Die war doch recht charmant. Aber dann entdeckte er Sandra Martinsen. Die war nun wirklich die Hübscheste von allen. Die nehm' ich, dachte Frode.

Eine Woche später ging Frode Løvaas mit Sandra Martinsen. Uberall liefen sie Hand in Hand, in Nygårdsgata, im Kino, auf dem Schulhof, jeden Tag. Alle starrten hinter ihnen her. Jetzt ist es geschafft, dachte Frode. Aber er konnte sich diesen Leif Monradsen aus der B nicht aus dem Kopf schlagen. Eines Tages lud er ihn zu einem Ausflug auf die Skihütte ein. Und Leif kam. Es war ein Sonntag und wunderbarer Schnee, Leif war auf Skiern ziemlich unbeholfen. Aber er war unglaublich bezaubernd, wenn er hinfiel. Frode bewarf ihn mit Schneebällen, sie bewarfen sich gegenseitig und lachten. Sie erreichten die Schneehütte und saßen in Socken vor dem Kamin. Tranken Cola und redeten über Mädchen. Leif schien ein ziemlicher Herzensbrecher zu sein. Das war das Schönste, was Frode in Fredrikstad bisher erlebt hatte.

Ich bin ein verdammter Don Juan, dachte Leif. Er grinste sich selber im großen Spiegel in der Diele an. Ein teuflisches Lächeln. Genau das, was sie wollten. Eine Frau? Was ist eine Frau? Eine Frau ist ein Mensch, der von mir schwach wird. Weich in den Knien und willig. Wie sollte sie auch meiner Frisur widerstehen, dieser Schmalzlocke, die jetzt in die Stirn fällt? Er lachte. Und als er beim Lachen seine weißen perfekten Zähne zeigte, wurde seine Laune noch besser. Er war eben hübsch. Daran ließ sich nicht rütteln. Er kämmte sich. Strich die Haare hinter die Ohren, drehte ein wenig den Kopf, um sich von der Seite zu sehen, glättete sie mit der Hand. Kein Zweifel. Wenn er gekonnt hätte, hätte er sich in sich selber verknallt. Wen sollte er jetzt anpeilen? Elsa? Die konnte ein bißchen Abwechslung brauchen. Sandra? Ob er versuchen sollte, sie Frode abzuluchsen? Oder sollte er Tove Midtbø bezirzen? Die hatte sich in letzter Zeit gemacht. Es gab viele Möglichkeiten. Leif freute sich aufs nächste Fest.

Hartvig Gravdahl saß zu Hause in Sportsveien und beugte sich über Schopenhauers „Die Welt als Wille und Vorstellung". Das eine war die Treibkraft, die Lebenskraft, das, was einen durchströmte und einfach da war, wie Gott, das, was alles in Gang setzte. Das andere war, was man über die Dinge dachte. Keines von beiden ließ sich ignorieren. Und alles war Schmerz. Alles, was man sich erhoffen konnte – durch Anstrengung und Intensität –, war Linderung der Schmerzen. In der Musik ließ sie sich finden. In aller höheren Kunst. Dort konnte man ein Licht aufflackern sehen. Im eigenen Körper Licht werden lassen. Das Leben jedoch war eine ewige Finsternis.

Wer bin ich, dachte Hartvig. Ich bin niemand. Schon mit fünfzehn hatte er sich diese Frage gestellt. Eine Antwort hatte er nicht bekommen. Er war niemand. Er war eine Nicht-Bedeutung, aufgewachsen in einem bedeutungslosen Zuhause, entstanden aus unbekanntem Ursprung, geistig in einer unbedeutenden Schule in einer unbedeutenden Stadt in einem kleinen und unbedeutenden Land genährt, das niemals Geister von Schopenhauers Format gezeugt hatte, die die Schmerzen in Hartvig Gravdahls Seele lindern konnten.

Wenn ich bloß wüßte, wie es ist, ein Mädchen zu küssen, dachte Hartvig. Aber wie sollte er das erreichen? Er konnte doch nicht einfach auf eine zugehen und sagen: Küß mich. Willst du mich nicht küssen? Wo er doch schon siebzehn war. Sie würde lachen und ihn einen Trottel nennen. Und küssen würde sie ihn ganz bestimmt nicht.

Er sah Gyda Gulldahl vor sich. Sie hatte ein hübsches Lächeln. Er sah dieses Lächeln vor sich, das ihn anlachte und ihn als Trottel bezeichnete und ihn durchaus nicht küßte. Es gab keine auf der Welt, der er diese Frage stellen konnte.

Hartvig klappte das Buch zu. Vielleicht sollte er einen Spaziergang machen? Wie klug Schopenhauer sein mochte, wie klar er die Wahrheit sah und ihn auf ein Niveau hob, das weit von den geistlosen Spielplätzen aller Studienräte entfernt war, so lehrte er ihn doch nicht das Küssen. Und obwohl Hartvig wußte, daß dieser Lebensbereich fast allen anderen Dingen unterlegen war und sein Geist und seine Seele hoch darüber hinausstrebten, wußte er doch, daß diese Fähigkeit ein unentbehrlicher Teil der Existenz eines Mannes war.

Er sprang auf und fuhr sich durch die Haare. Wie wurde man zum Mann? War Leif ein Mann? War dieser Schönling, wie hieß er doch noch gleich, ein Mann? Hartvig grübelte. Seine Gedanken wanderten. Konrad Storås ist ein Mann, dachte er. Keiner, den er kannte, war so sehr für diese Bezeichnung qualifiziert wie gerade Konrad. Ob Konrad oft küßte? Ja. Es war unmöglich, sich vorzustellen, daß Konrad Storås ein Mädchen nicht küßte, wenn er ihr erst gegenüberstand. Trotzdem war es unmöglich, sich das vorzustellen.

Vielleicht kann ich ihn fragen, überlegte Hartvig. Wenn ich jemanden fragen kann, dann ihn. Er ist mein Freund. Er würde nicht lachen. Und ich will ja schließlich nicht ihn küssen.

Hartvig zog seinen Mantel an, steckte den Kopf in die Küche, um sich von Frau Gravdahl zu verabschieden, und ging. Er hatte sich entschlossen. Er wollte zu Konrad nach Hassingen gehen und ihn fragen, wie man küßt.

Als er sich Konrads Haus näherte, verließ ihn der Mut. Was Konrad wohl denken würde. Der wird glauben, daß ich keinen Buchstaben Schopenhauer gelesen habe. Und was ist statt dessen mit dem Schönling, wie heißt er doch noch gleich? Frode. Der schien in Ordnung zu sein. Und er war neu. Das war ein Vorteil. Er hatte noch nicht gelernt, sich über Hartvig lustig zu machen. Vielleicht wäre es besser, ihn zu fragen? Hartvig klappte seinen Kragen hoch und steuerte Frode in Karivoll an.

Als er in Fagerliveien angekommen war, verlangsamten sich

seine Schritte. Ich bin ein Clown, dachte Hartvig. Ich trau' mich doch nie, so was zu fragen. Wenn ich in dieser Angelegenheit überhaupt je weiterkommen will, muß ich direkt in Aktion treten. Das machen die anderen auch. Ohne zu fragen. Ich muß warten, bis der Mut über mich kommt. Hartvig ging auf dem Weg, den er gekommen war, wieder nach Hause.

Als er dann allein in seinem Zimmer war, nahm er einen kleinen Taschenspiegel aus der Schublade. Ich sehe nicht aus, wie ich aussehen sollte, dachte er. Mein eigentliches Ich hat schwarze Haare und ernste, kräftige Augenbrauen. Es ist breitschultrig und beharrt auf seinen Standpunkten. Es hat einen schönen Mund, nicht diesen breiten, ewig gesprungenen. Und diese Pickel, diese Pickel, die ewig aus der Haut barsten und Wunden und kleine gelben Beulen und Narben bildeten, die stimmten auch nicht mit seinen Gedanken überein. Wie sollte eine Frau denn je nach dem einzigen an ihm lechzen, das des Lechzens wert war – seinem Geist, dem, das in ihm wohnte und wartete? Nein, es gab nur eine Möglichkeit, um das zu überwinden. Worte. In Worten war er überlegen. Mit Worten konnte er alle schlagen. Worten wollte er sein Leben widmen. Und dann sollte die, die ihn wollte, allen irdischen Dingen zum Trotz kommen.

Gyda Gulldahl stand vor dem großen Kommodenspiegel im Schlafzimmer ihrer Eltern. Ich bin bestimmt die schönste Frau der Welt, dachte sie. Mit wem habe ich die größte Ähnlichkeit? Mit Gina Lollobrigida oder mit Debbie Reynolds? Vom Typ her habe ich wohl mehr Ähnlichkeit mit Debbie Reynolds. Sie kämmt sich ihre langen Goldhaare im Debbie-Reynolds-Stil, setzt sich auf die Bettkante, zieht ein Knie an, blickt sich über die Schulter und singt „Tammy". Eigentlich war es streng verboten, das Schlafzimmer ihrer Eltern zu betreten. Aber die waren nach Strømstad gefahren. Und das Lied über „the cotton, who's whispering above" konnten sie dort nicht hören. „Tammy, Tammy, Tammy's in love", schloß Gyda, das war sie auch. In Herman Bråtøy aus der 5. Bei der letzten Fram-Sitzung hatte er sie zweimal angesehen. Gyda tritt wieder vor den Spiegel und lächelt ihm zu. Sie betrachtet ihre hohe Stirn, ihr ovales Gesicht und ihren schlanken Hals. Und vor allem das Wichtigste im Gesicht einer Frau, die Augen. Die sind blau. Sie sieht und sieht. Es nimmt kein Ende. Und das Seltsamste ist, daß sie schöner wird, je länger sie hinsieht.

Astrid steht vor ihrem Spiegelbild, wirft die Haare aus der Stirn und denkt: Ich kann jeden in ganz Fredrikstad kriegen, den ich will. Wen will ich? Sie denkt an alle Jungen und Männer in der Stadt. Nicht viele sind überhaupt einen Gedanken wert. Lange hatte sie an Fredrik Bøhmer gedacht. Der hatte die Stadt längst verlassen. Aus den Augen, aus dem Sinn, dachte Astrid. Aber nachdem seine Mutter gestorben war, hatte sie wieder angefangen, an ihn zu denken. Hatte er in Bergen eine Freundin? Sie denkt an Frode, den Neuen. Frode Løvaas. Der wäre was. Aber den hatte sich ja Sandra gekrallt. Sie hätte schneller reagieren müssen. Aber, denkt Astrid zu den blauen Augen im Spiegel hinüber, es gibt noch andere. Was macht mich eigentlich so bezaubernd? So hübsch bin ich doch auch wieder nicht. Ihr Schönheitsmaßstab war immer schon Nina Bøhmer, groß und schlank, mit fein gemeißeltem Gesicht. So würde Astrid nie aussehen. Aber auch sie hat etwas, vielleicht sitzt es nicht im Gesicht, sondern im Körper, eine Art verführerisches Wesen. Was es auch sein mochte – es wirkte.

Tove Midtbø steht vor dem Spiegel und trägt Lippenstift auf. Sie wird mit Leif ausgehen. Ihre Mutter hat ihr erklärt, sie solle zuerst eine Schicht auftragen, sie dann mit einem Papiertuch abtupfen, dann noch eine Schicht auftragen und es so lassen. Sie ist nervös. Jetzt hat sie sich mit Lippenstift beschmiert. Sie wischt alles weg, fängt von vorne an. „Bin ich jetzt schön, Mutter?“ – „Ja. Du siehst wunderbar aus.“ – „Wirklich? Ich komm’ mir vor wie Wackelpudding.“ – „Aber wie ein sehr schöner“, sagt ihr Vater, der hereinkommt und die letzte Bemerkung gehört hat. Wenn Leif mich nur auch schön findet, denkt Tove.

Liv Abrahamsen geht zum Bethel. Sie sieht in den Spiegel, um sich davon zu überzeugen, daß der falsche Kragen ordentlich im V-Ausschnitt sitzt. Eigentlich bin ich mit Lippenstift hübscher, denkt sie. Sie sucht ihren alten Lippenstift heraus und malt sich an. Wenn sie so geht, kriegt ganz Bethel einen Schlag. Sie wischt ihn wieder ab. Es kommt auf das Innere an, denkt Liv. Aber wenn es auf das Innere ankommt, warum darf ich dann keinen Lippenstift benutzen?

Lillian steht in ihrem Zimmer im dritten Stock. Sie hat Spiegel und Waschbecken auf ihrem Zimmer, und deshalb kann sie, so lange sie will, dort stehen, ohne daß ihre Brüder sich aufregen. Sie kämmt ihre Haare nach hinten und zupft sie zurecht. So, in einer schönen Welle, sollen sie liegen. Warum können sie nicht immer so liegen? Lillian macht den Kamm naß, kämmt und schiebt die Haare zu Wellen. Ihre Augen sind groß und blau, und alle finden sie hübsch. Ein Glück, daß ich die nicht auch noch kämmen muß, denkt Lillian.

Sigvart steht auf dem Sprung. Er will um acht mit der Clique die Wochenschau sehen. „Macht's gut", ruft er seinen Eltern zu, die im Wohnzimmer am Radio sitzen. „Du auch! Komm nicht zu spät nach Hause! Spätestens halb elf." – „Sicher", ruft Sigvart und stürzt zur Tür hinaus. Vielleicht ist sie heute abend da! Vielleicht ist sie da! Seine Mutter ruft hinter ihm her: „Willst du nicht vorher in den Spiegel gucken?" In den Spiegel?

Beate steht in der Nähstube vor dem Spiegel. Ihre Mutter ist einkaufen gegangen, Beate kann also glotzen, soviel sie will, ohne getadelt zu werden. Ich bin häßlich, denkt sie. Ich habe zu kleine Augen und einen zu kleinen Mund. Jeden Tag hofft sie auf eine Veränderung. Es bleibt alles beim Alten.

Aber sie hat einen hübschen Körper. Das neue Kleid, das Mama ihr genäht hat, steht ihr gut. Ein blaues Samtkleid mit weichem, weißen Ledergürtel. Sie wirbelt herum und ist zufrieden. Schöne Waden hat sie auch. Manche halten das für das Allerwichtigste.

Beate setzt sich mit ihrem Strickzeug hin und denkt nach. Inger mag mich nicht mehr so gern wie früher. Wir hatten etwas zusammen, aber wir haben nie darüber gesprochen, und jetzt ist es weg. Inger fehlt ihr. Ihr fehlt eine, der sie all ihre Gedanken mitteilen kann, der sie von den Büchern erzählen kann, die sie gelesen hat. Sie geht mit Liv Abrahamsen zur Andacht. Dort wird diskutiert: „Was ist der Sinn des Lebens?“ Petter Sønderro tritt vor und erklärt, Jesus sei der Sinn des Lebens. Dann tritt Inger vor, die zu einem Gegenbeitrag eingeladen worden ist. Sie meint, daß Leben habe keinen Sinn. Es sei einfach nur da. Damit war die Diskussion gelaufen. Beates Bedürfnis nach Sinn befriedigte sie nicht.

Auf dem Fram-Ball waren sie Mauerblümchen gewesen. Das war jedenfalls sinnlos. Und sie hatten nicht gequatscht und gelacht wie früher. Inger hatte einfach nur dagesessen und in ihrem Ballkleid schrecklich traurig ausgesehen. Beate hatte auf Leif gehofft. Es war blödsinnig, auf Leif zu hoffen. Warum konnte sie nicht ein bißchen origineller sein? Sie dachte früh und spät an Leif Monradsen, und am Ende war er auch gekommen und hatte sie aufgefordert. Und sie war davongeschwebt und hatte sich vorgegaukelt, er wäre in sie verliebt. Aber das war nur Humbug. Alles ist nur Humbug.

Jung sein tut weh, denkt Beate. Man kommt nicht aus seiner Schale. Man verrät sich selber. Niemand verrät sich so sehr wie junge Menschen. Alles, worauf es ankommt, ist *dazugehören.*

Beate hat nie dazugehört. Sie war immer Außenseiterin, von der Volksschule, wo sie „Hurenkind“ genannt wurde, bis zu ihrem Mauerblümchen-Dasein jetzt. Und sie ist nicht stark genug, um das, was in ihr steckt, herauszulassen. Jemand muß kommen und es herausholen. Deshalb verkriecht sie sich lieber in sich selber. Und niemand kommt. Niemand kommt.

Wenn die Schule doch erst vorbei wäre, denkt Beate, und ich aus dem Haus hier und aus Mamas Ängsten herauskäme, wenn ich Geld verdienen würde, dann könnte ich aus mir herauskommen. Und dann will mich vielleicht doch jemand?

Inger steht vor dem kleinen, hellblau gerahmten Spiegel im Kämmerchen. Sie sieht und sieht sich in die Augen. Erst waren sie blau, dann wurden sie blaugrün, und jetzt läßt sich überhaupt nicht sagen, welche Farbe sie gerade haben. Vielleicht werden sie braungrün. Sie muß lachen und blickt lachend auf sich selber, weshalb sie noch mehr lachen muß, bis sie und ihr Spiegelbild beide lachen. Dann wird sie wieder ernst. Sieht ihren Mund an.

Der ist so schön geschwungen wie Mamas. Sie zieht den Mund zusammen, verzerrt ihn, erst nach rechts und dann nach links. Dann bleckt sie die Zähne, Kaninchenstil, nur die beiden Vorderzähne sind zu sehen, und die Nase wird gerümpft. Wieder muß sie über die pflichtbewußte Reaktion ihres Spiegelbildes lachen. Sie zieht erst eine Augenbraue hoch, dann die andere. Das hat sie von Tante Lisa gelernt, die das 1930 in den USA gelernt hat, weil sie mit Greta Garbo verwechselt werden wollte. Incognito unter einem großen Hut. Es sieht ziemlich interessant aus. Im Grunde bin ich hübsch, denkt Inger. Ich sehe zwar weder Gina Lollobrigida ähnlich, der schönsten Frau der Welt, noch Jane Russell. Aber ich habe hübsche, regelmäßige Züge. Nur meine Haare sind langweilig. Warum habe ich keine schwarzen Haare, wie Papa und Helga und Ellen? Das ist ein Konstruktionsfehler. Und dazu sind sie seidenweich. Schwierige Haare, sagt die Friseuse immer. Als ob das Ingers Schuld wäre. Auf geheimnisvolle Weise ist man überhaupt immer an seinem Aussehen schuld. Was fehlt, muß ausgeglichen werden. Zum Beispiel durch falsche Wimpern, neue Frisur, Pappnase und Gebiß. Alle Filmstars lassen sich die Zähne ziehen. Deshalb können sie im Film nicht richtig küssen, sonst würde das Gebiß herausfallen. Nein. Da findet sie sich besser mit den Zähnen ab, die sie nun mal hat. Wieder macht sie ein Kaninchengesicht, um ihre Zähne besser zur Geltung kommen zu lassen, und nimmt sich vor, alle in der Klasse dazu zu bringen, dann können sie, wenn Keystone zur nächsten Englischstunde kommt, ihn aufmerksam mit ihren Vorderzähnen anglotzen, während er „the industrial revolution in America" durchnimmt. Sie macht wieder ihr normales Gesicht. Denkt sich in ihr Spiegelbild hinein. Wenn die Jungen sie nicht hübsch finden, dann, weil sie nicht sehen, daß sie innerlich hübsch ist. Darauf kommt es an. Und wenn sie das nicht kapieren, sind sie blöd, und dann können sie mir sowieso gestohlen bleiben.

Siebzehn Jahre

Mama sitzt auf der Bettkante und hat ihre schmale, trockene Hand in Ingers gelegt. Drückt sie. Lächelt ein bißchen und ist still. Inger lehnt sich gegen den Schrank und hat die Knie hochgezogen, die Lampe über ihnen malt einen gelben, unregelmäßigen Kreis auf die Bettdecke. Sie will vor dem Schlafengehen noch etwas lesen. Ein bißchen Radio hören vor dem Einschlafen. Radio Luxemburg.

Aber Mama bleibt sitzen. Papa sitzt im Wohnzimmer und wartet auf sie. Sie können hören, wie er sich räuspert. Wie er die Kippe im Aschenbecher ausdrückt. Das Glas auf die Tischplatte setzt. Seine Geräusche.

„Bist du glücklich, Inger?"

Die Frage kommt so überraschend. Glücklich? Was heißt glücklich? Aber sofort denkt sie: Nein.

Nein, sie ist nicht glücklich. Hier sitzt sie. Siebzehn Jahre alt. Sie weißt nicht, was glücklich sein heißt. Aber sie ist es nicht.

Was erwartet Mama? Daß sie aufspringt und die Arme ausbreitet und sagt: O ja. Ich bin glücklich! Ich bin gesund und stark, und ich bin siebzehn Jahre alt und gehe aufs Gymnasium und bin glücklich. Glück hat mit Liebe zu tun. Mit warmen Händen, die kommen und über deinen Körper streicheln. Es hat mit einem Jungen zu tun, der dich liebt.

Nein, sie ist nicht glücklich. Aber Mama will, daß sie glücklich ist. Denn sie selber ist es nicht.

Mama möchte so gerne ihr Vertrauen besitzen. Das hat sie gesagt. Sie will all ihre Gedanken und Gefühle kennen. Sie will wissen, wie es ist, Inger zu sein. Und es ist leicht, Mama ihre Gedanken zu erzählen. Fast alle. Aber was sie fühlt, kann sie nicht sagen Mama will, daß sie ihr erzählt, wenn sie sich verliebt. Mama war mit siebzehn Jahren auch verliebt. Aber ich verliebe mich doch nur in Mädchen. Das kann ich niemandem sagen. Auch Mama nicht.

„Ich weiß nicht, was ich bin", sagt sie endlich. „Es geht mir wohl ganz gut."

Sie verspürt ein seltsam schlechtes Gewissen. Mama braucht

es so sehr, ihrer älteren Tochter nah zu sein. „Was glaubst du denn, wie es ist, ich zu sein?" Mama lächelt. „Also", sagt sie, „ich glaube, im Grunde ist es gut, du zu sein. Manchmal denke ich, ich wäre gern du."

Inger lacht kurz. Ist überrascht über Mamas Antwort.

„Warum denn? Meinst du vielleicht, ich hätte es so gut?"

Mama überlegt. „Ja. Im Grunde schon."

„Wenn du ich wärst, wärst du jedenfalls nicht mit Nordeuropas ärgstem Banditen verheiratet." So nannte Mama Papa oft. „Statt dessen hättest du ihn zum Vater."

Inger nimmt ihr Buch mit dem braunen Bibliothekseinband. Mama soll sie jetzt nicht länger stören. Benjamin Sigismund liebt Gunnhild schon seit vielen Jahren, sie treffen sich im Turm. Alles ist geheim. Da ist auch niemand glücklich, zwischen den braunen Einbanddeckeln der Bibliothek. Inger will ihre Ruhe haben. Mama weiß das und räuspert sich.

„Dann schlaf gut", sagt sie und beugt sich vor. Ihre Gesichter treffen sich, sie geben sich einen Gutenachtkuß. „Schlaf gut, mein Kind." Mama erhebt sich. Zögert kurz. Inger schaltet das Radio ein. Heute gibt es die Top Twenty. Eine muntere englischsprechende Männerstimme strömt aus dem grünen Radio auf dem Nachttisch. Broomtex Shampoo. The right shampoo for your hair. Eine kleine Plingplong-Melodie.

„Ach, sind die blöd", sagt Inger. „If your hair is wet, try Broomtex Shampoo! If your hair is dry, try Broomtex Shampoo! Boing, boing." Sie äfft die muntere Männerstimme mit dem aufgesetzten amerikanischen Akzent nach. Mama lacht und öffnet die Tür.

„Evelyn? Kommst du bald?" Sie hören, wie das Glas auf die Tischplatte gesetzt wird.

„Ja, ich komme." In der Tür dreht Evelyn sich um. „Gute Nacht." – „Gute Nacht, Mama." – „Oooo", sagt die und scheint gar nicht gehen zu wollen. „Ich beneide dich. Zu Musik einschlafen können! Ich wünschte, ich könnte auch zu Musik einschlafen..."

„Put your head on my shoulder", singt Paul Anka, und Inger träumt von einer Schulter und einem Kopf, die sich begegnen und die es einfach nicht gibt. Was soll bloß werden, denkt sie. Ich muß mein Geschlecht ändern. Davon hatte sie gehört. Es gab jemanden namens Christine Jørgensen. Er oder sie hatte das Geschlecht geändert. Aber das war in Dänemark. Es mußte schön sein, ein Mann zu sein. Ein Mann konnte sich bis zum Gehtnichtmehr in Mädchen verlieben, und niemand würde behaupten, das sei unmöglich. Aber wie sollte sie ihr Geschlecht ändern? Dafür müßte sie ja ins Ausland gehen, wo niemand sie kannte, so daß niemand wußte, daß sie eigentlich Inger Holm, Bjørnegården, Fredrikstad, war. Aber eigentlich glaubte sie nicht, daß es möglich war, ein Mann zu werden. Nein, sie würde sich statt dessen wohl verkleiden müssen. Einen Anzug anziehen, sich die Haare schneiden und in die Welt ziehen. Dann würde sich vielleicht irgendein Mädchen in sie verlieben? In Paris oder so. Aber es dauerte noch so lange, bis sie so etwas unternehmen konnte. Und außerdem, was würde dieses Mädchen sagen, wenn sie entdeckte, daß Inger gar kein Mann war? Früher oder später würde sie es ja herausfinden. Vielleicht würden sie auf ein geheimes Mansardenzimmer gehen, vielleicht würden sie sich sogar küssen? Ob sie dann für den Rest ihres Lebens immer weiterwandern müßte? Nein, das ging nicht. Sie mußte solche Situationen vermeiden. Sie mußte ihr einfach nur im Restaurant gegenübersitzen und reden, während das Mädchen sie für einen Mann hielt. Das war doch besser als nichts.

Mama hatte ihr einmal von einer Schauspielerin erzählt, die sich in sie verliebt hatte. Bella Østervag hieß sie. Sie war ziemlich berühmt. Aber das war schon lange her. Es war vor dem Krieg passiert, als Mama Schauspiel studiert hatte. Aber wenn sich Bella Østervag in Mama verliebt hatte, gab es vielleicht noch andere, die dasselbe machten? Das war doch möglich. Aber sicher hatte es das nur in der vorigen Generation gegeben. Und am Theater. Wer in Fredrikstad würde schließlich je auf so eine Idee verfallen?

Mama hatte schon vor langer Zeit gesagt, daß es Menschen gab, die lieber mit Menschen desselben Geschlechts zusammen waren. Männer mit Männern, Frauen mit Frauen. Mama sagte, einige der Homosexuellen, die sie gekannt hatte, wären die nettesten von allen gewesen. Aber das – daß sie sagte, es gäbe solche Menschen – war irgendwie nur Luft. Ein französischer Kriegsgefangener, den sie in Saudasjøen gekannt hatten, hatte sich in Papa verliebt. Auch er war sehr nett. René hieß er, und er war einfach beeindruckt, wenn Papa Ski lief und plötzlich über eine Steinmauer sprang. Aber er war verschwunden. Er war schon vor langer Zeit nach Frankreich zurückgekehrt, und da träumte er jetzt vielleicht von Papa?

Vielleicht bin ich homosexuell, denkt Inger. Vielleicht bin ich das. Aber es gibt doch so wenige davon. Warum gerade ich? Inger glaubte nicht, daß sie homosexuell war. Aber sie war doch verliebt gewesen, zuerst in Beate und dann in Inger Gjallum. Ja, in Inger Gjallum, das mußte sie einfach zugeben. Sie hatte sich auf diesem Johannisfest total in Inger Gjallum verliebt. Und jetzt war es Elisabeth Bergersen, nach der sie überall Ausschau hielt, obwohl sie sie fast nicht kannte und im Chor nur aus der Entfernung sah. Aber ihr wurde ganz komisch, wenn sie wußte, daß Elisabeth bald kommen würde, und sie wußte immer, wo ihre Klasse sich gerade befand, wann sie Turnen oder eine Freistunde hatte. Sie war einfach total verrückt nach ihr. Es ließ sich nicht wegdiskutieren.

Vielleicht geht es vorüber, denkt Inger. Jetzt ist es so. Und ich bin erst siebzehn. Viel kann passieren. Aber als sie drei war, war es doch auch schon so gewesen. Es ist so seit damals, als ich mich auf Fliegeralarm gefreut habe, weil ich dann im Luftschutzraum Ulla Jespersen sehen würde. Damals war ich schon genauso verrückt. Sie saß in der Ecke und lachte.

„Take good care of my baby“, singt Paul Anka. „And don't you ever make her blu-u-u-ue.“ No, don't you ever do that, denkt Inger und träumt sich durch ihr Kissen hindurch in ein unbekanntes Land.

Mama

Mama weint im Wohnzimmer. Inger schaut von ihrem Geschichtsbuch auf und erstarrt. Sie hofft, daß sie sich verhört hat. Sie geht ins Wohnzimmer. Mama schluchzt laut und verbirgt ihr Gesicht in den Händen. Inger sieht Papa an.

„Was hast du gemacht?"

„Ich? Nichts", antwortet Papa. Er ist ganz ruhig und raucht. „Doch!" ruft Mama. „Hast du wohl!" Ihre Tränen stecken in ihrem Ruf. „Du hast meine Familie beschimpft, einen nach dem anderen. Du hast Knut als Gigolo, Solveig als Diebin, Borgar als Kriecher, Elisabeth als Hure, Jon Michael als Lügner und Emilie als Rabenmutter bezeichnet." Mama hat während dieser Aufzählung mit Weinen aufgehört. Jetzt ist sie nur noch wütend. Inger setzt sich.

„Warum sagst du so etwas?"

Papa schnippt langsam die Asche in den Aschenbecher. „Weil sie so sind. Das ist eine notorische Wahrheit."

„Das ist einfach Quatsch."

„Nein. Die Familie deiner Mutter besteht aus einer Ansammlung von Verbrechern und Hurenböcken."

Inger schweigt. Was soll sie dazu schon sagen?

Mama weint laut im Wohnzimmer. Inger verläßt ihr Zimmer und geht schnurstracks ins Wohnzimmer. Da sitzen sie in ihren Sesseln, Mama hat die Hand vor die Stirn geschlagen. Inger geht zu Papa, sieht ihn an und verpaßt ihm eine Ohrfeige.

Erst als sie das getan hat, bekommt sie Angst. Er steht auf. Er sieht sie mit seinem Teufel im Gesicht an. Sie weicht zurück. Er kommt langsam auf sie zu und will sie packen. Sie läuft weg. Er läuft hinterher. „Ørnulf!" ruft Evelyn. Inger rennt auf den Gang, er holt sie ein, als sie das Schnappschloß öffnet und nach draußen will. „Laß mich los!"

Sie geht unten an den Häusern in Tordenskioldsgate vorbei und weint. Für sie gibt es keine Zuflucht auf der Welt. Wenn sie nach

Hause geht, bringt er sie um. Mama kann nichts tun. Ellen schläft. Und was kann sie ausrichten? Schreien, wenn sie wach ist und alles sieht. Inger weint beim Gedanken an die kleine Ellen noch mehr. Lautes Schluchzen von der Treppe von Fredrikstad Bygg, wohin sie sich gesetzt hat. Kein Mensch unterwegs. Der Fluß schwarz und blank. Ihr Weinen wirft ein Echo. Ach, Papa, Papa, warum mußt du so sein?

Sie wird vom Weinen geweckt, von ihren lauten Stimmen. Sie streiten. Mama ist unglücklich. Er ist wütend. Sie liegt steif da und hofft. Es gibt nichts, worauf sie hoffen kann. Ihr Herz hämmert, als sie aus dem Bett steigt. Sie geht ins Wohnzimmer. Da sitzen sie. Eine Literflasche Brandy steht zwischen ihnen auf dem Tisch, zu drei Vierteln voll. Sie geht zum Tisch, packt die Flasche, geht in die Küche. Papa kommt hinterher. Als er sie einholt, steht sie bereits am Spülbecken und kippt die Flasche aus. Jetzt bin ich fertig, denkt sie. Er bleibt stehen und schaut zu. Geht ins Wohnzimmer und setzt sich. Als sie hinterherkommt, ist er ganz ruhig und hat sich eine Zigarette angezündet. „Ich begreife, warum du das gemacht hast", sagt er.

Sie läßt sich vom Balkon hängen. Sie hängt und hält sich an den Querstangen des Geländers fest und tastet sich daran abwärts, um mit den Füßen die Balustrade unter ihr zu erreichen. Er packt ihre Arme und will sie hochziehen. „Laß mich los!" tobt sie und strampelt in der Luft mit den Beinen. Er muß sie loslassen, und sie springt hinunter und läuft auf die Tordenskioldsgate. Dort setzt sie sich auf die Treppe von Fredrikstad Bygg, bis er wieder friedlich ist.

Papa steht im Badezimmer und rasiert sich, Mama sortiert Wäsche. Er ruft ihr etwas zu, schimpft sie aus. Wo ist die Nagelbürste geblieben, die Nagelbürste muß immer im Badezimmer liegen, wann gibt es in diesem Haus endlich Ordnung? Mama findet die Nagelbürste, die sich ins Spülbecken verirrt hat. Als sie zurückkommt, packt er ihr Handgelenk, schleudert die Nagelbürste durchs Kabuff und brüllt. Inger rennt in die Küche, sieht, daß Mama versucht, sich loszureißen, sie weint, Inger will eingreifen, aber Papa läßt los. Mama ruft ihr zu: „Inger! Heirate nie und krieg nie Kinder!“ Dann weint sie, laut und verzweifelt.

Die Tür zum Kämmerchen wird geöffnet. Sie erwacht davon, sieht ihn in der Türöffnung stehen, im Flur brennt Licht. Mama liegt in seinen Armen, aber sie hängt ganz leblos da, sie baumelt gewissermaßen in Papas Armen, hin und her, sie kann nicht auf ihren Beinen stehen. Er streichelt ihre Wange, aber davon wird sie nicht wach. Sie grunzt, dann ist sie wieder weg.

„Inger!“ sagt Papa. „Das hier ist deine Mutter.“

Seine Stimme ist unnatürlich. Aufgesetzt böse. Er will sie vorführen, damit Inger sieht, was Mama ihm angetan hat.

„Was ist los?“ fragt Inger, denn sie begreift nichts. Mama ist nicht normal betrunken. Sie ist nur schlaff und seltsam und weit weg. „Mama?“ fragt Inger, aber Mama gibt keine Antwort, grunzt nicht einmal. „Ich muß einen Krankenwagen rufen“, sagt Papa. „Sie hat eine Überdosis Schlaftabletten genommen.“

Der Krankenwagen kommt und nimmt Mama mit. Inger sieht den Krankenwagen unter der Brücke verschwinden, sieht die Decke, auf der Mama liegt. Papa ist mitgefahren. Vielleicht kommt sie nie mehr zurück, denkt Inger. Sie preßt die Stirn an die kalte Fensterscheibe. In ihr ist es still.

„Inger!“ Sie hört Ellens Stimmchen aus dem Schlafzimmer, geht zu ihr. Ellen hat sich im Bett aufgerichtet. „Wo ist Mama?“

„Mama und Papa mußten weg.“

„Ach? Machen sie einen Krankenbesuch?“

„Sie mußten ins Krankenhaus. Mama geht es nicht gut, weißt du.“ Inger bückt sich, küßt Ellen und setzt sich auf den Stuhl neben dem Bett. „Morgen kommen sie sicher zurück.“

Ellen überlegt kurz. „Können wir im Pixiebuch lesen?“

Inger nickt. „Ja. Wir nehmen Bambi. Das hab' ich im Kino gesehen, als ich klein war.“ Sie schaltet die Nachttischlampe ein. Sie träumen sich in die Bilder hinein. Als sie fertig sind, blickt Ellen auf. „Hier kann es doch keinen Waldbrand geben, hier gibt es keinen Wald?“ – „Nein.“ – „Und hier im Haus kann es auch nicht brennen, das Haus ist doch aus Steinen?“ – „Nein.“ – „Aber in Emilies Haus kann es brennen, das ist aus Holz?“ Inger nickt. „Vor ganz vielen Jahren, als Mama klein war, so klein war, daß sie im

Kinderwagen lag, da hat es doch gebrannt?“ Wieder nickt Inger. „Hat sie dir das erzählt?“ – „Ja, und dann hat irgendwer den Brand entdeckt, und dann haben sie Mama aus dem Haus geholt und das Feuer gelöscht, und deshalb ist es doch nicht verbrannt.“ – „Nein. Aber jetzt mußt du schlafen, glaube ich.“ Ellen legt sich hin, schnappt sich ihre Schmusemütze und drückt sie mit einem kleinen Seufzen an ihr Gesicht. „Singst du noch ein Lied?“ Inger singt ihr das Lied vom Sandmännchen vor. Danach singt sie „Bambino“ und „Unter den Brücken von Paris“, drei Strophen von „Tom Dooley“ und „Mein blondes Baby“, und sie hört Ellen gleichmäßig atmen. Aber als sie die letzte Strophe beendet, sehen Ellens Augen sie hellwach vom Kopfkissen her an. „Du, Inger?“ sagt sie mit derselben wachen Stimme wie vorher. „Ich will immer in Steinhäusern wohnen.“

Mama liegt im Krankenhaus in einem weißen Bett. Nur ihr brauner Kopf schaut unter der Decke hervor, sie liegt ganz still. Aber ihre Augen sehen Inger an. Inger geht ans Bett. Mamas schmale Hand schiebt sich seitlich unter der Decke hervor. Sie faßt Ingers Hand und hält sie fest.

Sie erwacht von einem Schrei im Wohnzimmer. Mama weint. Sie horcht, ganz still, hört aber nichts mehr. Sie zieht die Pantoffeln an und geht zu ihnen. Sie legen die Karten zu einer Partie Bridge. „Hallo, kleine Inger, schläfst du noch nicht?“ – „Nein.“ Inger mustert sie. „Hast du geweint, Mama?“ – „Nein...“ – „Dann hab’ ich’s mir wohl nur eingebildet.“

Papa zeigt auf sein Knie. „Herkommen!“ sagt er. Sie kommt. Sieht auf die Karten, sieht in sein Gesicht. Sieht das Lamm in ihm, küßt ihn auf die Wange. „Und jetzt bist du also lieb?“ fragt Inger. „Ich? Ich bin lammfromm, lammfromm. Ein Busserl?“ Er hält ihr die Wange hin. Die ist lieb. Sie küßt ihn.

Das Wasser ist schwarz und blank. Es bildet runde Flächen von Wirbeln. Was kann mir helfen? überlegt Evelyn, während sie das Wasser betrachtet – hier, ehe es beschließt, sich zu teilen. Das Licht der Laternen von Gamleby malt lange glitzernde Säulen in den Fluß. Nichts ist so schön wie Licht und Wasser, hat Borgar immer gesagt. Seine Stimme, ruhig und nachdenklich, ist in ihr. Wir müssen lernen, uns über Kleinigkeiten zu freuen, hat er gesagt. Einfache Dinge. Können sie ihr helfen?

Seine Stimme kann mir helfen, denkt sie. Der Gedanke an Borgar, ihren unglücklichen großen Bruder, kann ihr helfen. Aber was er sagt, dringt nicht zu ihr durch. Sein Glaube, der hinter all seinen Worten liegt, ist ihr fremd.

Evelyn glaubt an nichts. Sie glaubt, daß ihre sterblichen Überreste nach ihrem Tod zu Erde werden. Aus dieser Erde wird irgendwann eine Blume wachsen. Und dann wird sie auf irgendeine Weise in dieser Blume sein. Und wenn der Wind den Blütenstaub mit sich fort trägt, ist sie dabei. Mehr kann sie nicht glauben, und das kann ihr nicht helfen. Der Gedanke an die Blume ist schön, aber er kann ihr jetzt nicht helfen.

Er ist nur eine Sehnsucht. Der Glaube wird dir helfen, sagt Borgar. Wenn mir das nur jemand gesagt hätte, damals, als ich jung und unglücklich war! Wenn mir nur irgendwer wirklich von der Erlösung erzählt hätte! Sie hat mich von der Angst befreit. Das Licht und das Leben hat sie mir gezeigt. Du solltest es versuchen, Evelyn. Laß Ihn zu dir.

Aber Evelyn glaubt nicht an Jesus. Sie glaubt nicht, daß es möglich ist, einen Mann zu sich zu lassen, der seit zweitausend Jahren tot ist. Er war sicher ein guter Mann. Vielleicht der beste, der je gelebt hat. Aber daß er durch seinen Tod irgendwen erlösen soll, das begreift sie nicht. Sie will auch nicht für das Leben erlöst werden. Wie kann irgendwer eine Religion auf dem Glauben an ein ewiges Leben aufbauen? Sie hat doch schließlich Angst vor dem Leben. Evelyn fröstelt beim Gedanken an ein ewiges Leben. Sie ist froh, daß sie nur dies eine hat, selbst dabei weiß sie nicht, was sie damit anfangen soll.

Ich darf mich nicht umbringen, denkt sie. Ich habe Ellen. Ich habe Inger. Sie brauchen mich. Ich muß durchhalten. Aber wie soll ich das schaffen? Immer, wenn ich höre, daß jemand gestorben ist, beneide ich ihn.

Sie denkt an Frau Bøhmer. Sie hat sie nicht gekannt, hat sie nur in der Stadt und nur die wenigen Male gesehen, wenn sie sich genug zusammenreißen konnte, um Veranstaltungen in St. Croix zu besuchen. Warum hat Frau Bøhmer sich umgebracht? fragten die Leute. Was wußten die denn schon, wie es ihr ging? Fragt lieber, warum so viele durchhalten.

Wenn sie mich bloß in Ruhe lassen würden, denkt Evelyn. Sie beneidete andere Frauen, deren Männer zu Hut und Mantel griffen und jeden Tag ins Büro gingen. Viele Stunden wegblieben. Aber Ørnulf kam immer. Wo bist du, wo bist du? Hast du die Betten noch immer nicht gemacht? Keinen Moment konnte sie sich mit ihren Gedanken hinsetzen. An ihrem Kinderbuch weiterschreiben oder einfach nur denken oder die Morgenzeitung lesen, eine Tasse Kaffee trinken und auf der letzten Seite P. Tittens Kolumne lesen. P. Titten schrieb so witzig über alle möglichen Kleinigkeiten. Sie schrieb ihm manchmal eigene kleine Gedanken. Die erwähnte er dann in seiner nächsten Kolumne. Das war nett. Aber immer war etwas nicht erledigt. Das war das Schlimmste bei der Hausarbeit. Nur was nicht getan war, fiel auf. Sie hatte Tausende von Malen versucht, ihm zu erklären, und er hörte auch zu. Stundenlang konnten sie diskutieren, wie sie alles organisieren wollten. Aber was half das, wenn sich doch nie etwas änderte? Er war nicht bereit, irgend etwas zu ändern. Jeden Tag wollte er bis mindestens halb zwei Uhr morgens trinken. Und wenn sie ins Bett gehen wollte, wurde er wütend. Man konnte die Uhr nach seiner Laune stellen. Vormittags immer munter, gereizt, wenn er von den Hausbesuchen kam, liebevoll vor dem Mittagsschlaf, ruhig, wenn er zur nachmittäglichen Sprechstunde ging, in Juxstimmung, wenn er sich von ihr verabschiedete, um in den Klub zu gehen. Caramba, caramba. Liebst du mich? Küßchen. Und auch noch auf die andere Wange. „Ja, kannst du in derselben Stimmung zurückkommen?“ – „Aber sicher. Versprochen. Versprochen.“ Aber wenn er zurückkam, war er düster. Nach einigen Gläsern später am Abend wurde er streitsüchtig. Und am Ende wurde er gemein.

Das mußte ein Ende finden. Wie sollte sie es schaffen, ihn zu ändern? Die Trinkerei mußte aufhören. Heute abend, wenn er nach Hause kam, wollte sie ihm sagen, daß es so nicht mehr weiterging. Das war das letzte Mal.

Als Inger ins Wohnzimmer kam, saßen sie hinter ihren Büchern. Mama mit einem großen roten Bibliotheksbuch auf dem Schoß im Licht der Stehlampe in einer Ecke des grünen Sofas. Papa in seiner Ecke, wie immer, mit einem fast ebenso dicken Buch, das er mit beiden Händen hielt, während er die Ellbogen auf die Sessellehne aufstützte. Es war ganz still.

„Du meine Güte! Was macht ihr denn da?“ Sie blickten auf.

„Wir lesen“, antwortete Mama.

Inger blieb zwischen ihnen stehen und wußte nicht, wie sie sich verhalten sollte. Mama nahm die Brille ab und stützte das Kinn in die Hand. „Wir versuchen, nicht zu trinken“, sagte sie.

„Ach so. Das sieht ja vielleicht langweilig aus.“

Jetzt räusperte Papa sich in seiner Ecke. „Jedesmal wenn du eine Flasche auf dem Tisch siehst, bekommst du zehn Kronen. Aufs Konto. Schnapsflasche, meine ich natürlich.“

„Hättest du das nicht ein bißchen früher sagen können, dann wäre ich jetzt steinreich.“ Sie setzte sich neben Mama in einen Sessel. „Was liest du denn?“

„‚Neue Heimat im fernen Land‘ von Wilhelm Moberg. Papa sitzt an der Fortsetzung, ‚Die Aussiedler‘.“

„Ach, das möchte ich auch lesen. Bist du bald fertig? Kannst du nichts erzählen? Aber du darfst nicht verraten, wie es ausgeht.“

„Es geht um Karl Oskar und Kristina“, sagte Mama. Und dann erzählte sie, wie die aus Småland in Schweden bis zur Ostküste der USA gereist waren, zusammen mit einer Gruppe anderer Menschen aus ihrem Dorf und aus vielen anderen schwedischen Orten. Und nun zogen sie weiter in den Mittleren Westen, um Land zu suchen.

Ørnulf und Evelyn lesen sich durch die Bücher über die Auswanderer hindurch. Sie fanden ein neues Leben auf dem Hof bei Ki-Chi-Saga, der hartnäckige Karl Oskar, Kristina, die ihm gefolgt ist, und sie liebten sich und wuchsen so eng zusammen, daß sie nicht ohne einander sein konnten. Aber Kristina hörte nie auf, Heimweh nach Schweden zu haben.

Gemeinsam lasen Ørnulf, Inger und Evelyn über die Neusiedler, über Robert, den kleinen Bruder, der über den Broadway ging und auf der ganzen Fahrt über den Atlantik Englisch gelernt hatte und jetzt sagte: „I am a stranger here“, ausgesprochen, wie es geschrieben wurde, so daß niemand auch nur das Geringste verstand, wie der mit Arvid Gold suchen ging, über Ulrika aus

Vestergöhl, zu Hause die Dorfhure, die am Ende einen Pastor heiratete. In Amerika war alles möglich. Hier konnte man noch ein neues Leben anfangen. Aber das Schönste, fand Inger, war die Stelle, wo Kristina Ulrika endlich in Gnaden aufnahm und vor ihrer Niederkunft nach ihr schickte. Ulrika kam den ganzen Weg durch den Wald zum einsamen Vorposten bei Ki-Chi-Saga und half, und danach vergaß Kristina ihr früheres schändliches Leben.

Ørnulf, Evelyn und Inger sprachen jeden Tag über Karl Oskar und Kristina und wie sie zurechtkamen, über das Spinnrad, das Kristina nicht hatte mitnehmen können, und über den kleinen schwedischen Apfelbaum, der ihr so sehr fehlte. Am Ende ließ sie sich von zu Hause Apfelkerne schicken und pflanzte sie im neuen Land. Aber ihr Heimweh legte sich nie. Sie waren fast wie Bekannte. Und obwohl Karl Oskar manchmal schwierig war und keinen Rat annehmen wollte, machte er am Ende doch das, was für alle das Beste war.

Wenn ich doch nur solche Eltern hätte, dachte Hartvig, als er durch Kirkeparken nach St. Croix ging, er war zum Treffen des Framvorstandes bei Inger zu Hause gewesen. Später hatten sie im Wohnzimmer gesessen und bis halb zwölf mit ihren Eltern geredet. Ein Haus zu betreten, wo geraucht wurde und wo er mit Erwachsenen reden konnte, als ob er selber erwachsen wäre, hatte Hartvig noch nie erlebt. Aber nun hatte er mit Inger und ihren Eltern zusammengesessen, sie hatten gescherzt und gelacht und über Ernstes gesprochen, über Goethe, über die Relativitätstheorie und die Frage, ob die Welt noch eine Zukunft hatte, und Inges Eltern schienen durchaus nicht der Ansicht zu sein, daß irgendein Thema zu hoch für einen siebzehnjährigen Kopf sei. Hier war er wirklich unter Gleichen. Wußte Inger, was für ein Glück sie hatte?

Das Akademikerfest 1959

Jedes Jahr gab es eine neue Abiturgeneration in Fredrikstad. Die Mädchen in roten Kleidern und weißen Jacken mit Puffärmeln, die Jungen in grauen Hosen mit roten Streifen und blauen Blazern, alle mit einem roten fußballspielenden Teddy auf dem Rücken. Das war das schönste und abimäßigste Abituremblem im ganzen Land. Jedes Jahr stürmten sie mit ihren Abiturientenmützen, ihren Abiturientenstöcken mit Abiturientenschleifen, ihrem Abiturientenschrei und ihren Abiturientenkarten mit kleinen Abiturientensprüchen, gern auf Latein, durch die Straßen und legten sich die Stadt zu Füßen. Sie verkauften ihre Abiturzeitung und tauften den Abiturvorsitzenden im Becken vor der Vestsiden-Kirche und machten ihren Abiturzug durch die Stadt, die jetzt ihnen gehörte. Niemandem gehörte die Stadt jemals so vollständig wie ihnen, diesen überirdischen Wesen, die am 17. Mai frühmorgens ab halb vier alles und alle weckten und sogar den Rektor aus den Federn jagten. Wenn die übrigen Bürgerinnen und Bürger der Stadt aufstanden, stellten sie fest, daß die Stadt an Zäunen und Läden und Brücken mit den seltsamsten Aussagen vollgemalt war. Jedes Jahr kam die neue Generation, ebenso von sich überzeugt wie die vorige, mit genauso heiseren Stimmen, genauso roten Mützen, Kleidern und Streifen an den Hosen, ebenso übersät von roten Bären mit Bällen auf dem Rücken wie die des letzten Jahres und die aus dem Jahr davor und wiederum aus dem Jahr davor, das war so sicher wie die Tatsache, daß die Bäume auf dem Wall und im Kirkepark und Lykkepark und allen anderen Parks ausschlugen, daß die Kastanien ihre Kerzen aufsteckten, daß es überall grünte und blühte, daß der 1. und der 17. Mai und die Kniestrümpfe kamen, daß es Eis am Stiel gab und Bürgermeister mit bodenlangen 17.-Mai-Scherpen, daß Reden und Lieder vorgetragen wurden, daß es in der Stadt Frühling wurde, daß in Rødskogen die Leberblümchen blühten, die Weidenkätzchen, die Waldanemonen, daß die Glomma strömte und schwoll.

Einige Wochen später gingen diese Wesen, die die Stadt in Besitz genommen hatten, wieder durch die Stadt. Diesmal in einer Prozession, gemessenen Schrittes, feierlich hinter der Fahne der Schule, auf dem Kopf das feierlichste aller Kleidungstücke, auf der Schulter den schwersten aller Quäste, die Gesichter auf die Zukunft gerichtet.

Nur eine Person in dieser ehrwürdigsten unter allen ehrwürdigen Prozessionen der Stadt war barhäuptig. Diese Person ging an der Spitze und hielt einen Quast der Schulfahne. Ein Kind. Ein unreifes Individuum aus der 4. Ein Mensch, dem das Höchste aller Dinge noch bevorstand, ein per se und per definitionem und conditio sine qua non tieferstehendes Wesen, das alle tieferstehenden Wesen aus Fredrikstad und Umgebung von den Säuglingen an aufwärts bis zum beklagenswerten Niveau, auf dem sich diese Person selber befand, vertreten mußte. Dieses tieferstehende Individuum war immer und jederzeit und in allen Frühlingen unter allen Kastanien und entlang aller Wälle und Gräben, dieses wie letztes Jahr, der Vorsitzende des Gymnasiastenverbandes Fram.

Der andere Fahnenquast wurde vom Abiturvorsitzenden des letzten Jahres getragen, und alle Abiturientinnen und Abiturienten und ihre Patinnen und Paten nahmen teil an der Prozession vom Marktplatz in Gamlebyen bis zu den Räumlichkeiten des Gesellschaftsklubs Phönix, wo abends das Akademikerfest stattfinden sollte. Hier würde, neben vielen Honoratioren der Stadt, die gerade in diesem Jahr einen ihrer hoffnungsvollen Sprößlinge unter der ehrwürdigen Mütze hatten, auch die Vorsitzende von Fram eine Rede halten.

Als Inger vor Weihnachten zur Vorsitzenden gewählt worden war, hatte sie an diesen Aspekt der Angelegenheit überhaupt nicht gedacht. Aber als der Winter fortschritt und der Frühling näherrückte, wurde es ihr immer klarer. Daß sie fast gleichzeitig ihre Abschlußprüfungen in Deutsch und Mathematik machen sollte, waren im Vergleich dazu kleine Fische und ein Tanz auf Rosen und ein Pappenstiel. Sie wollte nicht. Sie wußte, daß sie nicht wollte. Vom ersten Moment an, als sie das gedacht hatte, wußte sie, daß es einfach unmöglich war, diese Rede vor über hundert Erwachsenen an festlich gedeckten Tischen zu halten.

Alles würde in ihrem Kopf schwarz werden, wenn sie es versuchte, beim bloßen Gedanken wurde ja schon alles schwarz, und sie würde keinen Laut herausbringen. Sie durfte gar nicht daran denken.

Sie dachte trotzdem daran. Fünf Monate lang dachte sie daran, und es wurde immer noch grausamer. Am Ende beschloß sie, mit Konrad Storås, dem Abivorsitzenden, zu sprechen.

Eines Tages sah sie ihn allein vor der Fram-Tafel stehen, und sie ging einfach auf ihn zu und sagte: „Konrad? Ich kann diese Rede auf dem Akademikerfest nicht halten." – „Warum denn nicht?" Er sah sie entsetzt an. „Ich trau' mich nicht." Er rümpfte die Nase. „Quatsch. Natürlich traust du dich."

Inger wurde ein bißchen größer. Und sank gleichzeitig in sich zusammen. Das war es eben. Alle glaubten immer, daß sie sich traute. Es war ja schön, daß sie das glaubten. Aber sie irrten sich. Sie begriffen nichts. Sie begriffen nicht, wie es war, in Inger zu stecken. „Nein", sagte sie. „Ich bin zu nervös."

„Nervös?!" wiederholte Konrad Storås.

Sie blieben stehen und sahen sich an. Nervös! sang die Luft um Konrad. Hilf mir! lag in Ingers Blick. Er griff sich in den Nacken und schüttelte den Kopf.

„Du mußt", sagte er. „Etwas anderes kommt nicht in Frage."

„Aber ich trau' mich nicht, Konrad!"

„Das hat es in Frams Geschichte noch nicht gegeben."

Damit war alles gesagt. Konrad stellte klar, wenn sie an ihrer fixen Idee, sich nicht zu trauen, festhielte, würde sie aus Fram ausgeschlossen werden, was auch bedeutete, daß sie im Laufe der Zeit niemals Mitglied der Älteren Framianer werden und an den Bällen und Jubiläen und Festlichkeiten der Zukunft teilnehmen könnte.

Inger hatte Bälle zwar nie geliebt. Aber sie liebte Fram, sie hatte zwei lange Jahre, wie so viele von ihnen, Fram ihren Kopf und ihr Herz und ihre Feder geschenkt, sie gehörte dazu. Sie gehörte genauso dazu wie Konrad Storås. So seltsam sich das vielleicht anhörte.

„Papa!" sagte Inger, sie saßen im Wohnzimmer, er wie immer in seinem Ecksessel. „Ich trau' mich nicht, diese Rede zu halten."

Papa setzte sich ein wenig anders, schlug ein Bein über das andere, stützte das Kinn in die Hand. „Wovor hast du denn Angst?" fragte er. Inger gab keine Antwort.

„Denk doch mal nach", sagte Papa. „Wovor hast du Angst?" Inger dachte nach. „Da kommen so schrecklich viele Erwachsene auf einmal."

„Aber wer kommt denn hin?" fragte Papa. „Hermod Høyberg hier aus dem Haus, der ist der Toastmeister. Hast du Angst vor dem?"

„Nein."

„Und Konrad Storås, der Abiturvorsitzende. Hast du vor dem Angst?"

„Ein bißchen."

„Soviel, daß du dich nicht traust, vor ihm zu sprechen?"

„Ach nein. Soviel nicht."

„Und der Rektor, sein Pate?"

„Nein, der ist doch nicht schlimm."

„Und Frau Bergersen, die sicher ihre Tochter begleitet, die kennst du doch."

„Elisabeth? Ja, sicher."

„Und alle anderen aus der 5, kennst du die nicht?"

„Die meisten."

„Hast du denn vor denen Angst?"

„Nein. Vor jedem für sich genommen nicht."

„Aber auch auf dem Akademikerball kannst du doch jeden für sich nehmen, immer einer und eine und noch einer! Du kennst sie doch alle. Und weißt du was? Einer und eine und noch einer sitzen da, und du kannst sicher sein, daß sie genauso einsam sind wie du. Und noch etwas: In diesem Augenblick kannst du auch sicher sein, daß niemand von ihnen dir übel will. Ganz im Gegenteil."

Inger schwieg. Sie hörte Papas Stimme und wurde ruhig. In diesem Zimmer hier war nichts gefährlich. Ihr Herz hämmerte jetzt auch nicht so sehr wie sonst, wenn sie an dieses schreckliche Akademikerfest dachte.

„Weißt du, was du machen solltest?" fragte Papa. „Ins Kämmerchen gehen und versuchen, die Rede zu schreiben. Denk nicht daran, daß du sie halten sollst. Überleg dir einfach, was du ihnen gern sagen würdest. Du kennst sie seit vielen Jahren, einige von ihnen wenigstens. Und seit vier Jahren siehst du sie auf demselben Schulhof. Möchtest du ihnen nichts sagen? Jetzt – ehe sie Fredrikstad für immer verlassen?"

„Doch", antwortete Inger leise.

Und so ging Inger auf ihr Zimmer, holte die Schreibmaschine hervor, blickte über die Kråkerøybrücke hinweg und schrieb: „Liebe Akademiker! Liebe Abiturientinnen und Abiturienten von 1959. Ich befinde mich noch im Bewunderungsstadium..." Sie schrieb, wie es war, zu den Abiturjahrgängen aufzuschauen, jedes Jahr, wie sie sich immer nach diesem endgültigen Ziel sehnte, wie irritierend die vielen Fremdwörter waren, mit denen vor allem der Jahrgang 1959 um sich geworfen hatte, wie per ardua ad astra-geprägt das alles gewesen war, aber de abiturientibus nihil nisi bene, jedenfalls nicht heute, und die Wahrheit war, wie arrogant ihr auch gewesen seid, wie von euch eingenommen, wie vollgestopft von Zitaten und Anthroposophie und schneidenden Zeitungsartikeln und tödlichen Kritiken – wir werden euch doch vermissen. Wir haben etwas von euch gelernt. Das ist nicht immer nur angenehm. Und zum Glück, zum Glück, kommt nach uns ein neuer Jahrgang. Dem werden wir etwas von dem beibringen, was ihr uns beigebracht habt. Ein Dank den diesjährigen Abiturientinnen und Abiturienten. Dank den frischgebackenen Akademikern der unvergleichlichen Stadt an der Glommamündung anno 1959. Prost!

Als Inger diese Rede einige Wochen später hielt und dabei über die festlich gekleideten Menschen an den Tischen des Gesellschaftsklubs Phönix hinwegsah, war sie vor allem davon überrascht, daß ihre Stimme hielt. Sie war kräftig und klar, sie sank nicht in die Knie, und schon nach dem ersten Satz brach das Gelächter los. So ging es bei ungefähr jedem zweiten Satz weiter, und ihre Stimme wurde fester und klarer, sie schien in die Luft getragen zu werden, unter die Kronleuchter, über alle Tische, sie weitete sich in der Luft und in allen Herzen und Köpfen, da saßen sie, der Rektor und Konrad Storås, Bråtøy, Richter beim Obersten Gericht, und sein Sohn Herman, Elisabeth Bergersen und ihre Mutter, Hermod Høyberg, der Toastmeister, der sie mit warmen Worten angekündigt hatte, Kaspar Olesen, Signe Prebensen, Cora

Bühler und daneben Direktor Bühler. Und alle lachten. Niemand fand sie auch nur im Geringsten blöd, alle sahen sie unverwandt an – und als sie fertig war, tranken sie ihr in einem Moment der Stummheit zu, dann applaudierten sie heftig, als ob sie die beste Rede der Welt gehalten hätte.

Und der Abiturvorsitzende des letzten Jahres, Per Gunnar Lundbo, ihr Tischherr, der sie vor der Rede getröstet hatte, legte ihr den Arm um die Schultern und sagte: „Du hast es doch geschafft!" Und später, als der Tanz anfangen sollte, kam Elisabeth Bergersen in ihrem weißen Akademikerinnenkleid auf sie zu und sagte: „Da hast du aber eine schöne Rede gehalten." Dann führte Per Gunnar Lundbo sie zu „Heil dir, Ägypten" aufs Parkett.

Oben in einer Nische auf der Galerie saßen Herr und Frau Dr. Holm. Sie waren in aller Heimlichkeit nach oben gegangen, hatten sich still und mit Herzklopfen hingesetzt. Sie saßen da und horchten auf jedes Wort in der Rede ihrer Tochter, schwebten mit ihrer Stimme hinaus ins Fest. Und als sie geendet hatte und sie die Applaussalven aufsteigen hörten, standen ihre Augen voller Tränen.

Als Inger spätnachts nach Hause kam, warteten Mama und Papa im Wohnzimmer auf sie. „Seid ihr immer noch auf?" fragte sie. „Bravo", sagten die beiden. „Bravo?" – „Ja, wir haben uns auf die Galerie geschlichen." – „Ach, wirklich?" Inger setzte sich in ihrem schönen Kleid zu Mama und Papa und steckte sich eine Zigarette an. Zog die Schuhe aus und die Beine hoch. „Weißt du was?" sagte Papa. „Heute warst du wie eine Knospe, die sich zum erstenmal entfaltet." Als er das sagte, öffnete er die Faust. Inger ließ ihren Blick von ihm zu Mama wandern. Sie sah sie vor sich, wie sie da mäuschenstill auf der Galerie saßen und lauschten. Das war eine unglaublich schöne Vorstellung.

In diesem Moment glaubte sie, die besten Eltern der Welt zu haben.

Hochzeit im Bjørnen

Der Chef des Restaurants Bjørnen kam mit der Nachricht, daß Direktor Bøhmer für ein Hochzeitsfest die Gesellschaftsräume bestellt hatte. „Na so was", sagte Hauge, als der Chef wieder verschwunden war. „Der hätte ruhig noch warten können." – „Wer ist die Braut? Die aus Sarpsborg oder die aus Bergen?" wollte Ringstad wissen.

„Der ist es doch nicht", sagte Iversen. Hauge stellte sich in ihrer ganzen Breite in Positur.

„Wie meinst du das?"

„Es ist die Tochter."

Nein, da war wirklich Holland in Not. So ein junges Mädel. Erst siebzehn Jahre alt.

„Es ist einfach zu weit gegangen", sagte Iversen und warf einen nachdenklichen Blick auf das blaue Geschirrtuch, mit dem sie gerade Biergläser abgetrocknet hatte. Alle drehten sich zu ihr um. Jetzt wollten sie eine klare Auskunft. Wußte sie mehr über diese Angelegenheit? Iversen trocknete umständlich das Halbliterglas ab, spähte kurz durch das Restaurant. Hauge räusperte sich bedrohlich. „Ach? Meinst du wirklich?" – „Ja", sagte Iversen. „Seht mal, Zahnarzt Olsrud ist auch schon da."

„Raus mit der Sprache, Iversen!"

„Ich weiß ja auch nicht mehr!"

„Sie wollte wohl weg von zu Hause", meinte Hauge. „Unglück und Schande. Das kommt von der freien Erziehung. Sie hätten Prügel kriegen müssen, die Kinder, von Anfang an. Dann hätte es nicht so geendet."

„Ja, das hab' ich ja immer gesagt", sagte Ringstad und wischte sich eine Träne ab.

„Das hat ihnen zu Hause bei Bøhmer ja wohl nicht gerade gefehlt." Das war wieder Iversen. Doch, es war klar, daß Iversen mehr wußte, als sie verraten wollte. War die Freundin ihrer Kusine nicht Hausgehilfin bei Bøhmers gewesen? Die Arbeit kam vollständig zum Erliegen.

„Ach, die armen Kinder", rief Ringstad, während Hauge sich

aus ihrer Sprachlosigkeit herauskämpfte. Die Köchin kam dazu. „Ich hab' gehört, daß Bøhmers Tochter heiraten will." Sie senkte die Stimme. „Aber ich habe auch gehört, der Bräutigam wäre nicht der Kindsvater." Sie nahm sich ein Glas Wasser.

„O du Elend!" rief Ringstad und goß sich ebenfalls ein Glas Wasser ein.

„Ach, meinst du wirklich?" fragte Hauge.

„Ja. Dieser Cato Simonsen? Von was für einem Kind kann der wohl der Vater sein? Der bringt das doch nicht übers Herz, so was zu tun. Der ist so gut wie Gold."

„Ein wahres Wort", stimmte Ringstad bei. Denn der junge Simonsen war Sohn des Goldschmieds Simonsen, der am Marktplatz ein renommiertes Geschäft betrieb.

„Ach, als er da unten war, hat er aber allerlei angestellt, habe ich gehört", widersprach Hauge.

Der junge Simonsen hatte nämlich mehrere Jahre in Deutschland verbracht, um das Goldschmiedehandwerk zu lernen, und von dort aus hatten sich die Gerüchte über seine Taten bis zur Mündung der Glomma fortgepflanzt. Aber wie hatte er der Tochter des Direktors ein Kind machen können, wenn er dort unten war? „Ach, der war doch zu Weihnachten zu Hause", sagte die Köchin. Zu Weihnachten? Die Kellnerinnen fingen an, an den Fingern abzuzählen. „Hm. Dann ist sie ja schon ziemlich weit, das muß ich sagen", meinte Hauge.

Iversen warf ihr Geschirrtuch auf den Ständer. „Ich finde, ihr solltet den Mund halten. Das wäre nie passiert, wenn die Frau Direktor noch lebte!" Da hatten sie doch tatsächlich in Iversens Stimme Tränen gehört. Oder hatten sie sich geirrt?

„Was kann eine Mutter denn bei so was ausrichten? Nicht einmal eine Mutter kann die Kräfte der Natur aufhalten."

„Kräfte der Natur! Daß ich nicht lache! Unverstand und Leichtsinn nenne ich das. Nein, es rächt sich, im Pfuhl der Sünde zu baden."

„Ach, ich könnte mir wirklich eine schlimmere Strafe vorstellen", sagte Hauge, „als den Sohn von Goldschmied Simonsen heiraten zu müssen."

„Ich weiß ja nicht", meinte Ringstad. „Jetzt muß sie doch von der Schule abgehen und überhaupt."

„Was soll sie da auch? Das hab' ich mich immer schon gefragt. Die heiraten ja doch!"

„Sie wollte Architektin werden", sagte Iversen.

„Architektin hin oder her", seufzte Ringstad. „Sie ist doch noch das reine Kind."

Darauf hatte keine der anderen eine Antwort.

Als drei Wochen später die Hochzeit stattfand, mit langen Tischen und Kandelabern, mit Pianist und fünfstöckigem Hochzeitskuchen, standen alle Kellnerinnen in ihren schwarzen Seidenkleidern, ihren kleinen weißen Spitzenschürzen, ihren weißen Häubchen und mit Tränen in den Augen aufmarschiert da. Hatte man je ein so reizendes Brautpaar gesehen? Die Nina mit den langen, glänzenden Haaren um ihr schmales Gesicht, groß und schlank, ernst, bleich, aber trotzdem mit strahlenden Augen – ach, wie ähnlich sie ihrer Mutter sah! – und der Bräutigam mit dem breiten, munteren Goldschmiedgesicht, den braunen Augen seines Vaters und dem blonden Schopf, breitschultrig und stramm. Alles war, wie es sich gehörte. Aber war es denn nicht doch merkwürdig, wie schlank sie war? Und, ehrlich gesagt, durfte sie denn überhaupt ein weißes Brautkleid tragen?

Gudmund Jepsen spielte am Piano auf; in dieser Stadt gab es kein echtes Fest ohne die Brüder Jepsen. Straußmelodien, Lieder aus „Es geschah in der alten Stadt", der Brautmarsch, Evergreens der vierziger Jahre aus den USA. Die Kellnerinnen servierten, die Gäste fraßen, tranken und hielten Reden. Es herrschte großartige Stimmung, Wärme und Feierlichkeit. Aber war es nicht doch seltsam, daß Direktor Bøhmer, Fabrikbesitzer Richard Bøhmer, das Hochzeitsfest für seine Tochter nicht in seinem großen Haus in Cicignon abhielt? Und warum hielt er es nicht im Hankø-Hotel ab, wo sie da draußen doch ihr riesiges Landhaus hatten, und überhaupt, und außerdem war doch schon Juni?

Die Gäste stießen an und wurden immer lustiger. Der Bräutigam hielt errötend eine reizende kleine Rede, galant und charmant, wie er es in Nürnberg, oder vielleicht auch Rostock, gelernt hatte. Wie hieß er doch gleich, der, mit dem Nina vorher gegangen war? Der Sohn des Uhrmachers? Ach, du meinst wohl Kaspar Olesen? War der vielleicht nicht gut genug?

Es wurde getanzt und gesungen. Ein richtig schönes Fest. Zu irgendeinem Zeitpunkt verschwand das Brautpaar spurlos, wie auf allen gelungenen Hochzeiten, und Direktor Bøhmer blieb mit seinen Gästen zurück und bestellte noch mehr Sekt. Wie hieß die eigentlich, die die ganze Zeit um ihn herumwuselte? Verkehrte sie nicht auch in dieser Alliance Française? Madame de la Fayette Knudsen? War die jetzt Witwe? Aber was war denn nun mit der aus Bergen? Frau Isaksen? Ja, wo sitzt die? Ist das die, die gerade mit Simonsen senior tanzt?

Wie schon so oft in diesem strahlenden Frühling zerbrachen sich die Kellnerinnen den Kopf, um Ordnung und Zusammenhang ins innere Leben der Familie Bøhmer zu bringen.

Im ersten Stock liegt Inger in ihrem Bett und hört den Lärm und die Musik des Hochzeitsfestes. Jetzt haben sie mit diesem Spiel angefangen, wo sie zu irgendeiner Galoppmelodie um den Tisch laufen und immer ein Stuhl fehlt. Es ist nicht das erste Fest, das auf diese Weise zu ihr aufsteigt. Das moderne Mietshaus ist hellhörig, der Schall wandert durch Rohre und unbekannte Konstruktionen in seinem Inneren, und Inger ist daran gewöhnt, zu den Lustbarkeiten der Stadt einzuschlafen. Und nie kann sie sich genug darüber wundern, daß sie mehr und mehr aus Geheul bestehen, je weiter die Nacht fortschreitet. Aber diesmal ist alles, was da unten geschieht, noch unbegreiflicher als sonst. Geheul und Feste waren immer Sache der Erwachsenen gewesen. Und jetzt wechselt Nina in die Welt der Erwachsenen über. Ob sie sich darüber freut?

Hier liegt Inger und träumt noch immer ihre Jungmädchenträume, während ihre Freundin aus der Volksschule, Nina Bøhmer, die verrückte Göre aus St. Croix, Frau Cato Simonsen wird. In ihrem Bauch liegen ein kleiner Cato oder eine kleine Nina. Wenn es ein Cato wird, dann wird er, wenn er an die Reihe kommt, den Goldschmiedeladen am Marktplatz übernehmen. Aber wenn es eine kleine Nina wird, was wird dann aus ihr?

„Ich bin Hartvig aus Norwegen."

Jeden Sommer fuhren Schülerinnen und Schüler, Lehrerinnen und Lehrer der höheren Schule von Fredrikstad an alle möglichen Orte. Hinaus in Sonne und Luft, weg von Lehrplan und Schulaufgaben.

Die Vornehmen fuhren, wie die vornehmen Personen in den Generationen vor ihnen, nach Hankø mit seiner funkelnden Regatta und dem vor Anker liegenden Königsschiff. Hierher war bisher auch Astrid Evensen gefahren, in der Hoffnung auf sommerliche Abenteuer, zusammen mit Nina Bøhmer, ihrer besten Freundin in all den Jahren. Aber Nina war auf Hochzeitsreise in der Schweiz, und Astrid mußte sich mit dem Anbau der Familienhütte in Øyenkilen begnügen, wo es den ganzen Sommer lang von Kusinen und Vettern, Onkeln und Tanten und Großmutter nur so wimmelte. Lillian Oppegård war wie immer mit ihrer Familie nach Skeløy gefahren, wo sie eine geräumige rote Hütte oberhalb von gelben Felsen mit Aussicht auf Letterøe im Westen und Nachbarn aus Fredrikstad überall hatten. Beate Halvorsen fuhr zu ihrer Tante am Tyrifjord, Inger Holm packte ihren Rucksack, nahm die kleine Ellen an der Hand und fuhr hinaus nach Ekekjær, denn Dr. Holm hatte in der letzten Juniwoche Notdienst, und so lange wollte sie nicht warten. In Ekekjær bereitete Emilie sich auf einen Besuch aus Deutschland vor, und Tante Lisa kam mit einem kleinen Zwergpinscher, den sie sich gekauft hatte. Der freundete sich gleich dick mit Ellen an.

Auf diese Weise waren die Mädchen sicher und wohlverwahrt, auch in diesem Sommer, dem achtzehnten oder neunzehnten ihres Lebens. Derweil zog eine Bande von Jungen, mit Leif Monradsen und Kjell Grunder an der Spitze, durch Europa, um zu erleben, was in Fredrikstad nicht zu erleben war. Sie wollten nach Paris. In Hamburg nahmen sie Abschied von Hartvig Gravdahl, der in eine andere Richtung zog, zum anthroposophischen Zentrum bei Stuttgart, vorher tranken sie noch eine oder fünf Abschiedshalbe im Zillertal und sangen „Mein Mann ist gefahren ins Heu" und andere schmissige Volkslieder.

Jetzt steht er wieder vor dem gelben Haus an der Alster, es sieht nicht ganz so aus wie in seiner Erinnerung, etwas kleiner vielleicht und etwas weniger cremegelb, aber diesmal zögert er nicht, sondern geht die Treppe zum ersten Stock hoch und klingelt. Die Tür wird von derselben Frau wie beim letztenmal geöffnet, aber auch sie hat sich verändert. Sieht viel älter aus als im letzten Jahr und trägt ein graues Kostüm.

„Ich bin Hartvig Gravdahl aus Norwegen." Er hat sich lange auf diesen Moment vorbereitet. Sie schließt die Tür, bleibt eine Weile verschwunden, dann kommt sie zurück und läßt ihn eintreten.

Herr Weidenhof sitzt in einem großen, hellen Zimmer an einem Erkerfenster mit Blick auf die Alster. Er trägt eine Strickjacke und Pantoffeln. Abgesehen von einem Kranz aus gelbweißen Haaren ist er ziemlich kahl, hat ein fülliges Gesicht, eine breite Nase und einen großen Mund, aber ziemlich kleine Augen hinter seiner runden, randlosen Brille. Als Hartvig das Zimmer betritt, steht er auf und kommt Hartvig mit einem breiten Lächeln und ausgestreckter Hand entgegen. Seine Schultern fallen leicht ab, sein Rücken ist gerade, er ist ziemlich korpulent, bewegt sich aber mit sicherem Schritt.

„Guten Tag und herzlich willkommen. Hatten Sie eine gute Reise? Unterwegs gut geschlafen? Schön! Möchten Sie Kaffee oder Tee? Tee? Magdalena! Der junge Mann hätte gern Tee. Tea for two, please", sagt er plötzlich auf Englisch. „Bitte, setzen Sie sich." Weidenhof zeigte mit großer Geste auf den kleinen Sessel auf der anderen Seite des Glastisches, an dem er gesessen hatte. „Und wie kann ich Ihnen jetzt helfen, Herr..." Er blickte kurz auf und hob die Brauen unter dem blanken Schädel. „Herr Gravdahl?" Er sprach den Namen mit langem Rachen-R und ein bißchen unnorwegisch aus. So hörte er sich vornehmer an. Hartvig wollte einen Satz formulieren, aber während er sich noch in Gedanken damit abmühte, sprach Herr Weidenhof auch schon weiter. „Ich habe Ihren Brief zweimal gelesen. Sie schreiben sehr gutes Deutsch. Wo haben Sie das gelernt?"

„Wir haben gelernt zwei Jahre in der Schule", antwortete Hartvig und spürte, wie seine Wangen heiß wurden, denn er hatte das Hauptverb „gelernt" nicht an das Satzende gestellt und das

Objekt ausgelassen. Zum Glück hatte er daran gedacht, die Schule in den Dativ zu setzen. „In der Schule.“ Er fing an, mit dem Oberkörper hin und her zu wippen. „Ach so, ja. Und haben Sie schon Ihr Abitur gemacht?“ Ja, in Deutsch, aber nicht in den anderen Fächern, dachte Hartvig. Wie sollte er das sagen? Es gehörte nicht zu den Sätzen, auf die er sich vorbereitet hatte. „Wir haben in Deutsch schon Abitur gemacht, aber nicht in den anderen Fächern, nur in Mathematik, meine ich, das haben wir schon gemacht, und auch Deutsch, aber das eigentliche Abitur kommt erst nächstes Jahr, und...“ Hartvig war jetzt völlig außer sich und wußte nicht, wie er den Satz beenden sollte. Aber Weidenhof ließ sich durch Hartvigs Stottern nicht stören. „Und wie alt sind Sie?“ Hartvig blickte verwundert auf. „Ich bin im März achtzehn geworden, Herr...“

Weidenhof strich sich über sein üppiges Kinn. Er hatte eine blasse Narbe am Kinn, seine Fingerspitzen suchten die Vertiefung. Die Frau, die die Tür geöffnet hatte, brachte jetzt ein Tablett herein und fing an, das blaue englische Prozellan auf dem kleinen Tisch zwischen ihnen zu verteilen. „Habt ihr euch schon miteinander bekannt gemacht?“ fragte Weidenhof. Sie musterte Hartvig mit ihrem langsamen Blick. „Nein, wohl nicht...“ sagte sie, richtete sich auf und reichte ihm die Hand. „Ich bin Magdalena Weidenhof.“ Hartvig war völlig verwirrt. Magdalena Weidenhof? Er nahm ihre Hand, erhob sich dabei, verbeugte sich tief. „Guten Tag. Es freut mich sehr“, sagte er, gestikulierte mit dem linken Arm und lachte, unterbrach sich dabei und setzte sich wieder.

„Meine Schwägerin“, nickte Weidenhof. „Und das hier ist Hartvig Gravdahl, der junge Norweger.“

Sie blickten ihr nach, als sie so still wieder hinausging, wie sie gekommen war. Hartvig war erleichtert. Also war er dem, was gewesen war, doch nicht untreu geworden. Ach, was dachte er da bloß!

„Ihr Mann ist im Krieg geblieben“, erklärte Weidenhof.

„Was?“

„Mein Bruder ist an der Ostfront gefallen“, antwortete Weidenhof. Jetzt begriff Hartvig. Sein – sein Onkel! – war im Krieg geblieben. Es war wie zu Hause, wenn es hieß, daß irgendwer auf See geblieben war. Der Krieg hatte in der deutschen

Geschichte wohl ebenso viele Menschen verschlungen wie die See in der norwegischen. Stumm fragte er sich, wie viele unbekannte Verwandte er wohl hatte, die im Krieg geblieben waren.

„Leider wurde er nicht nach Norwegen geschickt“, fuhr Weidenhof fort. „Da hatten wir es gut. In Hønefoss hat es mir gefallen. Es war überall in Ihrer Heimat schön, Gravdahl. Ich träume oft, noch einmal hinzufahren. Aber bisher hat sich keine Gelegenheit geboten. Die Blumen, wissen Sie? Ich hatte noch nie solche Blumen gesehen, so schöne, starke Farben.“

Hartvig dachte an die Blumen und den Krieg. Es war ein seltsamer Gedanke, daß es auch damals Blumen gegeben hatte. Aber das wußte er doch. Er hatte sie ja gesehen. Plötzlich hatte er gewaltige Lust, Weidenhof nach dem Bach und dem Tor zu fragen. Ob er sich daran erinnern konnte?

„Sie waren in Hønefoss stationiert?“ brachte er heraus.

„Sicher. Sicher.“ Weidenhof erzählte, daß er bis 1943 in Hønefoss gewesen war. Danach war er nach Frankreich verlegt worden, genau wie Esther Eliassen gesagt hatte. „Es war eine schreckliche Zeit“, sagte Weidenhof. So viele von seinen Kameraden waren gefallen. Soviel Unglück und Unmenschlichkeit! „Wissen Sie“, sagte er. „Hitler trug die Schuld an diesem Krieg. Nach dem Krieg hörten wir eine Unzahl von Geschichten über die Grausamkeiten der Nazis in anderen Ländern. Die Menschen hier in Deutschland waren genauso entsetzt über diese Berichte wie die in den besetzten Ländern. Aber diese Grausamkeiten schienen in unserem eigenen Leid zu ertrinken. Verstehen Sie? Im Endeffekt war es doch unser Land, das zerstört wurde. Wir kamen in ein Land aus Ruinen zurück. Haben Sie Churchills Reden gehört? ‚We shall bomb Germany by day and by night...‘ Haben Sie von Dresden gehört? Wie die Engländer zuerst die Stadt und dann das Flüchtlingslager vor der Stadt zerbombt haben? Dresden galt als eine der schönsten Städte Europas. Dort hieß es: Dresden? Nein, das bombardieren die Alliierten nicht, da wollen sie selber wohnen. Dann kam es anders. Die pure Rache. Was wir anderen zugefügt hatten, wurden uns zehnfach vergolten.“

Und jetzt? dachte Hartvig. Was ist jetzt? Die Zeit ist doch nicht stehengeblieben. Aber er blieb ruhig sitzen und hörte zu, wie sein

Vater über das Schicksal seines Landes erzählte. Über die Ohnmacht seines Volkes unter Hitlers Macht. Darüber, daß es danach nichts anderes zu tun gab als wiederaufzubauen und zu vergessen. „Naja. Aber darüber müssen wir jetzt nicht reden", sagte Weidenhof. Er rührte seinen Tee um und hob die Tasse an den Mund. „Nice English tea", sagte er. „A nice cup of English tea, so sagen doch die Engländer, oder?" fragte er, als ob Hartvig darüber besser Bescheid wüßte. Auch Hartvig hob seine Tasse zum Mund und verbrannte sich die Zunge.

„Sie wollen also eine Erklärung meiner Freundschaft mit der Solveig", er nannte sie auch weiterhin „die Solveig". „Ja, ja, die Solveig, sie war... wie soll ich sagen? Eine Soldatenfreundin, süß war sie, ziemlich süß. Verstehen Sie?" Weidenhof warf Hartvig einen Blick von Mann zu Mann zu, den der gleichzeitig schmeichelhaft und empörend fand. „Sie sind noch so jung, aber Frauen sind Frauen. Überall. Das werden Sie auch noch erfahren."

„Sie hat Sie als meinen Vater angegeben." Hartvigs Herz pochte, weil er gewagt hatte, das zu sagen.

Hartvig merkte, daß er die Sesselkante umklammert hielt und in seltsam verkrampfter Stellung dasaß und Weidenhof ansah. Der alte Herr griff sich an die Narbe. „Ja, das hat sie wohl", sagte er, wie zu sich selber. „Ja, ja, das haben sie ja so gemacht, eine wie die andere. Sie haben oft irgendeinen Mann angegeben, dessen Namen sie kannten, aber oft wußten sie selber nicht, wer der Vater ihres Kindes war. Ein alter Trick, Gravdahl. So alt wie die Menschheit, würde ich sagen."

Gegen seinen Willen fiel Hartvig plötzlich die idiotische Geschichte der Deutschendirne ein, die Alf Vidersen als Kindsvater angegeben hatte. Waren sie alle so?

„Sie hatten kein Verhältnis mit meiner Mutter?" fragte er.

„So würde ich das nicht ausdrücken. Aber Verhältnis? Nein. Eher eine flüchtige Verbindung. Also, Herr Gravdahl!" Weidenhof erhob sich plötzlich und trat vor ihn. „Ich muß es Ihnen ganz ehrlich sagen. Solveig Runefjell war eine Dirne." Wie hätte er wissen können, ob sie sein Kind erwartete, als sie schwanger wurde? Sie war mit vielen Männern zusammengewesen. Mit der halben Kompanie. Das war die Wahrheit. „Ich fürchte, Sie haben sich eine unmögliche Aufgabe gestellt."

Auch Hartvig war jetzt aufgestanden. Sie waren gleich groß.

„Also." Weidenhof reichte ihm die Hand. „Einen guten Aufenthalt in der Hansestadt. Ich bedaure, Ihnen nicht helfen zu können. Wo wohnen Sie hier eigentlich?"

„In der Jugendherberge", antwortete Hartvig.

Als Hartvig wieder auf der Straße stand, ging er rasch durch eine der kleinen Seitenstraßen auf das Parkgelände an der Alster zu. Er ging denselben Weg, den er gekommen war, an den hübschen weißen Häusern vorbei. Am Ufer blieb er stehen und blickte ins schwarze Wasser. Er sah zu den Villen auf dem anderen Ufer hinüber, in Uhlenhorst, wo die Wohlhabenden Ende des letzten Jahrhunderts zu bauen begonnen hatten. Die ganze schöne Gegend mit der spiegelblanken Alster und ihrem Kranz aus vornehmer Bebauung, Reichtum und Sauberkeit brachte ihn wieder auf die Gedanken, die er gehabt hatte, ehe er bei Pastor Hans Helmut Weidenhof geschellt hatte.

Ich bin ein Feigling, dachte er. Ich hätte diese Sache ganz anders angehen müssen. Ich hätte mich besser auf Herrn Weidenhofs Reaktion vorbereiten sollen. Ich habe doch schließlich massenhaft Geschichten über Deutsche seiner Generation gehört, die mit großer Zufriedenheit und ohne die geringste Selbstkritik sagen: „Ach, Norwegen! Da war ich auch!" Der Fehler war nur, daß er diese Geschichten nicht geglaubt hatte. Er hatte nicht geglaubt, daß die Deutschen einfach nicht einsehen konnten, was sie in fremden Ländern angerichtet hatten. Jedenfalls hatte er das nicht über seinen Vater geglaubt. Denn es war sein Vater – Pastor Hans Helmut Weidenhof aus dem Mittelweg. Daß er ihm in die Augen sehen konnte, ohne die Ähnlichkeit zu erkennen!

Und was nun? Nichts nun. Er ging ohne einen Blick auf die Karte in Richtung Innenstadt, er verließ das Alsterufer und durchquerte einen Park, dann geriet er in ein Viertel mit hübschen Mietshäusern in Weiß und Blau, Weiß und Rostrot, er kam zu einem kleinen Kanal, vielleicht mündete der in die Alster? Er ging am Kanal entlang, ein Ufer war mit Gras bewachsen, am anderen standen dicht am Kanal Häuser, er passierte Brücken und breite Straßen, aber der schmale Kanal hörte nicht auf. Zum Schluß endete er im Nichts.

Hartvig blieb mit schmerzenden Füßen stehen und wußte nicht, wo er war. Er bog in die nächste Straße. Hier gab es mehrere Kneipen. Ein angetrunkener Mann kam aus einer heraus. „Entschuldigung", sprach Hartvig ihn an. „Wissen Sie, was eine Dirne ist?" Der Mann reagierte mit einem längeren, nach Bier stinkenden Fluch und schwankte weiter. Eine Frau in hellem Mantel kam aus der Gegenrichtung. „Entschuldigung, meine Dame. Was ist eine Dirne?" Sie schnaubte mit dem ganzen Körper und ging weiter. Hartvig ging in eine der Kneipen und bestellte ein Bier. „Ausländer?" fragte der schmerbäuchige Wirt und schenkte ein. Hartvig nickte. „Entschuldigen Sie die Frage, aber ich möchte gern wissen, was eine Dirne ist!" – „Ach!" sagte der Wirt mit brummender heiserer Munterkeit. „Eine Dirne? Das möchten Sie haben, was? Das gibt's hier nicht. St. Pauli!" Mehrmals zeigte er in die Luft. „Reeperbahn. St. Pauli. Zillertal. Verstehen Sie? Herbertstraße, ja?" Aufmerksam sah er Hartvig aus seinen kleinen, rotunterlaufenen Augen an. Hartvig war klar, daß der Wirt nicht die Spur begriffen hatte. Er bestellte noch ein Bier und wurde ziemlich wirr im Kopf. Er trank noch eins. Weg. Ich will weg. Nach Hause. Wieso war er noch einmal hierhergekommen? Ein Wunsch, eine Sehnsucht, aufgenommen zu werden, eine so unbezwingliche Sehnsucht gerade danach. Warum konnte er sie nie aufgeben? Er fühlte sich seit Jahren als verlorener Sohn, der endlich wieder nach Hause finden wollte. Aber das war er doch nicht. Ein Ismael war er, in die Wüste verstoßen. Sein Vater war derjenige, der verloren war.

Er erhob sich, schwankte leicht, bezahlte und ging in den warmen Augustsonnenschein hinaus. Ihm war schwindlig. „Was ist eine Dirne? Mein Herr, was ist eine Dirne?" murmelte er und ging unsicher in die Richtung, in der er die Innenstadt vermutetete, während Passanten sich nach ihm umdrehten und dachten, daß da schon wieder einer dieser skandinavischen Betrunkenen unterwegs war.

Der Sommer neigt sich dem Ende zu. Es ist traurig, Ekekjær verlassen zu müssen. Immer wieder traurig. Inger macht allein einen Abendspaziergang. Plötzlich sieht sie eine unverwechselbare Gestalt den Kiesweg heraufgeradelt kommen. Es ist Hartvig

Gravdahl, mit Rucksack und Schlafsack auf dem Gepäckträger. „Hallo!“ ruft er mit strahlendem Gesicht, das die Bartstoppeln von mindestens drei Wochen aufweist. „Ich bin zufällig vorbeigekommen.“ Inger lacht, denn von Ekekjær führt kein Weg weiter. Aber dieser Junge hat eine geradezu charmante Fähigkeit, mit leicht durchschaubaren Wahrheiten daherzukommen. „Ach, wie schön“, sagte sie. „Soll ich deinen Rucksack nehmen?“ – „Nein, lieber das hier.“ Es geht um die bleischwere Schreibmaschine. Sie wandern zum Haus hoch. Hartvig plaudert drauflos.

Jetzt war er durch halb Deutschland gefahren, hatte wirklich die Welt gesehen, er konnte gut im Gras schlafen, unter dem Apfelbaum, er brauchte nicht im Haus zu schlafen, aber ein Glas Tee wäre jetzt wirklich gut, danach sehnte er sich schon den ganzen Sommer, nach einem Glas glühendheißem Holmschen Tee, das anthroposophische Zentrum in Stuttgart war sehr interessant gewesen, kein einziger rechter Winkel, stell dir das vor, die Anthroposophen glauben nämlich nicht an Winkel von 90 Grad, und es gab roten Tee, es war großartig dort. Und du? Dich gesonnt und Illustrierte gelesen, ha, ha!

Hartvig lachte, denn er wußte, daß sie das ärgerte. „Ja, ich hab' den ganzen Sommer lang ‚Mein erster Kuß‘ gelesen, und wenn ich keine Illustrierte mehr hatte, dann habe ich sie nochmal von vorn gelesen“, antwortete Inger. „Du bist wirklich geistreich, Inger. Wirklich geistreich. Ist sonst noch jemand im Haus?“ – „Ja, die ganze Blase. Aber wir brauchen nicht mit ihnen zu reden, wenn wir das nicht wollen. Wir können auf ein Inselchen fahren und Flundern fangen.“ – „Ach, du hast immer so gute Ideen. Hast du auch ein Boot?“ – „Sicher, einen alten Kahn, der leckt wie ein Sieb. Du mußt schöpfen, dann kann ich rudern.“ – „Großartig“, sagte Hartvig. „Großartig.“

Sie ruderten zu einem Inselchen am Ende der Bucht, machten ein Feuer, rauchten Hartvigs Chesterfield, die er von der Fähre mitgebracht hatte, aßen Kekse und tranken Cola.

„Was hast du sonst noch in Deutschland gemacht?“

„Ich habe versucht, meine Familie zu finden.“

„Deine Familie?“

Hartvig bereute. Warum hatte er das nun gesagt? Es war einfach so aus ihm herausgerutscht. Sie wußte vielleicht nicht einmal, daß er adoptiert war. Unruhige Gedanken jagten durch seinen Kopf, er verspürte den wilden Drang, weiterzusprechen.

„Möchtest du das erzählen?“ fragte sie.

„Nein, ja, doch, nicht jetzt... nein, vergiß es.“

Sie saßen da und blickten aufs Wasser. Es war jetzt ganz still, dunkelroter Sonnenuntergang spiegelte sich im Meer,

Möwen stießen bei einer Schäre ferne Gute-Nacht-Schreie aus, Hartvig verschränkte die Hände hinter dem Kopf und legte sich ins Gras. Nein, sie würde es wohl nicht vergessen, wo es schon so aus ihm herausgeplatzt war.

Und auch Hartvig vergaß diesen unbeabsichtigten Anfang nicht, etwas in ihm schien sich gelöst zu haben, und wo es nun schon einmal gelöst war, wollte es auch weiter. Aber wieviel würde sie verstehen? Ein unerfahrenes junges Mädchen, die ihre Familie in allen Verästelungen in drei verschiedenen Ländern zurückverfolgen konnte, die Eltern und drei Großeltern am Leben hatte, die sie alle liebten und niemals einen Zweifel daran aufkommen ließen, daß sie ihr Kind war? Ein Mädchen, die jedes Jahr in dieses herrliche Landhaus fahren konnte, wo alles, was sie sahen, ihnen gehörte und die Erinnerungen an eine unbeschwerte Kindheit in sich trug... Hier brachen Hartvigs Gedanken ab. Ihre Schwester war gestorben. Wie hatte sie geheißen? Sie war an Polio gestorben. Nein, er konnte sich nicht an ihren Namen erinnern. Inger erwähnte sie nie. Nur Frau Holm hatte einmal von ihr gesprochen. Und auf einem kleinen Tisch zu Hause im Wohnzimmer in Fredrikstad stand ihr Bild. Immer mit Blumen.

Das muß damals sehr schlimm gewesen sein, dachte Hartvig. Aber es war schwer, sich das vorzustellen. Er hatte niemals jemanden verloren. Er hatte niemals jemanden gehabt. Das war es ja gerade. Ob Inger verstehen konnte, wie das war? Konnte Trauer in einer Beziehung dabei helfen, eine andere Trauer zu verstehen? Hartvig wußte das nicht.

„Hartvig. Ich glaube, wir sollten uns auf den Heimweg machen. Im August wird es schon wieder dunkel.“

„Können wir nicht hierbleiben?“

„Dann schlägt mein Vater dich zu Brei.“

„Ach so! Guter Witz. Apropos Brei, wollten wir nicht Flundern fangen?“

„Du kannst sie mit einer Schleppangel fangen, während ich rudere.“

„Gute Idee. Du mußt mir nur zeigen, wie das geht.“

Inger lachte, machte die Angel fertig und fing an zu rudern. Hartvig saß hinten und angelte Flundern. „Das ist spannend. Wirklich spannend.“ Er lachte. „Du darfst nicht so laut lachen. Damit verjagst du die Fische.“ – „Ach? Haben die Ohren?“ Hartvig hielt sich die Hand vor den Mund und lachte.

„Hartvig? Willst du nicht zu Ende erzählen, was du vorhin angefangen hast?“

Hartvig ließ die Angel los. Jetzt wurde sie eingezogen, und die Haspel drohte über Bord zu gehen. „Die Schnur!“ Sie verschwand in der Tiefe, als Hartvig gerade danach greifen wollte. Er blickte ihr nach. „Tut mir leid. Tut mir schrecklich leid! Ich kauf' eine neue.“ – „Macht doch nichts. Wir haben noch so viele.“

Schweigend ruderten sie weiter. Hartvig saß zurückgelehnt auf der Bank. „Nein, zum Fischer bin ich wohl nicht geschaffen“, sagte er. Sie erreichten das Land, vertäuten das Boot, es war dunkel im Kiefernwald. „Komm“, sagte Inger. „Nimm meine Hand. Hier sind so viele Wurzeln und Zweige.“ Er nahm ihre Hand. „Das, wonach du gefragt hast, weißt du?“ fing er an. „Ich kann jetzt nicht mehr sagen. Ich hätte überhaupt nichts sagen dürfen. Aber ich habe vor...“ Wieder unterbrach er sich. „Ich habe vor, darüber zu schreiben. Und das kannst du dann lesen. Willst du?“ – „Ja“, sagte Inger. „Und versprichst du, es so lange zu vergessen?“ – „Ja“, sagte Inger. „Das verspreche ich.“

Sie erreichten das Haus. Es strahlte aus seinen vielen hohen Fenstern, zwischen den schwarzen Umrissen der Baumkronen. Hereinzukommen, dachte Hartvig, hereinzukommen ist alles, was ich mir wünsche.

Die Geheimnisse des Lebens

In der fünften Klasse bekamen sie den Rektor in Norwegisch. Sie kannten diesen ernsten alten Mann nur als eine Art Zeremonienmeister zu wichtigen Anlässen, nur wenige von ihnen hatten je mit ihm geredet.

Jetzt kam er zur 5., oben im Altbau, wo ein Dachboden zum Klassenzimmer ausgebaut worden war. Es stellte sich heraus, daß seine Position furchteinflößender war als seine Person. Er redete und plauderte und konnte sogar lächeln. Also sagten sie zu ihm: „Hier ist es scheußlich, wirklich scheußlich. Dürfen wir das Klassenzimmer ausmalen?" Der Rektor nahm die Brille ab, steckte den Brillenbügel in den Mundwinkel, sah sie an und sagte: „Ja, wenn ihr wollt." Sie malten das Klassenzimmer in fünf verschiedenen Farben aus, weiß, hellgelb, hellblau, knallrot und schwarz für die Tür; es gab so viele Schrägflächen zu bemalen, noch nie hatten sie ein so fetziges Klassenzimmer gesehen. Fredrikstad Blad kam und machte ein Foto, als Beweis dafür, daß nicht alle Jugendlichen ununterbrochen mit kriminellen Tätigkeiten befaßt waren, und eine Illustrierte brachte eine kleine Reportage.

In diesem Jahr bekamen sie endlich das berüchtigtste Fach der Schule, nämlich Altnorwegisch. Es war ein grausames Fach, das nur aus unbegreiflichen nutzlosen Wörtern bestand, und es handelte von alten Wikingern, die zur Landnahme nach Island zogen und „Schön ist der Hang, nie sah ich einen schön'ren!" und andere geniale erinnernswerte Aussagen von sich gaben, und das alles sollten sie in vier Fällen beugen. Außerdem hatte sich englische Lautschrift in den Text verirrt. In die Bücher zu schreiben, war auch verboten, aber nach dreißig Jahren Altnorwegischunterricht bei Achtzehn- und Neunzehnjährigen hatte der Rektor es aufgegeben, ihnen auf die Finger zu sehen. Höflich stand er am Pult, und wenn er sie in den Beugungen abhörte, dirigierte er mit dem Zeigefinger. Wenn der sich waagerecht bewegte, war ein Umlaut gefordert. Maðr, manns, manni, mann. Menn, manna, monnum, menn. Rhythmisch und klar lief das. Er schien dabei nicht einmal zu denken. Vielleicht war er nach den vielen Jahren so geworden, wie Chaplin, wenn er in „Modern Times" den Schraubenschlüssel betätigte? Eine Art „Old Times"? Nein, der Rektor war wirklich nicht der Schlimmste, sie konnten viel von ihm lernen. Vor allem über „Peer Gynt". Der Rektor wußte alles über „Peer Gynt" und zehnmal soviel, wie im Text stand. Er wußte bei jeder Zeile, wo Ibsen sie geschrieben hatte, worauf er anspielte und was er gerade erlebt hatte, und die Grüngekleidete war eine Frau, mit der er einmal ein Verhältnis gehabt hatte. Er hatte nämlich auch ein uneheliches Kind, dieser Ibsen, einen Sohn, der ihm ziemlich ähnlich sah.

Sie überlegten, ob das nicht Betrug war. Bestand ein Werk der Dichtung denn nicht aus erdichteten Personen? Sie begriffen nicht recht, wie der Rektor einfach sagen konnte, hier war Vinje gemeint, hier hat er an Bjørnson gedacht, und hier sprach Ibsens aus irgendeinem Grund schlechtes Gewissen.

Der Rektor erzählte, daß Ibsen gesagt hätte: „Dichten heißt: sich selber richten." Das war gut gesagt. Aber hatte es denn wirklich soviel Sinn, sich selber zu richten?

Eines Tages hatte Ibsen gekocht. Dabei hatte er festgestellt, daß eine Zwiebel aus Schalen besteht, egal, wie lang er schälte.

Das war ein Bild von Peer Gynt alias Henrik Ibsen – er hatte keinen Kern. Er wich aus, log und betrog und trieb sich ewig im Ausland herum. Das war der Norweger, sagte der Rektor. Wie er das meinte, war nicht so leicht zu sagen. Die 5 Eb kannte fast nur Norweger, und die waren alle verschieden. Vielleicht hatte Peer Gynt ein wenig Ähnlichkeit mit Leif Monradsen, aber mit Liv Abrahamsen zum Beispiel verband ihn gar nichts. Und wer war eigentlich dieser Große Krumme? Er tauchte zu den unpassendsten Zeitpunkten auf und sagte: „Geh außenrum!", gerade, wenn es richtig spannend wurde. Ein nervtötender Typ! Während das alles sich abspielte, saß Solveig zu Hause und wartete. Das hätte sie lieber lassen sollen, auch wenn es vielleicht nett für Peer war. Außerdem war es eine Frechheit, daß sie im Stück fast nicht auftauchte.

Vielleicht war Ibsen ja auch dieser Meinung. Jedenfalls hatte er einige Jahre später ein Stück geschrieben, in dem die Frau ging. „Nora" hieß es, und es war gut zu verstehen. Darin gab es weder Große Krumme noch Huhu-Gestalten von der malebarischen

Küste, sondern Streit in einem Wohnzimmer und keine, die Wartelieder sang.

Ibsen hatte auch Nora nicht erfunden. Nora war in Wirklichkeit Laura Kieler, eine Schriftstellerin, die in Kopenhagen wohnte, erzählte der Rektor. Sie war sauer auf Ibsen gewesen, weil er ihre Freundschaft so ausgenützt hatte.

Sie schrieben einen Aufsatz. „War es richtig von Nora, Mann und Kinder zu verlassen?" Ja, natürlich war es das. Sonst hätte Ibsen das Stück doch nicht geschrieben. Ein seltsames Thema.

Inger wies die Frage zurück. Die Aufgabe enthielt eine Voraussetzung, die nicht vorhanden war. Wovon hätte das Stück denn gehandelt, wenn es nicht richtig von Nora gewesen wäre zu gehen? Eine Farce mit Unfug und Humbug wäre es gewesen. Tarantella und kleine Flirts.

Der Rektor fand ihren Aufsatz interessant, aber sie habe die Frage nicht beantwortet. Doch, darum ging es ja gerade, sagte Inger. Das hatte der Rektor schon verstanden, aber er wußte nicht, welche Note er ihr geben sollte. „Ja, entweder eine 5 oder eine 1", sagte Inger. Da lächelte der Rektor und gab ihr 1 minus. „Und das Minus, was bedeutet das?" fragte Inger. „Eine Erinnerung daran, daß du außenrum am Thema vorbeigegangen bist", antwortete der Rektor. „Ach so", sagte Inger. „Sie sind also der Große Krumme?"

Nein, der Rektor war wirklich nicht der Schlimmste. Bei ihm durfte protestiert werden, man konnte ein Gespräch führen, ohne hören zu müssen, man sei frech. „Frech" hatte für viele Lehrer bedeutet, eigene Gedanken zu haben. Immer und ewig hatte sich das in den Betragensnoten niedergeschlagen.

Peer Gynt und Nora hatten beide ihre Liebsten verlassen, nur handelte „Peer Gynt" nicht davon, das war der Unterschied. Peer Gynt war der Norweger, Nora war nur Nora. Jetzt sollten sie im Lesebuch ein Stück von Helge Krog lesen, es hieß „Norwegische Eigenart". Es erzählte, daß die Norweger Eigenbrödler geworden waren, weil das Land so dünn bevölkert war. Danach mußten sie einen Aufsatz zu dem Thema schreiben: „Welche Rolle hat die Natur für die Bildung des norwegischen Volkscharakters gespielt?" Alle schrieben Helge Krogs Ansichten zu dieser Frage hin. Als sie den Aufsatz durchgingen, vertiefte der Rektor diese

Ansichten und erklärte, daß sich Norweger nicht gern nach Gesetzen und Regeln richten, wenn sie die für unsinnig halten. Es sei typisch norwegisch, einen Standpunkt zu vertreten. Inger meldete sich. „Stimmt das denn? Sind wir wirklich Individualisten?" – „Wir brauchen doch dafür gar nicht weiterzugehen als bis zu dir, Inger. Egal, was ich sage, immer bist du anderer Ansicht." Alle schmunzelten. Aber Liv Mo sagte: „Ich finde uns kein bißchen individualistisch. Wenn etwas anliegt oder wenn für irgendwas Freiwillige gesucht werden, will erst die ganze Klasse hören, was die anderen meinen. Wir treffen nicht die kleinste selbständige Entscheidung." – „Ach, tut ihr das nicht? Ich finde, es hagelt immer nur Proteste." Gravdahl meldete sich. „Wie kann ein Volk von Individualisten nur eine Wahrheit über einen Krieg haben?"

Der Rektor nahm die Brille ab und sah sie an. „Während des Krieges wurde uns die Grundlage unseres Individualismus genommen. Uns wurde die Freiheit genommen. Und dagegen mußten wir uns gemeinsam zur Wehr setzen."

Dann blickte er über sie hinweg und aus dem Fenster und dachte nach. „Im Krieg bin ich selber von den Deutschen verhaftet worden", sagte er. Er verstummte für einen Moment. „Ich sollte eine deutsche Grammatik schreiben. Und ich sagte: Aber das habe ich doch schon gemacht. Das schon, sagten sie. Aber sie wollten eine mit der Hitlerjugend und dem neuen Europa als Beispiel. Nein, sagte ich, das wollte ich nun wirklich nicht. Außerdem kannte ich die Verhältnisse nicht gut genug, sagte ich und dachte, damit würde ich durchkommen. Aber nein, sie hatten Leute, die mir alle nötigen Auskünfte erteilen konnten, das wäre wirklich kein Problem. Aber ich wollte nicht. Und da sagten sie, sie müßten mich festnehmen, bis ich diese Grammatik geschrieben hätte. Und ich fragte", der Rektor unterbrach sich und lachte kurz, „haben Sie je gehört, daß jemand verhaftet wurde, weil er kein Buch schreiben wollte? Sie sahen ein, daß sie bei mir nicht weit kommen würden, und ließen mich wieder laufen."

„Doch, das war schon individualistisch von Ihnen", sagte Inger. „Andererseits wußten Sie ja, daß fast das gesamte norwegische Volk hinter Ihnen stand, als Sie das sagten. Und deshalb finde ich, die wirklichen Individualisten im Krieg waren die, die auf der Seite der Deutschen standen." – „Aber das war doch nicht richtig! Das ging doch nicht! Das war Landesverrat, und das ist doch ein Verbrechen."

Sie konnten hören, daß der Rektor empört war, aber er blieb ruhig wie immer. „Das kommt wohl auf den Standpunkt an", meinte Inger. „Nein", sagte der Rektor. „Es war ein Überfall." – „Ja, aber trotzdem konnten manche doch meinen, daß die Deutschen recht hatten, und sich aus idealistischen Gründen für den Nazismus einsetzen und gegen die Russen kämpfen wollen? Und das mußten doch Individualisten sein?"

Der Rektor glaubte nicht, daß es solche gegeben hatte. Er kannte nur Kriegsgewinnler, Denunzianten und Verrückte.

„Vielleicht sind manche schuldlos auf der falschen Seite gelandet", sagte Hartvig. „Weil sie jung und unüberlegt waren." Schon, der Rektor hielt das durchaus für vorstellbar. „Aber dann wurden alle verurteilt, egal, was ihr Grund für den Landesverrat gewesen war", sagte Hartvig. Liv Abrahamsen meldete sich. „Im Krieg muß man zusammenhalten", sagte sie. „Auch wenn manche vielleicht in die NS eingetreten sind, weil sie jung und dumm oder idealistisch waren, haben sie doch den Feind unterstützt." – „Ja, wenn sie das aber heute bereuen?" fragte Inger. „Wie lange wollen wir sie denn noch verdammen?" – „Es gibt Dinge, die wir nicht vergessen können", antwortete der Rektor. „Nein, vielleicht sollten wir sie nicht vergessen, aber wir könnten uns doch auf eine neue Weise daran erinnern", sagte Hartvig.

Was er wohl damit meinte? Die 5 Eb dachte sich ihr Teil. Sie alle dachten an den Zipfel vom Krieg, den sie selber miterlebt hatten, der sich in ihre Seelen eingeprägt hatte, noch ehe sie dazu einen Standpunkt ergreifen oder verstehen konnten, worum es ging. Sie wußten nicht, wie es war, gefangengehalten zu werden. Sie wußten nicht, wie es war, gefoltert oder auf harte psychische Proben gestellt zu werden, die die Menschlichkeit zerbrachen. Einige hatten dieses Wissen von ihren Eltern mitbekommen. Andere – wenige – wußten nur, daß das ein Teil einer Wahrheit war, die nie ans Licht kam. Und die sie besser für sich behielten.

Einige Wochen später bekamen sie ein neues Aufsatzthema. Im letzten Jahr war es zum Abitur vergeben worden. Es war ein schöner Aufsatz. Sie konnten ausgehen, wovon sie wollten, vom Krieg oder von Noras Aufbruch, Peer Gynt oder der norwegischen Eigenart. Das Thema lautete: „Vorteile und Gefahren, sein zu wollen wie die anderen.“ Es war das beste Thema, das sie je bekommen hatten, fand Inger.

Eines Tages im Herbst, als Inger gerade Beeren zum Einkochen kaufte, hörte sie plötzlich neben sich Anna Karlsens Stimme. Sie drehte sich um, und da stand ihre alte Volksschullehrerin in schwarzem Mantel und auch sonst wie immer. Sie bekam ein seltsames Kribbeln im Kopf, sie freute sich richtig, sie zu sehen. „Kennst du mich noch?““ fragte sie. Anna Karlsen musterte sie durch ihre runde Bifokalbrille. Einen Moment lang blieben ihre Augen leer, dann zogen sie sich zu einem kleinen Licht zusammen. „Natürlich kenne ich dich noch, Inger!“ Sie zog den Handschuh aus und reichte Inger die Hand.

„Wie geht es dir denn?“

„Doch, mir geht's gut, wirklich.“ Sie beugte den Kopf ein bißchen zu Inger vor und fügte hinzu: „Die Augen sind noch gut, aber mein Gedächtnis will nicht mehr so recht.“ Sie tippte den Zeigefinger an ihren Kopf, ihre Wangen zitterten leicht.

„Aber trotzdem hast du mich erkannt.“

„Ja“, sagte Frau Karlsen, und beim Klang der brüchigen Stimme, der sie so viele Jahre lang zugehört hatte, wurde Inger plötzlich ganz warm ums Herz.

„Und du, Inger? Du machst doch sicher bald Abitur?“ Inger nickte. „Ja, das ist gut. Es macht etwas her, diese Abiturientenmütze. So weit hab' ich's ja nie gebracht.“

„Es steht doch gar nicht fest, ob ich durchkomme.“

„O doch, das wirst du schon. Schreibst du gute Aufsätze?“

Inger lachte. „Kommt drauf an“, sagte sie. „Manchmal geht es um den Index und den roten Faden oder die Bedeutung der Kartoffel für das Bruttosozialprodukt, dann krieg' ich 4 plus.“

„Aber beim Abitur brauchst du nicht darüber zu schreiben?“

„Nein, dann nehme ich das philosophische Thema.“

„Das philosophische, ach“, sagte ihre Lehrerin. Es klang nicht so, als ob sie sicher wäre, was sie sich darunter vorstellen sollte. „Es kann etwas wie ‚Meine Gedanken zum Thema Gerechtigkeit‘

oder ‚Vorteile und Gefahren darin, sein zu wollen wie die anderen‘ sein“, erklärte Inger. „So-o“, sagte Frau Karlsen, wie früher, wenn ihre Schülerinnen sie aufgeklärt hatten. „Ja, das wird schon gutgehen“, fügte sie hinzu.

Sie blieben ein Weilchen beim Postamt stehen, Inger mußte eigentlich in die andere Richtung, war aber mit Frau Karlsen über die Straße gekommen. „Aber egal, wie du dich entscheidest, ob in den Prüfungen der Schule oder denen des Lebens“, sagte die Lehrerin Anna Karlsen und sah sie an, wie sie sie so oft angesehen hatte, „vergiß nicht, Inger, vergiß nicht, daß Er über dich und alle deine Tage wacht.“ Sie zeigte mit ihrer grauen Handschuhhand zum Himmel über dem Dach des Postamtes. Inger wußte nicht, was sie sagen sollte.

„Grüß alle und sag ihnen, daß ich sie jeden Abend in mein Gebet einschließe.“ Sie gaben sich die Hand, Inger machte einen Knicks. Du meine Güte! Sie hatte bestimmt drei Jahre lang keinen Knicks mehr gemacht.

In diesem Schuljahr bekamen sie endlich Biologie. Dabei konnte es, wie alle wußten, um alles mögliche gehen. Aber für Studienrat Kaas mit den lieben Augen und dem blanken Schädel ging es vor allem um Sepia white und andere Bananenfliegen und ihre unvergleichliche Augenfarbe. Sie sahen sich die Augenfarbe durchs Mikroskop an. Sie beobachteten Kinder, Enkel, Urenkel und Ururenkel des ursprünglichen Bananenfliegenpaars und wie sich im Laufe der Generationen ihre Augenfarbe änderte und man auf diese Weise rezessive und dominante Erbeigenschaften ermitteln konnte, genau wie bei Menschen. Das war ein spannender Blick in die Geheimnisse des Lebens.

Noch spannendere Geheimnisse versteckten sich in einem kleinen grauen Buch, das sie zusätzlich zum eigentlichen Biologiebuch hatten kaufen müssen. Auf dem Einband gab es das Bild eines Embryos, das Buch hieß „Fortpflanzungslehre“. Das war ja absolut verheißungsvoll. Seit elf Jahren gingen sie nun schon in die Schule, und immer hatten sie von älteren Schülern gehört, daß es in diesem oder jenem Fach zu Entschleierungen der verlockendsten Themen kommen könnte. Zuerst in Heimatkunde, und wenn nicht da, dann in Gesundheitslehre in der 7. Klasse.

Nichts war passiert. Dasselbe hatte sich in der 3. bei Physiologie wiederholt. Sie hatten von Hämoglobin und Serum und den Funktionen diverser Organe gehört, von allem, was der faszinierende und so umsichtig ausgerüstete Menschenkörper enthielt, mit einer Ausnahme: den namenlosen Organen ungefähr in der Mitte, kurz unter dem Bauchnabel, wenn man es genau sagen wollte. Von dort strahlten zu den unpassendsten Zeitpunkten diverse Empfindungen aus. Aber nie hörten sie auch nur einen Mucks über diese Empfindungen, sie waren, wie in früheren Jahren, auf mündliche Überlieferungen im eigenen Kreis angewiesen. „Das Lied vom roten Rubin" wurde so zu ihrer ersten schriftlichen Wissensquelle in dieser Angelegenheit.

Zwar hatten sie natürlich frech und auf eigene Faust insgeheim kleine Experimente vorgenommen, unter gewaltigem Erröten und voller Scham, es kam auch vor, daß sie diese Experimente zusammen mit einem anderen Menschenkörper fortsetzten, der ebenfalls mit Empfindungen versehen war, von denen niemand wußte, wie damit umgehen. Zwar wußten alle, daß die Jungen im letzten Sommer durch Europa gereist waren, um sich ihrer Jungfräulichkeit zu entledigen, was dabei herausgekommen war, erfuhren sie nicht.

Jetzt also kam Studienrat Kaas und trug ihnen auf, sich Trygve Stabruns „Fortpflanzungslehre" zu kaufen. Bald stellte sich heraus, daß er mehr zu der Angelegenheit nicht sagen wollte. Nach zwei Monaten erkühnte Liv Mo sich zu fragen, ob dieses Büchlein nicht bald durchgenommen werden sollte. Sie wissen schon, das, was wir kaufen sollten. Nein, das würden sie nicht durchnehmen, antwortete Kaas und wandte sich wieder seinen Bananenfliegen zu. Natürlich hatten alle das Buch längst gelesen. Alle hatten die Entstehung eines Embryos, wie Stabrun sie sah, studiert. Interessanter noch war das Kapitel ab Seite 56. Es hieß „Sexuelle Abnormitäten". Hier lasen sie, daß der Geschlechtstrieb bisweilen ausscherte, so daß jemand z.B. einen Gegenstand haben wollte, der einem anderen Menschen gehörte. Fetischismus hieß das. Sie lasen über Exhibitionismus, was bedeutete, daß jemand den Drang verspürte, seine Geschlechtsorgane zu entblößen. Solche Typen gab es immer schon in der Stadt, die waren keine Aufregung wert. Der Unterschied war nur, daß die Blitzer jetzt ein

Fremdwort bekamen. Weiter stand dort: „Sadismus kann zu Lustmord führen." Das war unheimlich, auch wenn niemand in der 5 Eb den Drang zu Lustmorden verspürte. Dieses dunkle Phänomen wurde in zwei Zeilen behandelt.

„Pädophilie heißt, daß sich der Geschlechtstrieb auf Kinder richtet. Solche Menschen sind gefährlich, da sie kleine Kinder mit sich locken und sexuell mißhandeln." Vor allem den Mädchen war das schon erzählt worden, sie wußten, daß sie auf der Straße von Fremden und Betrunkenen keine Bonbons annehmen durften. Grausige Dinge könnten sonst geschehen. Welche grausigen Dinge, hatten sie jedoch nie herausfinden können. Es gab Schlimmes auf der Welt.

Manche Männer hatten böse Absichten. Aber welche Männer waren das? Und was sollten sie tun, wenn sie wirklich einem begegneten? Und durften sie also auf einmal mit fremden Männern nicht reden? Das waren Fragen, die nie offen gestellt, nie besprochen, nie beantwortet wurden, weder zu Hause noch in der Schule. Die Informationen schufen deshalb nur unklare Angst, gepaart mit aufgereizter Neugier. Niemand hatte davon gehört, daß sich in Fredrikstad diese grausigen Dinge zugetragen hätten. Waren die schlimmen Männer vielleicht eine Erfindung, ähnlich wie die weiße Frau oder wie die in der Stadt verbreitete Ansicht, daß es Sünde war, Karten zu spielen, zu tanzen oder Lippenstift zu benutzen? Hatten die Erwachsenen sie erfunden, um den Kindern jeden Spaß zu verderben? Die verrückten Mädchen von St. Croix neigten vor allem zu dieser Deutung. Sie hatten nicht an schlimme Männer geglaubt und sich in Parks und im Hafen glattweg mit ihnen eingelassen. Nur wenn andere Erwachsene hinzukamen, gab es Ärger. Ansonsten herrschte unter den Fetischisten, den Exhibitionisten und den Pädophilen in der Stadt Ruhe. Mit zwölf Jahren waren sie einmal zur Polizei gebracht worden, eine ganze Clique unterwegs zum Turnen, bloß weil sie unten bei Kohle & Koks einen Typen gesehen hatten. „Hast du sein Ding gesehen?" fragte der Kommissar. Sie schlugen die Augen nieder und nickten vor seinem Schreibtisch, eine nach der anderen. Alle hatten sein Ding gesehen.

Die Abnormität, der Stabrun die größte Aufmerksamkeit widmete, war Homosexualität. Die entsprang einer biologischen

Fehlentwicklung. Der Geschlechtstrieb richtete sich auf Menschen desselben Geschlechtes. Das kam bei Männern und bei Frauen vor. Manchmal konnte sich ein Geschlechtstrieb auch auf beide Geschlechter richten. Das mußte als Krankheit betrachtet werden, da es durch eine Störung des hormonellen Gleichgewichts so weit gekommen war.

Die ganze 5 Eb hatte von Homosexualität gehört, weil ein Mann aus Fredrikstad nämlich homosexuell und immer schon ganz offen durch Nygaardsgata gegangen war und nicht verborgen hatte, wie närrisch er war, und außerdem sprach er fast wie eine der Damen im Teesalon. Aber auf wen er seinen Geschlechtstrieb richtete, wo er doch der einzige war, ließ sich nicht sagen.

Mit tausend unbeantworteten Fragen im Kopf saß die 5 Eb weiter im Biologieunterricht. Jetzt sollten sie Kinder, Enkel und Urenkel von braunen Bohnen untersuchen.

In Musik übten sie das Halleluja aus Händels Messias. Das wollten sie zu Weihnachten in der Østsiden-Kirche aufführen. Im Norwegischunterricht mußten sie immer noch Aufsätze zu allen möglichen Themen schreiben, in denen sie ihren Spekulationen freien Lauf lassen konnten. Jetzt sollten sie schreiben: „Einsamkeit: Freundin oder Feindin?“ Bei Fräulein Grytum lasen sie André Gides „Symphonie pastorale“ über die verbotene Liebe. So sangen und schrieben sie sich durch ihre jungen Leben, und jetzt sollten die Mädchen der 5 Eb dreistimmig „La mer“ singen lernen, denn Fredrikstad erwartete den Besuch des französischen Botschafters, der an einer Veranstaltung der Alliance Française teilnehmen wollte.

Die Veranstaltung fand in Bjørnens Gesellschaftsräumen statt, und Fräulein Grytum saß dabei neben dem französischen Botschafter. Doch, sie war stolz auf ihre Mädchen. „La mer, qu'on voit danser, le long du golfe clair“, das Meer braust und steigt, steigt immer höher, es steigt hoch zu Herrn und Frau Dr. Holm im ersten Stock, die die Ohren gegen ihren frischgebohnerten Wohnzimmerboden pressen und lauschen. Das Publikum klatscht und bedankt sich. Und später darf Gyda Gulldahl mit dem Botschafter tanzen. Er ist ein breiter älterer Herr mit weißen Haaren. Und er spricht nur Französisch. „Was hat er denn gesagt?

Hast du verstanden, was er gesagt hat", fragen die Mädchen, als Gyda von ihrem Tanz zurückkommt. „Sicher. Er hat gesagt: Vous êtes très jolie", sagte Gyda. Die Mädchen lachen. „Und was hast du geantwortet?" – „Oui", sagte Gyda.

Als sie am nächsten Tag in die Schule kamen, hatte niemand den Aufsatz „Einsamkeit: Freundin oder Feindin" geschrieben. „Ihr könnt nicht so herumschusseln", sagte der Rektor. „Ihr dürft nicht jetzt schon mit den Abiturfeiern anfangen. Vor euch liegt ein hartes Jahr, und die Schule muß wichtiger sein als alles andere." Sie waren ganz still. „Aber wir haben gestern in der Alliance Française gesungen", führte Gyda schüchtern an. „Ach, habt ihr das, Gyda?" fragte der Rektor und legte den Kopf schräg. „Und was habt ihr gesungen?" Jetzt lag sein Kopf noch schräger. „La mer", antwortete Gyda.

„Wollen Sie's hören?" fragte Liv Mo.

„Hm... dann bringt ihr mir morgen diesen Aufsatz..."

La mer qu'on voit danser le long du golfe clair, trug die 5 Eb ihm dreistimmig vor. „Est une chanson d'amour – la mer!"

Und der Rektor schmolz.

Am nächsten Tag lagen alle Aufsatzhefte eingewickelt in lila Seidenpapier und mit einer Goldschleife auf dem Pult – neben einer Schallplatte. Der Rektor kam, warf einen Blick auf das Pult und errötete doch tatsächlich beim Auspacken ein bißchen. „Was habt ihr euch denn da wieder ausgedacht?" Die Aufsatzhefte erschienen, und er mußte lächeln. Die Platte war „Warst du je einsam" von Arne Bendiksen. Und abermals schmolz der Rektor, und in der Pause erklang Arne Bendiksens schmachtende Stimme aus dem knackenden Lautsprecher, der sonst nur für ernsthafte Nachrichten benutzt wurde: Warst du je einsam, warst du je traurig?

„Jetzt ist er vollständig ausgerastet", sagten die anderen.

Brei und Kerngehäuse

Verrückt nach, verrückt nach, verrückt nach. Alle sind nach irgendwem verrückt. Jetzt heißt es verknallt. Oder verliebt. Das ist auch nicht weniger verrückt. Astrid ist verliebt in Kjell, und Kjell ist verliebt in Astrid, aber sie legt ihn erst mal auf Eis und flirtet mit Frode, der mit Sandra Schluß gemacht hat. Frode liebt Leif. Aber das weiß niemand. Auch Frode ahnt es nur. Rolf Magnor ist in Lillian verliebt, das ist er schon lange, und ab und zu darf er sie küssen und zu den Sternen aufblicken, aber sie hat Svend, der zur See gegangen ist, nicht vergessen. Elsa Tøgern ist in einen Franzosen verliebt, den sie kennengelernt hat, als sie im letzten Sommer in Hannestads Gärtnerei arbeitete. Jacques heißt er und wohnt in Boulogne. Leif ist in Sandra verliebt, aber seit Frode da ist, hat er bei ihr keine Chance. Also knutscht er statt dessen mit Elsa. Und ab und zu flirtet er mit Tove. Hartvig ist in Inger Holm verliebt, das behauptet Mofa, aber Inger weiß nicht, ob sie das glaubt. Sie selbst ist in Tove Midtbø verliebt, das weiß sie, ihre Gefühle, wenn sie Tove sieht, können keine andere Erklärung haben. Sie vertrauen sich gegenseitig alles an. Also vertraut Inger Tove an, daß sie in Leif verliebt ist. Beate tanzt mit Rolf Magnor, wenn er nicht mit Lillian die Sterne betrachtet, aber er denkt beim Tanzen nur an Lillian. Er ist etwas erwachsener als die anderen Jungen. „Und Mofa? In wen bist du denn verliebt, Mofa?“ fragen die Mädchen. „Das.geht euch ja wohl nichts an“, sagt Mofa. Aber er ist verliebt in Tove Midtbø. Tove Midtbø ist schrecklich verliebt in Leif. Wenn er mit Elsa knutscht, sucht sie Trost bei Mofa oder Inger. Petra Dal ist verliebt in Vidar Lauritzen, aber den kriegt sie nicht. Er hat eine Frau in Sarpsborg. Dieser Verräter. Also verliebt sie sich statt dessen in Mofa. Liv Mo ist verliebt in einen Italiener, den sie im Sommer beim Trampen in Rom kennengelernt hat. Sie ist das einzige Mädchen, das trampen darf. Noch dazu mit ihrer kleinen Schwester. Rino heißt er. Jetzt strickt sie ihm einen Norwegerpullover. Gyda Gulldahl ist unglücklich in Kjell Grunder verliebt, seit mit Herman Båtøy, der jetzt in Oslo studiert, Schluß ist. Deshalb tanzt sie mit Leif, wenn Leif nicht mit Elsa knutscht oder mit Tove flirtet. Jorunn geht mit Fredrik Bøhmer, der auf die Handelshochschule geht, und wird ihn gleich nach dem Abitur heiraten. Inzwischen tanzt sie eng mit Frode Løvaas, der behauptet, von Anfang an in sie verliebt gewesen zu sein. Aber er bekommt sie nie. Gudrun Hauger ist hin und weg von Sigvart Jespersen. Er hat so tolle Haare. Sie kommt nicht zum Zuge, denn Inger Gjallum flirtet die ganze Zeit mit Sigvart Jespersen und Ludvig Mjelster, und Sigvart Jespersen und Ludvig Mjelster flirten mit Inger Gjallum. Sie weiß nicht, welchen von beiden sie nehmen soll, mal ist sie mit einem zusammen und pfeift auf den anderen, mal umgekehrt. Aber in Wirklichkeit liebt sie Studienrat Winding. Alle lieben irgendwen. Sie lieben. Ja, sie lieben. Es ist ein sprudelnder Scherz. Und der schmerzhafte, anbrechende Ernst des Lebens.

So in etwa war der Stand der Dinge, als diese Abiturgeneration sich durch ihr letztes Schuljahr hindurchwand.

Frida Grytum nimmt mit ihnen „La symphonie pastorale" durch, über den Priester, der heimlich seine blinde Pflegetochter liebt. Sie führt in den Text ein, aber ihr Herz, ihr heimliches Herz, schlägt für einen langen, dünnen Jungen in der letzten Reihe. Und wenn er aufblickt, sieht er ihr direkt in die Augen, mitten im Vorlesen oder vielleicht auch nur, um „savoir" zu beugen, und ihr Seele bekommt Flügel. Es lohnt sich, dafür zu leben, ob man nun „bekommt" oder nicht „bekommt". Denn der Junge in der letzten Reihe, der lebt.

Die Mädchen in der 5 Eb sind, neben allen anderen Verliebtheiten, mit wenigen Ausnahmen auch in Leif Monradsen verliebt. Er zieht eine nach der anderen auf. Er zieht Inger Gjallum auf, er zieht alle auf. Sie sitzen in der Klasse und diskutieren in ihrer Verfügungsstunde. Das dürfen sie nämlich, seit sie die Ältesten sind. Sie stellen ihre Abiturkarten her. Alle müssen etwas Passendes über sich finden, das verrät, was für geistreiche Personen sie sind. Alle von Cogito möchten am liebsten „Cogito ergo sum" haben. Wer soll es bekommen? „Ihr solltet lieber ‚nato ergo sum' nehmen", sagte Leif. „Ich bin die NATO, also bin ich. Ha, ha." – „Quatsch, Monradsen", sagt Gravdahl. „Das bedeutet: Ich schwimme, also bin ich." – „Noch komischer", sagt Leif. „Und Gudrun nimmt dann ‚volvo, ergo sum', ich rolle, also bin ich."

Jetzt lachen beide. Sandra nimmt „I can resist anything but temptations". „Ach, das wollte ich doch haben", sagt Astrid. Aber Sandra war zuerst da. „Receive", sagt Leif. „I can receive anything but temptations; das solltest du nehmen." – „Selber hallo", sagt Astrid darauf. Kjell Grunder nimmt „per ardua ad Astrid", und darüber lacht Gravdahl so laut, daß alle bis zur n'ten Potenz begreifen, daß er Latein versteht. Er selber nimmt: „Forsan et haec olim meminisse iavabit." Vergil. Aber das versteht niemand. „Das heißt: Vor und hinter dem Öl liegt Java." Alle lachen, auch Gravdahl.

„Nimm dich zusammen, Monradsen", sagt er dann. „Es bedeutet: Vielleicht wird selbst dieses einst in der Erinnerung schön." Das war tief. Liv Mo sagt, sie habe sich etwas Originelles ausgedacht, wenn sie nicht „Cogito ergo sum" haben kann. „Ich folge meinem Kurs und lasse die Leute quasseln." Leif schlägt vor: „Andere folgen ihrem Kurs, und ich quassele." Jetzt müssen alle lachen. „Du verwöhnter kleiner Rotzbengel, geh nach Hause und kratz dich am Hintern", sagt Liv. Inger Gjallum weiß nicht, was sie nehmen soll. „Wie wär's mit: Gegen Dummheit kämpfen Götter selbst vergebens?" meint Leif. „Und du, Schnuffel, was nimmst du?" fragt Inger Gjallum. „Schnuffel-Puffel?" Aber Leif hält sich die Finger hinters Ohr, winkt ihnen zu und macht ein paar leichte kleine Tanzschritte. „Call me Adam", sagt er. Das sitzt.

Gerade während des letzten Schlagabtauschs ist der Rektor unbemerkt hereingekommen. „Diese Klasse hat eine ganz eigene Weise, unvorteilhaft aufzufallen", sagt er. „Das war gut, Leif, nimm doch das!" sagt Inger Gjallum.

Beate diskutiert ihren Spruch mit niemandem. Aber als die Abiturkarten eintreffen, steht auf ihrer: „O, Wind, if Winter comes can Spring be far behind?" (Shelley)

Einige Jungen legten Geld für ein Auto zusammen. Mofa fragte, ob Inger mit ihm auf eine Probefahrt kommen wollte. Mit einem Ford von Siebzehnhundertnochwas, genau gesagt: 1936.

Sie fuhren über Mosseveien, um bei Midtbø vorbeizuschauen und sich zu zeigen, es klapperte und schepperte. Mofa mußte mehrmals aussteigen und den Motor wieder ankurbeln. Er schwitzte und lachte. „Wenn wir uns beim Abi so die Zeit vertreiben, kommen wir gut in Form", sagte er und stieg wieder auf den Sitz. „Das Auto wird jedenfalls toll, wenn wir es rot angemalt haben. Vorne und an den Trittbrettern." Auf Rådesletta gab er Gas. „Jetzt versuchen wir die Kompression!" Als sie die erste Kurve erreichten, löste sich ein Vorderreifen. Sie bretterten gegen einen Pfosten am Straßenrand und landeten auf der Seite. „Hast du dir wehgetan?" fragte Inger verdutzt. Ihr tat es jedenfalls nirgendwo weh. „Mach, daß du rauskommst, Mensch!" sagte Mofa. „Ja, aber wie?" Sie blickten auf. Die eine Tür war zum Dach geworden. Sie kletterten hinaus. „Verflixt", sagte Mofa. Dann lachte er. Inger zitterte. Sie zitterte noch den ganzen Tag. Dann wurden sie abgeschleppt.

Jetzt wollten sie endlich feiern. Ingers Eltern fuhren nach Schweden, Inger hatte ihnen dieses Fest abgerungen, ihr Vater war beim bloßen Gedanken schon sauer. Nein, sie durften nicht ins Schlafzimmer und nicht in die Praxis. Nein, Papa.

Sie und Mofa endeten im Schlafzimmer. Auch auf Mofa war niemand verrückt, abgesehen von Petra, und deshalb endeten sie oft zusammen, tanzten und so. Manche tanzten jedesmal mit denselben, andere tanzten nie miteinander. Das war eben so. Jetzt lagen sie im Schlafzimmer von Mama und Papa und knutschten. Sie hatten gerade nichts anderes zu tun, da das Fest an einem toten Punkt angekommen war, und es war schön, nach zwei Gläsern Wein hier zu liegen und zu knutschen.

Inger fragte sich, was wohl in Mofa ablief. Was empfand er, wenn sie knutschten? Woran dachte er, wenn er allein war? Wovor fürchtete er sich? Oder fürchtete er sich vor nichts?

„Nichts macht Eindruck auf dich, Mofa. Du scheinst alles mit stoischer Ruhe aufzunehmen." – „Ach, ja?" meinte Mofa. „Ich finde das schön so." – „Neulich, als wir uns überschlagen haben, zum Beispiel. Da hast du nur gelacht, als ob du auf dem Rummel noch eine Extratour erwischt hättest." – „Ja, aber es hat ja auch Spaß gemacht. Ich fand es toll. Immerhin sind wir um ein Erlebnis reicher geworden." – „Wir hätten dabei umkommen können." – „Ja, aber davon hätten wir ja nichts gemerkt." Er lachte laut. „Uff. Denkst du denn gar nicht an deine Eltern? Die hätten sich bestimmt nicht kaputtgelacht." – „Nein, das nicht", sagte Mofa. „Nein, das hätten sie wohl nicht..." – „Du, Mofa. Also Magnus Olav

Frønseth Andersen. Ich mag dich... Du bist verliebt in Tove." – „Ich denke jedenfalls mehr an sie als an irgendein anderes Mädchen." – „Du bist in sie verliebt." – „Nein, ich mag sie einfach sehr." – „Aber wenn sie plötzlich großes Interesse an dir zeigte, würdest du dich dann in sie verlieben?" – „Ja."

Er beugte sich über sie und fing wieder an zu knutschen. Jetzt stellt er sich vor, ich wäre Tove, dachte Inger. Sie schloß die Augen und stellte sich vor, er wäre Tove. „Wenn ich mit einer Frau geschlafen hätte und sie ein Kind bekäme, würde ich sie auch heiraten." – „Dann solltest du lieber nicht mit mir schlafen." – „Du hast Lust." – „Nein." – „Doch, hast du. Warum willst du dann nicht? Das sind doch bloß Vorurteile." – „Jetzt, wo die anderen nebenan sind und jeden Augenblick hereinplatzen können? Außerdem hab' ich keine Lust. Beim ersten Mal macht es sowieso keinen Spaß." – „Bist du etwa noch Jungfrau?" – „Ja, stell dir vor." – „Ich weiß, daß du Lust hast. Du bildest dir bloß ein, es wäre nicht richtig." – „Vielleicht. Und du hast übrigens auch recht. *Sie* soll doch nein sagen... Mofa!" – „Schrei nicht so!" – „Ich schrei noch viel lauter, wennn du nicht aufhörst." – „Alle anderen Jungen haben es gemacht, Leif und Sigvart und..." – „Wann denn?" – „In den Ferien, unterwegs. Kjell und..." – „Du auch?" – „Nein." – „Du nicht, Mofa?" – „Nein. Ist das so seltsam?" Inger gab keine Antwort. „Jungen haben Angst vor Mädchen wie dir." – „Warum?" – „Weil dir deine Kleider und deine Frisur so egal sind." – „Das hast du mir schon mal gesagt." – „Ja, damals draußen in Midtbø. Das weiß ich noch gut. Ich hab' von meinen Komplexen erzählt. Schmale Schultern und zu breiter Hintern und schlechter Tänzer. O verdammt, was bin ich doch eitel!" – „Du tanzt überhaupt nicht schlecht."

Wieder knutschten sie. Im Knutschen schien etwas zu liegen, das es im Gespräch nicht gab. Doch, sie hatte Lust. Aber was sollte es mit Mofa bringen? Sie liebten sich doch nicht. „Du bist der reine Eisberg", sagte Mofa. „Ich hab' eher das Gefühl, ich schmelze." In diesem Moment ging die Tür auf, Tove Midtbø kam herein und knipste das Licht an. „Ach?" sagte sie. „Hier liegt ihr also?"

Als Papa zurückkam, fand er unter dem Bett ein Kerngehäuse. Wie das dahin geraten war, konnte Inger sich nicht vorstellen.

Mofa hatte jedenfalls keinen Apfel gegessen. Sie stritt aber ab, im Schlafzimmer gewesen zu sein. „Das Kerngehäuse ist dann wohl selber dahingewandert, ja?“ fragte Papa. „Meine Güte, Mensch“, sagte Inger. „Ich kann ja wohl nicht die ganze Zeit alle Gäste im Auge behalten.“ – „Sprich ordentlich mit mir“, sagte Papa. Inger gab keine Antwort. „Du trägst die Verantwortung dafür, was deine Gäste hier machen“, fügte er hinzu. Inger gab auch jetzt keine Antwort. Sie begriff einfach nicht, wie das Kerngehäuse unters Bett geraten war.

Aber Papa wurde nicht fertig mit dem Kerngehäuse. Wenn Inger nicht da war, sprach er mit Evelyn darüber. Er konnte es sich nicht aus dem Kopf schlagen. Eine Woche später redete er immer noch darüber. „Aber wir haben doch gar nichts gemacht“, sagte Inger. Im selben Moment bereute sie es. Damit schien sie ja doch etwas zugegeben zu haben. „Nichts gemacht? Jemand war im Schlafzimmer, und das hatte ich doch verboten!“

Das Kerngehäuse verfolgte Ørnulf, nachts tauchte es in seinen Träumen auf. Der Gedanke an Inger in den Armen irgendeines geistesschwachen Grünschnabels quälte und verfolgte ihn. „An dem Tag, an dem du mir einen Schwiegersohn vorstellst, schlage ich ihn zu Brei“, sagte Papa. Das hatte er schon oft gesagt. Aber es wurde schlimmer, nachdem das Kerngehäuse in sein Leben getreten war. Niemand konnte das Wort „Schwiegersohn“ so aussprechen wie er. Als ob es auf den ganzen Welt keine Person gäbe, die größere Verachtung verdient hätte.

„Aber ich hab' doch gar nicht gesagt, ich wollte dir einen Schwiegersohn vorstellen, also reg dich ab“, sagte Inger.

„Ja, aber an dem Tag, an dem er über diese Schwelle tritt, bleibt nicht mehr viel von ihm übrig.“

„Himmel, Ørnulf, was soll Inger zu solchem Unsinn sagen?“

„Er meint es ernst, deshalb kann ich ihn auch gar nicht vorstellen, da können wir ja gleich nach Hawaii durchbrennen, und du stehst da mit deiner langen Nase und deinem Brei.“

„Dann mußt du mich mitnehmen“, sagte Mama.

„Aber sicher. Dich und die kleine Ellen, alle fahren nach Hawaii, um nicht zu Brei geschlagen zu werden. Denn du wirst ja auch zu Brei geschlagen, Mama, wenn du nicht seiner Meinung bist. Und dann kann er hier sitzen und bereuen.“

„Und graue Haare kriegen.“

„Soweit noch welche übrig sind. Vier graue Haare kriegt er.“

„Drei graue Haare wird er kriegen.“

„Ja, denn es dauert noch eine Weile, weißt du, Papa. Ich habe nämlich vor, Jungfrau zu bleiben, bis ich fünfzig bin, damit du keinen Brei herstellen mußt.“

Endlich besänftigte Papas Gesicht sich ein wenig. Aber nur ein wenig. Es waren ja nicht seine Witze.

„Nein, Inger. Du wirst dein Herz nie an einen Mann hängen. Dazu hast du mich viel zu gern.“

Das fand Inger eine seltsame Aussage, sie begriff nicht, warum in ihrem Herzen nicht Platz für zwei sein sollte. Für mindestens zwei. Aber Papa schien mit seiner Schlußfolgerung sehr zufrieden zu sein.

Einige Tage später erzählte sie, daß sie in eine Hütte in Svartvik auf Hvaler fahren wollen, um ihre Abitursrevue zu schreiben. „Kommt nicht in Frage“, sagte Ørnulf.

Aber diesmal setzte Inger sich zur Wehr. „Elsa Tøgern und Tove Midtbø dürfen schließlich auch, nur damit du's weißt“, sagte sie. „Wir wollen schreiben. Das ist alles. Das will ich jedenfalls.“ Damit ging sie ins Kämmerchen, knallte die Tür und legte sich ins Bett.

Sie setzten sich ins Wohnzimmer, Evelyn zündete sich eine Zigarette an. Er fuhr sich über die Stirn. „Verflixt!“ sagte er. „Nur über meine Leiche.“

„Und was ist in einem Jahr?“ fragte Evelyn. Er fuhr herum, starrte sie an, gab aber keine Antwort. „Sie wird bald achtzehn.“

„Davon wird ihre Unschuld auch nicht beschützt“, antwortete er.

„Nein. Aber wann, glaubst du, ist sie groß genug, um selber auf sich aufzupassen? Wenn wir ihr das jetzt noch nicht beigebracht haben, lernt sie es nie.“

Er schwieg immer noch, hielt die Zigarette zwischen zwei Fingern und hatte eine Furche auf der Stirn.

„Sie ist doch aus gutem Stoff, Ørnulf.“

Er steckte sich die Zigarette an.

„Wer von den anderen wollte noch gleich mitkommen?“ fragte er schließlich.

Er klopfte leise an, er hatte nachgegeben. „Danke, Papa.“ Er stand an ihrem Bett und dachte nach. Wollte gute Nacht sagen, aber noch mehr. Er bückte sich und nahm sie in den Arm. „Du mußt dir darüber im klaren sein, daß Männer Frauen nur als Matratzen betrachten“, sagte er.

Sie wandte den Blick ab. Sah das Blumenmuster auf ihrem Bettbezug an. Die Blumen waren hellrot. Matratze? Woher wollte er das wissen? Sie saß im Bett, starrte vor sich hin und fühlte sich verletzt. Schwieg. Die Jungen waren nicht so, wie Papa glaubte. Sie nahmen es hin, wenn die Mädchen nein sagten. Und ansonsten sollten sie Frauen nach Herzenslust als Matratzen betrachten. Sie ging das nichts an. Aber sie glaubte ihm nicht. Es war zu blöd, um wahr zu sein.

Sie drehte den Kopf zu ihm, er stand immer noch da, mit der Hand auf der Klinke, und sah sie an. Papa. Schwarze Haare und gelbe Augen. „Betrachtest du Frauen auch als Matratzen?“ fragte sie. „Ja“, antwortete er. „Als ich jung war, habe ich das getan.“ – „Dann warst du dumm“, sagte Inger.

Svartvik

Als sie in Svartvik ankamen, ging alles in den Teich. Die Jungen konnten nicht kochen, die Mädchen auch nicht. Der Unterschied war nur, daß die Jungen davon ausgingen, die Mädchen könnten das. Während sie sich darüber stritten, setzte Elsa die Kartoffeln auf.

Sie wollten eine Fußballszene erfinden. Die ganze Revue sollte eine Fredrikstad-Version von „My fair lady" werden, das gerade vor vollem Haus am Broadway gegeben wurde. Das war das Resultat des ersten Tages. Sie waren äußerst zufrieden mit sich und griffen zum Bier. Jetzt wollten sie ihr Abitursgebrüll festlegen. Jedes Jahr wurde nämlich in Fredrikstad ein neues Gebrüll erdacht, 1960 sollte keine Ausnahme bilden. Während sie Fischfrikadellen aus der Dose zu sich nahmen, die Elsa unter der großen Bewunderung der anderen warmgemacht hatte, kamen die ersten Vorschläge. „Das schmeckt hervorragend, Elsa. Wirklich hervorragend. Du mußt die Hauptrolle spielen." – „Da brauche ich wohl keine Fischfrikadellen zu machen?" – „Doch. Du kannst das ganze Stadion zu Fischfrikadellen einladen." Die Ideen sprudelten nur so, und ehe sie sich's versahen, war es spätnachts.

Die Mädchen sollten im Schlafzimmer übernachten, die Jungen auf dem Hängeboden. Sie zogen sich zurück. Im Schlafzimmer gab es ein Doppelbett und ein schmales Einzelbett. „Wer will wo schlafen?" fragte Tove. „Wir losen", antwortete Elsa. Tove und Inger zogen das Doppelbett. „Gut", sagte Elsa. „Ich schlafe immer quer im Bett." Sie quatschten noch eine Weile, über Jungen und über Liebe. Im Zimmer war es dunkel, schließlich erschien der Mond in Form einer schmalen Sichel über den Kiefernwipfeln.

Sie schauten hinaus. Tove beugte sich über Inger, sie spürte ihren Körper an ihrem Rücken. Es war seltsam. So seltsam, daß sie nicht wagte, sich zu rühren. „Warum ist der Mond so romantisch?" fragte Elsa. „Das sieht man doch", antwortete Tove. Ja. Sie legten sich wieder hin, und Tove fragte: „Wie alt wart ihr, als ihr entdeckt habt, daß einer immer anders ist?" Als sie keine Antwort gaben, fragte sie: „Versteht ihr, was ich meine? Einer auf dem Schulhof, der anders war als alle anderen?" Tove hatte eine eindringliche, leicht dramatische Art zu reden, anders als alle anderen. „Ich war zehn", sagte Elsa. „Aber das war nicht auf dem Schulhof. Sondern in den Ferien in Dänemark. Ein französischer Kellner in Århus. Ich habe ihn nur zweimal gesehen, aber danach habe ich noch fünf Jahre lang von ihm geträumt." Sie lachten. „Ich war zwölf", sagte Tove. „Es war ein Junge, der zwei Klassen über mir auf die Slevik-Schule ging. Aber ich habe nie mit ihm geredet. Ich habe ihn nur hinter der Scheune geküßt." Das dunkle Zimmer war erfüllt von tiefen Gedanken. „Und du?" fragte Tove und stupste Inger in die Seite. „Ich war drei." – „Drei?" Sie lachten. „Und das weißt du noch?" – „Sicher. Es war jemand im Luftschutzkeller in Collettsgate, als wir in Oslo gewohnt haben. Also kann ich erst drei gewesen sein." Tove fand das schrecklich komisch. „Also hast du dich auf Fliegeralarm gefreut?" – „Ja. Aber ich glaube, ich habe nicht richtig begriffen, was Fliegeralarm war. Es bedeutete einfach, daß sich alle Leute aus dem Haus versammelten und auf Entwarnung warteten. Ich begriff aber nicht, auf welche Gefahr sich das bezog." – „Himmel, was du alles noch weißt. Und dieser Junge? War der auch drei?" Sie lachten. Aber das war doch Ulla Jespersen in der Ecke. Später ist sie Miss Norwegen geworden. Man kann also sagen, ich hätte einen guten Geschmack gehabt, dachte Inger. „Nein, der war fünf Jahre älter als ich", sagte sie.

Sie lachen darüber. Sie lachen darüber, daß sie so seltsam sind. Sie lachen darüber, daß sie so seltsam sind, daß sie andere seltsam finden, und daß sich herausstellt, daß andere genauso seltsam sind. Lange liegen sie da und wundern sich. „Wie spät ist es eigentlich?" Tove knipst das Licht an, um auf die Uhr zu sehen. Es ist fünf nach eins. In diesem Moment kommen die Jungen hereingestürzt. Leif stürzt sich auf Elsas Bett, während Frode und Mofa das Doppelbett anvisieren. Mofa macht einen Hechtsprung auf die Bettmitte und zieht im selben Moment den Lampenstecker aus der Wand. Sie hören die Geräusche der anderen. Inger spürt Mofas Hände und seinen Atem, er fängt an, mit ihr zu knutschen, sie schlingt die Arme um ihn und streichelt seine kurzen, glatten

Haare. Er ist warm und zittert. Seine Hand liegt auf ihrer Brust. Er will sie. Ist hart und stark in seinem weißen Hemd, das im Mondlicht schimmert. Jetzt werde ich begehrt, denkt sie.

Hartvig sitzt draußen und starrt den Revuetext an. Wann hören sie endlich auf mit diesem kindischen Unfug? Mit einer Münze haben sie ausgelost, wer wen bekommen soll. Aber daß er eine abkriegen könnte, kam überhaupt nicht in Frage. Und das konnte ja auch egal sein. Ihm war das ja wohl schnurz.

Er ging nach draußen. Die Sterne leuchteten zwischen den Baumwipfeln, und eine schmale Mondsichel hing am Himmel. Er konnte den Weg zum schwarzen, bösen See gerade noch erkennen. Da könnte er verschwinden. Dann würde ihnen alles leid tun. Er ging ein paar Schritte, blieb plötzlich stehen und schlug mit der Stirn gegen einen Baumstamm. Der Teufel hole Leif Monradsen, dachte er.

Leif sitzt auf Elsas Bettkante, sie flüstern. Strich durch die Rechnung. Verdammt. Sie denkt natürlich nur an diesen Franzmann, den sie im letzten Sommer in Hannestad kennengelernt hat. In diesem Jahr war er offenbar auch dagewesen. Sie interessierte sich nicht für kleine Bengels aus Glemmen, hatte sie gesagt. Nein. Man mußte Ausländer sein, mit kohlschwarzen Haaren und mindestens vierzig, das war klar. Er nahm trotzdem ihre Hand, küßte die Handfläche. Er war Norweger und blond und dünn und aus Glemmen und achtzehn Jahre alt, war das vielleicht nicht gut genug? „Je suis moi", flüsterte er mit gedämpfter Pariser Existentialistenstimme und verpaßte ihr rasch einen Kuß. „Tu ne m'aimes pas!" Er beugte sich über das Kissen. Das half. Elsa lieferte sofort einen längeren Spruch in fließendem Französisch, während sie ernst seine Schultern umfaßte. Er nickte und versuchte, bei jedem Nicken sein Kinn in Jean-Gabin-Falten zu legen. Faßte ihren Oberarm, versuchte im Dunkeln ihren Blick zu fangen, schwer und voller Feuer. „Je t'aime, Mademoiselle", sagte er ernst. Und im selben Moment spürte er, daß er die Wahrheit sprach. Es lief durch seinen Körper und wurde lebendig. Er wollte sie.

„Seid still dahinten", murmelte Mofa im Doppelbett. Irgendwo ertönte ein unbestimmbares Schmatzen. Sie hörten draußen etwas. „Was war das?“ – „Nichts.“ Sie hörten es wieder. „Gravdahl geht um.“ Sie lachten. „Himmel, ist das denn ein Grund zum Lachen? Was habt ihr mit ihm gemacht?“ – „Sollen wir vielleicht auf ihn aufpassen?“ – „Meine Güte, haltet die Klappe, Jungs.“

Inger setzte sich im Bett auf. „Was ist los?“ Sie zog ihren Schlafanzug gerade und Schuhe und Pullover an.

Die Dynamolampe lag auf dem Küchentisch, sie nahm sie, blieb in der Türöffnung stehen, als sie seinen Schatten sah. Sie ging auf ihn zu. Trat neben ihn an den Stamm. „Warum bist du nicht im Bett?“ Er gab keine Antwort. Trat gegen den Baum. Sie berührte seinen Arm. „Komm, Hartvig“, sagte sie. Er kam.

Am nächsten Tag war er krank. Er schwitzte, die Haare klebten an seiner Stirn, wo er eine Beule hatte. Er war gestern Nacht draußen gestolpert, sagte er. „Wo ist der Bleistift?“ Er fuchtelte mit den Armen. „Mir ist eine gute Zeile eingefallen.“

„Na? Ist die Revue fertig?“ fragte Papa schon, als sie noch auf dem Flur stand. Sie hörte, wie er im Aschenbecher seine Kippe rotieren ließ. Danach war es still.

„Nein, nur das Gebrüll.“

„Das Gebrüll? Braucht ihr dafür denn Worte?“ Sie kam auf Socken ins Zimmer. „Zieh dir Pantoffeln an!“ Sie machte kehrt, ging ins Kämmerchen, kam mit Pantoffeln zurück und setzte sich Papa gegenüber. „Ich dachte, du hast gesagt, ihr wolltet eine Revue schreiben.“ – „Das schaffen wir nicht an einem Wochenende. Das dauert noch Ewigkeiten, jö. Aber wir haben schon das halbe Gebrüll.“

„Du mußt dir diese Sprache abgewöhnen.“

„Was hab’ ich denn jetzt schon wieder falsch gesagt?“

„Du hast jö gesagt.“ – „Hab’ ich nicht.“ – „Hast du wohl.“ – „Du sagst auch manchmal jo, mit Trønderakzent.“ – „Egal. Jö ist vulgärer.“ – „So was Blödes hab’ ich noch nie gehört. Wenn ich nicht mehr jö sagen darf, mußt du mit jo aufhören.“ – „Ich rede, wie es mir paßt.“ – „Himmel, Papa, wenn du in dieser Stimmung bist, will ich nicht mit dir hier sitzen.“ – „Und was wollt ihr nun also brüllen?“ – „Meinst du, das erzähle ich dir, wenn du es blöd findest, noch ehe du es gehört hast?“ – „Du bist nicht ohne.“ – „Also, unser Gebrüll, das kommt, wenn wir am 16. Mai auf den

Schulhof stürmen, verstehst du. Wenn die ganzen Knirpse aus den Fenstern hängen und uns bewundern. Und es geht so..."

„Chikkelakke, chikkelakke, show, show, show."

„Pö! Meinst du vielleicht, wir wollen so einen Schwachsinn brüllen!" Papa lachte. „Wir wollen uns amüsieren, verstehst du. Wir wollen nicht rumwuseln und rufen: Ewig bleibt uns nur das Verlorene oder so, verstehst du. Dann würde doch die Schule zuviel Bedeutung kriegen." – „Du darfst nachts nicht unterwegs sein." – „Hä? Was redest du da?" – „Ich rede vom Abitur. Du darfst nicht auf Scheunenfeste gehen." – „In der ersten Nacht muß ich aber dabei sein, Papa, sonst blamier' ich mich total." Papa schwieg, zündete sich noch eine Zigarette an, dachte durch den Rauch seine schwarzen Gedanken. „Als du dein Abi gemacht hast, warst du da vielleicht nicht die ganze Nacht auf?"

Noch immer gab Papa keine Antwort, aber sein Gesicht änderte sich ein wenig, sein Mund wurde weicher. „Da war eine, die Ranborg hieß", sagte er und legte ein Bein auf den Rauchtisch. „Wer war sie denn?" – „Sie hat mich geliebt", antwortete er. „Hat sie mit dir zusammen Abitur gemacht?" – „Wir haben im Birkenwald miteinander geschlafen. Und danach bin ich an den Feldern vorbei nach Hause geradelt. Es war ein langer Heimweg. Sie war schön, das war sie wirklich. Aber lieben konnte ich sie nicht."

Inger schwieg. Sie fragte sich, warum Papa Ranborg nicht lieben konnte, wo sie doch schön war und ihn liebte und sie es zusammen im Birkenwald machten.

„Ich wollte zu einer blonden jungen Frau, die in Oslo wohnte und die ich noch nicht kannte. Aber ich wußte, daß ich sie wollte." Inger seufzte. Sie fragte sich, ob sie erwähnen sollte, daß er das schon fünfundzwanzigmal erzählt hatte. „Wußte Mama denn etwas davon?" fragte sie statt dessen. „Nein. Aber ich hatte von ihr gehört, ehe sie von mir gehört hatte, und ich wußte, daß ich sie, die Jüngste, liebte."

Inger fragte sich, wie man eine Person lieben konnte, die man nicht kannte. Sie dachte an Papa, der achtzehn Jahre alt war und mit Abiturientenmütze in einer Sommernacht durch Orkdal radelte und sich nach einer sehnte, die er nie getroffen hatte. Und Ranborg lag auf ihrem Bett und weinte.

Papa streckte die Hand aus und schloß das Fach im Bücherregal auf. Er holte sein altes Tagebuch heraus, blätterte darin, blickte auf, warm, fragend. „Magst du?“ Inger nickte.

„Du bist eine Frau – ein weißes Elysium weit hinten am Himmelsrand./Deine Seele umfängt mich... du wartest, du bist./ Während ich über regenschwere Felder wandere,/gleichsam getrieben vom Wind...“

Er schluckte. Schlug das Buch wieder zu. Jetzt machte er wieder ein bitteres Gesicht. Er war in seinem Sessel genauso einsam wie im Gedicht. „Und Ranborg? Was ist aus der geworden?“

„Ich habe sie nie wiedergesehen. Sie hat einen Mann geheiratet, den sie nicht liebte. Aber mich hat sie nie vergessen.“

„Wie kannst du das wissen?“ Papa gab keine Antwort. Er saß nur da und starrte mit seinen gelben Augen vor sich hin und wußte irgendwo in der Zimmerluft, daß Ranborg ihn nie vergessen hatte.

„Ich glaube, ich gehe schlafen, Papa.“

„Ein kleines Lied?“

„Ich bin so müde.“

„Nur eins.“

Inger holte ihre Gitarre hinter dem Sofa hervor und sang Papas Lieblingslied. Es war eine Ricky Nelson-Melodie, die sie zu Ostern gelernt hatte, als Cogito in Botn in Telemark eine Bergwanderung unternommen hatte. Dort war ein Junge gewesen, der ungeheuer gut gesungen hatte. Sture Broberg hieß er, und hübsch war er auch. Aber das hatte sie Papa nicht erzählt. Jetzt sang sie, und Papa lauschte und machte sein mildes Gesicht.

„There's a place where lovers go to cry their troubles away and they call it lonesome town where the broken hearts stay...“ Ihre Stimme paßte zu den schlichten Akkorden, Papa lauschte. Zusammen fuhren sie nach Lonesome Town. Aber warum Papas Herz gebrochen war, wo er doch die Frau bekommen hatte, die er liebte, das konnte Inger nicht begreifen.

Als das Lied endete, schwiegen sie beide.

„Du bist schön, Inger. Weißt du das?“

„Findest du?“ fragte sie und sah Papa an. Wenn die Jungen das doch bloß auch finden würden, dachte sie.

Papa zeigte auf sein Knie und legte den Kopf schräg. Inger setzte sich. Er legte ihr den Arm um die Taille, zog sie an sich. Sie küßte ihn, fuhr mit der Hand über seine Bartstoppeln, fingerte mit dem Zeigefinger in seinen weichen, schwarzen Nackenhaaren herum, strich vorsichtig, sehr vorsichtig über die drei Strähnen auf seinem Schädel. „Die müssen auch richtig liegen." Er drückte sie an sich, fragte, ob sie ihn immer noch liebte. Sie sagte ja, sie liebte ihn und Mama. „Und wen hast du am liebsten?" fragte er. „Hast du beide am liebsten?" So hatte sie nämlich als kleines Kind geantwortet. „Ja, am liebsten habe ich euch beide, aber jetzt will ich schlafen gehen." – „Dann geh doch!" sagte er und drückte sie noch fester an sich. Sie gab sich Mühe, konnte sich aber nicht losreißen. „Warum gehst du nicht?" lachte er. „Ich sitze fest." Sie legte wieder die Arme um ihn. Küßte ihn. „Du Scherzkeks!" sagte sie. „Du Scherzpapa!" – „Aber das ist der einzige Papa, den du hast. Der einzige Papa, den du je kriegen wirst." – „Was für ein verflixtes Pech." Er sah sie an, streichelte ihre Wange. „Ich liebe dich, Inger. Ja. Ich liebe dich wirklich."

„Bälle trillen,/Knaben spielen,/Leute schrillen,/die brauchen Brillen! Na, was sagst du dazu?“ – „Doch, das ist schön, aber Knaben hört sich bescheuert an.“ – „Dann schreib doch weiter, Monradsen, wenn du alles besser weißt.“

Hartvig, Leif und Inger saßen im Kämmerchen und wollten ein Lied für die Revue schreiben. „Ich fand es aber schön“ sagte Inger. „Ist doch egal, ob wir Jungen oder Knaben sagen, die Leute hören ja sowieso nicht richtig hin.“ Jetzt lachten alle. „Ja, dann kann Gravdahl auch den Rest schreiben.“ Hartvig nahm Leifs South State-Schachtel, musterte sie genau und lächelte mit schräggelegtem Kopf. „Zum Teufel. Kannst du dir nicht selber welche kaufen?“ Er bekam eine. „Wir müssen weitermachen. Wie geht die Melodie?“ Leif blies in die Trompete. „Jetzt wird's schwierig. Any second now, they'll begin to run. Was macht der Schiedsrichter jetzt? Es wird ein Elfmeter gegeben.“ –„Sarpsborgs Innenstürmer war doof“, nein, das paßt nicht zum Rhythmus. „Sarpsborgs linker Verteidiger war mies, und Beinchenstellen ist immer fies.“ – „Hör mit dem Fußballjargon auf, Leif. Du darfst nicht so oft zu den Spielen gehen. Davon wirst du zur geistigen Null.“ – „It has begun“, sang Inger. „Wie wär's mit: Und was kommt jetzt?“ – „Jetzt rufen die Mädchen: Toooootr!“ – „Und darauf antworten die Jungen: Abseits.“ – „Super. Jetzt fehlt nur noch der Schluß.“ – „Gut. Singen wir's einmal durch.“ Und sie legten los mit Baß, dritter Stimme und Gravdahl. Plötzlich mußte Hartvig schrecklich loshusten, er war das Rauchen nicht gewöhnt, und bald darauf ließ er sich auf das Bett zurücksinken. Leif faßte ihn am Arm. „Der ist ja ganz naß.“ Inger lief zu ihrer Mutter. „Mama? Hartvig ist krank.“

Hartvig lag bei Holms im Wohnzimmer auf dem Sofa. Einen Moment lang war er verwirrt, dann fiel ihm ein, wie ihm am Vorabend so schlecht gewesen war, daß er nicht mehr nach Hause gekonnt hatte. Jetzt war es schon später Vormittag, ein Sonnenstrahl fiel in das große Zimmer, und er konnte vom Sofa aus eine große Ulme auf dem Hof sehen. Es war so still. Inger war sicher in der Schule, und er hörte auch kein anderes Geräusch. Eine Weile döste er vor sich hin. Ihm war schrecklich heiß, er schwitzte, seine Haare waren triefnaß und klebten am Kopf. Jetzt geht es wieder los, dachte er. Er setzte sich auf und griff nach seiner Armbanduhr, die auf dem dreieckigen Tisch lag. Halb zwölf! Er mußte machen, daß er nach Hause kam. In diesem Moment hörte er einen Schlüssel in der Wohnungstür und gleich darauf die hochhackigen Schritte von Ingers Mutter. „Bist du wach?“ Das Sofa bildete mit dem Klavier einen Winkel, deshalb konnte sie ihn nicht sehen. Er sprang auf. „Aber darfst du denn aufstehen?“ fragte sie, als sie ihn entdeckte. „Es tut mir sehr leid“, sagte er. „Lieber Junge, dazu gibt es wirklich keinen Grund. Du bist doch krank.“ – „Ja, aber jetzt geht es mir wieder gut. Ich geh’ nach Hause.“ – „Nein, du bleibst hier. Du darfst erst gehen, wenn Ørnulf nach dir gesehen hat.“ Sie betätigte die Klingelanlage. Das war das Signal, daß sie Ørnulf brauchte. Er steckte den Kopf ins Zimmer. „Es ist wegen Hartvig“, sagte sie. „Er will gehen.“ – „Kommt nicht in Frage, bei diesem Wetter. Ich komme, wenn ich mit den letzten Patienten fertig bin.“ Evelyn ging zurück zu Hartvig. Hartvig lag brav unter der Decke und sah sie an. „Jetzt mache ich dir einen Tee, und dann wartest du in aller Ruhe ab.“ Sie legte eine Schallplatte auf und kam schon bald mit einem Glas Tee zurück. Er griff danach und hatte es mit zwei Schlucken geleert. „Wunderbarer Tee. Wirklich fabelhaft. Und die Musik, Frau Holm, die ist auch absolut wunderbar. Ist das Chopin?“ Ja, es war Chopin. Evelyn setzte sich zu ihm. Sie sah ihn an und versuchte, sich sein Leben vorzustellen. Sie wußte wenig über ihn, obwohl er nun schon seit fast drei Jahren hier im Haus ein- und ausging, wegen aller Treffen und aller Komitees, in denen er und Inger immer gemeinsam landeten. Hübsch war er ja nicht, aber sie hatte immer gefunden, daß dieser Junge etwas Rührendes hatte. Und er hatte es nicht leicht. „Chopin war ein großartiger Komponist“, sagte Hartvig. „Er ist so beruhigend“, erwiderte Evelyn. „Er hat mir oft geholfen.“ Sie schwiegen eine Weile und hörten der Musik zu. Es war der Walzer in cis-moll. „Ich habe gestern abend deine Mutter angerufen und ihr gesagt, daß du krank bist. Sie machte sich Sorgen um dich.“ – „Ja, das tut sie immer.“ Hartvig lachte. „Das ist eben das Schicksal der Mütter. Mutterschmerz, hat meine Mutter immer gesagt, empfinden alle Mütter für ihre Kinder. Auch wenn sie groß sind.“ – „Meine Mutter nicht“, sagte Hartvig. Evelyn hob die Augenbrauen. „Meinst du nicht? Ich finde immer...“ – „Das meine ich nicht, ich meine, ich habe nicht sie gemeint, ich meine die andere.“ – „Die andere?“ – „Ja. Wissen Sie, sie ist nicht meine Mutter, Frau Gravdahl, meine ich. Meine richtige Mutter war eine Deutschendirne.“ Das Wort bebte, so einfach ausgesprochen, überraschend für Hartvig wie für Evelyn, schien es alles Übel der Welt in einem einzigen harten Punkt zu sammeln. Ach, lieber, lieber Junge, dachte Evelyn, was hast du wohl durchgemacht? „Weißt du etwas über sie?“ – „O ja, viel“, antwortete Hartvig und erzählte, wie er in den letzten Jahren eine Familie und ihren Hintergrund gesucht hatte, wie er versucht hatte, in Deutschland, in Hamburg, in einer Straße namens Mittelweg, seinen Vater zu finden, aber der Vater hatte nur behauptet, sie sei mit der halben Kompanie im Bett gewesen. Er sprach mit vielen Gesten und Unterbrechungen, trank große Schlucke Tee, versuchte sich eine Zigarette zu drehen und gestikulierte sich dann weiter durch seine Geschichte. „Dann habe ich an meine Mutter geschrieben“, sagte er. „Sie hat gleich nach dem Krieg geheiratet und heißt jetzt Solveig Hansen. Solveig Hansen! Was sagen Sie dazu, Frau Holm? Solveig Hansen. Sie hat einen Dänen geheiratet und wohnt in Horten.“ Er unterbrach sich. „Ja?“ fragte Evelyn. „Ja, sie wohnt also in Horten, und dort hat sie die ganze Zeit gewohnt, während ich sie gesucht habe, aber endlich haben sie sie gefunden, das heißt, Fräulein Eliassen hat sie gefunden, vielleicht wußte das Jugendamt das ja die ganze Zeit, den Verdacht habe ich jedenfalls, aber die haben mir nie geholfen. Aber Fräulein Eliassen hat es geschafft, Kontakt zu bekommen, und sie hat mit meiner Mutter verabredet, daß ich und Fräulein Eliassen sie in Horten besuchen sollten. Das war jetzt in den Herbstferien, verstehen Sie.“ Wieder unterbrach er sich. „Ja?“ fragte Evelyn.

Hartvig saß still, sah sie an und breitete plötzlich die Arme aus. „Sie war nicht da!“ sagte er fast fragend, als ob er von Evelyn eine Erklärung haben wollte. „Sie war nicht da?“ – „Nein. Wir haben bei den Nachbarn geklingelt und erfahren, daß sie mit ihrem

Mann nach Dänemark umgezogen war und keine Adresse hinterlassen hatte."

Evelyn streichelte seine nasse Stirn, er legte sich wieder hin, ließ sie streicheln, lag still da. Sie dachte: Was weiß er davon, was diese Mädchen durchmachen mußen? Ob er das je verstehen kann? Und hatte es für ihn irgendeinen Sinn, das zu verstehen? Was sollte sie sagen? Sie streichelte und streichelte. Das einzige, was sie tun konnte, war, seine Geschichte so, wie sie war, anzunehmen. Aber Evelyn dachte weiter: Vielleicht bin ich die erste und einzige, die das zu hören bekommt. Andere können diesen erstickten Teil unserer Vergangenheit nur erraten. Denn wann kommt Solveig Hansen, geborene Runefjell, zurück und erzählt ihre Geschichte?

Deshalb sagte sie: „Niemand von den Landesverrätern hatte es nach dem Krieg so schlimm wie die jungen Mädchen, die mit Deutschen zusammengewesen waren." Hartvig sah auf. „Haben Sie welche gekannt?" – „Ja, wir haben zwei versteckt." Evelyn erzählte von Carla und Jürgen, die sich in ihrer Wohnung in Collettsgate kennengelernt hatten. Carla war Sekretärin, Jürgen war Ingenieur, er war als Besatzer nach Norwegen gekommen. Sie hatten ihn vor dem Krieg in Frankfurt kennengelernt, und sie zeigten ihm nicht die kalte Schulter, als er eines Tages plötzlich vor der Tür stand. „Alle fanden ja, wir hätten das tun sollen", sagte Evelyn. „Aber das konnte ich nicht. Ich konnte mich nie an der Eisfront beteiligen. Als der Friede kam, ist Carla nach Deutschland gegangen und hat ihn geheiratet." – „Hatten sie Kinder?" – „Nein, Kinder haben sie erst später bekommen." – „Das war gescheit", sagte Hartvig.

Er hörte zum erstenmal jemanden ohne jegliche Spur von Verachtung über dieses Thema reden. Vielleicht hatten auch seine Eltern ein Ehepaar gehabt, das sie gedeckt hatte? Denn egal was sein Vater gesagt hatte, wollte er doch nicht glauben, daß seine Mutter eine Hure war. Das bedeutete dieses Wort. Eine Hure. Aber sagten sie das nicht alle, wenn sie keine Verantwortung übernehmen wollten?

Nach diesem Gespräch begann Hartvig in Gedanken einen langen Brief zu schreiben. Als er die Krankheit hinter sich hatte, brachte er ihn zu Papier, gleichzeitig wandte er sich an den

Suchdienst der Heilsarmee in Oslo, um die Adresse seiner Mutter ausfindig zu machen. Die Antwort traf überraschend schnell ein, er erhielt eine Adresse in Randers. Am Ende saß er mit einem Brief da, der ihm seines Anliegens würdig erschien.

Frau Solveig Hansen
Øvre Langgade 27
Randers
Dänemark

An meine Mutter, von Deinem Sohn Hartvig!

Erlaube mir, mich an Dich zu wenden. Soviel ich weiß, hast Du immer versucht, mich ganz und gar von Deiner Familie getrennt zu halten. Ich will mich diesem Wunsch auch nicht widersetzen, ich habe jetzt ein sehr geborgenes Leben und hervorragende Zukunftsaussichten.

Hinter diesem Bruch des Schweigens, das seit achtzehn Jahren zwischen uns herrscht, verbergen sich zwei Gründe. Der größere Grund ist mein Wunsch, mehr über meine mütterliche Familie zu erfahren. Natürlich weiß ich einiges über Dich und deine Lebensgeschichte der letzten fünfzehn, zwanzig Jahre, und das hat in mir ein aufrichtiges Mitgefühl für Dich erweckt. Durch die, wenn auch geringe, Menschenkenntnis, die ich mir bisher erworben habe, sehe ich ein, wie sehr Du manchmal zu leiden hattest. Doch genug davon, ich habe kein Recht, meine Gedanken über die Prüfungen und die Schläge, die das Leben Dir auferlegt hat, vorzubringen.

Womit ich mich trotz allem nie abfinden konnte, ist Dein überraschender Mangel an Willen, die scheinbar unlöslichen Rätsel zu entwirren. Man muß doch seine Lage erkennen und versuchen, sich hindurchzukämpfen, die Lasten auf sich zu nehmen, auch wenn man sich zum Umfallen müde fühlt.

Ich habe meinen Wunsch erwähnt, etwas über meine mütterlichen Familienverhältnisse zu erfahren. In dieser Hinsicht interessiert es mich besonders, etwas über die einzelnen Generationen zu erfahren, wo sie wohnten, wie deine Eltern sind (Dein Vater, Håkon Runefjell, ist Bauer in Nedre Gudbrandsdalen, soviel ich erfahren habe), ob ich Onkel habe usw. Auch wüßte ich gern etwas über Deine Kindheit und Deine spätere Lebensgeschichte.

Es kommt Dir vielleicht peinlich vor, daß ich auch Deine Beziehung zu Hans Helmut Weidenhof erwähne. Ich bin mir selber völlig darüber im klaren, welch großer Indiskretion und scheinbaren Mangels an Respekt Dir gegenüber ich mich dabei schuldig mache. Wenn ich dieses Thema dennoch aufgreife, dann in dem Vertrauen, daß Du meine guten Absichten verstehst, denn wir werden uns nie begegnen und deshalb auch nie darüber reden. Außerdem nehme ich an, daß Du verständlicherweise über dieses Thema immer geschwiegen hast. In meiner Geburtsurkunde ist Hans Helmut Weidenhof als mein Vater angegeben, und ich frage Dich nun, ob Du daran festhältst und ihn nicht einfach nur genannt hast, um einen anderen zu decken. Es würde mich auch interessieren, wie lange Du ihn gekannt hast und ob diese Bekanntschaft sich je zu mehr als einer flüchtigen Begegnung entwickelt hat. Ich habe vergeblich versucht, etwas über meine ersten Lebensjahre zu erfahren. Hier glaube ich, Du solltest wissen, was ich erfahren möchte, nämlich wo ich gewohnt habe und mit welchen Menschen ich täglich zusammen war.

Ich habe eine vage Erinnerung an Spaziergänge, die ich als ganz kleines Kind gemacht habe, zusammen mit einigen Erwachsenen, die ich heute nicht mehr identifizieren kann. Wir gingen durch ein Tor, durch einen Wald und zu einem Bach. Vielleicht eine wenig originelle Landschaftsbeschreibung, aber es würde mich freuen, wenn Du helfen könntest, meine Erinnerungen in dieser Hinsicht zu verifizieren. Ich bin ebenfalls so frei, Dich zu bitten, mir einige Fotos von Dir und vielleicht auch von Deiner Familie zu schicken. Von Hans Helmut Weidenhof hast du wohl keine Bilder, falls doch, wäre ich froh über einige Abzüge.

Ich bin nicht sicher, wie weit Du etwas über mein Leben erfahren möchtest. Wir werden ja nie mehr miteinander zu tun haben, und ich persönlich werde, als Pflicht mir selbst gegenüber, das meine dafür tun, daß es nie so weit kommt. In Zukunft werde ich ein Fremder für Dich sein, aber erst muß das hier geklärt werden, damit ich später meinen Kindern erzählen kann, daß sie eine Großmutter hatten, die nun aber tot ist...

Nach einigen schweren Jahren im Waisenhaus wurde ich mit elf Jahren adoptiert und habe mich seither zu einem modernen jungen Mann entwickelt, der voll auf der Höhe seiner Zeit ist und von seiner Umgebung als Gleicher respektiert wird. Ich habe im Frühjahr die Abiturprüfungen der Fächer Mathematik und Deutsch mit guten Noten abgelegt, im letzteren Fach zumindest, und ich mache nun mein letztes Jahr auf dem Gymnasium, während ich mich gleichzeitig mit philosophischen Themen auseinandersetze und Artikel für Zeitungen und Zeitschriften vorbereite.

Ich habe Dich in dem Vertrauen, daß Du diese Auskünfte nicht mißbrauchen wirst, über meine Identität informiert. Ich dachte mir, daß Dich das interessieren würde, denn egal, wie sehr man die Probleme des Lebens auch verdrängt haben mag, wird man doch seine Kinder nie direkt hassen, sondern sie aus der Entfernung mit wohlwollendem Interesse beobachten. Jetzt kommt es auf Dich an, ob ich per Brief von Dir hören werde. Ich selber möchte das gern. Aber wir müssen beide Rücksichten nehmen. Vor allem auf Deine jetzige Familie und Deine jüngeren Kinder, von denen ich durch Frl. Eliassen gehört habe. Du sollst wissen, daß ich von tiefer Sehnsucht danach erfüllt bin, Deine Kinder umarmen und ihnen als meinen Halbgeschwistern Wohlwollen erweisen zu können. Es wäre für mich ein großes Erlebnis, einmal Ole Petter und Maria persönlich zu treffen. Es sind nur die beiden, die ich überhaupt von meiner Familie kennenlernen will. Teile mir auch mit, warum Du mir den Namen Hartvig gegeben hast. Es ist immer interessant zu erfahren, warum man so oder so heißt.

Nun habe ich um Auskünfte, um Bilder u.a. gebeten. Trotzdem bleibt mir der Verdacht, daß ich auf diesen Brief niemals eine Antwort erhalten werde. In diesem Fall sollst Du wissen, daß ich Dir den Brief, der nie geschrieben wurde, niemals verzeihen werde. Die Antwort braucht nicht lang und auch nicht besonders schön geschrieben zu sein. Alles wäre besser als nichts. Erlaube mir auch, ein Foto von mir beizulegen. Es wurde im Herbst auf unserem ersten Abiturfest aufgenommen. Du kannst damit machen, was Du willst, ob Du es nun verbrennst, wegwirfst oder zerreißt. Oder es vielleicht als Erinnerung an etwas aufhebst, das in Deinem Leben nie zu einem Glück geworden ist.

Sei meiner Achtung versichert und wisse, daß ich die Auskünfte, die ich möglicherweise von Dir erhalte, nicht mißbrauchen werde.

Mit freundlichem Gruß
Hartvig Gravdahl
Sportsveien, Fredrikstad
am 7. Oktober 1959.

Das war ja wohl formvollendet! Alles stand da, was da stehen sollte, aber kein Wort zuviel. Er brauchte im Grunde nicht um ein Bild seines Vaters zu bitten, er hatte ihn ja gesehen, aber das wollte er seiner Mutter nicht eingestehen, und außerdem wollte er wissen, wie Weidenhof als junger Mann ausgesehen hatte. Noch einmal faltete er den Brief auseinander, versuchte ihn mit ihren Augen zu sehen. War es wirklich menschenmöglich, einen solchen Brief unbeantwortet zu lassen?

Er steckte den Brief in einen Umschlag und schrieb die Adresse darauf, die ihm der Suchdienst der Heilsarmee in Oslo gegeben hatte. Er gab den Brief auf und wartete. Die Wochen vergingen, Weihnachten kam, keine Antwort. Der Winter kam, der Schnee, sie machten eine Abifahrt ins Gebirge, kamen zurück, keine Antwort. Die Monate vergingen, Frühling und Abiturzeit standen vor der Tür. Eine Antwort von Solveig Hansen kam nie.

Schon an dem Tag, an dem er den Brief abschickte, hatte Hartvig gedacht: Ich bekomme niemals Antwort auf diesen Brief. Ich habe all meine Sehnsucht hineingelegt. Aber ich bekomme keine Antwort darauf. Warum soll ich meine Zeit und meine Kräfte damit vergeuden, Menschen zu suchen, die sich nicht dazu bekennen wollen, daß sie mich gemacht haben? Das sind Sehnsüchte vor die Säue. Ja, genau das. Wo immer er diesen Ausdruck herhaben mochte. Vielleicht hatte er ihn ja gerade erfunden. Hier sind meine Wurzeln. Hier in Fredrikstad. Hier in der Gelben Anstalt, in einem kleinen, ausgeschmückten Raum, wo ich und meinesgleichen uns auf dem Podium und in den Spalten von Fremskridt austoben können. Hier bin ich entstanden. Ich kenne keine andere Geburt. Und diese Wurzeln will ich suchen.

Warum hat er es nicht schon längst begriffen? Er wird Frams Geschichte schreiben. Er hat bereits allerlei Stoff gesammelt – ohne zu wissen, was er eigentlich damit anfangen will. Und während des Fram-Jubiläums im letzten Jahr hatte er mit etlichen älteren Framianern darüber gesprochen, wie es gewesen war, während des Krieges Fram weiterzuführen, wie es noch früher war. Jetzt sieht er, daß er dabei ein Ziel verfolgt hat.

Er geht zu Winding. „Ich habe mir überlegt", sagt er und späht verlegen über Windings Schulter, „daß ich als Hausarbeit in Geschichte Frams Geschichte schreiben will. Was halten Sie davon, Herr Winding?" Winding zögert einen Moment, versucht, den Blick des Jungen zu fangen. „Es ist eine große und interessante Aufgabe." Hartvig wird eifrig. Genau das hatte er hören wollen. „Aber sie erfordert doch enormes Quellenstudium", fügt Winding hinzu. „Ja, genau, genau!" Hartvig kann nicht mehr stillstehen. „Glaubst du, daß du bis zum Abitur damit fertig werden kannst?" – „Ja sicher!" ruft Hartvig. „Ich beschäftige mich schon lange damit." Winding hat den Eindruck, er sei schon fast fertig. Aber endlich fängt Winding seinen Blick, legt Hartvig die Hand auf die Schulter. „Nimm dir nicht zuviel vor", sagt er. „Du kannst eine ausführliche Projektbeschreibung erstellen und anführen, welche Quellen du auswerten und wie du die Kapitel einteilen willst. Eine solche Arbeit wird auch als Hausarbeit anerkannt. Danach kannst du den Stoff benutzen, um die Geschichte zu schreiben." Hartvig hält das für eine hervorragende Idee, denn er weiß im Grunde selber nicht, wie er aus dem ganzen Stoff bis Weihnachten eine ergiebige Darstellung machen soll, erleichtert bedankt er sich für den Rat und macht sich sofort an sein Projekt. Die Gymnasiastenvereinigung Fram erhält ihre Geschichte, geschrieben von einem Jungen, der selber keine hat.

Inger und Ellen

Der erste Weihnachtstag ist der schönste Tag von allen. Am ersten Weihnachtstag kann man die Geschenke untersuchen und dabei ein Marzipanschwein essen. Inger sitzt in ihrem Bett, blättert in einem Jahresalmanach, den sie jedes Jahr von ihrem Großvater bekommt, und liest über eine Märchenhochzeit und andere zentrale Ereignisse des vergangenen Jahres. „Hübscher neuer Zug im Stadtbild. Das Land hat die erste Polizistin." Aha. Sogar um zur Polizei zu gehen, muß eine Frau hübsch sein. Dann dauert es wohl auch nicht mehr lange, bis wir hübsche Generalinnen haben. Und vielleicht auch eine hübsche Pastorin auf der Kanzel? Inger blättert weiter zu Fidel Castro.

Ellen kommt mit ihren Geschenken ins Zimmer und setzt sich ans Fußende. Sie betrachtet eine CocaCola, die Inger sich bewilligt hat. Nach einer Weile sagt sie: „Du trinkst deine Coca ja gar nicht, Inger." – „Nein, die steht bloß da, damit du darauf Lust kriegst", antwortet Inger. Sie hätte gern ihre Ruhe, merkt aber, daß Ellen spielen will. „Ja, aber," sagt Ellen, „wenn die bloß so dasteht, verdampft sie doch." Inger muß lachen. Davon hatte sie also auch schon gehört? „Darüber lachst du?" – „Ja. Und wenn du so groß bist wie ich, erzähl' ich dir, warum, und dann lachst du auch." – „Aber dann haben wir es vergessen." Inger reicht Ellen das Colaglas. „Ich schreibe es auf", sagt sie. Ellen findet das sehr schlau. Sie ist ein Weilchen still, während sie die Cola trinkt. Inger liest. „Du?" fragt Ellen. „Können wir nicht spielen, du wärst ich, und ich wäre du?" Dieses Spiel findet Ellen witzig, sie hat es sich ausgedacht. Ellen setzt sich an den Schreibtisch, baumelt mit den Beinen, schiebt sich die Brille auf ihre kleine Nasenspitze und nimmt sich das dickste und dunkelste Buch, das sie finden kann. Das schlägt sie nun auf und vertieft sich darin. Inger sitzt auf dem Bett und sieht zu.

„Du, Inger", sagt sie nach einer Weile. „Pst!" sagt Ellen, ohne von dem riesigen Buch aufzublicken. Inger schweigt ein bißchen. „Du?" fragt sie dann noch einmal. „Können wir nicht..." – „Pst, habe ich gesagt", sagt Ellen. „Ich lese." – „Ja, aber können wir nicht irgendwas machen?“ – „Doch, sicher. Ich muß nur erst das Buch auslesen.“ – „Aber das dauert doch hundert und tausend und eine Million Jahre.“ Ellen sagt nichts dazu, sondern trinkt geistesabwesend einen Schluck Coca und blickt auf die Kråkerøybrücke hinaus. „Ach, Inger? Kann ich nicht ein bißchen Coca haben?“ – „Du hast doch eben erst ein Glas gekriegt.“ – „Ja, aber das hab' ich ausgetrunken.“ – „Das hättest du bleibenlassen sollen.“ – „Ja, aber wenn die Coca einfach so dasteht, verdampft sie am Ende.“ Jetzt lacht Ellen. „Warum lachst du, Inger?“ – „Das verstehst du noch nicht, weil du so klein bist“, antwortet Ellen. „Aber ich schreibe es auf und stecke es in einen Umschlag, den kannst du aufmachen, wenn du groß bist. Dann wirst du auch lachen.“

Jetzt prustet Inger los. Sie lacht und lacht, und auch Ellen muß lachen und die Brille absetzen. „Können wir das nicht auf Tonband aufnehmen?“ fragt sie. Inger zieht das Tonbandgerät unter dem Bett hervor, steckt Stecker und Mikrophon ein. „So. Jetzt lachen wir. Ha, ha, ha.“ Aber Ellen ist verstummt. Sie hat tiefen Respekt vor dem Tonbandgerät, und jetzt sieht sie es an und weicht ein Stückchen zurück. „Sag du was!“ sagt sie. „Ja, guten Tag, guten Tag. Sie hören ein neues Programm mit den berühmten Schwestern Sisters aus Fredrik's Town. Gerade ist die kleinste Schwester Sisters dazugekommen. Sie ist erst sechs Jahre alt. Ein Wunderkind. Jetzt werden wir sie den berühmten Schlager ‚Ciao, ciao, bambina‘ singen hören. Sie ist die Jüngste auf der Welt, die dieses Lied bis heute gesungen hat. Bitte sehr, Little Sister. La parole est à vous!“ Inger sieht Ellen an, die jetzt aus voller Kehle singt: „Ciao, ciao, bambina, du darfst nicht weinen!“ Als sie fertig ist, klatscht Inger wie besessen los und ruft hurra und bravo und dacapo, dacapo!

Es klopft, und Mama kommt mit Mittagsschlafaugen herein. „Pst!“ sagen beide Schwestern Sisters im Chor. „Hier kommt die Mama der Schwestern Sisters. Treten Sie näher, treten Sie näher! Wie schön, Sie im Studio zu sehen. Können Sie einen Schlager aus den dreißiger Jahren vortragen?“ – „Veronika, der Lenz ist da, die Mädchen singen tralala!“ singt Mama und wedelt mit den Händen in der Luft herum. „Spitze, Mama. Noch mehr! Das wird eine Supersendung!“ – „Die ganze Welt ist wie verhext. Veronika, der

Spargel wächst." Inger packt das Mikrophon und sagt mit leiser und einschmeichelnder Stimme: „Wir machen darauf aufmerksam, daß Spargel eine besonders schöne Frühlingsblume ist. And this is especially for you. Schmatz." – „Veronika, die Welt ist grün", singt Evelyn weiter. „Drum laßt uns in die Welt rausziehn. Der liebe kleine gute alte Großpapa sagt zu der lieben kleinen guten alten Großmama: Veronika, der Lenz ist da!" Inger und Ellen applaudieren wild, Ellen ruft dacapo, dacapo, und im selben Moment hören sie Papa im Badezimmer. „Oh! Hier kommt ja Großpapa!" ruft Inger und teilt dem Publikum mit, daß Großvater, der den Frühling entdeckt hat, im Anmarsch ist. „Brumm, brumm", hören sie aus der Küche. „Belutschistan? Wo bist du?" – „Hier!" ruft Evelyn. Aber Ørnulf steht schon in der Tür. „Hier kommt der geniale Vater der Schwestern Sisters. Er wird jetzt ein geniales Lied zur genialsten Melodie der Welt vortragen." Papa stellt sich in Positur und singt mit großer Bravour und wilden Gesten: „Das ganze Jahr lang blühn *keine* Rosen. Das ganze Jahr lang blüht kein Roß!" Beim letzten Wort machte er in der Luft ein kleines Loch mit Daumen und Zeigefinger, um die Bedeutung des Rosses zu betonen. „Eigentlich spielen Inger und ich gerade", sagt Ellen. „Ihr spielt gerade? Was ist das denn für ein Spiel?" – „Ach, das ist ein Spiel, in dem ihr leider nur Nebenrollen habt, und deshalb müßt ihr jetzt gehen", sagt Inger. „Der Rest ist ein Geheimnis."

Im neuen Jahr kommt Lisa und wohnt mit ihrem Zwergpinscher im Victoria-Hotel. Sie hat überall im Land mit ihrer tiefen Theaterstimme die Geschäftsleute entzückt, sie betreut ihre Anzeigenakquisition jetzt nämlich per Telefon. Sie geht mit Evelyn und Ørnulf ins Phönix zum Frühlingsfest, wo Ørnulf immer noch als Billarddirektor fungiert. Eigentlich wollte er dieses Amt Bjørn Mjelster abgeben, aber Inger findet es so toll, daß er Billarddirektor ist, daß er noch eine Saison weitermacht. Am Tag nach dem Fest gehen Evelyn und Lisa in der Stadt einkaufen. „Du mußt mich anstupsen, wenn wir Leuten begegnen, die gestern abend auch dabei waren" , sagt Lisa. „Ich kann mich doch nicht an alle erinnern." Und Evelyn stupst. Da kommt Frau Ingenieur Gulldahl. Kurzes Nicken, gehobene

Mundwinkel. Auf der anderen Straßenseite geht Uhrmacher Monradsen. Evelyn stupst. Sie nicken, und Monradsen hebt den Hut, verbeugt sich und lächelt galant. Frau Wilse-Abrahamsen kommt ihnen in ihrem schwarzen Mantel mit dito Hund entgegen. An sie kann Lisa sich erinnern. Die Hunde bellen. Sie nicken. Bankdirektor Grunder hat im Feinkostladen an der Ecke etwas zu erledigen, als sie dort gerade Fischfrikadellen kaufen wollen. Stupsen und Nicken. So bahnen sie sich ihren Weg durch Nygaardsgata. Da hinten kommt eine groß und breit und in jeder Hinsicht missionarisch aussehende Dame, die Evelyn absolut nicht kennt. Sie stupst Lisa an. Und Lisa nickt liebenswürdig und sieht die Missionsdame an. „Guten Tag", sagt sie mit tiefer Theaterstimme. „Gestern war es wirklich nett!" Die Dame bleibt stehen und erwidert bestürzt Lisas Blick. Als sie die Ecke hinter sich haben, kann Evelyn sich nicht mehr halten, sie prustet los, und als Lisa den Grund hört, prustet auch sie los, und so stehen die beiden Schwestern Gjarm an der Ecke und lachen sich scheckig.

Inger muß mit Ellen zur Schulpsychologin. Ellen wird im nächsten Schuljahr sieben, und sie wollen wissen, ob sie im Herbst in die Schule kommen soll. Die Schulpsychologin, Kathinka Pettersen, sitzt da mit ihrem milden, intelligenten Gesicht und stellt Ellen viele Fragen nach den Farben und der Uhr und anderen Dingen, mit denen sie sich vielleicht auskennt, und Ellen antwortet brav und ordentlich, aber sowie sie dazu eine Möglichkeit sieht, erzählt sie Kathinka Pettersen von einem kleinen Zwergpinscher namens Birgitte. Sie soll sich Bilder ansehen und erzählen, was darauf fehlt, und Ellen sieht sich die Bilder an und erzählt, daß der Zwergpinscher Lisa gehört. Und sie wohnt im Victoria-Hotel, Lisa nämlich.

Danach ruft Kathinka Pettersen Inger zu sich ins Zimmer und sagt, daß sie Ellen nicht reif genug für die Schule hält, denn Ellen hat nur einen kleinen braunen Zwergpinscher im Kopf, und jetzt weiß Kathinka Pettersen alles über das Innenleben dieses Zwergpinschers, sie empfiehlt, Ellen noch ein Jahr warten zu lassen.

1960

Dieses letzte halbe Jahr waren sie schwer beschäftigt. Sie mußten ihre Abitursrevue fertigschreiben und einstudieren, ihre Abiturszeitung zusammenstellen und in den Winterferien in die Pension Gudbrandslia auf Abifahrt gehen. Es gab Fram-Theater und eine Theaterfahrt nach Oslo, wo sie „Die glückliche Entscheidung" sahen, und mindestens einmal pro Woche gab es ein Fest. Ein Fest zusammen mit dem christlichen Schülerbund in Slangvolds Minde, ein Bohèmefest im Handelshaus, wo Gravdahl und Tove Midtbø zu Mr. und Mrs. Bohème gewählt wurden, ein Fest mit der Abiturklasse aus Sarpsborg, ein Besuch bei der aus Halden und die Planung einer Fahrt aller Abiturientinnen und Abiturienten aus Østfold und Vestfold, die auf der Fähre über den Fjord stattfinden sollte, und dazu alle Feste bei Midtbøs und bei Mjelster in Prestelandet. Die Verliebtheiten gingen weiter. Außerdem gab es all die Filme, die sie sehen mußten. „Der blaue Engel" mit May Britt Wilkens, „Sabrinas schöne Beine" mit Mamie van Doren und „Die Brüder Karamasow" mit Yul Brynner. Als Per Gunnar Lundbo vor zwei Jahren zur ersten Stunde mit einer Kopie von Brynners Frisur erschienen war, wurde die ganze Schule eine Woche lang in der Pause eingesperrt. Es gab Tanz auf Fjellhøy, und in jeder Pause übten sie die Lieder aus „My fair lady", sie hatten einen Musikzirkel gegründet, um klassische Musik zu hören, und weiterhin traf sich jeden Samstag Fram. Außerdem mußten sie ja für die Prüfungen lernen.

Um dafür zu üben, mußten sie jetzt Klassenarbeiten schreiben, die den ganzen Tag in Anspruch nahmen, und da saßen sie dann und lösten „After giving a brief survey of the political division of the USA since the War of Independence, give an account of her political situation after World War II" und ähnliche Aufgaben. Lillian und Inger trafen sich nachmittags zum Lernen. Sie hörten sich gegenseitig die fünf Kategorien der Mitgliedsstaaten des British Commonwealth ab, sie büffelten die fünf französischen Republiken, die Einigung Italiens und Garibaldi, Otto von Bismarcks Kulturkampf, F_1- und F_2-Generationen, Zygoten und

Blastulae, le Pont Noeuf n'est pas noeuf du tout, il est même très vieux und Hargreaves Spinning Jenny. Niemand konnte behaupten, daß sie sich nicht gründlich auf die große Feuerprobe des Lebens vorbereiteten.

Als das Wetter warm genug war, versammelte sich das Revuekomitee in Gravdahls Garten oben in Bydalen und legte letzte Hand an das einzigartige Werk. Während die Abiturrevuen früherer Jahrgänge ihre Titel aus einem prähistorischen und längst abgedankten Gedankengut geholt hatten – „Peer, du lügst", „Wo viel Licht ist, ist viel Schatten" und „Abi-Tour" –, segelte der Jahrgang 1960 mit einem errötend aktuellen Namen daher: ROT auf dem Schirm. „Auf welchem Schirm?" fragten die Kleinen in der 4. Auf dem Fernsehschirm natürlich! Das Fernsehen hielt in diesem Jahr mit folgendem Programm seinen Einzug im Land: 8.30 Testbild – 10.30 Testbild – 12.00 Programmübersicht – 12.15 Testbild. Das faszinierendste Unterhaltungsprogramm der norwegischen Geschichte. Die Leute standen in Haufen und glotzten in die Schaufenster der drei Läden in Nygaardsgata, wo es Fernseher gab.

Sie wollten ein ganz phantastisches Potpourri des modernen Norwegens bringen, von Osten bis Westen und Süden bis Norden, Ost-West, weit weg is best, von Konservendosen zu Treibnetzen – Treibeis – Eiszeit – Abizeit – Abitur 1960, hurra! Im Grunde handelte das Stück aber vor allem von letzterem und wie das besagte Fußballspiel wirklich verlief, um die Bühne zogen sie einen Fernsehrahmen, so daß die Bühne zum Bildschirm wurde. Ihre Revue wurde damit Norwegens erste Fernsehinszenierung von „My fair lady".

Außerdem mußten sie ihr Gebrüll komponieren, das immer noch nicht seine endgültige Form hatte. Der Grund dafür war das Wort „1960". Diese sonst hervorragende Jahreszahl hatte einen Nachteil, daß sich nämlich darauf kein Reim finden ließ. Alle anderen Jahreszahlen ließen sich verdrehen, aber mit sechzig-null kamen sie nicht weiter. Endlich aber erreichten sie ein Resultat, das fast so glänzend war wie die Jahreszahl selber:

„Das Jahr Neunzehnsechzig graut,
dem Spießer wird der Tag versaut!"

Die letzte grosse Pause

Die letzte große Pause war gekommen. Inger und Lillian grausten sich schon seit Wochen davor, etwas war für immer vorbei. Viele andere behaupteten, der Gelben Anstalt keine Träne nachzuweinen. Aber als die letzte große Pause kam und sie in den Sjømannspark gingen, die breiten grauen Schiefertreppen zu den Palisaden hinunter, und über Tollbodplassen auf die Glomma blickten, war das alles doch sehr merkwürdig. Sie wurden ganz still. „Das ist ja vielleicht seltsam", sagten sie. Mehr sagten sie für eine Weile nicht. Was nun?

Die Erwachsenen behaupteten, wenn man sich trennte und jede ihrer Wege ging, vielleicht meilenweit voneinander entfernt, sei es schwer, befreundet zu bleiben. „So machen wir das aber nicht!" sagten die Mädchen der 5 Eb. „Wir werden unser Leben lang Freundinnen sein." Sie setzten sich an den Springbrunnen hinter der Seemannsschule. „Und wenn wir alt und grau sind" sagte Liv Mo, „schwelgen wir in Erinnerungen an die Gelbe und an Keystone. Vielleicht weinen wir dabei sogar ein Tränchen!" Dann lachte sie laut. „O nein, das werde ich nie im Leben tun", sagte Inger Gjallum. „An dem Tag, an dem ich hier zum letztenmal hinausgehe, werde ich einfach nur total froh sein. Wenn ich bestehe, meine ich. Aber zurücksehnen werde ich mich nie!"

„Wenn man älter wird, sieht man alles in rosarotem Licht", meinte Lillian.

„*In der idealisierenden Erinnerung*, wie Goethe sagt", fügte Inger hinzu.

„Und was heißt'n daaaas?" fragte Lillian mit starkem Fredrikstad-Tonfall.

„Haste kein Doitsch-Abi, Mensch?"

„Doch, aber alles vergessen, weißte."

„Wie kann denn was, das wir vergessen, in rosarotem Licht gesehn werden, jö?"

„Vielleicht ist ja gerade das das rosarote Licht", sagte Lillian.

Sie betrachteten das Wasser in dem viereckigen Becken und den Wasserstrom, der aus dem Schlund eines Drachen floß und in dem sich ein süßer kleiner Athlet badete. Würden sie einander verlieren? Sie gingen ins Obergeschoß des gelben Gebäudes, in ihr farbenfrohes Klassenzimmer, jetzt hatten sie den Rektor. Sie setzten sich und sahen ihn an.

„Jetzt werden Sie uns bald vergessen, was, Herr Rektor?“ fragte Liv Mo.

Er trat vor die mittlere Reihe, wie es seine Gewohnheit war, mit einer Hand in der Hosentasche, während die andere seine Brille hielt. „O nein“, sagte er gedehnt. „Glaubst du das wirklich, Liv? Euch vergesse ich nicht.“ Auch das sagte er gedehnt und mit Betonung auf dem „euch“.

„Aber Sie sind doch sicher erleichtert, so verrückt, wie wir gewesen sind?“

„Das vergißt man vielleicht im Laufe der Zeit...“

„Wie viele Schüler haben Sie gehabt?“ fragte die Klasse.

„Ach“, sagte er. „Ich weiß nicht, sicher mehrere tausend...“ Er lächelte sie an und legte den Kopf schräg.

„Erinnern Sie sich an alle?“

„Das wohl nicht... aber an viele. Ich erinnere mich an den Jahrgang 1930. Dabei war Einar, er schrieb seine Entschuldigungen selber und saß hinten in der Mitte. Das war ein putziger Knabe. Aber Altnorwegisch, das hat er nie gelernt. Und dann war da noch Solveig Romberg, sie hatte so schöne helle Haare. Und Peder Møklestad. Wer könnte Peder Møklestad vergessen? Eine hieß Bente Andreassen. Sie saß in der ersten Reihe...“

Der Rektor drückte einen Brillenbügel gegen seinen Mundwinkel und blickte über ihre Köpfe hinweg aus dem Fenster. Dort draußen schien er die Klasse zu sehen, die vor so vielen Jahren abgegangen war.

„Das war mein erster Jahrgang, wißt ihr“, sagte er, er schüttelte leicht den Kopf, und seine Stimme war sehr warm. „Man erinnert sich an so viele Schüler, aber nichts kommt dem ersten Jahrgang gleich.“

Da stand er und erinnerte sich an diese Klasse, jede und jeden, und obwohl er nicht viel von ihnen erzählte und das, was er erzählte, ganz alltäglich war, schien die 5 Eb zum erstenmal zu begreifen, daß ein Lehrer auch ein Mensch ist.

Das war ein schönes Jahr!

Niemand auf der Welt ist wie die Abiturientinnen und Abiturienten von 1960. Niemals hat es eine tollere, witzigere, originellere, lebhaftere, verrücktere und schmissigere Abiturklasse in Fredrikstad gegeben als den Jahrgang 1960. Alle können es sehen. Alle können es hören. Alle spüren es, wenn sie unter den hellgrünen Bäumen der Stadt herumtoben. Denkt doch bloß an all die zahmen Abiturjahrgänge der fünfziger Jahre und an all die trägen Säuglinge, die in den sechziger Jahren auftreten werden! Nein! Das Jahr Neunzehnsechzig graut, dem Spießer wird der Tag versaut! Das hat gesessen. Wir brechen alle Rekorde. Dieses Jahr tragen alle blaue Blazer. Hat das vielleicht schon mal jemand gesehen? Weg mit weißen Puffärmeln und damenhaften Jacken. Es gibt keinen Unterschied mehr zwischen Männlein und Weiblein. Wir sind alle Abiturienten. *Abiturienten!* Die Bürger weichen aus, wenn die Abiturienten durch Nygaardsgata heulen. Nur die Glomma weicht nicht aus. Zwölf Jahre haben sie sich abgemüht. Zwölf Jahre haben sie geschuftet. Zwölf Jahre haben sie die Schulbank gedrückt und den British Commonwealth gebüffelt, bis sie blau angelaufen sind, haben Projektionszeichnung gelernt, bis sie schielten, jetzt reicht's. Jetzt ist Schluß. Jetzt können die Lehrer nach Hause gehen und Maulaffen feilhalten. Jetzt sind wir an der Reihe! Wir sind die wilden Tiere des Frühlings, hüte dich, versteck dich, hier fliegen wir! rief Norwegens Zukunft.

Die Kellnerinnen im Bjørnen hören das Geheul schon von weither. Sie eilen ans Fenster, um nichts zu verpassen. Da kommen die Abiturientinnen und Abiturienten und schleppen ihren Vorsitzenden, Kjell Grunder, mit sich, der im Springbrunnen vor der Kirche getauft werden soll, die Leute sind zusammengeströmt, um ihm beim Naßwerden zuzusehen. Kinder laufen hin und her, strecken ihre Hände zu den großen, blaugekleideten Menschen hoch, die eine seltsame Mischung aus Kindern und Ewachsenen darstellen, und rufen: „Ach, ihr Abiturienten! Bitte, eine Abikarte!“ Aber die Abiturienten stürmen vorüber und schreien und lassen ihre Stöcke knallen. Endlich bleibt einer stehen und zieht eine kleine weiße Karte mit roter Schrift und dem Bild der Schule, die auf der Zeichnung schiefe Türme hat, aus der Tasche. Stellt euch vor, ein Abiturient hat mit mir geredet! Seht, was er mir gegeben hat.

„Dieses Jahr machen die ja 'nen schrecklichen Krach!" sagt Hauge, als sie ans Fenster tritt.

„Ach, ist wohl nicht schlimmer als sonst."

„Seht, da kommen die Holm und die Oppegård!"

Die Kellnerinnen sehen der Schar, die in den Kirkepark läuft, hinterher.

„Wie die Zeit vergeht", sagt Ringstad.

„Mir kommt es wie gestern vor, daß sie kleine Gören waren", sagt Iversen. „Weißt du noch, wie sie gekommen sind und für uns gesungen haben?"

„Doch, sicher weiß ich das noch", antwortet Hauge. „Die konnten viele Lieder."

Iversen wirft ihrer Kollegin einen raschen Blick zu. Sie glaubt wirklich gesehen zu haben, wie Hauge sich eine Träne wegwischt.

„Was aus denen wohl werden wird?" fragt Ringstad, und auch sie schnieft ein wenig.

„Ach, die kommen schon zurecht", antwortet der Chef.

Endlich ist sie da, die große Feuerprobe, die sie seit fünf Jahren mit Sehnsucht und Schrecken erwarten, ach was, so lang sie sich erinnern können. Das Abitur. Jetzt trifft es sie. In allen Jahren betraf es die anderen. Die *Großen.* Jetzt traf es sie.

Da saßen sie, Sprößlinge des Bürgertums, der lokalen Aristokratie und auch einige aus den unteren Schichten des Volkes, beugten sich über ihre Tische und schrieben ihre Eintrittskarten ins Erwachsenenleben, ins wirkliche Leben, ins Leben nach dem Abitur, während draußen die Maisonne strahlte wie nie zuvor. Sie schrieben über die industrielle Revolution in England und die Not und das Wachstum, das sie mit sich brachte, und die Mengen von mildernden Umständen in ihrem Kielwasser, die sich mit den klugen Worten zusammenfassen ließen: „You cannot make an omelette without breaking eggs." Sie berechneten Sinus und

Cosinus, rechneten aus, wie sie in einer Kugel eine Pyramide unterbringen konnten, sie führten Projektionszeichnungen auf den Bögen hin und her und schwitzten über einer besonders komplizierten Physikaufgabe, wegen der sie nachher ohne Erfolg Klage führten. In Norwegisch hatten sie die Wahl zwischen der Punktejagd auf dem Gymnasium, was zwei Drittel sofort als rettenden Strohhalm begriffen und behandelten, den Befreiungsbewegungen in Afrika, gewählt von einem Schüler, den Hauptpunkten in einem Roman aus der Epoche des Realismus, gewählt von fünf, und: „Kritisch sein – eine Schwäche und eine Stärke." Was zum Henker meinten sie damit? Im Nynorsk quälten sie sich durch ihre Antworten in einer Sprache, in der niemand von ihnen auch nur die geringste Ähnlichkeit mit der Sprache entdecken konnte, die sie seit achtzehn Jahren ununterbrochen hörten. Hier entschieden sich die meisten für eine über alle Maßen wohlerzogene Ausführung des Themas: „Schreibt einen Artikel für eine ausländische Zeitschrift, in dem ihr berichtet, warum junge Menschen in Norwegen Ferien machen sollten. Norwegen – ein Land für junge Touristen."

Also schrieben sie, daß alle Ausländer Norwegen kennenlernen und die herrlichen schneebedeckten Gipfel, die schönen Trachten, die Fjorde und die Mittsommernachtsonne hoch im Norden sehen müßten, die einfach nie unterging. Und die Wikingerschiffe, auch die durften die jungen Touristen um keinen Preis verpassen, die zeugten vom Drang früherer Zeiten, in die Welt hinauszureisen, und davon, wie gefährlich wir Norweger früher waren. Wenn die Touristen wirklich viel Zeit hatten, war es auch möglich, daß sie einen Blick auf Fredrikstad warfen und sich das Standbild Fredrik II. ansahen. Und dann sollten sie im Mai kommen, wirklich, wenn das Gras auf den Wällen grünte und dortselbst gut techtelmechteln war.

Hier hielt die emsige Aufsatzschreiberin inne und starrte die Decke an. Was zum Kranich hieß techtelmechteln auf Nynorsk? Dann schrieb sie weiter. Techtelmechteln. So heißt das bei uns. Sie setzte den Schlußpunkt und hoffte auf eine 3. Eine 4 in Nynorsk wäre denn doch zu blöd.

Sie waren mit dem Bewußtsein aufgewachsen, daß bei ihnen nicht Norwegen war. Was es war, war schwer zu sagen. Norwegen war es jedenfalls nicht. Norwegen, das waren Zwerge und Berge, Fjorde und Täler, Hochebenen und Schnee. Die Lofotwand war Norwegen. Runde Bergkuppen mit Nadelbäumen in Telemark. Stille Bergseen. Almhütten mit Grasdächern. Wie sah es aus, wo Øivind weinte, als er geboren wurde? Da vor allem sah es aus wie Norwegen. Geißböcke und blonde Mädchen mit Zöpfen. Das war norwegischer als alles andere – wie in Fredrikstad und der weiteren Umgebung sah es in Norwegen jedenfalls nicht aus.

Das Schlimmste war die Sprache. Alle wußten, daß Fredrikstads Sprache lächerlich war. Daß es keine Apfelblüte mit ewigem Schnee im Hintergrund gab, mochte noch angehen. Aber daß man hier redete, als ob man eine Woche kein Auge zugemacht hätte, war schlimm. Wie konnte ein Mensch mit mehr als zwei zusammenhängenden Gedanken so sprechen?

Trotzdem wußten alle, daß von hier, aus dieser platten Gegend mit der platten, halboffenen, halbgeschlossenen Augenlidersprache, viele Künstlerinnen und Künstler gekommen waren. Musiker, Philosophen, Sonderlinge von Rang. Und einige der größten Schauspielerinnen und Schauspieler des Landes kamen von hier. Fredrikstad war eine Theaterstadt, eine Kulturstadt.

Aber – und das war gewissermaßen der Kern in Fredrikstads ganzem Wesen: Es war eine Theaterstadt ohne Theater. Manche Schmach hatte die Stadt erduldet. Daß die E 6 durch Sarpsborg gelegt wurde, gehörte zu den ärgsten. Aber daß die Talente der Stadt keine Bühne hatten, auf der sie spielen konnten, zeigte Fredrikstad in einer Nußschale. Das Theater, einst Zentrum des blühenden Kulturlebens der Stadt, war zur Schuhfabrik umgebaut worden. Besser ließen sich die Bedingungen des Geisteslebens der Stadt nicht beschreiben.

Jetzt steht Thalia, alias Tutta Meyer, alias eine der Abiturientinnen des Jahres auf der Bühne, streckt sich und seufzt und singt Solveigs Lied. Nur ein sehr scharfes Ohr könnte eine Spur ihrer Herkunft entdecken. Sie hat eine gute, ruhige und kultivierte Sprache, die nicht von hier ist, obwohl die Sängerin ihr Leben lang hier gewohnt hat.

Aber sie und viele andere der hübschen Abiturientenkinder, die Creme der Stadt, die Hoffnung der Zukunft, gehören nicht auf dieselbe Weise wie die wirklichen Fredrikstadmenschen nach Fredrikstad. Sie sind hier durch einen Zufall gelandet, durch das Amt, den Beruf ihrer Väter, sie hätten genauso anderswo landen können. In Ålesund zum Beispiel.

Sie gehören zum heimatlosen Bürgertum, und jetzt führen sie ihrer Stadt ihre Revue vor, ihre Liebeserklärung an ihre Stadt, ihren Klagechor über ihre Stadt. Das tun sie, weil sie hier sind, weil Fredrikstads Herz mit ihnen schlägt, obwohl sie zum heimatlosen Bürgertum gehören.

Ach, Fredrikstad, Fredrikstad, kleine klatschhafte Stadt, wann hast du unsere Schmerzen akzeptiert? Geliebte Heimatstadt, die kein Zuhause mehr ist, mit allen in deinen Ecken, deinen Hinterhöfen und Parks, hinter deinen Fenstern verborgenen Geheimnissen. Wirst du je aus dir herausgehoben?

Der Abiturjahrgang des Jahres singt sich aus der Stadt hinaus. Zu den Klängen von George Gershwins „Strike up the band". Hört den Gong!

„Jetzt gehört uns die Stadt.
Es war ein schönes Jahr."

Sie feierten im Phönix. Gravdahl stand neben ihr. „Hartvig?" sagte sie. Das hörte sich immer ein bißchen komisch an. Niemand nannte ihn sonst so. Nur seine Mutter. Er lächelte, sein Gesicht war weich, fast hübsch, als er antwortete. „Ja?"

„Bist du zufrieden?"

„Doch, es ist Klasse." Fast ein Jahr hatten sie an der Revue geschrieben. Aber nun war sie auch ein Erfolg geworden.

„Inger?" fragte er. Er stand vor ihr, seine Arme fielen an seinem schönen blauen Blazer senkrecht herunter, das Taschentuch lugte spitz aus der Brusttasche. „Ich habe noch nie jemanden geküßt." Und dabei breitete er ganz leicht die Arme aus.

„Du hast noch nie jemanden geküßt?" fragte sie, aber sie dachte dabei: Wen hätte er auch küssen sollen? „Nein. Kannst du mich nicht küssen?" Sie sah ihn an. Sie hätte nie gedacht, daß Hartvig solche Wünsche hegen könnte. Irgendwie sah er nicht danach aus. „Komm!" sagte sie schnell, zog seinen Kopf zu ihrem herunter und versuchte ihn zu küssen. „Mach' ich es richtig?" fragte er. „Nein, du mußt den Mund aufmachen. Wahrscheinlich findest du es überhaupt nicht gut. Das ist mir beim erstenmal auch so gegangen."

„Pst! Noch mal!" Und damit versuchten Hartvig und Inger noch einmal sich zu küssen. Es fiel auch nicht besser aus. „Ich glaube, wir trinken lieber ein Glas Sekt", sagte Inger.

„Der Mensch ist einsam", sagte Beate. „Es ist absolut unmöglich, das Leben mit jemandem zu teilen. Wir bilden uns das nur ein, um uns zu trösten."

„Aber wir lieben", meinte Inger.

„Ja, aber das ist nur eine Leidenschaft."

„Können wir uns nicht durch die Leidenschaft in andere einleben und dadurch unser Leben teilen?"

„Das ginge, wenn wir sie dazu benutzen könnten."

„Wie meinst du das?"

„Wir benutzen sie, um zu fangen."

„Zu fangen?"

„Ja. Zu beeindrucken. Zu fesseln."

„Aber ich will doch beeindrucken und fesseln."

„Ja, das schaffst du ja auch", lachte Beate. „Aber willst du beeindruckt und gefesselt werden?"

„Ja. Vom Richtigen natürlich."

„Und wer ist der Richtige?"

„Ach, wenn ich das wüßte, wäre mein Leben gerettet."

Der Richtige kommt in Gestalt von Leif Monradsen mit Sektlächeln um den Mund und Charmelocke in der Stirn auf sie zu. „Jetzt will er uns betören", sagt Beate. „Ich hau ab!"

„Weißt du was?" fragte Leif, schlug ein dünnes Bein über das andere und beugte sich zu ihr vor. „Weißt du, was ich glaube? Aus diesem Jahrgang werden zwei sich bemerkbar machen. Und zwar Gravdahl und du."

„Ach?" fragte Inger. Aber sie fühlte sich geschmeichelt.

„Gravdahl wird Philosophieprofessor werden und eine neue Idee entdecken. Und du wirst so eine Starreporterin, die wir in den Nachrichten hören: Das Wochenende in Paris ist ruhig verlaufen." Leif hielt sich die Faust vor den Mund und schnaubte, um Radiogeräusche nachzuahmen. Inger lachte.

„Ich würde lieber Romane schreiben", sagte sie. „Große Romane, die in sechsundzwanzig Bänden allen Unfug entlarven. Der erste Band wird ‚Leif Bang Monradsen' heißen."

„O ja, mach das!" Leif war entzückt von dem Gedanken, entlarvt zu werden.

„Und du, Leif? Was machst du?" Leif schnippte die Asche zu Boden und schlug die Augen nieder. „Militär", sagte er.

„Aber du willst doch wohl nicht Berufssoldat werden?"

„Nein..."

„Daß ihr den Nerv dazu habt! Euer Gehirn auf diese Weise zum Schrumpfen zu bringen!"

„Das sind doch bloß achtzehn Monate."

„Warum weigert ihr euch nicht?"

„Wie sollen wir uns denn weigern? Ich kann mich gern weigern. Was nützt das schon? Hin muß ich ja doch."

„Ja, aber wenn sich alle weigerten, gäbe es keinen Krieg."

„Krieg?" Er blickte auf, als ob er dieses Wort zum erstenmal gehört hätte. Er sah sie kurz an und zog an seiner Zigarette. „Es gibt keinen Krieg", sagte er. Dann legte er ihr plötzlich die Hand in den Nacken und zog sie dichter an sich heran. Sie gab leicht nach, drückte den Nacken gegen seine Hand. „Soll ich mit auf deine Kußliste oder was?"

„Sei doch nicht so – zynisch!" sagte er. Das Wort hatte er vor zwei Monaten im Norwegischunterricht gelernt.

„Ich bin nicht zynisch. Ich bin nur realistisch", sagte sie.

Sie balgten sich ein wenig. Sie mußte daran denken, wie sie damals auf seiner Fahrradstange gesessen hatte. Doch, doch, sie wollte. Er war wirklich ein Herzensbrecher.

„Du hast dir doch nie was aus mir gemacht, Leif!"

„Ach, hör doch damit auf."

„Ja, aber es ist doch so. Du willst süße Mädchen, keine gescheiten."

„Ich will süße und gescheite Mädchen. Her mit dem Kuß!"

„Ja, das willst du, du willst nämlich alle Mädchen, so liegen die Dinge."

„Du solltest dich nicht so gering einschätzen", sagte Leif. „Du bist doch wirklich nicht schlecht."

„Bin ich wohl. Aber hier kommt eine noch schlimmere."

Liv Mo kam angestürzt und zog Leif mit in einen Swing, ohne zu fragen. Sie war das einzige Mädchen, das aufforderte.

Tove kommt. Sie sieht Inger aus ihren warmen Augen an und ist unglücklich. Leif flirtet mit allen. Nur nicht mit ihr. „Machen wir einen Spaziergang?“ fragt Inger. „Ich muß dir etwas sagen.“ Sie gehen nach draußen, es ist kühl und schön. „Was wolltest du mir sagen?“ – „Einen Moment noch.“ Sie gehen durch den kleinen Bibliothekspark und setzen sich auf eine Bank. „Was wolltest du sagen?“ – Ich wollte nur sagen, daß ich in dich verliebt bin, denkt Inger. „Nein, ich weiß doch nicht, ob ich mich traue, das zu sagen.“ – „Du fängst so oft mit etwas an und sprichst dann nicht weiter.“ – „Wirklich?“ – „Ja. Gestern hast du gesagt, ich benähme mich unnatürlich, aber du wolltest nicht erklären, warum.“ – „Das war blöd von mir. Ich habe es nicht so gemeint. Ich finde dich nicht unnatürlich.“ – „Warum hast du es dann gesagt?“ – „Ich war eifersüchtig, als du mit Leif geflirtet hast. Aber nur, nur, weil...“ – „Weil? Jetzt unterbrichst du dich schon wieder.“ – „Es ist nicht so, wie du glaubst.“ – „Wie ist es dann?“ – „Es ist nicht so, wie ich dir erzählt habe. Ich war nicht ehrlich.“ Tove sieht sie an, wartet, dann sagt sie: „Bist du überhaupt nicht in Leif verliebt? Ist es das?“ – „Ja, das“, murmelt Inger. Nein, sie konnte es nicht.

„Willst du sagen, daß du mich lieber hast als alle anderen?“

Ja! Ja! Genau so ist es. Ich mag dich lieber als alle anderen Menschen. Ich hab' dich schrecklich lieb, so ist das.

Aber sie sagte nichts. Sie saß ganz still da. Tove saß neben ihr. Jetzt war es gesagt. Jetzt war es gesagt. Aber sie sagte nichts.

Langsam gingen sie zurück. Tove hatte den Arm um ihre Schulter gelegt. Sie sagte: „Ich mag Jungen und Mädchen. Aber ich kann doch nicht rumlaufen und Frauen abknutschen, oder?“ Da lachte Inger und nahm sie in den Arm und sagte: „Doch, ich finde, das solltest du.“ So sah das Glück aus.

„Wo habt ihr denn gesteckt?“ Mofa stand in der Tür und sah sie hereinkommen. Er wollte endlich mit Tove tanzen. Im selben Moment entdeckte Leif sie quer durch den Raum.

„Moment, Mofa. Ich komme. Ich muß nur kurz mit Leif sprechen.“ Tove und Leif verschwanden hinter der Bühne. „Da bleiben sie jetzt, bis Gründonnerstag auf Karfreitag fällt“, sagte Mofa. „Also komm, Inger.“ Und damit tanzten sie los, lachend und unglücklich, voller Teufelei, verletzt, albern – zu „I could have danced all night" lagen sie sich in den Armen.

Das Fest tost, der Sekt strömt, sie werden wirr und laut. Jetzt steht sie Astrid gegenüber. „Wir gehen seit zwölf Jahren in dieselbe Schule, hast du dir das mal überlegt?"

„Ja. Und was wir alles erlebt haben!"

„Wir waren aber nicht immer gute Freundinnen."

„Nein. Du hast dir ja auch keine Mühe gegeben. Wir waren damals auf dem Schulhof gemein zu dir. Weißt du das noch?"

„Ja. Aber ich war ja auch nicht immer nett."

„Warum hast du gesagt, ich wäre falsch?"

„Weil du hinter ihrem Rücken schlecht über Nina gesprochen hast und nachher ihre beste Freundin warst."

„Das konnte ich doch nicht sagen, wenn sie danebenstand."

„Doch, das hättest du sagen müssen."

„Ja, vielleicht hattest du damals recht."

„Womit recht?"

„Wer A sagt, muß auch B sagen."

„Manchmal ist man klüger, als man denkt. Aber es ist nicht immer gleich leicht", sagte Inger.

„Nein", antwortete Astrid. „Es gibt Dinge, die man keiner lebenden Seele sagen mag." Inger stutzte. Sie schwiegen ein Weilchen. „Weißt du, wie es Nina geht?"

„Sie ist mit Cato in Deutschland. Sie hat ein kleines Mädchen bekommen, weißt du das?"

„Ja, das hab' ich gehört. Ein komischer Gedanke."

„Wir sitzen bestimmt auch bald in der Falle."

„Ich nicht. Und wenn, dann in meiner eigenen."

„Du willst doch sicher studieren?"

„Ich weiß noch nicht. Sieben Jahre, meine Güte. Stell dir das vor! Irgendwann 1970 bin ich dann wohl fertig."

1970! Sie lachten. Ein guter Witz. 1970, du meine Güte!

„Und du? Weißt du das schon?"

„Ich gehe wohl aufs Lehrerseminar. Wenn ich bestanden habe. Ich glaube, ich bin durchgefallen."

„Das glauben alle."

Sie schwiegen wieder ein Weilchen. „Du? Wir vergessen uns nicht, ja? Auch wenn jede ihren Weg geht."

„Nein. Wir werden uns nie vergessen“, sagte Astrid.
Sie umarmten einander und unterdrückten ihre Tränen.

Mitten in dieser Umarmung sieht Inger Frodes hübschen Kopf. Er hat seine Mütze abgenommen, sitzt allein auf einem Stuhl und fährt sich durch die Haare. In der Revue hatte er großen Erfolg als Freier in der Liebesszene. Alle anständigen Abiturrevuen haben einen romantischen Einschlag und ein Paar, das sich über die Jahre treu bleibt, Frode ist wie geschaffen für diese Rolle. Musikalisch ist er auch – neben all seinen anderen Talenten. Jetzt sieht er einsam aus, auch wenn es unvorstellbar ist, daß jemand, der so aussieht, einsam sein könnte.

Inger geht zu ihm. Ohne den Sekt hätte sie das nicht gewagt. Und ohne den Rausch, den der Sekt, die Revue, das Fest und ihr pochendes Herz in ihr ausgelöst haben. „Hier sitzt du also?“ fragt sie. Er schaut hoch, und seine Augen leuchten auf in diesem verliebten Blick, der alle mattgesetzt hat. „Jetzt bist du wohl erleichtert“, sagt sie und setzt sich neben ihn. „Jetzt, wo du bald diese blöde Stadt verlassen kannst?“ Frode lacht. „So blöd ist sie doch nicht.“ Sie schweigen ein Weilchen. Sie weiß nicht so recht, was sie sagen soll. Ihr Kommen hatte einen Grund gehabt, aber jetzt weiß sie nicht mehr, welchen. „Aber du gehst doch zurück nach Oslo?“ – „Ich weiß nicht, wo ich enden werde“, sagt er. „Ach?“ – „Nein“, sagt er voller Überzeugung. „Ich bin ein verwirrter junger Mann.“ Dann lacht er wieder. „Da bist du nicht der einzige“, meint Inger. Aber sie denkt: Unter ihnen ist er hier doch der einzige Mann.

„Weißt du, was Mykle sagt?“ fragt sie plötzlich. „Nein. Das heißt, ich weiß nicht, was du jetzt meinst.“ Denn auch Frode hat heimlich Mykle gelesen, im Versuch, die Wahrheit zu finden. „Er sagt, die bitterste aller Wahrheiten sei es, daß das Leben nicht noch einmal gelebt werden kann, daß Jugend etwas ist, das nur junge Menschen haben und nur alte Menschen zu benutzen verstehen.“ Sie denken beide über diese Worte nach. „Uff!“ sagt Frode. „Dann sollten wir machen, daß wir alt werden!“ – „Weißt du was?“ sagt Inger. „Ich hätte gern mehr mit dir geredet. Über Literatur und so. Damals hatten wir so ein schönes Gespräch.“ – „Das fand ich auch. Aber wenn das alles hier vorbei ist, wirst du mich so bald nicht wiedersehen. Ich fahre mit einem Freund namens Bjørn nach Amerika." – „So weit weg?" – „Ja. Vielleicht studiere ich in Kalifornien. Das steht noch nicht fest." – „Wie spannend! Du mußt Clark Gable grüßen, wenn du ihn siehst."

Sie tanzen einen Tanz. Das Fest geht seinen Gang. Heute nacht will niemand ins Bett. Erst später fällt Inger ein, was Frode ihr vor langer Zeit erzählt hat. Damals, als sie sich an der Ecke beim Bjørnegården verabschiedeten. Ich hab' Bären so gern. Sie vergaß es nie mehr, sondern dachte darüber nach und erinnerte sich daran, bis sie ihn viele Jahre später wiedersah und ihn danach fragen konnte.

Inger und Lillian stehen auf der breiten Phönixtreppe und haben die Tür zum Fest hinter sich geschlossen. Es riecht nach Frühling. „Wollen wir durch den Park gehen?" fragen sie, fast im Chor. Sie überqueren die Kreuzung bei I.N.Jacobsensgate und gehen in den Rosenpark. Die Rosen sind noch Knospen, es ist schrecklich hell. Sie gehen zum Denkmal für die Gefallenen, eine in Stein gehauene Mutter mit zwei Kindern, die an ihr hochklettern und die Arme nach ihr ausstrecken. Sie sitzt da und denkt nach. Sie bleiben stehen und sehen das Denkmal an. Es wurde errichtet, als sie klein waren, und damals sind sie auch hinaufgeklettert und wollten die Aufmerksamkeit der Mutter auf sich ziehen. Aber die Mutter hatte immer nur tief in Gedanken versunken vor sich hin gestarrt.

Jetzt bleiben sie dort stehen, einfach, weil sie das immer getan haben. Am Sockel liegen frische Blumen. Sie gehen über den Rasen, vorbei an der großen Kastanie. Die duftet jetzt so unglaublich hell mit all ihren Kerzen. Bald haben sie den Pavillon erreicht, setzen sich dort auf die Wippe. Sie wippen auf und ab, stupsen einander in der Luft an und lachen.

„Weißt du noch, wie bescheuert wir das fanden, wenn junge Soldaten betrunken aus der Stadt kamen und gewippt haben?"

„Ja", sagt Lillian. „Und jetzt sind wir genauso bescheuert."

So wippen sie hinaus aus dem Premierenfest ihres Lebens.

Bei jeder neuen Veränderung in der Stadt fragte Inger sich: Was würde Helga dazu sagen? Was würde sie zur Kråkerøybrücke und zu allen Kråkerøymenschen sagen, die jetzt am Kämmerchenfenster vorbeispazierten und radelten und mit Bus und Auto fuhren, als ob sie nie etwas anderes getan hätten? Und dazu, daß die Fähre, bei der sie zum Spaß auf- und abgesprungen waren, verschwunden war? „Und Randis Bude“, würde Helga sagen, „wo ist die geblieben?“ – „Die steht jetzt einen Block weiter, und bald kriegt sie einen Laden“, antwortete Inger innerlich. Vor zweieinhalb Jahren waren im Park Bronzetiere aufgestellt worden. Rehe und Hirsche. Sie hatten in ihr Sehnsucht nach Helga ausgelöst. „Die sind zum Reiten da“, würde Helga sagen. Aber genau das war verboten. Da gab es im Park endlich richtige Tiere, und dann waren die nicht zum Reiten. Konnte man sich etwas Öderes vorstellen, als sich so ein Bronzetier *anzusehen*?

Die beiden schönsten, dicksten und tarzanhaftesten Weiden der Stadt waren auch verschwunden. Auch das würde sie erklären müssen, wenn Helga käme. „Verstehst du“, sagte sie, „dieser Baum, der vor Phönix beim Bibliothekspark stand und um den wir mit dem Fahrrad gefahren sind, den haben sie umgehauen. Der Stadtgärtner oder sonst ein Heini hat behauptet, er wäre verfault. Und dann haben sie ihn umgesägt, und innen war er ganz gesund. Wie konnte er denn wissen, wie der Baum von innen aussehen würde? Blöd. In dieser Stadt passiert soviel Blödes“, erklärte sie. Und dann die Weide am Zaun bei Flora. Die mit dem Ast ganz unten, der so dick war, daß er fast schon einen eigenen Baum bildete. Er führte so schön schräg nach oben, daß man wie ein Gorilla im Dschungel daran hochklettern konnte. „Warum haben sie sie weggemacht?“ – „Weil die Leute, die im Flora Eis essen wollten, im Schatten saßen. Und es wurde behauptet, der dicke Ast könnte jederzeit irgendeinem unschuldigen Auto auf den Kopf fallen. Aber der Dschungelast zeigte doch gar nicht auf die Straße, sondern auf den Bürgersteig. Das war also Quatsch.“

Das weiße Haus war weg – mit dem großen, verwilderten Garten, in dem sie sich verstecken konnten. Wo sie damals die weißen Johannisbeeren geklaut hatten. Wußte Helga das noch? Die Frage war überflüssig, denn natürlich wußte Helga das noch, und Marit Jensen war auch dabei, und sie standen am Strauch und aßen. Es war kurz vor Helgas Tod. Marit sagte: „Wir dürften die

Beeren gar nicht essen. Vielleicht kriegen wir davon Polio." Und dann hatten sie weitergemampft. Später war Inger sicher, daß Helga sich so angesteckt hatte. Aber jetzt war alles weg, und statt dessen hatten sie ein großes gelbes Zentralkrankenhaus bekommen. „Und jetzt", erklärte Inger, „bauen sie auf dem St. Croix Plass eine Feuerwache." – „Igitt", sagte Helga. „Und das in Fredrikstad, wo alles für Kinder eingerichtet war. Weißt du noch, daß ich dir geschrieben habe, alles wäre für Kinder eingerichtet?"

Der Bahnhof hatte sich gar nicht verändert. Der lag da, genauso gelb und öde wie früher, mit Spitzen auf dem Dach, und hieß von vorn „Fredrikstad" und von der Seite „Frauen" und „Männer". Schlüssel gab's am Schalter.

Das Seltsamste war, an sich selber zu denken. Sie hatte sich völlig verändert. Sie war groß geworden. Helga dagegen war stehengeblieben. Wenn sie jetzt zurückkehrte, wäre sie immer noch dreizehn Jahre alt. Und Inger wäre älter und größer als sie. Aber so kann man nicht denken, denn so ist es nicht.

Inger, achtzehn, geht über die Vindebrücke in Gamlebyen. Bei der Glasbläserhütte schlägt sie den kleinen Lehmweg am linken Ufer ein. Zwischen dem Weg und dem Wasser gibt es nur einen schmalen Streifen Gras, ihre roten, hochhackigen, spitzen Schuhe werden ein bißchen schmutzig. Sie geht über die Wälle und auf den Friedhof. Geht zwischen den Grabsteinen, die so unterschiedlich sind und fremden Toten gehören, die von anderen besucht werden. Eine alte Dame mit dunklem Mantel bückt sich über den Wasserhahn und füllt ihre Gießkanne. Es ist so still hier. Am Grab bleibt Inger stehen. Daneben steht eine kleine, kurzgeschnittene Ulme. Sie wischt ein paar Blätter und Staub von dem schwarzen blanken Stein. Die Goldbuchstaben schauen sie ruhig an, wie immer. Helga Gjarm Holm, 13.10.1937 + 27.9.1951. Vor dem Stein wachsen Stiefmütterchen auf dem kleinen Beet. Gelbe und blaue. Ihre Köpfe bewegen sich im Wind. Ganz leicht. Obwohl fast gar kein Wind weht.

Inger blickt über den Wall hinweg, wo die Fredrikstadbrücke gen Himmel strebt. Von hier aus kann sie sie sehen, das ist seltsam. Alle großen Veränderungen in dieser kleinen Stadt sind gerade von hier aus zu sehen. Schön, wie sich die Brücke zwischen Wall und Himmel erhebt.

„Hier stehe ich", sagt Inger innerlich. „Siehst du das, Helga? Deine kleine Schwester hat Abitur gemacht."

Und Helga sieht. Helga ist in dem grünen Gras um sie herum, in den Stiefmütterchenblättern, hinter dem Stein mit den Goldbuchstaben und im Himmel über der Brücke, und sie sieht ihre kleine Schwester, die jetzt groß ist.

Denn Helga war immer irgendwo gewesen. Nennt es Himmel, nennt es alle Bäume und Blätter in Gamlebyen, Wälle und Graben, nennt es die Stadtentwicklung oder den Wind über den Schären bei Tjøme, irgendwo und darüber und in all dem war Helga, wie eine Begleiterin. Und jetzt war sie hier – nicht in oder unter der Erde, sondern über ihrem Grab, im Bogen über der Fredrikstadbrücke, the Silver Bridge, war Helga. Groß, dunkelhaarig und nachdenklich, einfach wie ein Gesicht. Bist du ein Engel geworden? Bist du, wie du das selber wolltest, ein Kinderengel geworden, weil du als Kind gestorben bist? Das werde ich nie erfahren. Ingers kindlicher Gedanke kehrt zurück. Aber seit deinem Tod bin ich nie ganz einsam gewesen, obwohl ich damals einsamer wurde denn je.

Während sie ihrer großen Schwester über dem Brückenbogen das alles erzählt, weiß sie, daß es immer so sein wird.

Inger bleibt noch etwas hier. Nichts ist schöner, als Abiturientin zu sein. Aber es ist auch das Allerernste. Sie wollte, daß Helga das wußte.

Am Hafen, gleich bei ihrem Haus, versucht Astrid Evensen die Nachricht zu verdauen, die sie eben erhalten hat. Ein Anruf des Rektors. Leider ist es schiefgegangen. Sie ist ausgegangen, will mit niemandem reden, nicht mit ihrer Schwester, nicht mit ihren Eltern, mit niemandem. Sie graut sich davor, den anderen zu begegnen.

Was hab' ich denn gemacht, denkt Astrid. Ich war zuviel mit Jungen zusammen. Das ist der ganze Fehler. Keinen Moment lang habe ich an etwas anderes gedacht als daran, wie sie über mich dachten. Statt mich hinzusetzen und zu versuchen, etwas von dieser Mathematik zu begreifen, habe ich die Aufgaben immer nur bei irgendeinem Jungen abgeschrieben und gedacht, ich könnte ja an einem anderen Tag noch lernen. Aber dieser andere

Tag ist nie gekommen. Denn inzwischen nahmen sie etwas anderes durch, was sie auch nie lernte, und deshalb mußte sie wieder abschreiben, und am Ende war alles ein einziges großes Durcheinander, wo sie sich immer tiefer einbuddelte, während die anderen sich immer höher arbeiteten. Und die Jungen taten nichts so gern wie Astrid bei den Matheaufgaben zu helfen, das wußte sie genau, sie war das einzige Mädchen in der Klasse, und soviel sie wußte, hätte sie jeden von ihnen kriegen können. So war es einfach, sie brauchte sie nur anzusehen, sie wußte nicht, warum. Verrückt. Aber witzig. Schrecklich witzig war es gewesen, zu spüren, daß sie zur Frau wurde und die Männer vom Hocker kippen konnte. Darum ging es im Leben ja schließlich.

Aber jetzt stand sie hier. Und die Eigenschaften, die ihr eine Serie von Dreiern und Zweiern in allen mündlichen Fächern eingetragen hatten, halfen ihr nicht bei den schriftlichen Arbeiten, die ein fremder Prüfer bewertete, der sich fern allen Einflusses an einem anderen Ort befand. Was habe ich mir eigentlich eingebildet, als ich mich für den naturwissenschaftlichen Zweig entschieden habe, dachte Astrid. Ich wollte Ärztin werden. In der Mittelstufe hatte ich fast nur Zweier – und eine Eins in Mathematik. Bin ich denn so dumm geworden? Sie sieht Markmos Gesicht vor sich, wie er zu ihr sagt: „Keine Mädchen auf dem naturwissenschaftlichen Zweig." Damals hatte sie darüber geschnaubt, sie würde es ihm schon zeigen. Zahlen waren doch kein Problem, die waren nie ein Problem gewesen. Hatte er das gemeint? Daß Mädchen zwar früher reifen als Jungen, daß es von da an aber nur noch bergab geht? Nein, ich war faul, das ist die Wahrheit. Flirtsüchtig und faul, und ich habe entdeckt, wie ich mich mit Flirt und Faulheit durchs Leben bringen kann. Die drei Jahre sind mir einfach durch die Finger geflossen, hier sitze ich nun und habe absolut nichts gelernt. Die anderen Mädchen konnten immerhin Englisch. Was sollte sie jetzt machen? Medizin! Das war jetzt so fern wie der Traum, auf den Mond zu fliegen. Genausogut konnte sie in die Glomma springen.

Sie ging den Wall hinunter und blickte in den Strom. Hier hatte sie den Jungen zugejubelt, wenn sie ihre ersten Tauchbäder in der Frühjahrsflut genommen hatten. Sie hätte der ganzen Bande Lungenentzündung bringen können, wenn sie das gewollt hätte.

Einmal hatte sie Vidar Lauritzen dazu gebracht, von einem fünf Meter hohen Gerüst in eine Sanddüne zu springen, und er hatte sich den Arm gebrochen. Himmel, Jungen waren auch ganz schön blöd, aber bei ihnen litt die Mathematik nicht darunter. Das war der ganze Unterschied. Sie konnten richtig rechnen und trotzdem verliebt sein. Wie schafften sie das? Sie schalteten ab, war es das vielleicht? „Laß das jetzt", sagten sie, wenn es ihnen paßte, und dann gingen sie nach Hause und rechneten. Aber wenn Astrid verliebt war, dann nutzte es nichts, zu sagen: „Laß das jetzt." Sie dachte trotzdem an ihn, besonders, wenn sie allein war. Kjell, er füllt mein ganzes Leben, weder Mathematik noch ein anderes Fach können so wichtig werden wie er. Nicht einmal die Medizin? Doch, vielleicht. Aber wie sollte sie ihre Karriere als Ärztin mit Ehe und Kindern kombinieren? Der Ärztinnenberuf war etwas, auf das sie „zurückgreifen" könnte, wie es hieß. Mädchen brauchten eine Ausbildung, auf die sie zurückgreifen konnten, darum ging es hier. Sie hatte zu hoch gezielt. Sie liebte Kjell, deshalb durfte sie nicht in die Glomma springen, sondern sollte lieber das Jahr wiederholen und ein mittelmäßiges Abitur einfahren, ihre Träume aufgeben und Kjell heiraten. Vielleicht konnte sie danach aufs Lehrerseminar gehen, um auf etwas zurückgreifen zu können, wenn die Kinder größer wurden?

Als Ingenieur Gulldahl erfuhr, daß seine Tochter durchgefallen war, begriff er gar nichts mehr. Er hatte gedacht, sie käme einigermaßen mit. Sie hatte doch in vielen mündlichen Fächern eine 2 oder eine 3 bekommen, oder etwa nicht? Ganz schlimm konnte es da doch nicht sein? Ob es ein Mißverständnis war? Sie mußte ganz besonderes Pech gehabt haben. Für Gyda jedoch kam die traurige Botschaft wie eine Erleichterung. Sie hatte gewußt, daß es so kommen würde. Aber sie hatte sich entschieden, mit fliegenden Fahnen unterzugehen.

„Aber hast du denn nicht gelernt?" fragte ihr Vater entrüstet. Gyda drehte sich zu ihm und und blickte ihm voll in die Augen.

„Das, Vater, hättest du mich früher fragen sollen."

Sie stand auf, schaute aus dem Fenster, blickte auf die Hecke draußen, die Fliederbüsche, die Blüten mit ihren zarten Farben. Endlich ist das Schauspiel vorbei, dachte sie. Dann verschanzte sie sich im Atriumhaus auf Kråkerøy und erwartete zuversichtlich das nächste Schuljahr.

Derweil steht eine Gruppe aus vierundfünfzig jungen Menschen in einer Ecke am Altbau. Sie warten. In der stechenden Sonne ist es heiß hier. An allen Prüfungstagen gab es fünfundzwanzig Grad im Schatten. Sie sehen sich ängstlich an, fassen einander um die Schultern. Wie es wohl gelaufen ist? Ach, ich will es gar nicht hören.

Astrid Evensen und Gyda Gulldahl sind durchgefallen. Das Gerücht hat sich schnell verbreitet. Keine von ihnen ist zu sehen. Was sie jetzt wohl machen?

Am Rand bildet sich ein Ring aus Freunden und Verwandten. Da steht ja sogar Frau Wilse-Abrahamsen mit ihrem kleinen Hund. Wen die dieses Jahr wohl kennt?

Auf dem Schulhof stehen die jüngeren Schüler und beobachten, was passiert. Sie stehen in Entsetzen und Ehrfurcht und betrachten die Abiturienten, deren Schicksal jetzt besiegelt werden soll. In einem Jahr sind wir das, denkt die 4. Graust sich und sehnt sich. In zwei Jahren sind wir das, denkt die 3. Das dauert noch lange. Ganz hinten, an der Treppe des Neubaus, stehen die ersten Klassen und glotzen. Jetzt kriegen die Abiturienten ihre Noten, sagen sie. Noten, Abitur – Phänomene, so weit in der Zukunft, daß es unvorstellbar ist, sie je zu erreichen. In diesem Moment hören sie die Tür des Altbaus.

Der Rektor tritt mit mildem und ernstem Gesichtsausdruck auf die Treppe. Er wird die schriftlichen Noten in allen Fächern verlesen, eine nach der anderen. Er hat die Papiere in der Hand und sieht über sie hinweg. Sie drängen sich enger aneinander und wenden sich ihm zu.

Er beginnt mit der Klasse 5 Eb. Die Reihenfolge der Fächer ist: Norwegisch, Nynorsk, Englisch. „Liv Abrahamsen", fängt der Rektor an. „2, 3, 3." Liv stößt einen Freudenschrei aus. „Petra Dal. 4, 4, 4." – „Oh!" ruft Petra. „Bestanden!" Sie und Liv umarmen einander. „Ruhe!" Der Rektor kneift im Sonnenlicht die Augen zusammen. „Inger Gjallum. 2, 2, 4." – „Das ist ungerecht!" – „Hartvig Gravdahl. 1, 4, 2." Freude und Bewunderung wogen durch die Menge. „Beate Halvorsen. 1, 3, 3." Beate steht mit geschlossenem Mund da und starrt vor sich hin. Langsam arbeitet der Rektor sich durch die Liste. Weinen und Freude wechseln sich ab. Am Ende wissen alle, wie tüchtig oder dumm oder absolut mittelmäßig sie sind. Der Rektor kommt die Treppe herunter und gratuliert allen, gibt ihnen die Hand. „Und du?“ fragt er Inger Holm. „Du warst meine sicherste 1 in Norwegisch. Was hast du gemacht?“ – „Ich habe wohl so geschrieben, daß es nur für eine 3 gereicht hat“, sagt Inger und ärgert sich. Aber der Aufsatz war ihr einfach nicht gelungen. „Du mußt es ein andermal ausgleichen“, sagt der Rektor.

Inzwischen geht Frau Wilse-Abrahamsen mit raschem Schritt und ihrem kleinen Hund durch Fergestedsveien, weiter durch Nygaardsgata und steuert den Teesalon im Bardagården an. Hier sitzen die Damen der Stadt und trinken Tee. Das machen sie an mehreren Vormittagen der Woche. Frau Wilse-Abrahamsen streift ihren Frühjahrsmantel ab und erzählt, wie die Jugend der Stadt zurechtgekommen ist. Frau Wilse-Abrahamsen hat ein unglaublich gutes Gedächtnis.

Die Abiturientinnen und Abiturienten stürmen durch die Stadt zum Bjørnen. Sie lassen sich nieder, blicken den Kellnerinnen kühn ins Auge und bestellen Bier. Iversen nickt Holm und Oppegård zu. „Es ist gut gegangen, habe ich gehört“, sagt sie.

Ja, das ist eine seltsame Stadt, wo Wörter schneller laufen als Beine. Die Abiturientinnen undAbiturienten gröhlen und prosten sich durch den Junitag hindurch. Sie werden noch einige Tage weiterfeiern.

Ørnulf haßte diese Zeit. Jeden Abend wartete er, bis Inger von einem Fest nach Hause kam, jede Nacht horchte er auf ihre Schritte. Und wenn sie dann kam, war sie müde und wollte schlafen. Er war wütend. Sie mußte sich zu ihm setzen und sich seinen Zorn anhören, sonst gab es keinen Frieden. „Das ist doch alles bloß Humbug“, sagte er.

„Ist es nicht. Wir haben das Schriftliche hinter uns, haben die Revue aufgeführt und unsere Zeitung gemacht. Wir gehen seit zwölf Jahren in die Schule. Jetzt dürfen wir feiern.“ – „Und wie heißt dein Kavalier?“ – „Himmel, du hast ja bloß Angst, die Jungen könnten mich so behandeln, wie du in deiner Jugend die Mädchen behandelt hast.“ – „Ich war ein Lamm.“ – „Du hast mir selber gesagt, daß du das nicht warst." Papa betrachtete sie mit schrägem Blick.

„Und dann noch eine 3 in Norwegisch! Wie hast du die zustandegebracht?" Inger schwieg. Sie war selbst enttäuscht von diesem Ergebnis. Warum mußte er auch noch darauf herumreiten? „Das war ja wirklich eine Leistung!" – „Himmel, kannst du nicht damit aufhören, meinst du vielleicht, ich fände das lustig? Kannst du dich nicht lieber darüber freuen, daß ich in Englisch eine 2 habe?" Aber das konnte Papa nicht. „Eine 3 in Norwegisch!" sagte er und starrte bitter vor sich hin. „Wenn du in dieser Stimmung bist, geh' ich schlafen." – „Du bist ein Schaf." – „Wenn du ein Lamm warst, hab' ich das wohl von dir. Aber inzwischen bist du ein wütender Widder geworden, und das kannst du am besten gleich wieder ablegen." Papa lächelte. „Jetzt gefällst du mir", sagte er. „Du bist süß, wenn du böse wirst. Nicht ohne Anmut." – „Doch, ich bin völlig ohne Anmut, und was hast du beim Abitur in Norwegisch gehabt, wenn ich fragen darf?" – „Eine 1 mit Sternchen." – „Du hattest auch eine 3, das hat Großmutter mir gesagt." – „Großmutter weiß das nicht mehr richtig." – „Du wirst mein Pate sein müssen. Bei der Studententaufe." – „Ich rühre mich nicht vom Fleck." – „Dann tragen wir dich eben. In einer goldenen Sänfte. Gute Nacht."

Sie muß schlafen. Sie kann nicht die halbe Nacht mit Papa streiten, denn morgen hat sie bei Keystone Mündliches. Ausgerechnet! Lillian kommt in Französisch dran. Die hat ein Glück! Inger Gjallum wird in Biologie geprüft. Sie hat geweint, als sie das erfuhr, und ihr Hals hat rote Flecken bekommen. Einige Jungen vom naturwissenschaftlichen Zweig kommen auch in Französisch dran. Sigvart Jespersen hat versprochen, im Becken bei Flora zu baden, wenn er in Französisch besteht. Es ist ein Springbrunnen im Gartenrestaurant, wo sich die Spatzen zwischen zwei Gängen Kuchenkrümel entspannen.

Niemand wird verschont, und zu allem Überfluß sind sie auch noch in drei schriftlich-mündlichen Fächern geprüft worden, in Biologie, Französisch und Geschichte.

Aber jetzt kommt Englisch an die Reihe. Inger geht ins Bett und denkt an Gervase Laura, deren Mutter wohl Tennyson gelesen hat, an The Cry of the Children in den Spinnereien und an die Lady of Shalott, die als Tote nach Camelot getrieben kam, die aber ein hübsches Gesicht hatte. Sie denkt an Ode to the West Wind und hofft, daß die nicht an die Reihe kommt, denn sie hat einfach nicht begriffen, was der Westwind auf seiner Reise alles mitnimmt. Am liebsten hätte sie Pygmalion. Das ist das schönste Stück im ganzen Pensum. Eliza you're a fool, denkt Inger und schläft ein.

Am nächsten Tag erschien sie vor Keystone und einem graugekleideten fremden Prüfer und erklärte einen kleinen unvorbereiteten Text über guinea pigs, was, wie sie aus unerfindlichen Gründen wußte, Meerschweinchen bedeutete, danach las sie aus dem Stück „The Professor" und vor diesem Hintergrund sollte sie über den amerikanischen Bürgerkrieg erzählen. Über den amerikanischen Bürgerkrieg! Inger legte los. Fast hätte sie ihnen sogar über Scarlett O'Hara und die Vorhänge auf Tara erzählt, aber dann war schon Schluß. Sie ging hinaus. Es gab eine zwei. Sie kamen heraus und verkündeten die Note, der fremde Prüfer und Keystone. Keystone sagte kein Wort. Er schien das alles für eine persönliche Beleidigung zu halten. Or did he only keep his form?

Die erste Gruppe traf auf dem Schulhof aufeinander. Alle hatten es geschafft. Sie johlten und umarmten sich und zogen ins Flora, erzählten unwahrscheinliche Geschichten über die Fragen, die ihnen gestellt worden waren. Sie lachten und lachten. Jetzt waren sie Studenten! Was für eine Vorstellung.

Da kommt Sigvart Jespersen angeradelt. Sie rufen ihm schon entgegen, noch ehe er an der Ecke beim Victoria-Hotel vorbei ist. „Hast du's geschafft, Sigvart?" Er läßt den Lenker los: „3!" Gleich darauf gibt es eine Überschwemmung im kleinen Becken, die Spatzen flüchten verängstigt in die nächste Birke. So etwas haben sie noch nie erlebt.

Die Kellnerinnen im Flora auch nicht, und Frau Osvald, die Chefin, eilt mit mürrischer Miene herbei. „Was ist denn hier los? Das geht wirklich zu weit!" – „Er hat in Französisch bestanden!" rufen die Abiturienten. Ein triefnasser Sigvart entsteigt dem Becken, reicht Frau Osvald die Hand und macht seine schönste Tanzstundenverbeugung. „Ich habe in Französisch bestanden." Frau Osvald ergreift mit leichtem Zögern seine Hand. „Dann darf ich wohl gratulieren“, sagt sie. „Aber das ist das letztemal!“ – „Ja, das wollen wir wirklich hoffen!“

Jetzt kommt endlich der letzte Schwung, mit Hartvig Gravdahl an der Spitze. Sie sind in Religion geprüft worden. Gravdahl hat eine 2 bekommen. Er wußte sicher mehr über Religion als Spåvang und der Prüfer zusammen. „Und du, Beate? Was hast du gekriegt?“ – „Auch eine 2“, sagt Beate. „Und wonach haben sie dich gefragt?“ – „Nach der Wahrheit“, sagt Beate und sieht sie mit ihrem Engelsblick an. „Beate hat eine 2 in Wahrheit.“

An diesem strahlenden Junitag im Flora ging ihnen der Stoff zum Lachen wirklich nicht aus.

Als sie vier Tage später durch die Straßen von Gamlebyen gehen, sind sie von Ernst erfüllt. Sie versammeln sich auf dem Wall vor der Statue Fredriks II., der vor vielen Jahrhunderten die Stadt gegründet hat – wohl wissend, daß sich hier im Jahre 1960 diese Abiturienten mit ihren Mützen auf dem Kopf zum letztenmal versammeln würden. Menschen sind herbeigeströmt, wie in allen anderen Jahren. Sie stellen sich in einem weiten Kreis um den dänischen König auf. Vor ihnen steht der Kreis der Paten, der nächsten Verwandten mit Abitur. Sie bilden einen Ring innerhalb des Zuschauerkreises – feierlich, dreißig Jahre älter als die wilden Tiere, die gleich kommen werden – feierlich, die Gesichter ebenfalls dem König zugewandt, schwarze Mützen auf dem Kopf. Nicht alle in der Bande anno 1960 haben einen Verwandten mit Abitur. Unter den Schwarzbemützten im inneren Kreis findet sich hier und da statt dessen ein naher Freund und – wenn auch selten – ein Lehrer. Allesamt stehen sie da und warten, mit ihren schwarzen, ausgeblichenen Mützen auf dem Kopf und mit einer ganz neuen, tiefschwarzen Mütze in der Hand. Die Mütze des Rektors ist so alt, daß sie schon ganz grünlich schimmert.

Jetzt hören sie das Gebrüll. Sie hören die Abiturientinnen und Abiturienten vom Wall stürmen, hören, wie sie durch Tollbodgaten und über das Pflaster von Torvgaten rennen. Die alten Häuser werfen ein Echo, als die jungen Leute mit den Stöcken in der Hand und den Mützen auf dem Kopf herangestürmt kommen. Ihre Abiturientengewänder haben sie durch dunkle Anzüge für die Jungen und helle Kostüme für die Mädchen ersetzt. Sie stürmen in den Kreis der Paten, Liv Abrahamsen steht vor Probst Abrahamsen, Tove Midtbø vor Landwirt Midtbø, Inger Holm vor Dr. Holm. Lauter stolze Väter. Das können alle sehen. Lillian Oppegård stellt sich vor Frau Oppegård, eine der wenigen Damen der Stadt, die Abitur haben. Elsa Tøgern steht vor Turid Reizig, in der Familie Tøgern hat niemand eine Studentenmütze. Inger Gjallum steht vor Fräulein Grytum, Französisch war ihr bestes Fach, Hartvig Gravdahl vor Kaspar Olesen – Kaspar Olesen, letztes Jahr Abiturient, und schon steht er im Patenkreis. Beate Halvorsen tritt vor einen Herrn, der noch nie in der Stadt gesichtet worden ist. Ein Verwandter? Liv Mo tritt vor Zahnarzt Oppegård, und da steht der Rektor bereit mit der Mütze des Abiturvorsitzenden, der auf den Platz geht und Fredrik II. ehrerbietig grüßt; dann hebt er den Stock und ruft: „Seid ihr da?"

„Jaaa!"

„Sollen wir ein letztes Mal unser Gebrüll ausstoßen?"

„Jaaaa!"

„Also los!" Und damit erschallt es zum letzten Mal, noch einmal müssen die Stadt und ihr Gründer ihre Ohren mit einem Abiturgebrüll füllen, das nicht seinesgleichen hat.

Dann werfen sie ihre Abiturientenmützen zu Füßen des Standbildes nieder, ihr Vorsitzender stellt sich vor dem Rektor in Positur, es herrscht tiefe Stille unter dem hohen Junihimmel, die Kastanien blühen, es ist Frühling in Fredrikstad. Die Abiturienten haben sich die Hörner abgestoßen. Jetzt spüren sie, wie die feierlichste Mütze der Welt auf ihre jungen Häupter gesetzt wird und ein schwerer Quast auf ihre Schultern fällt. Einstimmig setzen sie mit klaren Stimmen zu einem Studentenlied an, und die Prozession mit der Fahne der Schule – der Abiturvorsitzende des letzten Jahres und der Vorsitzende von Fram an den Quasten – bewegt sich langsam fort durch Kirkegaten, über Voldportgaten und hinunter zur Godvakkermaren, die zur Feier des Tages voller Ehrfurcht wartet und den ganzen Zug aufnimmt, über die Glomma auf die andere Seite, vorbei an der Gelben Anstalt, durch Fergestedsveien, vorbei an Seemannskirche, Zentralkrankenhaus und Krabseths Konditorei, vorbei an der Methodistenkirche und hinunter zur Phönixtreppe. Hier stellen sie sich auf, um für alle Zukunft abgebildet zu werden.

Evelyn steht mit den Müttern auf der anderen Seite und wartet. Hier stehen auch viele Verwandte und Freunde, die vorstürmen und gratulieren wollen. Es ist ein großer Tag. Bei einigen ist die erste Abiturientin, der erste Abiturient der Familie zu feiern. Sie spüren einen Kloß im Hals beim Anblick der jungen Menschen, die plötzlich so verwandelt sind. Ist das Leben fähig, sie aufzunehmen?

Evelyn sieht Inger an, sieht Lillian und Beate, sieht Hartvig und Leif. Soviel Leben, denkt sie. Soviel Leben haben die mitgebracht! Ihr Herz schlägt ihnen entgegen, wie sie da so steif auf der Treppe stehen und etwas entgegenblicken, von dem sie noch keine Ahnung haben, einer Zukunft, die sie nicht kennen, einer Arbeit, die sie nur ahnen, einer Liebe, die sie nur spüren, einer Beziehung, von der sie nichts wissen, einer Zukunft, in anderen Ländern, anderen Städten – wie sie dem entgegenblicken, nicht mehr die Höhere Schule von Fredrikstad zu besuchen.

Jetzt werden sie in alle Winde zerstreut, denkt Evelyn.

Anmerkungen der Übersetzerin:

Abitur: Mit dem Abitur wird in Norwegen ein für uns unvorstellbarer Kult getrieben, wie sich aus dem Buch ja auch ergibt. Viel zu erklären gibt es dabei nicht; es ist eben so.

Bjørn: Norwegischer Vorname, Bjørn bedeutet aber auch „Bär".

Bjørnson, Bjørnstjerne: 1832 – 1910, Nobelpreis 1903. Einer der bedeutendsten Autoren Norwegens, wurde früher auch in Deutschland viel gelesen und aufgeführt, ist heute aber ziemlich in Vergessenheit geraten.

Gymnasium: Das norwegische Schulsystem sah um 1960 folgendermaßen aus: sieben Jahre Schulpflicht für alle auf der Volksschule. Daran schloß sich eine zweijährige Mittelstufe an, auf die dann das dreijährige Gymnasium folgte. Auch in Norwegen hat es seither viele Reformen gegeben, aber noch immer ist das norwegische Schulsystem ganz anders als das deutsche.

Hartvigs Taufe: Daß Hartvig nach der Taufe beantragt, von nun an Gravdahl zu heißen, liegt daran, daß in Norwegen Adoptivkinder nicht automatisch den Namen ihrer Adoptiveltern bekommen. Amtlich hieß Hartvig bisher Runefjell, aber seine Eltern haben ihn als Gravdahl in der Schule angemeldet, um Aufsehen zu vermeiden.

17. Mai: Der norwegische Nationalfeiertag. Am 17. Mai 1814 wurde die norwegische Verfassung erlassen.

NS: Nasjonal Samling, die norwegische Nazipartei.

Nynorsk: Eine der beiden norwegischen Schriftsprachen. Die andere heißt Bokmål. Alle SchülerInnen müssen jeweils auch die Variante lernen, die an ihrem Wohnort nicht üblich ist und hassen sie folglich.

Quisling, Vidkun: Führer der Nasjonal Samling, 1945 hingerichtet.

Samnorsk: s. Nynorsk. Projekt, Versuch, beide Schriftsprachen zu einer zusammenzufassen.

Die Vier Großen: die Schriftsteller Ibsen, Bjørnson, Lie und Kielland.